大学生のための文学トレーニング 現代編

テキスト

浅野　麗

小野祥子

河野龍也

佐藤淳一

山根龍一

山本　良

［編著］

三省堂

装幀　(有)オーポン　五味崇宏

はじめに

この本は、日本近現代文学を学ぶ大学生を対象とした教材集です。既刊『大学生のための文学トレーニング　近代編』の続編にあたります。文学を教室で学ぶことにどのような意義があり、どのような授業を展開すればその意義を高め、学ぶ者の意欲を喚起することができるのか。そのことを問い直し、新たに作り上げたのがこのシリーズです。「学生が参加できる授業作りを」というコンセプトは、『近代編』と同様です。

本書『現代編』には、太平洋戦争終結後に発表された小説を取り上げました。一九四五年という区切りは、もとより便宜的なものです。あらゆる歴史上の出来事において、たとえそれがどれほどの大改革であっても、その前後に断絶だけでなく、連続性も見出されるのは当然のことです。しかし、多大な犠牲者を出した戦争が敗北に終わり、戦勝国の占領下で、軍国主義の排除、農地改革や財閥解体をはじめとする経済制度改革、新憲法の制定がおし進められ、既成秩序の批判と新しい文化の創造が声高に叫ばれたことを総合的に考えてみれば、この区切りを軽く見積もるのは不当でしょう。こうした状況にどう対峙するのかが、戦後文学運動の大きな主題であり、それをどう転回させるかが次の世代の抜き差しならない問題であったことは否定できません（ただし、〈新戯作派〉とも呼ばれ戦後文壇の寵児となった坂口安吾や太宰治などは、戦前からすでに活動しており、『近代編』に収録したという理由もあって、本書では除外してあります）。

＊＊＊

この本は、以下の3部構成となっています。

SECTION 1　戦後復興期　１９４５年〜１９５５年

SECTION 2　戦後文学の転換期　１９５６年〜１９６５年

SECTION 3　表現の時代　１９６６年〜１９７５年

一章につき小説一編を取り上げ、発表時代順に配列してあります。1章から順番に読めば戦後文学の変遷が見やすくなりますが、どの章から読んでもかまいません。すべての章で、〈批評理論〉と呼ばれる、テクストを分析するための理論を解説に盛り込んだのも、本書の特徴の一つです。小説を読むのに、こうした理論を用いることには、おそらく批判もあるでしょう。方法は対象に規定されるという側面が、どのような研究にもあるからです。あるテキストには固有の法則や原理が貫いている、だからそれを分析するには固有の方法を生み出し、用いなければならない、という批判には正当性があります。また、批評理論は20世紀末にはすでに下火となっており、すっかりその役割を終えたとする醒めた認識も広がっています。

しかし本書は、読みに理論をあてはめることを目的としているわけではありませんし、かつて流行した理論を知ることにも研究史の研究として意義がある、などと主張したいわけでもありません。ただ、対象の具象性に寄りかかってしまえば、その研究はそれ以上の広がりを持たず、他の研究と関わり合って相互に深化することができないというのは一つの事実です。普遍性と具象性の矛盾は、永遠の課題なのです。

それゆえ本書では、各章の解説者が、あくまでもテクストの具体的なあり方に基づきながら、重要な理論的視点を盛り込むことに努めました。批評理論とは、かつて高等教育の主流であった実証主義的方法（『近代編』Section 3 参照）に対して異議申し立て（＝批評）を行うために、一九六〇年代頃から様々に構築、実践された理論のことをいいます。具体的に本書で取り上げたのは、精神分析批評（1、4、7、10、13章）・テクスト理論（2、11、14章）ポストコロニアル批評[※1]（3、5、6、8章）・ジェンダー批評[※2]（3、4章）・身体論（11章）、そしてカルチュラル・スタディーズ[※3]（全章）などです。

その中でも、本書を読み進めるうえで最も重要なテクスト理論の基本について、ここで説明しておきます。『近代編』でも強調しておいたことですが、これはテクストに向き合う意識に関わることです。

まず、〈テクスト〉という概念と〈作品〉という概念の違いを理解してください。近代文学の制度において、かつて〈作品〉を統括している存在は、まぎれもなく〈作者〉でした。実証主義的な研究によって〈作者〉の意図を探究すれば、それと一対一で対応する〈作品〉の意味は自ずと明らかになるという考え方があったのです。フランスの批評家ロラン・バルトは、〈作品〉概念と文学研究の制度を次のように批判し、〈作者〉概念に死刑宣告をしました。

> われわれは今や知っているが、テクストとは、一列に並んだ語から成り立ち、唯一のいわば神学的な意味（つまり、「作者＝神」の《メッセージ》ということになろう）を出現させるものではない。テクストとは多次元の空間であって、そこではさまざまなエクリチュールが、結びつき、異議をとなえあい、そのどれもが起源となることはない。テクストとは、無数にある文化の中心からやって来た引用の織物である。（ロラン・バルト「作者の死」1968、『物語の構造分析』所収）

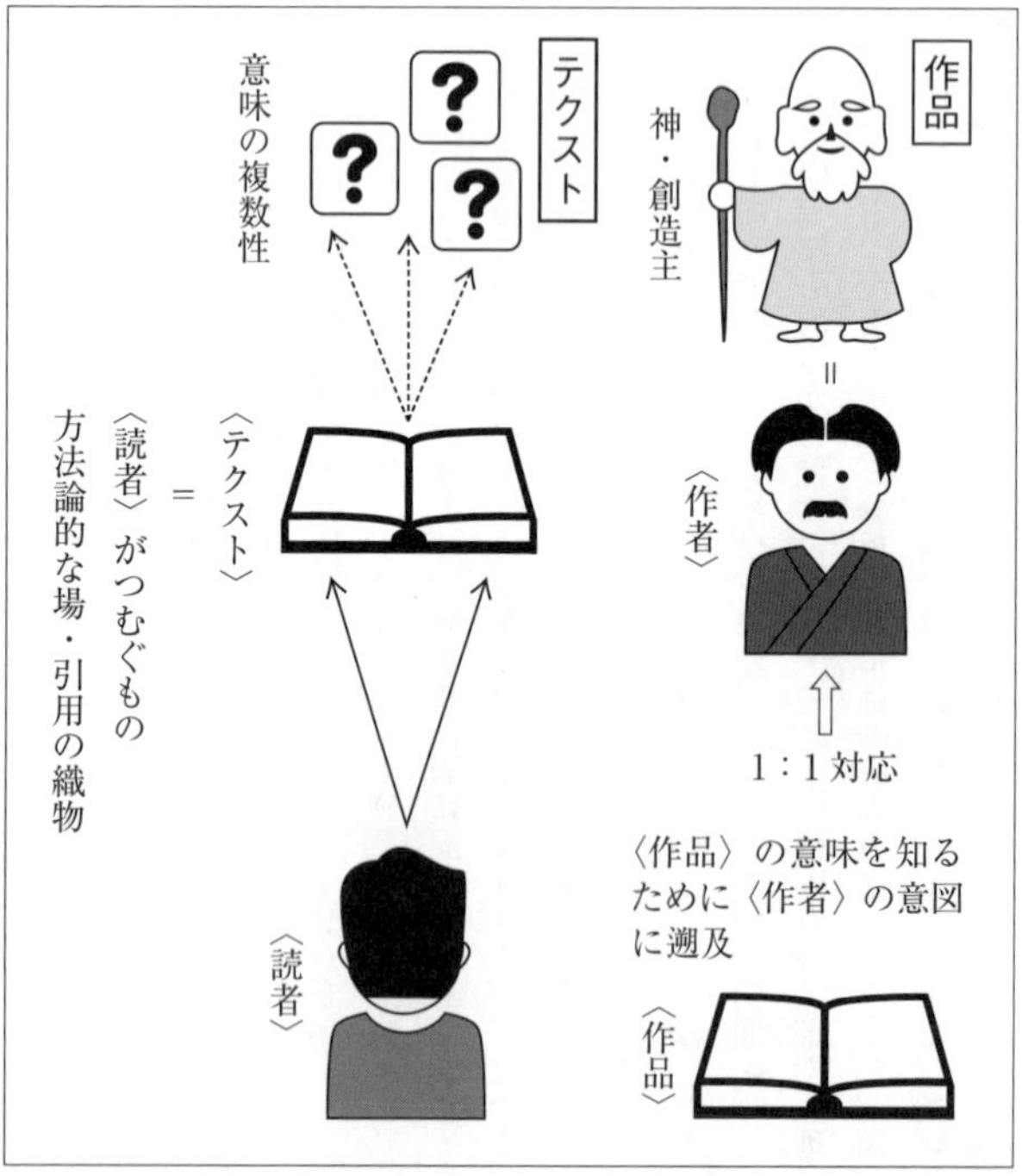

キリスト教神学において、聖書は権威ある正典であり、その言葉は絶対です。聖書とは、霊感によって書き留められた神の言葉を正確に写本として書き継いできたものであり、無謬かつ絶対の存在であるとする聖書信仰が、その根底にあります。〈作者〉を文学〈作品〉の創造主かつ支配者とする考えは、その意味で神学的ですし、同時に〈作者〉が〈作品〉を占有するという意味で、資本主義的でもあります。

バルトは、文学を硬直化した制度から解放し、読者がそれを読むという行為も、読むことによってテクストに触発され、新たに何かを書き始めるという行為（本書のトレーニングシートのように、です）も、すべてを含む創造的な行為として、文学をとらえ直したのです。

> …この多元性が収斂する場がある。その場とは、これまで述べてきたように、作者ではなく、読者である。（略）読者とは、歴史も、伝記も、心理ももたない人間である。彼はただ、書かれたものを構成している痕跡のすべてを、同じ一つの場に集めておく、あの誰かにすぎない。（略）読者の誕生は、「作者」の死によってあがなわれなければならないのだ。（同前）

〈読者〉に読まれなければ〈テクスト〉は存在しません。〈テクスト〉をつむぐのは〈読者〉ですが、〈読者〉もまた読む行為によってのみ存在するのです。ここでは、〈テクスト〉の意味（＝シニフィエ、14章参照）を、〈作者の言いたかったこと〉に求めることはできません。

ところで、バルトのテクスト論は、かつてアメリカの大学で流行した「新批評《ニュー・クリティシズム》」に似た様相を呈します。しかし、その目指すところは正反対といってよいでしょう。「新批評」が作者（主として詩人）の思想ではなく作品（主として詩）そのものの注視を強調したのは、作者（詩人）のイデオロギーや出自（階級）から作品を裁断しがちなマルクス主義への対抗のためであり、詩の内部を内在的に分析する方法の精緻化とそれを駆使できる知的エリートの養成を目的としていたのに対し、マルクス主義者であったバルトの根底には、いかにも資本主義的な、作品の知的独占や、神学的な読みの一義性への批判があったからです。テクスト論に対しては、恣意的な読みのアナーキーや相対主義的ニヒリズムを免れないといった批判がつきものでしたが、的外れです。シニフィエ（作品の意味や概念）の空無に堪えようとするテクスト論は、いわばニーチェの※4〈永劫回帰〉と同様、むしろニヒリズムの超克をこそ目指すものです※5。

ですから、テクスト論とそれに続く物語学《ナラトロジー》がテクストの自律性を強調したのに対し、その他の批評理論が基本的にコンテクスト（テクストの外部、文脈）を重視することとは、必ずしも矛盾しません。批評理論は、かつての文芸批評や文学研究、作品の意味を作者個人に還元したサント＝ブーヴや、人種・環境・時代に還元したイポリット・テーヌの方法とは異なります。20世紀の批評理論が重視したコンテクストとは、総じてミシェル・フーコー（9、12章）のいう、ミクロの権力が網の目のようになったネットワーク、のことなのです。そのネットワークは、私たちひとりひとりの周囲にも張りめぐらされています。批評理論は、テクストを精緻に分析したうえで、そのネットワークとの相互作用へとテクストを開こうとするのです。

日本の近現代文学研究も、一九八〇年代以降、批評理論の影響を大きく受けてきました。この間に直面した最大の転回点は、研究者の当事者性（positionality）が問われ始めたということでしょう。

学問というのは客観的でなければならないから、研究対象からは距離をおいていなければならない、すなわち研究者は当事者であってはならないという前提が、かつての研究の世界には厳然と存在していました。しかし、そのような中立性は偽装されたものでしかなく、ミクロの権力関係を隠蔽するものでした。そのことへの反省が、当事者性の問題をあらためて呼び起こしたのです。

すなわち、おまえは、どのようなまなざしで読み、どこから語っているのか、という問いが、読み語る者にはつねに突きつけられることになったのです。テクストに、あるいは〈作者〉にどれほど寄り添ったとしても、この問いから逃れることは誰にもできません。文学研究においてはしばしば、テクストを読むということは自分を読むということだ、といわれます。それは、まさしく今述べたような意味で、読むという行為を通して明らかになるのは自分自身に他ならない、ということなのです。私たちは、本書を通して、そのような問題が浮かび上がってくることを期待しています。

※1 「ポストコロニアリズム（postcolonialism）」は、狭義には「被植民地が西洋帝国主義による植民地支配から独立した後にも引き続く経済的文化的な被支配状況」を、広義には「植民地帝国主義時代以後の歴史全般」を指す。「ポストコロニアル批評（postcolonial criticism）」は、主として文学テクストを、植民地主義の刻印から解読しようとする批評実践のこと。

※2 「ジェンダー」は「社会的・文化的に構築された性差」のこと。

※3 「カルチュラル・スタディーズ（cultural studies）」は、イギリスの労働者文化研究に端を発する、大衆文化やサブカルチャー、メディアを主たる対象とした、〈文化〉の批評実践。

※4 「永劫回帰」は、ドイツの哲学者フリードリヒ・ニーチェの思想で、「私たちの人生の、苦痛も快楽も一切が、無限回にわたり、永遠に繰り返し回帰するのであって、世界には終局としての目的や意味などない」という考え。究極のニヒリズムに見えるが、目的や意味などなくともこの生を生きるに値するものとして生きねばならぬという、生の絶対的な肯定として見れば、ニヒリズム超克の思想であると考えられる。

※5 バルトは、『彼自身によるロラン・バルト』（1975）の中で、「（道徳性《モラリテ》という）この用語を彼はニーチェのなかで読んだ」「私の頭はニーチェでいっぱいであった」「いつもニーチェを思う」といい、『テクストの快楽』（1973）がニーチェと「テクスト相互関連性」（intertextuality、2章参照）の関係にあることを明らかにしている（翻訳一九七九年二月、みすず書房、P86・162・228・255）。
その『テクストの快楽』では、ニーチェ『力への意志』を引用しながら次のように述べていた。

ニヒリズム。《至高の目的の価値が下落する。》これは不安定な、危機的な瞬間である。なぜなら、最初の価値が破壊されるや否や、いや、それ以前に、他の至高の価値が取って代ろうとするからである。弁証法は連続する肯定性をつなげるだけである。だから、無政府状態にあっても、息がつまるのだ。では、どうやってあらゆる至高の価値の欠如を確立するのか。イロニーによって？　それはいつも確かな場所から出発する。暴力によって？　それは一つの至高の価値だ。しかも、最もよくコードに組まれている。悦楽によって？　その通り。もしそれが教義的といわれなければ。最も首尾一貫したニヒリズムは、おそらく、仮面の下にある。何らかの形で、制度や順応的な言述や目的性の外見の内部に。（翻訳一九七七年四月、みすず書房、P83）

否定を通して至高の価値を追い求める弁証法は、ニヒリズムの裏返しにすぎない。そうではなく、首尾一貫したニヒリズム、徹底したニヒリズム、ニーチェが「力への意志」と呼んだもの、それこそが、テクストの「悦楽」なのである。テクスト論が、ニーチェの「道徳性」つまり倫理の問題であるゆえんがここにある。

本書の使い方

本書は「テキスト」と、その内容に対応した「トレーニングシート」の二冊からなり、文学理論や文献調査の方法を、具体的な作業を通じて習得できるように工夫されております。一回一作一テーマで全十四章の構成は、大学での講義や演習用に適していますが、個人学習用や名作アンソロジー、鑑賞の手引きとしても幅広く楽しめます。

テキスト

- 「テキスト」は「本文」「解説」と資料からなります。
- 「本文」は短編小説の場合、原則、全文掲載しました。長編小説の場合は、抜粋を掲載してあります。
- 「解説」は「本文」を分析する際のアプローチを紹介したものです。原則としてテーマの解説から対象作の解説へという流れで構成され、理論を具体的な小説分析に応用できるよう配慮されています。
- 「解説」の中にある□マークは、対応する設問や作業項目が「トレーニングシート」にあることを示しています。ただし、必ずしも「解説」の読解を中断して「トレーニングシート」に取り組む必要はありません。「○章参照」として他の章との関連を示した箇所についても同様に、適宜予習や復習に役立ててください。

トレーニングシート

- 「トレーニングシート」は「テキスト」の各章に対応した両面シートからなります。一回につき三題程度の設問・作業項目を用意してあります。
- 本書を授業の教科書として使う場合は、教員の指示にしたがって各問に取り組んでください。
- 「トレーニングシート」の設問は、文学理論を習得し、本文を分析するための力がつくように設定されたものです。作業を通じて、初読の際には気付かなかった「本文」の奥深い意味を解明していきましょう。
- 「トレーニングシート」の末尾に、「発展学習」の項目がある回もあります。これはより深く研究するための手びきです。授業によっては、中間レポートや期末レポートの課題として取り組んでもよいでしょう。

本書を教科書として採用してくださる先生方には解説集を提供する予定です。詳しくは、三省堂ＨＰ（http://www.sanseido.co.jp/）をご覧ください。

CONTENTS

凡例

●作品本文の底本については各本文の末尾に、初出の情報とともに記した（初出誌名、掲載年月、底本書名、刊行年月、出版社）。

●作品によっては途中を省略し、必要な場合は梗概を書き添えた。また長い作品の場合はその一部を抄録している。

●底本にあきらかな誤字脱字がある場合は編著者の判断によって訂正した。

●本文の漢字は原則、新字体に改めた。

●ルビは適宜編著者が付した。

●年号表記については、原則、西暦を漢数字で表記し、二回目からは下二桁のみを記した。

●作品本文および引用文献中に、今日の人権意識に照らして不適切と思われる差別表現や性的表現が用いられているものがある。が、時代を伝える資料としての価値を保持するためにも、また作品が提起する問題の存在自体を隠蔽しないためにも、これらを別の語で置き換えたり、使用部分を回避したりすることは行わなかった。編著者は、文学が暴力や差別について考えるきっかけともなり、これらの問題が再生産されることのないよう切願している。

SECTION I

戦後復興期

1945年～1955年

Section 1

1

夢と文学

島尾敏雄「夢の中での日常」

書くことを求めて街をさまよう自称「ノヴェリスト」。猥雑な戦後の世相は、夢の中の日常か、それとも日常の中の夢か。宙吊りにされた死が執拗に回帰する夢は、目をつぶって見る夢よりも謎めき、現実よりも現実らしい。

わたしはスラム街にある慈善事業団の建物の中にはいって行った。その建物の屋上で不良少年達が集団生活をしていると言う聞き込みをしたので、私もその仲間に入団しようと考えたからだ。それは何も、私より一廻りも年若い新時代の連中と同じ気分になって生活が出来ると考えた訳《わけ》ではない。ただ私は最近自分を限定したので、いわばその他の望みがなくなってしまったように錯覚したのだ。つまり自分はノヴェリストであると思い込むことに成功した。所が世間で私がノヴェリストであるとして通用することは出来なかった。私はまだ一つとして作品を完成したことも発表したこともなかったから。ただ長い間私は作品を仕上げようとしていたのだ、と言うことは出来た。私は中学に通う年頃から変節し通しで、はた目には、はがゆい限りであったと見える。というのも私が、はっきり自分がノヴェリストになるのだということを表現するのを恥ずかしがっていたからだ。自分がまだどうにでもなる余地が残っているとたかをくくっていたからだ。所が三十を過ぎても何一つ技術を身につけていないことを知った時に私は慄然《りつぜん》とした気分になった。こんなに色々なものが進歩してしまった世の中で、技術を一つも持っていないということは寧《むし》ろ罪悪であるようにさえ思われた。苦しまぎれに自分にも、とに角《かく》三十年近い現世《げんせ》の生活をして来たのだからその内には何か一つ技術らしいものを習得しているだろうという考えに辿《たど》りついた。そしてそれがノヴェルを書こうとしていたことに落ち着いた訳だ。そこで一つの作品を完成することに着手した。すると表現ということが重くのしかかって来て、私は自分の技術を殆《ほと》んど見限った。然しそのことについて絶望ということを時には口にしながらも食事をとり睡眠し排泄《はいせつ》して、その間にペン字で埋めた原稿紙を重ねて行った。そういうことに一年間がまんした。そして出来上ったものはたった百二十枚しかなかった。自分で読み返してみるとそれはひどく不明瞭なものであった。文字を重ねて行っただけで、神の寵愛《ちょうあい》も悪魔の加担も認められない。文字の集積という点にしても貧弱なものだ。所がその百二十枚が買上げられることになった。そんなことがあるものだろうか。私はそれは一種の茶番ではないかと疑った位だ。大したことじゃないのだ。それは君、一杯のカルピスだよと教えて呉《く》れるような人がいた。そして又それを私に取ついで呉れる人もいた。そしてそれを私も段々信じて行った。そのこととどう結びつくのか分らないが、それと同時に私は自分をノヴェリストとして夢想し始めた。原稿料はどの位貰い、又私の書いたものは華々しく批評されて、私は技術を持ったひとかどの人物として、先ず手近の肉親から信用し始められて追々に世間に及ぼされて行くのだろう。所で私は私の表現の源泉を百二十枚にすっかり安売りしてしまったあとは、書く事が何もないのに気がついた。それでどうしてもその書く事を育てなければならない立場に立至った。然し私は方々の出版社や雑誌社から、有名な人のように注文が押寄せて来た訳ではない。何やら自分で、そんな風にせかせかし始めていたに過ぎない。あたかもそんな気分の時に私は、へんに私にとっては暗示的な一つの映画を見た。それは第一作が発表されただけのノヴェリストなのだが、その次に書く事がなくなってしまったのだ。そして表現を錬金《れんきん》する白々しさに堪えられず酒精の盃の中にすべり込んでしまうという物語であった。そんなことはあるまいと私は思ったが、怠惰《たいだ》の美味がしのびよって来て、どうしてもそれの誘惑に打勝つことが出来ないような時に酒精は私を誘拐しようと近寄って来た。

　そこで私はそれに抗《あらが》うようにして機嫌のよい日にスラム街にやって来たのだった。

　私のつもりでは、私も不良少年団の一員となって、すりや強盗なども実際にやってみ、戦争後に一番思い切って悪くなってしまったと言われるはたち前後の少女とも仲よくして、彼女の酢っぱい思春期を無理矢理もぎとってしまおうなどという悪どい趣味も抜目なく用意して行った。私自身はノヴェリストという仕掛を施したのだから、どんなになっても傷つきようがないという安心感が持てると思い込んだ。そうやってむき出しの両刃にして置けば、逆にヒューマニズムの実践者にされそうな陥穽《かんせい》も用意してあったのだ。そしてその生活の記録とフィクションは私の第二作となるであろう。私はその生活にはいらないうちに色々な期待やら計画やら素晴らしい思いつきやら、なまなましい細部などで作品の出来上らない前から、既に出来上っているような気分が少しずつ湧《わ》いていた。ただそれを表現するという沙漠のような砂をかむ思いに間歇的《かんけつてき》に打ちのめされはしたけれども。

屋上は、と言っても実はその建物の三階だが、戦争中の爆撃の為に鉄筋コンクリートの外部丈が辛《かろ》うじて残り、内部は部屋の区劃《くかく》などもすっとんでしまって、大講堂のようながらんどうになっている。むき出した鉄骨が天井からぶら下っていたり、コンクリートの破片がそこら一面ちらかり、ガラスも何もなくなった大きな破れ穴のような窓からは港の海が眺《なが》められた。そんな場所に、団長が二十人ばかりの団員を集めて集会していた。それは今後の仕事の打合わせや、度胸のない仲間の批判や、追跡に対する作戦などが問題になるのであろうと思われた。

私はくずれた階段をしめっぽく上って行って、そっと一番うしろに佇《たたず》んだ。団長には新らしく入団する了解は得てあった。私は一種の客分で、又彼等の生活のどんな事をノヴェルというものに仕組んでも差支えないという保証も得ていた。ただ私は彼等に対する説教者ではなく、寧《むし》ろ彼等の側に近い精神状態にあり、彼等と違う点は、かなりの年配であることとかつて正当な学問の教育を受けたことがあるに過ぎないのだという巧妙な位置を当然に要求することが出来ていた。それは彼等を包容している慈善事業団の性質とも関係したことであった。私はその慈善事業団の性格をはっきり把握する事に困難を感ずる。見当はつくような気もしていたが、どうもはっきりしなかった。私の知っているその経営者たちのうちの二、三人は、私とは極く親しい間柄であったが、腹の底を打ちあけて言えば、お互いにしんから憎みあっていたようなものだ。それで私もその施設を利用しているだけなのだ。

団長は二十歳を出たばかりと思われる美少年であった。彼の態度は出来るだけ不作法に振舞って人をよせつけない所を見せ、口をひらいて自分を批判する時には、ことごとに自分がひ弱く消極的で礼儀作法や習慣をどうしても破ることが出来ない古い形の人間であるということを、はにかんで語った。

その少年団長が丁度《ちょうど》何かしゃべろうとした時であった。私は階下から受付の者が上って来て、今あなたを尋ねて来た人がいるからすぐ階下迄《まで》来て下さいという知らせを受けた。私はふと不吉なものを感じた。折角《せっかく》新らしい生活に切り出そうとしている矢先に、私が受付から呼び戻されたのだ。私は階下に下りて行った。

受付の所には私の小学校時代の友達がいた。然しその友達とはそれ程仲が良かったという訳でもない。それなのに私はすっかり動揺してしまった。何故小学校時代の友達というものは、この様に落着かない気持にさせるものか。おまけに彼は今悪い病気にかかっているという噂《うわさ》をきいていた。彼がその病気にかかっているらしいことをきいた後でも私は彼と二、三回町の中ですれ違ったのを覚えている。その時私はいかにも昔のままの友情を今も変りなく持っているという顔付や態度を殊更《ことさら》に、彼に示して見せていた。その手前、今も彼にそっ気なく応待することが出来そうもなかった。悪い病気というのはレプラであった。

「近頃素晴らしい事業に関係してるそうじゃないか」

私の姿を認めると彼は、おどおどした調子で話しかけて来た。「それに、小説が一流雑誌に出るんだってね」

　私はすっかり自分を失っていた。その精神生活については何も知ることのない第三者から自分の仕事に関して何か話題にされるというのは我慢のならないことだった。それに彼が小説という発音をした時に何故か、とてもげすな感じがした。まして小学校の時の級友であったという事実は、私をすっかりどぎまぎさせてしまった訳だ。

「君、いつかこれが欲しいと言っていただろう」

　彼はポケットから袋をとり出して見せた。然し彼の右手は如何《いか》にも不自然に、だぶだぶの上衣《うわぎ》の袖口《そでぐち》にかくして、袋だけをぶらぶらさせて見せた。私はそれが何であるかを知った。それはゴム製の器具だ。私はいつ彼にそんなものをたのんだのだろう。然しはっきりたのまなかったと断言することも出来なかった。

「ああそう、わざわざありがとう。それでいくら渡せばいいの」

　私は早く彼に帰って貰いたかった。所が彼はひどくじめじめしたねばっこい様子をしてみせた。つまり彼はもじもじしながら、その袋をあけて、中の器具をつまみ出した。私ははっきりしない混濁した憤りがじわっと胃のふにはびこり出したのを感じた。彼のような病気を持った者がどうして隔離されないのだろうか。而《しか》も何故彼は、じかにそのゴム製品のようなものを彼の病患の手で触ってみるようなことをするのだろうか。然しそれにも増して私が参ったのは、そういう事態を眼の前にして、私は彼の行為を非難する勇気のなかったことだ。その勇気がないことに私はつまずいて彼を拒否することも出来なかった。

　彼はそのゴムをさすったり引伸したりしながらこう言った。

「この頃すっかり品物が悪くなってね。昔のように丈夫なものじゃないんだ。すぐ破れてしまうかも知れんよ」

　そして、一枚一枚たんねんに検査し始めたのだ。その時の私の状態はどう言ったらよいのだろう。ひどい侮辱《ぶじょく》の中に浸って、時の経過を待っていた。

　やがて彼はしっかり袋の中に納め終って、その袋を私に渡して呉れた。私は彼の指にふれない為に、その紙の袋の端をつまむようにして受取った。そして私は百円紙幣を一枚、矢張《やは》り端をつまむようにして彼の指の傍《そば》に持って行った。

「それじゃ、これを取っといて呉れ。又そのうちに上等品があったら持って来て呉れないか」私は口をゆがめてそんなお世辞まで言った。

　彼は無造作に指を押しかぶせるように紙幣を受取ろうとした。私はすっかり彼に悪意のあることを感じとったので、今度は少し露骨に手をひっこめた。

「じゃ、いずれ。今日は一寸会合があるものだから失敬するよ」

　私は素早く彼の前を脱《のが》れた。彼の全身からにじみ出ている湿気のようなものは一体何だろう。私は事務室にはいって、昇汞水《しょうこうすい》を金だらいにたらしてそれを水で割った。そして私は袋と一緒に両手をその消毒水の中につっ込んだ。それは殆んど本能的にそういう動作をした。その時ぎいっと扉があいた。私は手を金だらいにつけたまま、ぎょっとして扉の方を振り返った。其処《そこ》にはレプラ患者の彼が、嫉妬に燃え狂った眼付をしてつっ立っていた。何というのだろう。さっき迄彼の顔面にはまだ病状は現われていなかったのに、今の彼の眼の廻りには既にどす黒い肉のただれがくまどっているではないか。彼は消毒液の中の私の両手に、いやな凝視をそそいでいたが、やがて甲高い泣出すような声を出して叫んだ。

「あんたも、あんたも、やっぱりそうだったのか」

彼はやにわに近づいて来た。

「畜生、みんな贋物《にせもの》だ。俺はうつしてやる。あんたに俺の業病をうつしてやるのだ」

私はテーブルを楯《たて》にして逃げた。彼は真っ黒になって追っかけて来た。するとそのさわぎをききつけて、受付の少女が部屋にはいって来た。彼はきっとなってそっちを振向いた。そこには少女がけげんな顔付で立っていた。

「くそっ、誰だって容赦はしないんだ。誰だってかまわないんだ」

彼はそう言うと、その少女の方に近づいて行って、少女をがっしり摑《つか》んでしまった。

私は床を蹴《け》って脱れた。私は少女を見殺しにして置いて脱れて来た。

その後で彼等はどうなったのだろうか。慈善事業団の建物はどうなったのだろうか。又屋上の不良少年団はどうなったろうか。それ等を私は知らない。私はそれっきりもうあそこには近寄らなかった。そこに近寄らないということで、私はずっとうずき通しであった。

それでも私は町なかを歩いていた。どこかをいつも歩いていた。それ以来、空にはいつも飛行機が飛んだ。無数に飛行機が飛び、私は不安におののいた。私は金属が空を飛ぶという事も恐ろしかったが、それよりも、その飛ぶものから何かが落ちて来はしないかということに余計恐れた。だから私は飛行機が飛ぶと空を見上げて、何か落ちて来た場合の処置を考えた。飛行機からは時々アルミニューム製のガソリン槽が落ちて来た。地表にぶつかると、がんと奇妙な音響を発して、そのまま動かなくなった。それには安心出来た。然しやがて何が落ちて来るか分ったものではない。そのうちにも飛行機の数は次第に殖《ふ》えて来た。そして高度も段々低くなって、蝗《いなご》の襲来のように堅い胴腹を陽にきらきらさせ乍《なが》ら町の上空を旋回した。私は最後の日のようなものが近づきつつあるのではないかと思うようになって来た。

或《あ》る日、私は焦燥《しょうそう》にかられて仕方《しかた》がなかった。へんに辺《あた》りがたよりなくて往生した。それで私は或る高名のノヴェリストを訪問しようと考えた。私の最初の作品の掲載された雑誌は未《ま》だ刷り上っていなかった。私は何者かにせかされていた。それに日が経って来ると、レプラ患者に逢った日の細部がはっきりしなくなっていた。あの日、私は彼の肉体のどこかに触ったのだったろうか。それとも決して触りはしなかったのか。あの時私は完全に消毒したのだったろうか。それとも消毒しようとして、彼に追いかけられたまま、脱れて来てそのままになっていたのではないか。その時の前後の事情から、順々にその時の事を思い浮べて見るのだが、触られたのか、そうでなかったのか、消毒したのかしなかったのか、どうしてもはっきり思い出すことが出来なくなってしまった。それで私の肉体も私は信用が出来なくなっていた。一方飛行機が無数に飛ぶようになっていた。私の作品は未だ発表されていない。私は私の作品に対して何の反響もきくことが出来なかった。そして第二作の計画は挫折したままになっていた。このまま、ぐらりと一切《いっさい》が転換して、私の作品が多数の複製となって世の中に頒《はん》布《ぷ》されるということは、幻影だったということになってしまうのではないか。それでなくても雑誌の編輯者《へんしゅうしゃ》から、都合によって次輯廻しになったと言って来るかも分らなかった。又は印刷所の手落ちで、原稿を紛失してしまったと言って来るかも分らなかった。その時私は激怒することが出来るだろうか。私はレプラ患者から脱れたように、その場をただのがれようとするのではないか。私はぐらりと私の重い身体を動かす。すると周囲のものの一切がぐらりとゆれて傾く。

　私はその高名のノヴェリストを訪ねようと思った動機をはっきり示し出すことが出来ない。私はまだ一つも作品を書いていないのと同じだという気分をなくすことが出来なかった。それでその高名のノヴェリストに自分を紹介する時に、私はずい分間の抜けた顔付をするだろうと思った。彼は私を知らず、気持も落着かず不愉快な感じを持つだろう。その私が彼の小説のことなどを言い出したら、彼はどんなにか堪えられない思いをするだろう。そして私はうまく機会を作って言うだろう。「私も私のノヴェルが売れました」「ほう、何に」「あなたもお書きになった事のあるあの雑誌です。でもまだ出ていないのです」

　私はそのノヴェリストを何処《どこ》迄おそろしく考えていたのか自分にも分らない。幾分軽蔑していたのかも分らなかった。それで色々そんなことを考えていると、もうその人の所にのこのこ出掛けて行くのが面《めん》倒《どう》臭くなった。

愈々《いよいよ》終末の日が近づこうとしている時に、私は一体何をしたいと考えているのだろう。私は何を望んでいるのだ。私はあのゴム製品を使いたいとは思わない。そしてあれは何処に見失ってしまったものか。あのいやな出来事のあった日以来、この町での唯一の私の世間への交際場であったあの慈善事業団の建物にもぷっつりと近づかなかったから、私はこの町で友人という者は一人もいなくなった。私の父や母は何処に居るのだろう。私は父を見失い、母をも見失っていた。それは少し誇張した言い方であったかも知れない。私は、父の居所を知る事は出来なかったが、母の居所は大凡《おおよそ》分っていた。母は戦争中に壊滅してしまったと伝えられる南方の町に住んでいた筈《はず》であった。そして新聞紙などでは全滅してしまったように伝えられたけれ共《ども》、実際に行って見なければ分ったものではない。それだから私は母の居所の見当はついていたけれ共生きているのか死んでいるのか分らなかったのだ。そして父は、恐らくは私と母とを探しているのではないかと思われた。私は突如《とつじょ》その南方の町へ行って見ようと思った。それは母に会いたいと言うのでもなかった。母の生死を確かめたいと言うのでもないようだ。私はぐらりとそちらの方へ身体を移した。

　其処《そこ》はまぎれもなく、その南方の町のようだ。それは前に見馴《みな》れていた馴染《なじ》みの町の様子とは少し違うようだが、明らかに私はその町にふみ込んでいた。すると町は全滅した訳ではなかったのだ。私は町なかを歩き廻った。母の実家はずっと以前に断絶してしまってはいたが、私の母はこの町で生まれたのだ。それで以前私はしばらく此《こ》の町に住んでいた事があった。然し今となっては私が身体を休めるような場所は一つとして残っていそうもない。いくらか知っていた家も代がわりをしてしまっていた。それでも私はごく当り前に母の家に行きつく事を信じていた。

私は町の中をうろついた揚句《あげく》に、ひょっこり町のさい果てであり、電車の終点でもあるターミナルに出て来た。夕暮れなのか、既に夜にはいったのか、辺りは馬鹿に暗い。私は立止まった。すると一度に色々の事が甦《よみがえ》って来た。私はまるで雲をつかむように構想もなく、デパートや理髪屋の明るい人だかりの中を通って来ていたのだが、その暗いターミナルの背後を囲んだ立体的な丘陵住宅の風景を感じとってある事を思い出したのだった。私は行く場所の見当がついた。私は郊外電車に乗って或る場所に行けばよかったのだ。そしてその場所こそは新聞などで壊滅したと言われていた場所に違いなかった。

そのターミナルからは北の方の闇に向って、鉄道が敷設《ふせつ》されているようであった。その軌道《きどう》が、どこをどう通ってどういう町々を連ねているものかは一向に分らなかったがただそちらの方に行けば、丘陵も建物も灰になってとろけるように崩れ落ちた平面の感じがする或る区域に、その場所があるようであった。そして私はしきりに心配事の種が心臓の辺でうずき出しているのを感じた。私は早く其処に行かなければならない。

風が吹き始めた。ターミナルの路傍で私は切符売りの婆さんから切符を買った。高い電柱のてっぺんの方で裸電球がつけ根がゆるんでぶらぶらしながら切符売りの婆さんとその箱のような居場所を明るく区切っていた。私が最後の切符の求め手であったかのように婆さんはそそくさとその箱の店をたたみかけたので、私もあわてて電車に乗込んだ。

電車は混んでいた。だが私は押分けてはいって行った。真ん中あたりの釣り革にぶら下って魚のように呼吸していると、必ず座席がとれるだろうという気がしたのだ。するとその通りになった。私のすぐ眼の前には、如何にも娘ざかりの肉付のいい若い女が銘仙《めいせん》の着物を着て坐《すわ》っていた。鼻が平たくて気になったが小ぶとりの身体つきに妙に惹《ひ》かれるものを感じた。近郊の在から出て来てそう日もたっていないような風だ。私は眼でその娘の身体に小料理屋の女のあくどい柄のはでな着物を着せてみた。すると私はがまんのしきれない子供のような慾望を感じ出した。そこで私はその娘の横の座席にしつこい執着を示すと娘は仕方なさそうに横につめた。その大儀そうな仕種《しぐさ》は醜いものだったが私にはひどい挑撥《ちょうはつ》と受取れた。もう手中の小鳥を料理する気分になっていた。

私は自分とは別の人間の柔軟な体温のぬくもりを感じていた。その別の人間である女が少しでも身体を動かすと、私には自分の肉体の曲線がまざまざと伝わり、その女の肉体との境界の線があからさまに知らされた。そうすると私は少し煙草《たばこ》をのみ過ぎた時のように眼がかすんで来た。そして私の肉体がもうあの時から崩れ始めて駄目《だめ》になっているような感じにとらわれた。と同時に私はその娘も充分意識して饗宴に与《あずか》っていることを確信していた。それで先のことは考える余裕もなく、刻々が重なって未知の時間に移って行く刹那《せつな》がそこにあった。

私は自分の膝《ひざ》でその娘の膝の辺の括約筋の色々な方向を数え始めた。すると娘はついと膝を外した。何ということだろう。私は突然平手打ちを喰《く》わされたように狼狽《ろうばい》した。私は自分の肉体の不随意な神経をひどく残念に思った。その娘は私の性根を白々した気持で計算して、つとそのぬくもりを外したに違いないのだ。私は猛然と闘争の心が起った。先ず手はじめに、非常に侮蔑された気味合を充分に現わしてぷいと顔をそむけてみせた。すると、半ばそういう期待もあったのだが、娘がおろおろし出したのだ。私はいささか拍子抜けがして娘の方をながし目に見た。私が身体をそらし加減にしてぐいと膝を押しつけていたものだから娘の膝が乱れて不ざまになったのであった。娘はその膝をつくろおうとしたのだった。娘は身体をよせて来て、

「御免なさい。そんなに怒ってはいやです。仕方がなかったの」

と言った。それはまるで他人でないような調子だ。私はこの変な葛藤には負けたような気がした。と同時にその娘の肉声をきいただけでいやな気持になって、正気づいてしまった。そこで私は思いきりぷつりとこの遊戯の糸を切ってしまうことにした。そして甘ったるいだらけきった余韻の中で、私はいつの間にか、或る家の中に居たのだ。

そこは絶滅したかもしれないと思っていた場所の一劃であった。何かのいたずらでその家は残っていた。そこは私の母の家であった。そして私はどこからか、父を無理矢理にこの母の家に引張って来ていることに気がついた。そうだ、私は此処に来る途中何処か身体に束縛を感じていた。それは私一人でない何者かが私の影となり身体につきまとっていたのだった。それは私の父であったのだ。此の家にはいって、はっきり私の父であることが決定したようであった。

私はもう其処に住み込むつもりで、畳の上を歩き廻って部屋部屋をのぞいてみたり、裏の縁側に立って板塀《いたべい》越しに隣りの家の方をのぞいてみたりした。猫の額《ひたい》のように狭い不潔な庭には枇杷《びわ》の木が一本植わっていた。その黒っぽい色素の枇杷の葉が一枚一枚ゴム細工のようなぼってりした重量でいやにはっきりと眼に写った。畳はぶよぶよふくれ上りほこりっぽく、ねだがゆるんで歩くとみしみしわった。天井板は全部取外してあるので部屋裏の骨組みが蜘蛛《くも》の巣だらけで、電灯のコードが張り渡されて眼ざわりであった。壊滅からは免がれたとはいうものの、やはりあの一瞬の閃光《せんこう》の時にこの家全体に癒《いや》すことの出来ないひびがはいってしまったことが見てとれた。部屋はひどく陰気なのだ。母がよくこんな所に住んでいられたものだと思った。

「畳はずい分きたないね。僕はこんなのは大嫌いさ。僕が来た以上は、うんときれいにする」

私は大きな声で少しあてつけに、うんとと言う所に力を入れてそう言い、言ったあとの自分の言葉でふいと私は母が何か不潔なような思いを抱いた。私が大声でそんな事を言ったのには一寸したからくりがあった。そんなふうに言うことによって、母の今までのこの家でのふしだらな生活をわざときめつけることになると思った。そうすれば私は父の御気嫌を伺《うかが》い、併《あわ》せて母としても父に対していくらか肩の張り

がとれて気易くなることが出来るだろうと思った。その結果は父に対しては上乗であったようだ。然し母に対してはすこし効き過ぎたような悲しさに襲《おそ》われた。

　私は母はもっと年をとっていると思っていた。然し今見るとまだ仲々瑞々《みずみず》しさが残っているようだ。だらしなく猫じゃらしに結んだ伊達巻の小粋にななめになった腰のあたりがどうかするとなまめいてさえ見えた。母は不義の混血児を負《お》ぶっていた。その白っ子のような男の子は、私は前々から母の生れた町でちょいちょい見かけていたことを思い出した。年の割にのろっと大きな感じの子で、そんな大きな子を母が負ぶっている気持が分らなかった。思うに父の黒い眼の前ではどう隠しようもなくて、いっそ身体につけてしまったのかも知れない。私は町の路上で遊んでいたその混血児が、実は自分の母の不しまつの結果であることは、今度此の家にやって来て始めて知った。でも私はその事に少しもおどろかなかった。一さいがそうだったろうと前から分っていたような気持になっていた。いや寧ろこんな誠に小説的な環境がこの自分のものであったということに、訳の分らぬ張合いが起って来た。自分の根性を素手で摑んだ気持でいた。そうだ。私はノヴェリストとして自分を限定してしまったのではなかったか。

　母は父がやって来た手前いくらかやぶれかぶれでふてくされているみたいに見えた。父が何か言えばそれに答えて伝法にぽんと言い返しをやりかねない風情に見えた。然し私には、そんなのろっとした白っぽい異人の子を負ぶって父に応待しているということに、女の運命に逆らうことの出来ない自然さの中で、母がもうおろおろしきっているように映《うつ》った。私はそういう自分の甘さにのって、うっかり、

「お母さん大丈夫ですよ、この子は立派に、私の弟です」

　と言ってしまった。その瞬間私は自分で自分の言ったことにセンチメンタルになって、胸がつまり、ヒロイックですらあった。母とその混血児は涙ぐむだろう。その時の腹の底では、もし父が反対しても私は自分に自信があるような気がしていた。私は瞬間瞬間の私の感情的な反応を信じない決心をしていたのだ。それはあの日以来そうなっていたのだ。

　父はすべてを黙って見ていた。私のそのへんてこな自信をも含めて見ていて、甚《はなは》だ不愉快そうであった。私には父の肉体は感じられない。私が父をこの母の家に連れて来たのだが、父には殆んど位置というものがない。而《しか》も私は明らかに母に対して父をこの場所に位置させていた。厳として、父らしい気配がそこに存在した。そしてその気配が不愉快そうな様子をした。

　父は言った。

「その他に、女の子も又別に二人の子供もいるのだ」

　そうぽつりと言った。それ丈言ったのであるが、私にはその出された言葉より、余音となって消えた「お前は知るまい」という出されない言葉が、ぴしりと胸に来た。父が口に出して言わない後の方の言葉が現に出された言葉よりもなまなましく私の胸に焼きついた。私はその父の姿に醜くたじろいだ。然しうちの者は怪我《けが》ひとつしないと言うのが戦争前までの私の現実だったのだ。それが今日此頃はどうだろう。こんなにぎっしり不幸が矢つぎ早にやって来た。私はもう自分が何であるか分らない。うわあっ、何と素晴らしいことだ。之《これ》がみんな俺の現実なのだ。そういう気持が瘡《かさ》のようにはびこり出していた私

に、父の今の一言はぴしりと来た。私には父がゆるぎのない世間の鉄の壁に見えた。

「その位のことは前から知っていました」私はか弱い追従《ついしょう》の笑いを浮べて、とにかく父に言い返した。拭《ぬぐ》うことの出来ない罪悪のように仮借なくきめつけられた私の甘さを、どんなにしてでも繕《つくろ》いたかった。お父さん、本当は私はレプラにかかっているのですよ。私はどんな現実にも驚かない私だという虚栄を満足させたかった。然しその結果は、父と母との人間的な不和に対して私風情が到底どうすることも出来ないことを思い知らされたに過ぎなかった。

「………」

　父は又何か言った。

それは怖ろしい言葉だった。私はその言葉をきいた時は、私の皮膚は母の皮膚の一部ではなかったろうかと思った。その皮膚にはっきり地獄をのぞき見させた言葉だった。

　母はそれに何ごとか言おうとした。母が何ごとか言わなければ世界の平衡がとれないで甚だ宙ぶらりんになる。早く母は何か言わなければならない。父の口から吐かれた瓦斯体《ガスたい》のものを母の口からの別の瓦斯体によって中和させるか何かしなければ、此の廃墟のただ中に奇妙に取残された或る地点を中心にしてこの国全体が崩壊しそうであった。所が母はお盆のようなものを畳の上に置いた。母が父に向って何か言う時には、その言葉に嘘が少しもないことを示すために、一種の踏絵の儀式を行う約束になっていたと見える。そのお盆には肖像画が画かれてあったのだろう。丁度裏返しになっていたので見ることは出来なかったが、その肖像は誰のものだったろうか。私はその肖像の主を異常な執心で見たいと思った。母はつと裾《すそ》をからげてその盆の上を踏んだ。私はそれが私の母であることを疑った程、なまめかしい姿態であった。私はこの極端に尖鋭化《せんえいか》してしまった今の瞬間が、和解の絶好の機会だと直感した。私は殆んど祈りたいような気持になっていた。然し、何と言うことだ。母が口走ったのは、母の情人、その西洋の男に対する真実の信頼の言葉であった。

　父は激怒した。父の感情の波は、私にそくそくと伝わった。私も又父と共に激怒した。然し又同時に私は父の精神の破局を甚だ小気味よいものに思った。父は鞭《むち》をとりあげて母を打とうとした。すると私には又甘いヒロイックな気持が起った。私は父に母の代りに父のせっかんを受けることを申し出た。父は始めなかなかがえんじなかった。その父の表情は青ざめた真面目なものであった。私はその父の顔を見ると更に執拗《しつよう》に母の身代りを繰返した。私のその真剣なやり方は我ながら真に迫ったものがあった。父は遂に承知した。だが父は口もとに冷たい微笑をうっすら浮べていた。

　私は父の鞭を受けた。

　それは物凄《ものすご》いものであった。私は殆んど失神せんばかりであった。父は石の如く憎悪の極に立っていた。私は何かを甘く見過ぎていたことを手ひどく思い知ったが、死んでもそのせっかんに悲鳴をあげることはないであろうと思った。鞭が終ると、棍棒《こんぼう》のようなもので私は顔面をしたたかなぐられていた。

やがて私はその家の外にいた。口の中は歯がぼろぼろにかけてしまった。手でいくらつまみ出しても、口の中には歯の粉砕された粉がセメントの様に残った。私は自分の口をまるでばったかきりぎりすの口のように感じた。

私は何処を歩いているのだろう。私には一切が分らなくなった。其処は崩壊してしまった場所の筈であった。然し今私が歩いている所は、すっかり家が立ち並んで人々が往来していた。

硫黄《いおう》のにおいがする。そしてその家並《やなみ》は傾斜している。家並に沿って谷川が流れているようだ。だが私に川は見えない。ただそんな気持がしている。道には並木が植わっている。之は何の木だろう。桜かも知れない。季節になると眠たげな雲のように桃色の花々が棚びくのであろう。然し今は花はついていないようだ。この家並は湯気のようなもので覆《おお》われている。そして硫黄のにおいがする。私はどうしてこんな道を歩いているのだろう。又一夜の宿りの旅館をあれでもない之でもないと探しているのだろうか。道はだんだん下り坂になっている。石ころが多くなった。人々が往来する。だがみんな影が薄い。あたりがくらい。決して夕方ではないのに。太陽があんなに中天高くかかっている。それなのに暗い。人々はぞろぞろ歩いている。

（かっとまばゆい嘗《かつ》ての日の真夏の昼の、海浜での部厚い重量感を呉れえ）

私はそんな事を思って歩いていた。私は、あの家に行ってやろうと思っているのだろうか。あてがないふりをして歩いていながら、あてがあるのに違いないのだ。

人家の家並は間遠《まどお》になって、やがて細長い三階建の木造家屋の下を通った。それで私の気分は陽がかげったように暗さを増した。私は首をうしろにもたげて家屋の上の方を眺めた。すると窓という窓には一ぱい人の顔が見えた。それは学校の生徒の顔のようだ。私は屈辱で全身がほてった。然し全部の生徒が私を見ている筈もないのだ。私はもう一度よく見ようとした。というより、そちらの方に顔を向けてみたのだ。よく見極めるというような冷静さはなかった。熱を持った眼にうつったのは、たった二、三人の生徒だけが私を見て笑っていたに過ぎないことを了解した。私はそのまま歩いて行った。

（インチキインチキインチキ）

私の気分がささやいた。

（君はね）

又気分がささやいた。

（当って砕けろではなくて、砕《くだ》けてから当っているんだ）

（それはどういう意味だ）私は抗議した。（何を言うつもりなんだ）

すると気分が律動に乗って答えて来た。（お前は此の間、いやにしつこく主張していたぞ。あ、た、つ、て、く、だ、け、ろ）

（そんなくだらない事を主張する訳がない）私はかぶりを振った。私は道を歩いていた。硫黄のにおいがして来る。

（気分を信用するな）

それは又誰のささやきだろう。

（お前の行く所は分っているよ）

私はどうやら目的の家の玄関に立っていた。

「一晩とめてくれえ」

私は女の部屋に通った。

（それ、お前のさわりだ。しっかりやれ、同んなじ調子）

格子窓《こうしまど》につかまって外を見ている子供がいた。

「駄目なのよ、その子」

女が私の背中の方で、気配を見せながら言った。

「駄目って、どう？」

「もう見放されたの、お医者さんに」

私はその子供の傍に近寄ってみた。然し何処が悪いのだろう。ちっとも病気らしく見えない。私は声をかけた。

「坊や、何を見てるの」

「向う」

子供は透き徹る声で答えた。私は格子窓の向うの景色を感じていた。それは一面の田圃《たんぼ》で、今は何も植えられてなかった。土は一度掘起されたまま固く凍りついていた。それが眼の届く限り続いていて、一里も先の方に、ちょろちょろと地平線に浮き上って踊っているようなまばらな松林が見えた。そして海鳴りが聞えていた。じっとその方を眺めていると、松林越しに白い波の穂のくだけるのが見えるようであった。

「坊や、海が見えるねえ。おじちゃんがだっこしてやろう」

私はその子供を抱いた。殆んど重みというものがない。私は勇気を失った。すると子供は私に抱かれるのを待ち構えていたようにけいれんを起し始めた。私は子供をそっと下におろした。

「駄目らしいね」

私は女に言った。私は頭がかゆくて仕方がなかった。それで指を髪の中に突っ込んで、ぼりぼりかいた。そして部屋の隅に置いてある鏡台の前に坐った。すると其処に新刊の雑誌がのっかっていた。女はすすり泣きをしていた。その雑誌は私の最初の作品が載る筈の雑誌ではないか。私は急いでその雑誌をとりあげて、目次を開いて見た。

おお、確かに載っている。私の名前が活字になっている。然し何故私には送って来なかったのだろう。何を措《お》いても先ず私がそれを見る権利があるのではないか。頭がかゆい。そして首筋の辺りがひどくかゆくなった。それで、かゆい所をひっかいてむしった。

「此の雑誌どうしたの？」

「あら、それ」

女が後ろに来た。

「それに、俺、こんな題名をつけたかしら」

「一寸」

女がびっくりしてつまったような声を出した。「あなた頭どうかしたの。へんなもの、一ぱい」

私は頭に手をやって見た。すると私の頭にはうすいカルシウム煎餅《せんべい》のような大きな瘡《かさ》が一面にはびこっていた。私はぞっとして、頭の血が一ぺんに何処か中心の方に冷却して引込んで行くようないやな感触に襲われた。私はその瘡をはがしてみた。すると簡単にはがれた。然しその後で急激に矢もたてもたまらないかゆさに落込んだ。私は我慢がならずにもうでたらめにかきむしった。始めのうちは陶酔したい程気持がよかった。然しすぐ猛烈なかゆさがやって来た。そしてそれは頭だけでなく、全身にぶーっと吹き上って来るようなかゆさであった。それは止めようがなかった。身体は氷の中につかっていて首から上を、理髪の後のあの生ぬるい髪洗いのように、なめくじに首筋を這《は》い廻られるいやな感触であった。手を休めると、きのこのようにかさが生《は》えて来た。私は人間を放棄するのではないかという変な気持の中で、頭の瘡をかきむしった。すると同時に猛烈な腹痛が起った。それは腹の中に石ころを一ぱいつめ込まれた狼《おおかみ》のように、ごろごろした感じで、まともに歩けそうもない。私は思い切って右手を胃袋の中につっ込んだ。そして左手で頭をぼりぼりひっかきながら、右手でぐいぐい腹の中のものをえぐり出そうとした。その核を頂点にして、私の肉体がずるずると引上げられて来たのだ。私はもう、やけくそで引っぱり続けた。そしてその揚句に私は足袋《たび》を裏返しにするように、私自身の身体が裏返しになってしまったことを感じた。頭のかゆさも腹痛もなくなっていた。ただ私の外観はいかのようにのっぺり、透き徹って見えた。そして私は、さらさらと清い流れの中に沈んでいることを知った。その流れは底の浅い小川で、場所はどうも野っ原のようである。私はさらさらした流れに身体をつけたまま、外部を通し見た所に、何の木か知らないが一本の古木があって、葉は一枚もなく朽ちかけた太い枝々の先に、鴉《からす》がくちばしを一ぱい広げて喰いついているのが見えた。

私は胃の底に核のようなものが頑強に密着しているのを右手に感じた。それでそれを一所懸命に引っぱった。すると何とした事だ。

それをもっとよく見ようとして目をみはると、それも一羽だけでなしに、どの枝の先にも、そのようにくちばしを一ぱい広げてがっぷり枝先に喰いついた鴉がうようよしていた。それは丁度貝殻虫のように執《しつ》拗《よう》な感じを与えた。鴉はそのままの姿勢でいつ迄《まで》もそうやっているような気がした。ただ生きている証拠に、てっぺんに向けた尻を時々動かしては、翼をやんわり広げる恰好《かっこう》をした。然しくちばしで葉のない太い枯枝にがっきり喰いついたままであることに変りはなかった。それで流れの中につかっている私は、その鴉どもを、貝殻虫をむしり取るように、ひっぺがしてやりたいと考えていた。

（本文：初出「総合文化」〈一九四八・五〉／底本『その夏の今は・夢の中での日常』〈八八・八、講談社文芸文庫〉）

解説

1 ノヴェリストの見る夢

スラム街に足を踏み入れる「私」は、自分がノヴェリストであると思い込むことに成功したのだから、犯罪まがいのことをしても、逆にヒューマニストにされても安心だなどと言います。この安易な職業意識を批判的に読むこともできますが、「私」の振る舞い自体がノヴェリストへの批判となっていると読むことも可能です。作中人物の水準とテクストの水準とは分けて考える必要があります。

「私」が見た「暗示的な映画」とは、ビリー・ワイルダー監督『失われた週末』です。「私」は「第一作が発表されただけのノヴェリスト」が「表現を錬金する白々しさに堪えられず酒精の盃の中にすべり込んでしまうという物語」だと言いますが、映画の主人公は酒に逃げる原因を「なりたいものになれないからだ」と述べており、「私」の説明とは異なります。「私」の語りには過剰な同一化があります。「表現を錬金する白々しさに堪えられ」ないのは語り手自身でしょう。

南方の町へ行き、母が「不義の混血児」を負ぶっているのを見た「私」は、「小説的な環境」を得たと実感します。「この子は立派に、私の弟です。」などとセンチメンタルなことを口走るのも、ノヴェリストとしての自己限定がなせるわざです。ところが、「何と素晴らしいことだ。」と喜んだのも束の間、「お前は知るまい」という出されない言葉が突き刺さり、さらに「………」という怖ろしい言葉に打ちのめされてしまいます。それはもはや「瓦斯体」としか表現されえません。言葉で世界を構築するノヴェリストとしての、完全な敗北です。

硫黄の臭いのする中、「私」は頭のかさが猛烈に痒くなり、痛む胃の核を引っ張り上げ、ついに裏返ってしまいます。いかのようにのっぺり透き通って小川の流れに沈み、古木の枝に喰いついた鴉の群れをひっぺがしてやりたいと考えます。難解な結末ですが、精神分析の創始者フロイトが分析した症例「狼男」の夢——窓の外のクルミの木に、白い狼が六、七匹座っている——を思い起こす読者もいるでしょう。

2 夢は願望の充足

人は、何のために夢を見るのでしょうか。フロイトは、睡眠を守るため、そして願望を充足するため、と考えました。夢は、無意識に潜む抑圧されたものが自我の検閲によって変形歪曲され、意識に浮上してきたものです。それがなぜ歪曲されるかといえば、本人が知りたくない認めたくないためで、端的に幼児性欲（性器に限定されない、全身に拡散する性の欲動）に関わっているからです。夢の中では、誰もが赤ん坊に還りたいのです。分析家は患者の語る夢と過去の記憶とから隠された欲望を探りますが、無意識はあくまでも構成概念であり、実在物ではありません。分析家が作り上げた〈物語〉を、患者が受け入れるかどうかが治療の要点です。夢を語ることや夢を解釈することと、小説を書くこととは、そもそもよく似た営みです。夢を小説に書くことは、語り手が夢の解釈に乗り出したり、読者に夢の解釈を投げかけたりすることなので、二重に精神分析的な営みであると言えます。
テクストには、戦時中と戦後との境界が見失われてしまう悪夢のような場面があります。〈蝗が襲来する最後の日〉は、ヨハネ黙示録を想起させます。第五の天使がラッパを吹くと、地上の穴から出てきたイナゴが、額に神の刻印がない人を五か月間苦しめるとあります。「私」には、終末の夢が反復強迫のように到来します。

第一次大戦の後遺症で、自らの怖ろしい体験を繰り返し夢見てしまう外傷性神経症が、帰還兵の間で多数見られました。夢が願望充足のためにあるならば、なぜ忘れたいのに悪夢を見てしまうのか。フロイトはそれを反復強迫と呼び、死の欲動（タナトス）という概念を提唱しました。「夢の中での日常」は第二次大戦後の帰還兵の見る悪夢であり、それが第一次大戦の後遺症に重なるのは当然なのです。

「私」は最後に〈変身〉しますが、同時期には安部公房もシュルレアリスムの影響下に、植物への変身譚「デンドロカカリヤ」を書いています。アンドレ・ブルトンらシュルレアリストたちは、フロイトの精神分析をもとに、自動記述という方法で、無意識を直接表現しようとしました。古代ローマの詩人オウィディウスの『変身物語』は、二五〇篇ものギリシャ・ローマ変身神話を集めたものですが、フロイトやユング以後、神話は無意識の普遍的表現と考えられたため、『変身物語』からもナルシシズムやダフネ・コンプレックスなどが抽出されました。変身物語の多くもまた精神分析と親和的とされたのです。

3 戦争の後に

島尾の小説群には、戦時小説の系列と、妻との葛藤を描く系列、本作のような夢の系列とがあります。それぞれ異なった相貌を見せますが、根は同一であると指摘されてきました。精神分析の観点からもそれは確認できます。島尾はフロイトもユングもあまり読まない、学問的なものはよくわからないと言っていますが（横尾《よこお》忠則《ただのり》対談集「宇宙瞑想」）、実際には「島尾敏雄日記」に「エディプスComplex」（一九四七・二・一三）とか「精神鑑定者のやうな気持で書いてゐる。」（四八・二・一）などと書いており、精神分析への関心が確認できます。

島尾敏雄は、昭和一八年九月に大学を繰上卒業すると、海軍予備学生に志願し、翌年一〇月には第十八震洋《しんよう》隊指揮官となり、奄美《あまみ》群島加《か》計呂麻《けろま》島呑之浦《のみのうら》基地で出撃を待つ身となりました。昭和二〇年八月一三日、特攻出撃命令が下りますが、即時待機の状態でそのまま敗戦日を迎えるという特異な体験をしました。確実な死に直面したまま宙吊りにされたこの時の感覚が『出孤島記』に反映しています。

> 或る時代の或る日の夕方に私はそのように出発して南海の果で死んでしまったのであった。そして今の私は違った時代の或る日に徹夜していて、いつかこんなことがあったようだと回想しているのではないか。

昨日の私と今日の私は同じ私であると、誰でも意識すらせずに信じ込んでいます。しかし、このことが信じられなくなって、あたかも夢の中にいるように、周囲や自己についての実感を失くしてしまう症状を離人症と言います。「夢の中での日常」における身体感覚の崩壊や、時間感覚の喪失と同じ症状をここにも見て取ることができます。

島尾敏雄（一九一七〜八六） 神奈川県横浜市生まれ。九州帝国大学卒業後、海軍入隊。代表作に、特攻出撃前夜をめぐる三部作「出孤島記」「出発は遂に訪れず」「その夏の今は」、妻との壮絶な葛藤を描く『死の棘《とげ》』など。

SECTION 1

2

言葉を指示する言葉

三島由紀夫「卒塔婆小町」

—近代能楽集ノ内—

戦後東京の陳腐な公園に現れた一人の老婆。九十九歳の彼女は、かつて鹿鳴館の華と謳われた「小町」という美人の、なれの果てだと言う。「ありえないことなんて、ありえません」——変幻自在の言葉が招きよせる、一瞬間の華麗な幻。

登場人物
老婆
詩人
男
女
男A、B、C
女A、B、C
巡査

（オペレッタ風の極めて俗悪且つ常套的な舞台。公園の一角。客席の円心に向ひて半円をゑがきて排列さるゝ五つのベンチ、街灯、棕梠の樹など、よきところにあり。うしろには黒幕を垂る）

＊

（夜。五組の男女、五つのベンチに恍惚と相擁してゐる。

見るもいまはしき乞食の老婆、煙草の吸殻をひろひつゝ、登場。五組の前後をいけ図々しくひろひつゝ、中央のベンチに近づき、これに坐す。街灯のかげに、うす汚れたる若き詩人うかゞひ寄り、酩酊の体《てい》にて、その柱に身を支へつゝ、老婆を見戍《みまも》りゐる。中央のベンチの一組は、迷惑顔にて、やがて腹立たしげに立つて、腕を組みて退場。老婆このベンチを一人で占め、新聞紙をひろげて、ひろひたる吸殻をかぞへゐる)

老婆　ちゆうちゆうたこかいな、ちゆうゆうたこかいな、……（一本を街灯にかざしつゝ、その吸殻のやゝ長きを見て、左方の一組の男女に火を借りにゆき、しばらく吸ふ。短かくなりしを、もみ消して、紙上に投じ、又かぞへはじむ）……ちゆうちゆうたこかいな、ちゆうちゆうたこかいな、と。

詩人　（老婆のそばへ来《きた》り、じつと見下ろしてゐる）

老婆　（下を向いたまま）ほしいのかい、モクが。ほしけりや、やるよ。（やゝ長きをえらんで渡す）

詩人　ありがたう。（マッチを出して、火を点じて吸ふ）

老婆　何だつてあとをつけて来たんだい。わたしに文句があるのかい。

詩人　……いや、別に。

老婆　あんたは、あれだろ、商売は詩人だろ。

詩人　よく知つてるね、詩をときどき書く、だから詩人にはちがひない。しかし商売といふわけぢやあ……

老婆　さうかい、売れなけりやあ、商売ぢやないのかい。（はじめて若者の顔をじつと見上げて）まだ若いんだね、ふん、しかし寿命はもう永くない。死相が出てゐるよ。

詩人　（おどろかず）おばあさんは前身は人相見かい。

老婆　どうだかね、人間の顔はいやつてほど沢山見て来たがね。……お坐り、足もとが危なつかしいぢやないか。

詩人　（坐つて咳《せき》をする）ふん、酔つてるからさ。

老婆　莫迦《ばか》。……生きてるあひだだけでも、二本足でしつかり地面を踏んでゐるもんだ。

（——沈黙）

詩人　ねえ、おばあさん、僕あ、毎晩、気になつて仕様がないんだ。何だつて決つた時刻に、ここへ来てさ、折角坐つてゐる人を追ひ出してベンチに坐るんだ。

老婆　あんたの文句はこのベンチかい。まさかヤア公ぢやあるまいし、場銭をとりに来る柄《がら》かい。

詩人　いや、ベンチは物を言へないからね、僕が代りに言ふだけだよ。

老婆　（気を外《そ》らして）別段わたしが追ひ出すわけぢやあない、わたしが坐ると、あいつらが追ん出るだけのことさ。このベンチはどだい、四人まで腰かけられるやうに出来てるんだ。

詩人　でも夜になれば、アベック用だよ。僕は毎晩この公園を通ると、どのベンチもアベックで満員なのを見て安心するんだ。僕は足音をひそめて通りすぎる。疲れてゐて、時にはインスピレーションにかられてきて、ここに坐りたいと思つても遠慮する。……それがさ、いつの晩からか、おばあさんが……

老婆　わかつた、ここはあんたの、商売の縄張りなんだね。

詩人　え？

老婆　あんたの詩のタネあさりの縄張りなんだね。

詩人　よしてくれ、公園、ベンチ、恋人同士、街灯、こんな俗悪な材料が……

老婆　今に俗悪でなくなるんだよ。むかし俗悪でなかつたものはない。時がたてば、又かはつてくる。

詩人　へえ、えらいこと言ふぢやないか。そんなら僕もベンチの抗議を堂々とやらう。

老婆　つまらない、わたしがここに坐るのが、目ざはりだといふだけのことぢやないか。

詩人　さうぢやない、冒瀆《ぼうとく》なんだ。

老婆　若い者はほんとに理窟が好きだ。

詩人　まあ、きいたまへ。……僕はこの通り三文詩人で、相手にしてくれる女の子もゐやしない。しかし僕は尊敬するんだ、愛し合つてゐる若い人たち、彼らの目に映つてゐるもの、彼らが見てゐる百倍も美しい世界、さういふものを尊敬するんだ。ごらん、あの人たちは僕らのおしやべりに気がつきやしない。みんなお星様の高さまでのぼつてゐるんだ、お星様が目の下に、丁度この頬つぺたの横のあたりに見えてるんだ。……このベンチ、ね、このベンチはいはば、天まで登る梯子《はしご》なんだ。世界一高い火の見櫓《やぐら》なんだ。展望台なんだ。恋人と二人でこれに腰かけると、地球の半分のあらゆる町の灯《あか》りが見えるんだ。たとへば僕が、（トベンチの上に立上り）僕がかうして一人で立つてたつて、何も見えやしない。……やあ、むかうのはうにもベンチが沢山見える。懐中電気をふりまはしてゐる奴が見える。ありやあお巡りだな。それから焚火《たきび》が見える。乞食が火に当つてゐる。……自動車のヘッドライトがみえる。……やあ、すれちがつた。むかうのテニスコートのはうへ行つちまつた。ちらつと見えたぞ、花をいつぱい積んでゐる自動車だよ。……音楽会のかへりかな。それともお葬式の。（ベンチより下りて腰かける）……僕に見えるのは、せいぜいこれだけさ。

老婆　ばかばかしい。何だつて、そんなものを尊敬するのさ。だから、そんな根性だから、甘つたるい売れない歌しか書けないんだよ。

詩人　だからよ、僕はいつもこのベンチを侵略しない。お婆《ばあ》さんや僕がこいつを占領してゐるあひだ、このベンチはつまらない木の椅子さ。あの人たちが坐れば、このベンチは思ひ出にもなる、火花を散らして人が生きてゐる温かみで、ソファーよりもつと温かくなる。このベンチが生きてくるんだ。……お婆さんがさうして坐つてると、こいつはお墓みたいに冷たくなる。卒塔婆《そとば》で作つたベンチみたいだ。それが僕にはたまらないんだ。

老婆　ふん、あんたは若くて、能なしで、まだ物を見る目がないんだね。あいつらの、あの鼻垂れ小僧とおきやん共の坐つてゐるベンチが生きてゐる？　よしとくれ。あいつらこそお墓の上で乳繰り合つてゐやがるんだよ。ごらん、青葉のかげを透かす灯りで、あいつらの顔がまつ蒼《さを》にみえる。男も女も目をつぶつてゐる。そら、あいつらは死人に見えやしないかい。ああやつてるあひだ、あいつらは死んでるんだ。（クン〳〵あたりを嗅ぎながら）なるほど花の匂ひがするね。夜は花壇の花がよく匂ふ。まるでお棺の中みたいだ。花の匂ひに埋まつて、とんとあいつらは仏さまだよ。……生きてるのは、あんた、こちらさまだよ。

詩人　（笑ふ）冗談いふない。お婆さんがあいつらより生きがいいつて？

老婆　さうともさ、九十九年生きてゐて、まだこのとほりぴんしやんしてるんだもの。

詩人　九十九年？

老婆　（街灯の明りに顔を向けて）よく見てごらん。

詩人　ああ、おそろしい皺《しわ》だ。

（このとき右手の一組のベンチの男、あくびをする）

女　何よ、失礼ね。

男　さ、もう帰らう、風邪を引いちまふ。

女　いやな人、どうせ退屈でせうよ。

男　いやね、へんなことを思ひ出したんだ。

女　へえ。

男　うちの雛が明日卵を生むかしらん、と思つたら、急に気になりだした。

女　それ、どういふ意味。

男　意味は、ないさ。

女　あたしたち、もうおしまひね。

男　終電車だよ、ほら、急がなくちや。

女　（立上つて、じつと男を見つめながら）あなたつて、まあ、何て趣味のわるいネクタイを締めてるんでせう。

（男、黙つて女を促して立去る）

老婆　やつとあいつらは生き返つたね。

詩人　花火が消えたんだ、生き返つたどころぢやない。

老婆　いいや、人間が生き返つた顔を、わたしは何度も見たからよく知つてゐる。ひどく退屈さうな顔をしてゐる。あれだよ、あの顔だよ、私の好きなのは。……昔、私の若かつた時分、何かぽうーつとすることがなければ、自分が生きてると感じなかつたもんだ。われを忘れてゐるときだけ、生きてるやうな気がしたんだ。そのうち、そのまちがひに気がついた。この世の中が住みよくみえたり、小つぽけな薔薇の花が、円屋根ほどに大きくみえたり、とんでゐる鳩が人の声で、歌つてゐるやうにみえたりするとき、……それこそ世界ぢゆうの人がたのしさうに、「おはやう」を言ひ合つたり、十年前からの探し物が戸棚の奥からめつかつたり、そんじよそこらの娘の顔が皇后さまのやうにみえたりするとき、……死んだ薔薇の樹から薔薇が咲くやうな気のするとき、そんなときには、……いや、そんな莫迦げたことも若いころには十日にいつぺんはあつたもんだが、今から考へりやあ、私は死んでゐたんだ、さういふとき。……悪い酒ほど、酔ひが早い。酔ひのなかで、甘つたるい気持のなかで、涙のなかで、私は死んでゐたんだ。……それ以来、私は酔はないことにした。これが私の長寿の秘訣さ。

詩人　（からかふやうに）へえ、それぢやお婆さんの生甲斐は何なんだい。

老婆　生甲斐？　冗談をおいひでないよ。かうして生きてゐるのが、生甲斐ぢやないか。私は人参がほしくて駈ける馬ぢやあない。馬はともかく駈けることが、則《のり》に叶《ママ》つてゐるからさね。

詩人　わき目もふらず、走れよ小馬か。

老婆　自分の影から目を離さずにね。

詩人　日が落ちると、影は長くなる。

老婆　影が歪《ゆが》んでくる。まぎれつちまふ、宵闇に。

（かゝる間に、ベンチの恋人たちはおのがじし悉《ことごと》く退場）

詩人　おばあさん、あなたは一体誰なんです。

老婆　むかし小町といはれた女さ。

詩人　え?

老婆　私を美しいと云つた男はみんな死んぢまつた。だから、今ぢや私はかう考へる、私を美しいと云ふ男は、みんなきつと死ぬんだと。

詩人　（笑ふ）それぢやあ僕は安心だ。九十九歳の君に会つたんだからな。

老婆　さうだよ、あんたは仕合せ者だ。……しかしあんたみたいなとんちきは、どんな美人も年をとると醜女《しこめ》になるとお思ひだらう。ふふ、大まちがひだ。美人はいつまでも美人だよ。今の私が醜くみえたら、そりやあ醜い美人といふだけだ。あんまりみんなから別嬪《べつぴん》だと言はれつけて、もう七八十年この方、私は自分が美しくない、いや自分が美人のほかのものだと思ひ直すのが、事面倒になつてゐるのさ。

詩人　（傍白）やれやれ、一度美しかつたといふことは、何といふ重荷だらう。（老婆に向つて）そりやあわかる。男も一度戦争へ行くと、一生戦争の思ひ出話をするもんだ。もちろん君が美しかつた……

老婆　（足を踏み鳴らして）かつたぢやない。今も別嬪だよ。

詩人　わかつたから昔の話をしてくれ。八十年、ひよつとすると九十年かな、（指で数へてみて）いや八十年前の話をしてくれ。

老婆　八十年前……私は二十《はたち》だ。そのころだつたよ、参謀本部にゐた深草少将が、私のところへ通《かよ》つて来たのは。

詩人　よし、それぢやあ僕が、その何とか少将にならうぢやないか。

老婆　莫迦をお言ひな。あんたの百倍も好い男だ。……さうだ、百ぺん通《かよ》つたら、思ひを叶へてあげませう、さう私が言つた。百日目の晩のこつた。鹿鳴館で踊りがあつた。私はあまりのさわぎに暑くなつて、庭のベンチで休んでゐたんだ。……

（ワルツの曲、徐々に音高し。背景の黒幕をひらかるゝや、庭に面したる鹿鳴館の背景、おぼろげにあらはる。むかし写真屋が背景に用ひたる絵の如き描法、可なり）

見てごらん、当時飛切の俗悪な連中がやつて来るから。

詩人　（上手《かみて》をうかがひ見て）あれが俗悪?　あんなすばらしい連中が。

老婆　さうさ、さあ、あの人たちにおくれをとらないやうに、ワルツを踊らう。

詩人　君とワルツを?

老婆　わすれちやいけない。あんたは深草少将だよ。

（二人ワルツを踊りゐるところへ、鹿鳴館時代の服装をせる若

き男女ら、ワルツを踊りつゝ登場。ワルツをはる。皆々、老婆のまはりに集ふ）

女Ａ　小町さま、今晩はまた何ておきれい。

女Ｂ　おうらやましいわ。この御召物、どこでお誂《あつら》へあそばして？（老婆の汚なき衣をつまむ）

老婆　巴里《パリ》へサイズを言つてやつて、むかうで仕立てさせましたのよ。

女Ａ、Ｂ　まあ

女Ｃ　やつぱりそれでなくちやだめですわ。日本人の仕立はどこか野暮が出ることね。

男Ａ　舶来物に限りますな。

男Ｂ　われわれ男のもちものだつて、第一総理が今晩着てこられたフロックコートも、ロンドン仕立だからな。ジェントルマンの身だしなみは、すべてイギリスが本家だからな。

（女たち、老婆と詩人をかこみて談笑す。男三人端のベンチに坐して話す）

男Ｃ　小町はまあなんて別嬪だらう。

男Ａ　月あかりではおかめも別嬪さ。

男Ｂ　小町ばかりはさうぢやない。あの女はお天道様の下で見ても別嬪だ。月あかりで見ると、天女だ、まるで。

男Ａ　容易に男になびかないから、うがつた噂も立つ道理さ。

男Ｂ　（英語を喋つては一々翻訳をつける）ヴィルジン、つまり生娘《きむすめ》だつてことは、これはいはば、スキャンドルつまり醜聞の一種だからな。

男Ｃ　深草の少将もよくあそこまで打込んだよ。あの思ひやつれた顔を見たまへ。三日も飯を喰はんやうだ。

男Ａ　軍務はほつたらかし、文弱の徒になり果てて、あれぢやあ参謀本部の同僚に、鼻つまみになるのも当然だ。

男Ｃ　誰かこの中で、小町を落す自信のある奴はをらんかね。

男Ｂ　僕はアムビッション、つまり野心だけは持つとるがね。

男Ａ　赤鰯《あかいわし》のアムビッションなら、僕も腰間《ようかん》に挟《さしはさ》んどる。

男Ｃ　僕も然《しか》り、うわはははは。（ト豪傑笑ひをなす）どうもこのバンドといふ奴は、飯のあとさきで直さにやならん。（ト、ズボンのバンドの穴を一つゆるめるに、ＡもＢも真似をしてゆるめる）

（給仕二人、カクテル・グラスをあまたのせたる銀盆と、肴《さかな》あまたのせたる銀盆とを捧げて登場。みなみなこれをとる。詩人は茫然として老婆を見戌りゐる。女三人手に手に盃をもちて、男たちの坐せるベンチと反対の端のベンチに坐す）

老婆　（声はなはだ若し）噴水の音がきこえる、噴水はみえない。まあかうしてきいてゐると、雨がむかうをとほりすぎてゆくやうだ。

男Ａ　なんてきれいな声だらう。さはやかで、噴水の声のやうだ。

女Ａ　あの方の独り言をきいてゐると、口説き文句の勉強になりますわね。

老婆　（背景を顧みて）……踊つてゐるわ。窓に影がうごいてる。踊りの影でもつて窓が暗くなつたり明るくなつたりする。妙にしづかだこと。焔の影のやうだ。

男Ｂ　色つぽい声ぢやないか、それでゐて心にしみる声だ。

女Ｂ　あの方のお声をきくと、女でゐながら妙な気持になるわ。

老婆　……おや、鈴が鳴つた。車の音と蹄《ひづめ》の音が……。どなたの馬車でせう。けふはまだ宮様のおいでがなかつたけれど、あの鈴は宮家のぢやない。……まあ、この庭の樹の匂ひ、暗くて、甘い澱《よど》んだ匂ひ……

男C　小町にくらべると、ほかの女は、ただ牝だといふだけにすぎん。

女C　いやあね、あの方の手提の色は、あたくしのを真似していらつしやるのよ。

（微かなるワルツおこる。みな〳〵グラスを給仕の盆に返して踊りはじむ。老婆と詩人はもとのままなり）

詩人　（夢うつゝに）ふしぎだ……

老婆　何がふしぎ？

詩人　何だか、僕……

老婆　さあ言つてごらんあそばせ。あなたの仰言《おつしや》りたいこと、とつくにわかつてをりましてよ。

詩人　（意気込んで）君つて何て……

老婆　きれいだ、と仰言るおつもりでせう。それはいけないわ。それを仰言つたら、お命はありません。

詩人　だつて……

老婆　お命が惜しかつたら、およしなさい。

詩人　実にふしぎだ。奇蹟つてこのことかしら。

老婆　（笑ふ）奇蹟なんてこの世のなかにあるもんですか。奇蹟なんて、……第一、俗悪だわ。

詩人　でも君の皺が……

老婆　あら、あたくしに皺なんかありまして？

詩人　さうなんだ、皺がひとつもみえない。

老婆　あたりまへだわ。皺だらけの女のところへ、百夜《ももよ》がよひをする殿方がありますものか。……さあ、妙なことをお考へにならないやうに、お踊りあそばせ。お踊りあそばせ。

（二人踊りはじむ。給仕たち去る。この間に他の三組に加ふるに、更に一組踊りつゝ出で、四組は両側二対のベンチに坐りて、恋を囁《ささや》きはじむ）

老婆　（踊りつゝ）お疲れになつて？

詩人　（踊りつゝ）いや。

老婆　（踊りつゝ）お顔いろがわるいわ。

詩人　（踊りつゝ）生れつきです。

老婆　（踊りつゝ）御挨拶ね。

詩人　（踊りつゝ）……今日が百日目。

老婆　（踊りつゝ）それなのに……

詩人　（踊りつゝ）え？

老婆　（踊りつゝ）どうしてそんなに浮かぬお顔を。

（詩人突然踊り止む）

どうなすつたの？

詩人　いいえ、ちよつとめまひがしたんです。

老婆　家《うち》の中へかへりませうか。

詩人　ここのはうがいい。あそこはただざわざわするばつかりで。

（二人、手をつなぎて佇立《ちよりつ》し、あたりを見まはす）

老婆　音楽が止んだわ。中休みの時刻だわ。……静かだこと。

詩人　ほんたうに静かだ。

老婆　何を考へていらつしやるの？

詩人　いやね、今僕は妙なことを考へた。もし今、僕があなたとお別れしても、百年……さう、おそらく百年とはたたないうちに、又どこかで会ふやうな気がした。

老婆　どこでお目にかかるでせう。お墓の中でせうか。多分、さうね。

詩人　いや、今僕の頭に何かひらめいた。待つて下さい。（目をつぶる、又ひらく）ここおんなじだ。ここまるきりおんなじところで、もう一度あなたにめぐり逢ふ。

老婆　ひろいお庭、ガス灯、ベンチ、恋人同士……

詩人　何もかもここおんなじなんだ。そのとき僕もあなたも、どんな風に変つてゐるか、それはわからん。

老婆　あたくしは年をとりますまい。

詩人　年をとらないのは、僕のはうかもしれないよ。

老婆　八十年さき……さぞやひらけてゐるでせうね。

詩人　しかし変るのは人間ばつかりだらう。八十年たつても菊の花は、やつぱり菊の花だらう。

老婆　そのころこんな静かなお庭が、東京のどこかに残つてゐるかしらん。

詩人　どの庭も荒れ果てた庭になるでせう。

老婆　さうすれば鳥がよろこんで棲《す》みますわ。

詩人　月の光はふんだんにあるし……

老婆　木のぼりをして見わたすと、町ぢゆうの灯りがよく見えて、まるで世界中の町のあかりが見えるやうな気がするでせう。

詩人　百年後にめぐり会ふと、どんな挨拶をするだらうな。

老婆　「御無沙汰ばかり」といふでせうよ。

（二人、中央のベンチに腰かける）

詩人　約束にまちがひはないでせうね。

老婆　約束つて？

詩人　百日目の約束です。

老婆　そりやあ、ああまで申しましたものを。

詩人　たしかに今夜、望みが叶ふんだな。なんて妙な、淋しい、気怯《きおく》れした気持なんだらう。もう望んでゐたものを、手に入れたあとみたいな気持だ。

老婆　殿方にとつていちばんおそろしいのは、そのお気持かもしれないわね。

詩人　望みが叶ふ、……さうしていつか、もしかしたらあなたにも飽きる。あなたみたいな人に飽きたら、それこそ後生がおそろしい。それぱかりか死ぬまでの永の月日がおそろしい。さぞかし退屈するだらうな。

老婆　そんならやめておきあそばせ。

詩人　それはできない。

老婆　お気の進まないものを、無理になさつてもつまりません。

詩人　およそ気の進まないのと反対なんです。うれしいんです。天にも昇る心地でゐて、それでゐて妙に気が滅入る。

老婆　取越苦労がおすぎになるわ。

詩人　あなたは平気なのか、たとへ飽きられても。
老婆　ええ、何とも思ひません。又別の殿方が百夜《ももよ》がよひをおはじめになるでせう。退屈なんぞいたしませんわ。
詩人　僕は今すぐ死んでもいい。一生のうちにそんな折は、めつたにあるものぢやないだらうから、もしあれば、今夜にきまつてゐる。
老婆　つまらないことを仰言いますな。
詩人　いや、今夜にきまつてゐる。もし今夜を他《よそ》の女たちとすごしたやうに、うかうかすごしてしまつたら、ああ、考へただけでぞつとする。
老婆　人間は死ぬために生きてるのぢやございません。
詩人　誰にもそんなことはわからない、生きるために死ぬのかもしれず……
老婆　まあ、俗悪だわ！　俗悪だわ！
詩人　たすけて下さい。どうすればいいのか。
老婆　前へ……前へお進みになるだけですわ。
詩人　きいて下さい、何時間かのちに、いや、何分かのちに、この世にありえないやうな一瞬間が来る。そのとき、真夜中にお天道さまがかがやきだす。大きな船が帆にいつぱい風をはらんで、街のまんなかへ上つて来る。僕は子供のころ、どういふものか、よくそんな夢を見たことがあるんです。大きな帆船が庭の中へ入つて来る。庭樹が海のやうにざわめき出す。帆桁《ほげた》には小鳥たちがいつぱいとまる。……僕は夢の中でかう思つた、うれしくて、心臓が今とまりさうだ……
老婆　まあ、酔つていらつしやるんだ。
詩人　信じないんですか、今夜のうちに、もう何分かすれば、ありえないことが……
老婆　ありえないことなんか、ありえません。
詩人　（じつと老婆の顔をみつめて、記憶をふるひ起すごとく）でも、ふしぎだ、あなたのお顔が……
老婆　（傍白）それを仰言つたら命がないわ。（言はせまいとして）何がふしぎなの。あたしの顔が？　ごらんなさい、こんなに醜いでせう、皺だらけでせう、さあ、目をしつかりひらいて。
詩人　皺ですつて？　皺がどこに？
老婆　（衣をかゝげて示しつゝ）ごらんなさい、ぼろぼろだわ。（詩人の鼻に近づけて）臭いでせう、そら、虱《しらみ》がゐてよ。この手を見てごらん、こんなにふるへてゐる。皺の中に手があるやうよ。爪がのびてゐる。ごらんなさい。
詩人　いい匂ひだ。秋海棠《しゅうかいどう》の爪の色だ。
老婆　（衣をはだけて）さあ、ごらん、この茶いろくなつた垢だらけの胸を。女の胸にあるものは何もありはしない。（苛立《いらだ》つて、詩人の手をつかみ、わが胸をさぐらしむ）さがしてごらん！　さがしてごらん！　お乳なんかどこにもなくつてよ。
詩人　（恍惚として）ああ、胸……
老婆　私は九十九歳だよ。目をおさまし。じつと見てごらん。

詩人　（しばらく呆けし如く、凝視したるのち）ああ、やつと思ひ出した。

老婆　（喜色をたたへて）思ひ出した？

詩人　うん。……さうだ、君は九十九のおばあさんだつたんだ。おそろしい皺で、目からは目脂《めやに》が垂れ、着物は煮しめたやう、酸つぱい匂ひがしてゐた。

老婆　（足踏み鳴らして）してゐた？　いい、今してゐるのがわからないの？

詩人　それが、……ふしぎだ、二十《はたち》あまりの、すずしい目をした、いい匂ひのするすてきな着物を着た、……君は、ふしぎだ！　若返つたんだね。何て君は……

老婆　ああ、言はないで。私を美しいと云へば、あなたは死ぬ。

詩人　何かをきれいだと思つたら、きれいだと言ふさ、たとへ死んでも。

老婆　つまらない。およしなさい。そんな一瞬間が一体何です。

詩人　さあ、僕は言ふよ。

老婆　言はないで。おねがひだから。

詩人　今その瞬間が来たんだ、九十九夜、九十九年、僕たちが待つてゐた瞬間が。

老婆　ああ、あなたの目がきらきらしてきた。およしなさい、およしなさい。

詩人　言ふよ。……小町（小町手をとられて慄《ふる》へてゐる）君は美しい。世界中でいちばん美しい。一万年たつたつて、君の美しさは衰へやしない。

老婆　そんなことを言つて後悔しないの。

詩人　後悔しない。

老婆　ああ、あなたは莫迦だ。眉のあひだに死相がもう浮んできた。

詩人　僕だつて、死にたくない。

老婆　あんなに止めたのに……

詩人　手足が冷たくなつた。……僕は又きつと君に会ふだらう、百年もすれば、おんなじところで……

老婆　もう百年！

（詩人は息絶えて斃《たお》る。黒幕閉ざさる。老婆、ベンチに腰かけてうつむきゐる。やがて所在なげに吸殻をひろひはじむ。この動作と相前後して、巡査登場して徘徊す。屍《しかばね》を見つけて、かゞみ込む）

巡査　またのんだくれか。世話を焼かせやがる。おい、起きろよ。おかみさんが寝ないで待つてるんだろ。早く家へかへつて寝な。……あ、こいつ死んでやがる。……おい、ばあさん、こいつはいつからころがつてた。

老婆　（や、面を起すのみ）さあね、大分前からのやうだがね。

巡査　まだ体が温かいぜ。

老婆　それぢや今しがた、息を引取つた証拠ですよ。

巡査　そんなこと、おまへにきかずともわかつてゐらあ。いつからここへやつて来たかをきいてるんだ。

老婆　もう三四十分も前ですかね。酔つ払つてやつてきて、私に色気を出しやがるんですよ。

巡査　おまへに色気を？　笑はせるない。

老婆　（憤然として）何がをかしいんだよ。ありがちのことですよ。

巡査　それでお前が正当防衛でやつちまつたのか。
老婆　いえね、うるさいからかまはずにおいたんですよ。さうしたらしばらく一人でぶつぶつ云つてて、そのうちに地面にたふれて、寝込んぢまつた様子でしたよ。
巡査　ふん、おい、そこで焚火をしちやいかんつたら、(下手《しもて》へ呼びかけ)用があるから、そこのやつら、こつちへ来てくれ。(浮浪者二人登場)さあ、手つだつて、この行倒れを署まで運んでくれ。
(三人、屍をはこんで退場)
老婆　(吸殻を丹念に又ならべつゝ)ちゆうちゆうたこかいな。……ちゆう、ちゆう、た、こ、かい、な、と。……ちゆうちゆう、たこかいな。……ちゆうちゆうたこかいな。

——幕——

本文:初出「群像」(一九五二・一)/底本『決定版　三島由紀夫全集』第二一巻(二〇〇二・九、新潮社)

解説

1 現代版の小町説話

『古今和歌集』の仮名序で六歌仙に数えられる小野小町。彼女の生涯はほとんどが謎ですが、伝承の中に〝絶世の美女〟として悠久の命を保ってきました。しかし、小倉百人一首でもお馴染みの小町の歌「花の色は移りにけりないたづらに我が身世にふるながめせしまに」は、衰えた美貌を嘆く孤独な老女の姿を暗示します。『玉造《たまづくりの》小町《こまち》子《ご》壮衰《そうすいの》書《しょ》』（平安後期の漢詩文）との混同もあって、小町はしばしば老醜や落魄のイメージに結び付けられました。特に中世では、小町が無残な末路を辿ったのは、男たちを拒絶し続けた驕慢の報いであるという、因果応報の教理に基づく解釈が流布され、多様な説話を生み出していったのです。

小町伝説を大きく育てたのは、中世の能楽でした。小町の名を冠する演目は七種伝わっていますが（七小町）、美に驕った女、峻拒によって男の執着を煽る女として小町像は、深草少将の「百夜通《ももよがよ》い」の説話を新たに誕生させました。この説話を下敷にした謡曲「卒都婆小町」は、倒れた卒塔婆に腰かけて休む老婆（小町）が、それを咎める高野聖を宗教問答で論破する前段と、突然狂乱した小町が、深草の霊に憑依されて「百夜通い」を再現し、最後に仏に加護を求めるという後段から成っています。

三島はこれを戯曲化するにあたり、時代設定を鹿鳴館時代と戦後に移したほか、高野聖を消し、小町と深草を分離して二人の対話劇に改め、この謡曲から仏教的な教訓性を排除しました。古い謡曲が新しい近代劇になったと言えますが、この場合の「新しさ」とは、無から生じた有ではありません。三島自身が文字化された謡曲の読者だったのと同様に、観客（読者）も原曲や様々な小町伝説との「差異」を発見し、それを「新しさ」として認めながら、結果的に小町をめぐる記憶の総体を楽しむのです。

こうなると、原曲「卒都婆小町」が本物で「卒塔婆小町」は模倣に過ぎないとか、逆に三島は独創的だとかいう議論は無意味になります。むしろ本作は、自らを原曲から差異化しながら、観客（読者）に従来の多様な小町像を喚起し、伝承への創造的な参加を促す点で、まさに小町伝説のヴァリアント（異版・異説）と言えるものになっています（⇨P3課題1）。

2 間テクスト性（インターテクスチュアリティー）

フェルディナン・ド・ソシュールの言語学では、言葉とは、実体を指示するものでなく、他の言葉との差異によって意味を発生させる独立したシステムであるとされています（例えば、「林」と「森」の区別は現実世界に根拠はなく、共に言葉である両者の比較で使い分けられるだけです）。これと同様に、読者があるテクストから〈意味〉を紡ぎだす場合、その〈意味〉とは、意識的・無意識的に参照された他のテクストとの類似や差異において発生します。文学テクストを「引用の織物」と呼ぶロラン・バルトの言葉は、単に典拠や章句が明示された狭義の引用のみを指すのでなく、あらゆる文学テクストは、新旧様々なエクリチュール（記述）が「結びつき、異議をとなえあ」う「多次元の空間」だということを示しています（『物語の構造分析』）。

ジュリア・クリステヴァは、文学テクストの持つこうした多元性・相互関連性を〈間テクスト性《インター・テクスチュアリティー》〉と呼びました。テクストはすべて「引用のモザイク」であり、「もうひとつの別なテクストの吸収と変形」だと言うのです（『記号の解体学』）。さらに現象としての〈表層テクスト《フェノ・テクスト》〉の背後には、無限の差異化や転換によってその意味生成を支える運動体としての〈深層テクスト《ジェノ・テクスト》〉が潜在していると考えました。

ところで、謡曲の華麗な文体はしばしば「綴錦《つづれにしき》」に喩えられます。元々この比喩は、現実との対応関係を持たない謡曲の美辞麗句を皮肉った坪内逍遙の言葉です。しかし、言葉は言葉と関係し、テクストはテクストと関係することで意味を生成するという上述の原理を踏まえると、謡曲の文体は観客をテクストどうしの豊饒な対話の場に導き入れ、多様な意味生成を促す積極的な方法であったとも言えます。三島の「卒塔婆小町」は、説話の磁場とも言うべきこの場所から生まれた一つの解釈です。この解釈はさらに新たな観客（読者）を吸引し、新しい創造的解釈を促し続けていくでしょう。

3 「美」の可能性と「言葉」の力

「卒塔婆小町」は、戦後の日本社会においていかなる意味を持ち得たのでしょうか。一瞬間の美的高揚のために生を燃焼させ、自滅を厭わなかった詩人にとって、永続的な日常は耐え難い弛緩です。この詩人が、二十歳前後で敗戦時の価値崩壊に直面した世代であることは看過できません。特別な瞬間への彼の期待や、日常性への適応障害は、死の恐怖と同時に生の緊張感をも忘れた戦後社会に対する同世代の違和感を代弁する側面があったはずです。

しかし、「むかし俗悪でなかつたものはない」という老婆の言葉は、日常を生き抜いた末に、振り返ることで認識された美こそが永遠の美なのだという全く別の立場を語っています。美は一瞬か永遠か、美を捉えるのは行動か認識か――この課題は三島の代表作「金閣寺」や「豊饒の海」にも共通する問いかけです。

ただし、テクストの解釈から導出されるテーマを、すぐさま三島固有の美学や、割腹自殺という衝撃的な死の動機へと結びつけるのは避けたいものです。言葉はそれ独自の完結した世界を形成しているからです。舞踏会の中心に立った老婆をうら若い乙女に変えたのは、まさしく二人が掛け合う言葉の力でした（☞P3課題2）。「卒塔婆小町」からは、言葉とは現実を指示する代替物ではなく、言葉それ自体が現実なのだという、言語の性質にまつわる深い洞察を読み取ることが可能なのです（☞P4課題3）。

三島由紀夫（一九二五〜七〇）東京府生まれ。本名、平岡公威《きみたけ》。学習院時代から早熟の才を示し、「仮面の告白」（四九）で地位を確立。日本古典の深い教養と、西洋的な唯美主義、理知的な文体を武器にして、神話不在の戦後社会を諷刺した。七〇年、自衛隊市ヶ谷駐屯地で自決。代表作に「金閣寺」（五六）「憂国」（六一）「豊饒の海」（六五〜七〇）など。

SECTION 1

3

被占領者たちの憂鬱

小島信夫「アメリカン・スクール」

「戦争が終わった」のか、それとも、「戦争に敗れた」のか。一九四八年、GHQ占領下の日本。占領する側と占領された側は、決して対等ではありえない。〈アメリカの影〉が映し出されたスクリーンの上で、三人の日本人英語教員それぞれの思惑が交差する。

1

集合時刻の八時半がすぎたのに、係りの役人は出てこなかった。アメリカン・スクール見学団の一行はもう二、三十分も前からほぼ集合を完了していた。三十人ばかりの者が、通勤者にまじってこの県庁にたどりつき、いつのまにか彼らだけここに取り残されたように、バラバラになって石の階段の上だとか、砂利の上だとかに、腰をおろしていた。その中には女教員の姿も一つまじって見えた。盛装のつもりで、ハイ・ヒールをはき仕立てたばかりの格子縞のスーツを着こみ帽子をつけているのが、かえって卑しいあわれなかんじをあたえた。

三十人ばかりの教員たちは、一度は皆、三階にある学務部までのぼり、この広場に追いもどされた。広場に集まれとの指示は、一週間前に行われた打ち合わせ会の時にはなかったのだ。その打ち合わせ会では、アメリカン・スクール見学の引率者である指導課の役人が、出席をとったあと注意を何ヵ条か述べた。そのうちの第一ヵ条が、集合時間の厳守であった。第二ヵ条が服装の清潔であった。がこの達しが終った瞬間に、ざわめきが起った。第三ヵ条が静粛を守ることだという達しが聞えるとようやくそのざわめきはとまった。第四ヵ条が弁当持参、往復十二粁《キロ》の徒歩行軍に堪えられるように十分の腹拵《はらこしら》えをしておくようにというのだった。終戦後三年、教員の腹は、日本人の誰にもおとらずへっていた。

ジープが急カーブを描きながら砂利をおしのけて県庁の玄関先きにとまった。するとそのたびに、玄関先きに腰を下ろしていた者は、あわてて腰をあげると移動した。

その中で一人きり腰を下ろさないで棒のように立っている男がいた。中では一番服装もよく血色もよかった。そのために目立ち、異様でもあった。一週間まえ打ち合わせの時、その男はいく度も手をあげて係りの役人の柴元に質問をした。

「私たちはただ見学をするだけですか」

「というと?」

「私たちがオーラル・メソッド(日本語を使わないでやる英語の授業)授業をしてみせるというようなことはないのですか」

「それはあなた、見学ですからね」

係りの者はそのガッシリした柔道家のようなからだをゆすぶり声を一段と高くした。

「この承諾を得るためには、われわれ学務部は並大抵でない苦労をしたんです」

するとその男は口惜しそうにだまってしまった。

柴元が服装の清潔を旨とすることを告げた時もこの山田という男は周囲のざわめきの中からまた手をあげた。

「何か御質問ですか」

「今言われたように服装はどんなことをしても整えておくべきです。そうでないと、われわれ英語を教えている者の品位をおとすし、第一われわれの英語教育のていどまでも疑われるのです。敗戦国民として、われわれは彼らに嘗《な》められているんです。彼ら視察官が私たちの学校に来た時、私は通訳をしたのでよく知っておりますが、まずわれわれの服装を見て、目をそむけます。とくに便所です……」

彼が便所の話まで持ち出したので、彼の話はそれで中断させられてしまったが、彼はほかの教員の注視をあびた。満足な皮靴をはいている者はほとんどいなかった。

「それに」山田はざわめきが静まると性《しょう》こりもなく発言した。「われわれはその日は一日中なるべく日本語を使わぬようにし、われわれの英語の力を彼らに示しましょう」

ざわめきはまたおこったが、そのとなりにいた男が悲鳴に似た叫び声をあげて、それをさえぎった。その男は伊佐と言った。

「そんなバカな。そんなバカな」

隣合わせのため山田は、伊佐一人に向き直った。柴元が、

「お互いに行きすぎは止しましょう」

と言わなければ、山田は柴元に代って伊佐を説得したり、新しい提案を次々と出したかも知れなかった。

（略）

アメリカン・スクールまではたっぷり六粁《キロ》あった。そこには舗装されたアスファルトの道が、市外に出るとまっすぐつづいている。

見学団の一行はぞろぞろと囚人のように動き出した。山田がその先頭を柴元と並んで歩いて行く。伊佐は女教員のそばにいるのが一番安心だというような考えをもってはなれなかった。

十分もするとアスファルトの道が見えてきた。自動車がひっきりなしに通った。アメリカン・スクール附近には、そこから数里はなれたところにある大部隊に出ている軍人軍属の宿舎があった。

その道は歩くための道ではないために、あまりはるかにまっすぐつづいているので、一行の中から溜息がいくつも洩《も》れた。

伊佐は教員ミチ子が、フロシキの中から運動靴をとり出してはきかえるのを見て、その周到なのにおどろいた顔をしたが一言も言わなかった。誰も彼も見わたすかぎりオーバーを着ていた。伊佐は軍隊の外套を着ていたが、ほかにもそうした服装の者がいくらかいた。

厚着をしているのが貧しさをあらわしていた。舗道に立つとその見苦しさが目立って見えた。

「並ばないで。かたまって歩いて下さい。バラバラになっては見苦しいと思います。ここは進駐軍がいっぱい通るんですから」

柴元の言うように、まったくよく通った。彼らが、というより彼らの自動車がよく通ったのだ。自動車道路であって、歩く道ではないのだ。三十人からなるこの不穏な貧しい一行に女性が一人まじっているということが、多少この一行のフンイキを和らげていた。ものの五分もたたぬうちに、前方から来た車がすうっとミチ子に近づいてきて、車から兵隊が首を出し声をかけた。

「あんたたち、何をしてるんだい」

これは県庁前の広場で聞かれた問いとまったくおなじであった。

「私たち、アメリカン・スクール見学に行くところですのよ」

ミチ子は達者な英語でそう答えた。

「あんたたちは何だい。なぜ見学なんかするんだい」

「私たちは英語の先生《イングリシュテイチャー》です」

「おう、あなた、大へんうまい」

ミチ子の手にはチーズの缶《かん》がわたされた。伊佐は、ミチ子が声を立てて笑いだし、伊佐の袖《そで》をひくので初めてミチ子の方をふりかえった。彼は大分前からそっぽ向いていたのである。彼は、ミチ子のそばにいるために、外人が自分のそばにも集まってくるのでは、かなわないと思った。彼はミチ子の会話中はずっと田圃《たんぼ》の方を見つづけていた。ふりかえる前に伊佐のポケットの中にはチーズの一缶がころがりこんだのが、その重みで分った。

すべての好意が食糧の供給であらわされる時期であったので、伊佐はミチ子の好意を感じた。しかしミチ子はチーズの缶は二個もらったので、すくなくとも一個を取るためには一個を誰かにくれてやらねばぐあいがわるかったのだ。伊佐は横を向いていたのでそのことに気がつかなかった。彼はミチ子のそばにおれば外人は寄ってくるかも知れないが、そっぽ向いておれば、けっきょく何のことはない。それどころか食糧までころがりこんでくるのだ。

ミチ子はアスファルト道路を歩きはじめてから、何か忘れものをしたことに気がついた。彼女は戦争でやはり教員であった夫をなくした。息子が一人ある。息子を送りだしていそいで着替えして出てきたのだが、忘れ物をした。彼女は歩きながら包みの中をさぐってみたが案のじょう、手ざわりでそれのないことがわかったのだ。ミチ子はその忘れ物は借りられぬことはないものだったので、その相手を伊佐にえらんだ。彼女は外人の手からチーズ缶がわたされた時、とっさにそのことに思いついたのだった。

　冬とは言え平和なあたたかい日が差していた。アスファルト道路が目にいたいようだった。

　車はいく台も通った。こんどは後ろから来たジープが一台徐行しはじめ、一行と動きをともにした。それは異様なおそさであった。中から白人と黒人とが一人ずつのぞいていた。山田はふりかえって、その車が自分の横まで来た時、

「ハロー、ボーイズ、あなたたちは何をしているのです?」

　相手は問いかけられたので、ちょっとおどろいた様子をしたが、

「女は一人か?」

　と聞いた。山田の返事を聞いてはいず、その二人は、女が一人であることを自分の目で確かめると、その車は往来で止ってしまい、ミチ子の近づいてくるのを待った。

「オジョーサン。オジョーサン」

　彼らは目的地を聞くとミチ子に乗れと言った。ミチ子はすぐさま英語で答えた。すると彼女は日本語の時より生き生きと表情に富み、女らしくさえなった。

「私たちは団体行動をとっているのですわ。ここから離れることは出来ませんのよ」

　彼らは感心したようすで顔を見合わせ、この日本の婦人の全身を観賞していたが、惜しいというように首をふり、ゴソゴソとチョコレートを二枚とり出すと、ミチ子に放りなげた。ミチ子はそのうちの一つを割ってそばにいる者に分けた。こんどは伊佐にはやらなかった。ミチ子のまわりに集まってきた教員たちは、そのままミチ子の周囲をはなれたがらなかった。

3

隊伍《たいご》ははじめから出来てはいなかったのだが、もうすっかり二組に分れてしまい、先頭の柴元と山田組の位置から、後尾の、ミチ子をとりまく組とのあいだには、ほぼ百米《メートル》の距離が出来ていた。

　伊佐はそのころから、皮靴が自分の足をいためていて、一歩一歩が苦痛であることがわかってきていた。彼はその苦痛のために、この靴をはいてきたことを悔みだし、それはこの見学のためであり、山田のためであり、ひいては外国語を外人のごとく話させられることのためであり、自分がこんな職業についているためだと腹が立った。苦痛はだんだん増してきた。彼はミチ子よりはおくれまいとしたが、どうもそれさえも出来なくなってきた。彼はミチ子がハイ・ヒールを包みこ

み、かわりに運動靴にはきかえて平気で歩いているのがねたましい気持にさえなった。自分の周囲はもちろんのこと、百米《メートル》さきを見通しても誰一人自分のはいている靴で難渋しているものはなかった。靴がこんなに彼の気になりはじめたのは生まれてはじめてだった。彼は実はその靴を同僚から借りてきたのだ。彼にちょうどいい大きさと思えたのに、ちょっとのちがいが次第に彼の足をいためつけてきたのだ。彼はその同僚が、にわかに油断のならない存在のようにかんじられさえし、山田の企みであるようにさえ思われるのだった。

彼は行く先きの道路が途中で上りになっているためにアメリカン・スクールが見えないので、どのくらい来たものか、ふりかえってみた。そして彼は失望した。県庁さえもまだかなりの大きさで見えていたのだ。

ミチ子は自分より五米おくれている伊佐をふりかえって待っていた。

「どうされたの?」

「靴が……」

ミチ子は急に顔色を変えたほど真剣な表情になった。ミチ子は自分が新調の靴をはいてきたが、運動靴を持ってこなかったら、どんなことになったか、思い知ったのだ。

「こまりましたわね。まだまだあるらしいわ。進駐軍の自動車に乗せてもらったら? 自動車をとめてそうお頼みになったら?」

伊佐は足の痛みを忘れるほどおどろいた。彼はそんなおそろしいことになりそうだとは考えてもいなかった。

(そんなことが出来るくらいだったら)

伊佐はなるべく爪先《つまさき》の方に足をよせて後がわの痛いところをすれさせないようにしながらミチ子におくれまいとした。こんなことをすすめられてはたまらないと思ったのだ。しかし靴ずれというものは、そんなことをすればよけいに痛くなるものなのだ。

ミチ子は自分もおくれることによって伊佐の痛みがおさまるかのようにそっと歩いた。ミチ子は自分のことだけに妙にとらわれている伊佐がめんどくさい気がしていたが、こうしていっしょに苦痛をわかってきているうちに、異性にたいして忘れていた愛情がほのぼのとわいてくるように思われた。しかし彼女はまだ忘れ物を借りることは忘れていなかった。その忘れ物を借りることのために、そういう卑しい借り物をすることで、愛情がうえた胃袋のあたりからふくれあがってくるようにかんじたのかも知れなかった。

「ねえ、やっぱりそうなさった方がいいわ」

ミチ子は伊佐の背中をさするようにしてそう言った。車はひっきりなしに通っていた。

「私、頼んであげましょうか」

「いいんです。いいんです。そのくらいならハダシで歩いて行きます」

「まあ」

伊佐は一言もしゃべらないつもりでいたのに、これはしまったと思った。しかし黙っていたら今にもミチ子は自動車を止めるかも知れず、彼女が流暢《りゅうちょう》な英語で頼めばたぶん乗せてくれるであろう。乗せてくれては困る。彼は外人と二人きりで自動車に乗せられるのはどんなことがあってもいやだと思った。彼は黒人と二人で乗りまわした拷問にかけられているような一日のことを忘れられなかった。彼はあの時ほんとに衝動的に黒人を殺しかねなかった。あれがあのまま二日とつづいたら、彼は逃げ出すならともかく、ほんとに相手を殺していたことだろう。

　ミチ子は伊佐が頑強に拒むので、せっかくわいてきた男に対する慕情が消えて行くのをかんじた。汗ばんできた肌が、何か自分の心の不潔さを連想させた。あれだけ借りればいい、いや、場合によっては借りることだって、どうでもいいと思った。ミチ子は伊佐をふりかえるまいと心を決め前の一群の最後尾に追いつこうとした。すると伊佐のまわりの一群も伊佐をのこして動いて行った。


　山田はいつのまにか柴元と意気投合していた。柴元は戦争中まで柔道では県下でも有数な高段者の一人で、講道館五段だということを話していた。柔道と戦犯的人物とは何のかんけいもない、そのしょうこに自分は今、レッキとした県庁の、それも学務部の指導課にいることでも分る、と言った。柴元はそれから警察と、米軍とに柔道を教えているのだ、とつけ加えた。彼がその地位についたのは、その米軍指導の恩恵のためだった。

　山田は柴元が米軍に柔道を教えていると聞くと、急に眼をかがやかしはじめた。山田は通訳から、米軍とのあらゆる交渉に興味をもっていた。それだけではなく、彼はチャンスをつかんでアメリカに留学したいものと願っていた。彼はその野心のために、日夜、生き生きと、それから小心翼々と生きていた。

　彼は柴元に自分の英語の達者なことを知らせたいと思った。彼の学校では彼が主催して、もういくどもモデル・ティーチングをやったことを話した。柴元がすでにそのことを知っていると答えると、彼はどうして持ってきたのか、

「ザァット・イズ・イット（あれはこれなんです）」

　と言って、そのころでは珍しい皮鞄の中からその時の授業次第を書きこんだガリ版のパンフレットを柴元に見せた。

「そりゃもう、みんな出来ませんよ。先生といったって。僕はそのうち学務部の御後援を願って、この市で講習会をやりたいと思っているんです。米人の方にも一つ応援を願いたいですな」

　彼は名刺を柴元に差し出した。その裏には横文字が刷りこんであった。

「僕もこう見えても剣道二段です」

「ほう、大分やられましたな」

「そうですとも」山田は剣をふる真似をした。「実はこんなこと言って何ですが、将校の時、だいぶん試し斬りもやりましたよ」

「首をきるのはなかなかむつかしいでしょう?」

「いや、それは腕ですし、何といっても真剣をもって斬って見なけりゃね」

「何人ぐらいやりましたか」

「ざっと」彼はあたりを見廻しながら言った。「二十人ぐらい。その半分は捕虜ですがね」

「アメさんはやりませんでしたか」

「もちろん」

「やったのですか」

「やりましたとも」

「どうです、支那《しな》人とアメリカ人では」

「それやあなた、殺される態度がちがいますね。やはり精神は東洋精神というところですな」

「それでよくひっかからなかったですね」

「軍の命令でやったことです」


　山田は会話が機微にふれてきて、自分で自分のいっていることが分からなくなったのか、それっきり口をつぐんで、柴元がオーバーをぬいでいるのに気がつくと、自分もいそいでぬいで小脇にかかえこみ、その拍子に道路をふりかえった。とたんに山田の浅黒い顔の中でよくしまった口がゆがみ口惜しそうな表情になった。

「どうです、このざまは、これが戦時中の行軍だったら……これが教師なんだからな」


（略）


　柴元の発案で伊佐はけっきょくハダシになり山田たち数人にかこまれて歩きだすことになった。伊佐は急に元気になった。その道路はじっさいハダシがいちばん快適であった。なぜなら自動車のタイヤは一種のハダシみたいなものだからである。

　ミチ子は自分のそばにいて、そのうち自分よりおくれてくる伊佐のことを始終心にかけていた。あまり言うことを聞かないので放っておく様子をしたが、そのがんこなところが何か亡夫に似ていた。それが今は山田らのかげにかくれてハダシのままいそいそと歩いて行く。何というがんこな貧しい男であろう。ミチ子は亡夫の出征を送って行った日のことが思うともなく思い出されるのだ。

　兵営から出発駅まで二里の道を駆けるようにして隊伍の横について行った。途中一度も休憩せず、その隊伍はミチ子をよせつけない早さで歩いた。夫は口をむすんだままミチ子の方をばほとんどふりかえりもせず、ミチ子をふりかえったたった一度の時は、手を振って追い払う様子をした。ミチ子だけではなくどこかの老婆までが、息子の名を呼びながらころげるようにしてついて走った。ミチ子はそのがんこな夫の恥かしがり屋な心根を知っていたので、このハダシの男もたぶんそうなのだろう。アメリカン・スクールに着いたら話しかけてみようと思った。するとミチ子は自分のハイ・ヒールのことが、花の蕾《つぼみ》のような感触で、包みの中でよみがえってきた。そう、向うでハイ・ヒールをはいた時に彼に話しかけて見ようと思った。


　このあと、伊佐は米兵のジープに乗せられ、アメリカン・スクールに連れていかれる。

　ジープが去ると彼は運動場の柵《さく》の方へハダシのまま駈けて行き、そこで一息ついてからそっと靴をはき、うずくまった。そこからアメリカン・スクールの生徒たちが遊んでいるのが見えた。小学校、中学校の男女の生徒が、色とりどりの服装で、セーター一枚か、うすいシャツの上にジャンパーだけで動いている。伊佐はそこを離れて建物のかげから、なおものぞいていた。そこにおれば安全なのだ。彼は心の疲れでくらくらしそうになって眼をつむったのだが、だんだん涙が出てくるのをかんじた。なぜ眼をつぶっていると涙が出てきたのか彼には分らなかったが、それは何か悲しいまでの快さが彼の涙をさそったことは確かであった。彼はなおも眼を閉じたまま坐りこんでしまったが、その快さは、小川の囁《ささや》きのような清潔な美しい言葉の流れであることがわかってきた。

　それは彼がよくその意味を聞きとることが出来ないためでもあるが、何かこの世のものとも思われなかった。目をあけると、十二、三になる数人の女生徒が、十五、六米はなれたところで、立ち話をしているのだった。彼は自分たちはここへ来る資格のないあわれな民族のように思われた。

　彼はこのような美しい声の流れである話というものを、なぜおそれ、忌みきらってきたのかと思った。しかしこう思うとたんに、彼の中でささやくものがあった。

（日本人が外人みたいに英語を話すなんて、バカな。外人みたいに話せば外人になってしまう。そんな恥かしいことが……）

　彼は山田が会話をする時の身ぶりを思い出していたのだ。

（完全な外人の調子で話すのは恥だ。不完全な調子で話すのも恥だ）

　自分が不完全な調子で話しをさせられる立場になったら……

　彼はグッド・モーニング、エブリボディと生徒に向って思いきって二、三回は授業の初めに言ったことはあった。血がすーとのぼってその時ほんとに彼は谷底へおちて行くような気がしたのだ。

（おれが別のにんげんになってしまう。おれはそれだけはいやだ！）

このあと、伊佐はアメリカ人教員のエミリー嬢に見つかり、彼女の運動靴をはかされてしまう。

6

伊佐が瀟洒《しょうしゃ》なアメリカン・スクールの校舎のかげにひそんでいる時に、山田はミチ子のそばに寄りそってきた。山田は学務部へいっしょに行くように誘ったさいにも、彼にはある意図があったのだ。彼はミチ子が外人と自由に話しているのを前にも見たことがあったので何かその会話力を試して見ようと思っていたのだ。教師の中には、まるで昔の武芸者が腕前を試すためにわざと鞘当《さやあ》てをするように、因縁をつけるのがいるが、山田にはそうしたところがあった。伊佐が執拗《しつよう》にミチ子のそばをはなれず、ミチ子もまた伊佐に何となく親しげな様子を見せているので、山田は近よることが出来ずにいた。今まで彼は自分より英語の会話力がある婦人に出あうと、おそれげもなくほかの力で遮二無二《しゃにむに》征服しようとしたこともあった。がたいていそれは失敗に終わった。

　山田は彼女に教師の経歴から、卒業学校、さては特別に会話を勉強したか、外人との交渉はあるかと矢つぎ早やに英語で問いかけるので、さすがミチ子も日本人同士のくせに英語で答える恥かしさで、ぽっつりぽっつり日本語をまぜていたが、山田は一向に質問を止める気配がないのだ。ミチ子は相手が自分を女と思ってなめてかかっているということが分っているので、なぜそんなに英語が好きになったか、モデル・ティーチングをやりたいのか、あなたのどの発音がアメリカ南部で、どの発音が東部で、日本で言えば、青森弁に九州弁がまざっているようなものですわ、と英語の気易さでついはげしい応酬をしてしまうと、山田は意外な強敵にたじたじとなってしまった。

山田はヒゲをひねり、英語よりも話の内容上答える言葉もなく、このように腕の立つ女性にはもはや食糧か衣服かの話より術《すべ》はないものと覚悟した。彼は初めて日本語で言った。

「りっぱな御服装ですな。戦前のものですか」

「ええ戦死した主人の生地なんですの」

「御主人が亡くなられては大へんですな。僕の方でお米なら割に安く手に入りますよ」

彼はそういって女の顔色が動くのをじっと見ていた。

「さようでございますか。お名刺を一つ」

「それから何なら内職の仕事もお世話いたしますよ」

「ええ、ぜひお願いしますわ。何といっても男の方は得ですものね」

そこまで話がすすんで来た時、ようやく一行は守衛に呼び止められた。

「一名ジープに乗って先行したのです」

山田は出しゃばった口をきいて、女をふりかえり、英語で言った。

「彼はまだハダシで校舎のかげにでもかくれていますよ」

「どうしてなんでしょう」

「あれは、話ができないんですよ。かんたんなことです」それから声を小さくして英語でつけ加えた。「もうそろそろ靴をはかれる時ですよ」

ミチ子は言われるまでもなくそう思っていたのに、先きまわりをしていう山田は、今まで私の姿を見つづけてきたのかも知れない。この男は警戒しなければならない、それにしてもあの人はほんとにかくれているのだろうかと、やがて近づいてきた建物を見まわした。

彼らがこうしてたどりついたアメリカン・スクールは広大な敷地を持つ住宅地の中央に、南ガラス窓を大きくはって立っていた。敷地は畠《はたけ》をつぶしたのだ。アメリカ人にとっては贅沢《ぜいたく》なものとは言えないが、疎《まば》らに立ちならんだ住宅には、スタンドのついた寝室のありかまで手にとるようで、日本人のメイドが幼児の世話をしていた。参観者たちはその日本人の小娘まで、まるで天国の住人のように思われる。ミチ子はそっと眼頭をおさえた。日本人であって自分のように英語をこなせるにんげんとここに住んでいる米人とは教養の点ではおそらくはるかに自分の方が上である。それなのに私はこの六粁の道を歩きながら、ここでハイ・ヒールをはくことをひそかに楽しんできた。この花園では私たちというにんげんがすでにもう入りきれないほど貧しくなっているのだ。

「授業の参観などする必要はない」そう言って柴元の方を見たのは、伊佐にハダシになれとすすめた男だった。「このような設備の中で教える教育というものが、僕たちに何の参考になるものですか。僕たちは歩いて来ただけで参考になりましたよ。敗《ま》けたとはいえですよ。この建物は僕たちの税金で出来たものです。それを見せていただいて涙を流さねばならんですか」

　ミチ子は自分の、眼を押えた姿を見られたかと横を向いた。その拍子に手持無沙汰《ぶさた》のために、みんなからはなれて靴をはきかえた。はきおえて顔をあげた時、伊佐が運動場をよこぎって歩いてくるのを見かけた。その後方にエミリー嬢がつっ立っていた。伊佐は靴をぶらさげていた。エミリー嬢の美しい姿を見ると、ミチ子はまた運動靴にはきかえようかと思った。

　空腹をかかえて歩いてきた距離の長さがある者を怒らせ、ある者をよけい無気力にしたのだ。

「しかしこの参観は苦労して得たわれらの特権なので早まったことをしていただいては学務部の顔が立ちません。何です、あなたは」

　柴元は広い肩をゆすって居丈高に言い、その勢いで叱咤《しった》した。

「アメリカン・スクールの前で腰を下ろさないで下さい。乞食《こじき》のように見えます。もうあんたはそこにいたのですか」

　柴元の視線の止ったところには、伊佐が背中を向けて坐《すわ》っていた。

「だからです」と山田が割りこんだ。「われわれの力を見せようではありませんか。僕に任せて下さい。それ以外意味ないと思うんだ」

「それはそれとして、みなさん」

　柴元は横あいから山田の話を奪うと、鞄の中から、印刷した用紙をとり出してみんなに配った。一同の注意はその紙の方に転じた。

「参観後の感想をくわしく書いて提出していただきます。参考資料にしますから」

　するとミチ子が感情のたかまりを抑えかねたように高い声をはりあげた。

「書くことなんかありませんわ。書いてどうなるんですの?」

「いや」と山田が嘴《くちばし》を入れた。「僕の通りに書けばいいんです。僕がこの学校の授業方針、巧拙、その他ぜんぶ厳正に批判します。僕がみなさんにあとで見本を示しますよ、それよりも……」

「そんなことをいってるんじゃないんですわ」

「では何ですか。何が不足ですか、あなたは」

　ミチ子は、山田はお話にならない。伊佐はどこかいじけすぎているくせに、女の人によくされる。ほんとに伊佐に聞きただしてやらねば、とミチ子は、山田と伊佐のことを同時に思うのだ。


（略）

　参観者は生徒のじゃまをしないように二列になってすすんだ。山田が校長ウイリアム氏にへばりついていた。ウイリアム氏が発声すると山田は片手をあげて、ふりかえり何ごとかをしゃべるのだ。それが順々に逓伝《ていでん》されてくる。それは誰が発案したともなくいつのまにかそうなってしまったのだ。そしてそれは、まだ生々しい軍隊の命令伝達のやり方や、防火バケツの手渡しの記憶がのこっていたせいであろう。ミチ子は伊佐の前にいたが、ミチ子を経て伊佐に伝わるまでには時間がかかった。そして逓伝者のおどろきの部分だけが伊佐の耳に伝わった。

　ウイリアム校長というより、通訳者山田の第一声は、次のごときものであった。

「私たちのアメリカン・スクールの校舎は日本のお国のお金で建てたものです。お国の建築屋が要求通りにしないのとズルイために、ごらんの通り不服なものなんですが。第一、経費も本国の場合とくらべると約五分の一です、明るさというのが私たちアメリカ人のモットーなのですが、まだまだこれではそのモットーに添っていません。ここの生徒は一クラス二十人です。まだこれでも多すぎます。十七人が理想なのです。お国の学校は七十人だそうですが、あれはいけません。断じて許されない数です。（ウイリアム氏は、十七のセブンティーンと七十のセブンティーとが期せずして頭韻をふんだのを得意げに発音した）なぜならばそんなに多くては団体教育になり、軍国主義になるもとにちがいないからです」

　ここで山田の声はとだえた。ウイリアム氏が急に真剣な顔をし、かなり厚みのある大きな指を一本、山田の額の前につき出したからだ。それからつづけた山田の声はしばらくふるえをおびていた。

「私たちの給料は本国から支給されているのです。聞くところによると、私たちの中のいちばん若い女の先生のそれも、皆さんがたの多い人の約十倍のようです。これは本国にいるよりはかなりいいのですが、それは物価が高いためで、私たちの給料が皆さんのそれより多いのは、私たちの生活水準が高いからにほかなりません。それはまことに当然のことと申さねばならないのです」

　ウイリアム氏の話が伊佐に伝わったころには、月給が十倍という溜《ため》息《いき》まじりの文句だけであった。ミチ子はあやうくよろめくところを伊佐に支《ささ》えられた。

「何ということでしょう。ほんとに誰かのおっしゃったように、帰るべきだったわ」

「そうです、その通りです」

（略）

「何か夢の国ね。だけど中身は案外ね、きっと」

「そうです、その通りです」

　ミチ子はこの奇妙な返事をくりかえす伊佐の兎《うさぎ》の眼のようなおじけついた、心配そうな眼を見ると、山田の言葉を思い出した。急に伊佐が口を切った。

「なぜこんなに恥かしいめをしなければならんのでしょう」

「恥かしいめって？　ハダシになったこと？」

「いいや、こんな美しいものを見れば見るほど」

「美しいって。そうかしら」

「僕は自分が英語の教師だからだ、と思うんです」

「何のこと、それ？　あなた英語を話すのおきらい？」

「き、きらいですとも、……」

（やっぱり）とミチ子は思った。（そういう男の人はよくある、伊佐も山田と反対にその一人なのかしら）

7

（略）

ミチ子はとにかく伊佐のそばを離れなかった。彼にあのことを言わねばならない、とアスファルト道路上からの重荷になっていたことがあるだけではなく、彼のそばにいると、何をしでかしても、自分がアメリカ婦人にくらべて惨めでも、心がおちつく気がするのだ。つまり伊佐は彼女にとって、アメリカン・スクールをいっしょに歩くには恰《かっ》好《こう》の相手だった。伊佐はまた山田のそばを離れなかった。彼は山田の一挙手一投足に注意を集めていたし、山田が階段からすべり落ちて怪我でもするように心から願っており、何ならその扶助さえも惜しまない気持になっていた。怪我してまで、モデル・ティーチングの提案をウイリアム氏に出すことはあるまいから……おまけに山田のそばにおれば、何一つ英語を話す必要はなかった。山田が一人で活躍したがっているからだ。

したがって、山田と伊佐とミチ子はいっしょにある教室に入って行った。そこは図画の授業がはじまっていたが、準備室で山田は手帖に何か書きこんだ。それからミチ子をふりかえって狡猾《こうかつ》そうに言った。

「ごらんなさい。これだけの物量を誇っているくせに、子供の絵は下手くそで見られないから、ドンチュー・シンク・ソー？（そう思いませんか）」

すると、山田の口もとに耳を集めていた二、三名の日本人は、神妙に相槌《あいづち》を打ってニヤニヤした。ミチ子は自分も同感だが、この人たちは、卑くつな日本人の悪さを持っている。しかし自分や伊佐は……と思って伊佐をふりかえると、伊佐はエミリー嬢の運動靴が大きすぎるのでしゃがんで紐《ひも》を結びなおしていたが、ミチ子の目に合うと顔を赤くして横をむいた。

（略）

エミリー嬢が英語を教えているのを、エミリー所有と横文字で書いた運動靴をはいて、伊佐は廊下で聞いていた。ミチ子はこんどは伊佐を誘いはせず、部屋に入って行った。やがて小声でしゃべりながら彼らは、一人一人あらわれた。

「あなたや僕の英語の方がよっぽどうまいくらいだし、どうです、あの生徒の文法上のまちがいは」

「でもきれいな女の人ね」

「映画女優が高給をもらっておるようなもんだ」

「あの人、ほんとに英語が嫌いらしいですわよ」

ミチ子は伊佐のことを英語で山田に言った。山田はやはり英語で答えた。

「僕は何でも分るのです。何か僕に悪意をいだいているらしいことも分っています」

ミチ子は英語で「彼」というと何か伊佐の蔭口《かげぐち》を言ってもそれほど

苦にならないことを知って、伊佐のあれほど英語を話すのを嫌う気持もわかるような気がした。たしかに英語を話す時には何かもう自分ではなくなる。そして外国語で話した喜びと昂奮《こうふん》が支配してしまう。ミチ子は、山田のそばをはなれなくてはと思った。

8

ミチ子は伊佐と肩をならべた。

「英語を話すのがお嫌いなら、わたしなんか、おきらいですわね」

そう言ってミチ子は自分の言葉におどろいた。

「女は別です」

「女は真似るのが上手って意味?」

伊佐は、ミチ子のいう通りかも知れないと思った。するとミチ子は急に伊佐の耳もとに何か囁いた。伊佐はそれが日本語であるのでホッとした。

「えっ? そりゃあなたさえ……」

そう言うと伊佐は囁いた当のミチ子より真赤になった。

「ねえ、それも恥かしいことなの?」


(略)


山田が近づいてきた、と思うと伊佐に向って言った。

「午後、あなたと僕がモデル・ティーチングをやって見せることに決りました」

「ぼ、ぼくは何にも知らない。僕にはかんけいはない」

「いや、キミと僕とが適任なのだ。柴元さんを通して話しをつけた。午後一時間参観が終ったらそのあとで打ち合わせをしましょう。にげないで下さい。にげれば柴元氏は感情を害しますよ。この方の指導を受けておきなさい」

と山田はミチ子をあごで指した。それが何か意味ありげだった。


(略)


「食事は門を出た百米先きの広場のベンチの上でして下さい。場所はそこ一ヵ所に限られています」

と言い残すと山田は先きに立って歩き出した。伊佐は唇をふるわして山田の後姿を茫然《ぼうぜん》とながめていたが、

「私が代ってあげますわ、伊佐さん」

「いや、こうなったら、僕は山田をなぐるか、職を止めるか、やらせられても英語を一言も使わないかです」

伊佐は山田のあとを追っかけようとしたが靴ずれの痛みがよみがえってきて、びっこをひきながら進もうとした。ミチ子がその手をおさえた。

「ねえ、ちょっと貸してちょうだい、さっきお願いしたの、洗ってくるわ」

伊佐はそう言われてその瞬間、何のことなのか分らぬといった表情を見せて、その兎のような目をまたたきさせた。

「ねえ、さっき……」

彼は二度言われてミチ子の要求が何であるのか、ようやく察した。しかしそれは自分がまず用いてからのことなのだが、と伊佐は山田に

決戦を挑むというこんな大切な時にもかかわらず、自分のその一事を忘れなかった。ええっと伊佐は思いきって鞄の中から新聞紙にまるめた物を取り出してミチ子に渡した。そうしながらも彼の眼は山田の姿を見送っていた。ミチ子は伊佐の手からその包みを受け取ろうと両手をのばした。このあいだにはものの十秒とたっていなかった。

ミチ子が両手をのばした時に、伊佐はリレーの下手な選手とおなじく、渡しきらぬうちに自分が走り出していた。ミチ子はミチ子で顔を赤くし、つい身体の均衡がくずれた。

ミチ子は、ハイ・ヒールをすべらせ、廊下の真中で悲鳴をあげて顚《てん》倒《とう》した。その時彼女の手から投げ出された紙包みの中からは二本の黒い箸《はし》がのぞいていた。

彼女がこのような日本的なわびしい道具を手にして倒れたとは、伊佐以外には誰も気がつかなかった。するとたちまちウイリアム氏の怒号とともに日本人は追いちらされ、それと同時にあちこちのドアから外人がとび出してきた。そしてその中からまた女性だけが残り、彼女たちが衛生室にかつぎこんだ。

ウイリアム氏はこの事故をなげかわしいと思ったのか、伊佐とミチ子とは何をしていたのか、と苛立たしげに眼鏡をなおしながら柴元にきいた。引き返してきた山田が、キゼンとしてそれを通訳した。

「びっこをひいて追いかけた男は、この山田にモデル・ティーチングを代ってやらせてくれるように頼むつもりで駈《か》けようとしたのです。そしてあの婦人もまた、自分でそれをのぞんで、彼を止めようとしたのです。すべて研究心と、英語に対する熱意のためです」

「そう、特攻精神ですか」

ウイリアム氏はそう皮肉に言ったが、山田はそれを讃辞《さんじ》と受けとって柴元に伝えた。山田は目をしばたたいた。

ウイリアム氏は山田たちが取りちがえているのを知ると眼鏡を直しキッとなって言った。

「これからは、二つのことを厳禁します。一つは、日本人教師がここで教壇に立とうとしたり、立ったり、教育方針に干渉したりすること。もう一つは、ハイ・ヒールをはいてくること。以上の二事項を守らないならば、今後は一切参観をお断りする」

ウイリアム氏は早口でそう言い残すと、大股で衛生室へ歩いて行き、中へは入らずドアの外で佇《たたず》んで様子をうかがっているのだった。いつまでたっても山田がウイリアム氏の宣言を通訳しないので、柴元が山田の胸をつつくと、山田はようやくわれに帰り、物も言わずそのまま入口の方に逃れるように走って行くと、その後を柴元をはじめ日本人教師が思い出したようにくっついて駈けだした。そして伊佐はまたもや一人とり残された。

本文：初出「文学界」（一九五四・九）／底本『第三の新人名作選』（二〇一一・八、講談社文芸文庫）

解説

1 〈日本人〉と〈アメリカ人〉

本作には、占領問題を中心とする戦後の日米関係が反映しています。主な登場人物（視点人物）のうち、〈日本人〉英語教員の伊佐・ミチ子・山田たちは、「終戦後三年、教員の腹は、日本人の誰にもおとらずへっていた」（P39）と語られ、服装から精神性に至るまで、おおむね〝貧しさ〟を強調されます。一方、「広大な敷地を持つ住宅地の中央」に「日本のお国のお金」で建てた「瀟洒なアメリカン・スクール」で、日本人英語教員の約十倍の給料で働いているエミリー嬢やウイリアム校長は〈アメリカ人〉です。こうした非対称な対偶関係に、第二次大戦の帰結がもたらした〈勝者＝占領者＞敗者＝被占領者〉の歴史的序列を重ねるのは不自然ではありません。ただしテクストでは、上記の二項図式に亀裂を入れるような分割線が日米いずれの側にも引かれています。そこで以下、〈敗者＝被占領者〉である〈日本人〉の側に引かれた分割線に的を絞り、考察を進めていきましょう。

2 〈英語〉と〈日本語〉

三人の日本人英語教員の人物像は、各人が商売道具である〈英語〉を、ナショナル・アイデンティティ――個人における特定の国家・民族への帰属意識。ここでは特に〈日本語〉を母語とする日本人であること――との兼ね合いでどう捉えているかという観点から、語り分けられています。ところが、そもそも〈英語／日本語〉に習熟していることは、〈アメリカ人／日本人〉であることの必要条件ではありません（このことは例えば、国際結婚で生まれた子供を想像すればわかります）。その意味で「日本人が外人みたいに英語を（略）話せば外人になってしまう。」「それだけはいやだ！」（P45）という伊佐の強迫観念は、「各国の国民はその国民自身の「自然な」母語で自分自身を表現すべきであるということが一つの規範とみなされて」いる「特殊主義《パティキュラリズム》」（酒井１９９７、Ｐ２１１）の典型です。しかし、こうした一般論でテクストを断罪するのは拙速でしょう。なぜなら、テクスト内の時空間である一九四八（昭二三）年の日本は、戦時中に〝敵性言語〟であった英語が自由と民主化を象徴する〝勝者の言語〟となった被占領期にあたり、そのことを考慮すれば、伊佐の「特殊主義《パティキュラリズム》」も歴史的社会的な奥行きで捉えることができるからです（☞Ｐ５課題１）。

3 〈靴〉と〈言語〉

「敗戦国民として、われわれは彼らに嘗《な》められている」（P39）という山田の台詞からは、日本人教員たちが被占領者のネガティブな連帯意識で動いている印象を受けますが、実際には各自の思惑から打算的に行動しており、必ずしも一枚岩ではありません（☞Ｐ５課題２）。なかでも、〈靴〉という小道具を共有する伊佐とミチ子の関係はユニークです。と言うのも、サイズの合わない借り物の「皮靴」に難渋する伊佐が、苦痛の原因は「外国語を外人のごとく話させられることのためであり、自分がこんな職業についているため」（P41）だと腹を立て、内向していくのに対し、歩行に際して「ハイ・ヒール」から「運動靴」に履き替える周到なミチ子は、「達者な英語」で米兵から食料を得、「会話力を試して見よう」とする山田を返り討ちにしてしまうからです。こうした比較を踏まえると、〈靴〉を〈言語〉の隠喩と見ることも可能でしょう。そして、サイズの合わない借り物の「皮靴」で「足をひきずりながら」、歩くことに苦しむ不器用な伊佐に比べ、いかにもミチ子は屈託がなく、器用にふるまっているように見えます（☞Ｐ5課題3）。もう少し両者を比較してみましょう。

4 「ハイ・ヒール」と「運動靴」と「二本の黒い箸」

〈靴〉≒〈言語〉という仮説に拠れば、伊佐が「ハダシ」になった途端に元気になる（Ｐ44）のは、〈靴〉自体を履かない（≒「沈黙戦術をとる」）ことで、言語使用とナショナル・アイデンティティをめぐる葛藤から解放されると彼が考えるからでしょう。しかし、二〇世紀なかばの日本社会に生きる人間が〈靴〉を履くこと（≒〈言語〉を使うこと）を拒み続けるのは、なかなか容易ではありません。それゆえ、アメリカン・スクールに「ハダシ」で到着した伊佐が結局「エミリー嬢の運動靴」を履かされてしまう顚末は、彼が前述の葛藤から逃れられないことを言外に示しているようにも読み取れるのです。

一方でテクストは、日本人が「外人の調子で話すのは恥だ」（Ｐ45）が「女は別」（Ｐ50）だと言う伊佐の〝英語嫌い〟に、ジェンダーバイアスがかかっている可能性を示唆します。このことは、性的な目線でミチ子の「全身を観賞」する「白人と黒人」の米兵たち（Ｐ41）や、彼女を「女と思ってなめてかか」（Ｐ46）る山田にも共通します。つまりテクストは、ミチ子を取り巻く諸々の人間関係を通して、ともすれば〈勝者＝占領者＞敗者＝被占領者〉という見やすい序列が覆い隠してしまいかねない、〈男性＞女性〉という権力関係の存在に気付かせる仕掛けになっているのです。ただし、付言しておかねばならないのは、「相手が自分を女と思ってなめてかかっているということが分ってい」（同前）るミチ子は、英語を話すと自分が「生き生きと表情に富み、女らしく」（Ｐ41）なることに、恐らく自覚的であるということです。それゆえ彼女の、二つの〈靴〉——盛装用のフェミニンな「ハイ・ヒール」とカジュアルで機能的な「運動靴」——を履き分ける周到さは、ＴＰＯごとに周囲が期待する〈女らしさ〉を意識して英語を使い分ける彼女のしたたかさをも、暗示していると言えるのではないでしょうか。

物語の終盤、「忘れ物」を伊佐から借りようとしたミチ子は、「ハイ・ヒール」をすべらせ、廊下の真中で悲鳴をあげて顚倒」します。彼女の「忘れ物」は、「日本的なわびしい道具」である「二本の黒い箸」でしたが、それがステレオタイプな日本文化の隠喩であることは明らかです。ではミチ子が、そのような「卑しい借り物」（Ｐ42）の借用相手に伊佐を選んだのはなぜでしょうか。あるいは、そもそも彼女が「忘れ物」をしてしまったことはどのように意味づけられるでしょうか。それらの問いに答えつつ、テクストの最後の場面を意味づけてみましょう（☞Ｐ6課題4）。

小島信夫（一九一五〜二〇〇六）岐阜県生まれ。英語教師として勤務中に召集され（四二）、復員（四六）後に本格的な執筆活動に入る。「第三の新人」の一人に数えられ、「アメリカン・スクール」で芥川賞を受賞したほか、長篇『抱擁家族』（六五）で谷崎潤一郎賞を受賞。

SECTION 1

4

母であることの罪

円地文子「黝《くろ》い紫陽花」

戦局が逼迫する中、「私」は息子を出征させまいとする気持ちと自分の信条との間で揺れ動く。母の裏切りを知り荒れ狂う息子を前に、「私」は……。〈母〉であるがゆえに思いは過剰であり、そしてその罪は深く、苦しい。

重たい手がじんわり胸をおさえている。重たい……しかしどうしても動かせない手なのだ。ふり払うことの無駄を私は知っている。だから動けないのだ。手も足も頭も死んだようになって、この重みを支えている……死んだふりをしている。いや、ほんとうに死んだのではないか。はっとして、私は眼ざめた。

自分の手が胸の上にあった。背から胸がじっとり汗ばんでいる。昨夜もこんなだった。その前の夜も……見る夢はちがっているが、いつも重たい手が胸を圧しているところで眼が覚めると、自分の手が胸の上に死人の手のように貼りついている。

隣の部屋で柱時計が間遠く二つ鳴った。ベロナールを飲んで寝たのに、ほんの一時間しか眠っていない。その間も気味の悪い夢を見通しだった。ああそうだ。今の夢には二郎が出て来た。五つの時、疫痢で死んだ二郎が子供の時のまま、頬に縦靨《たてえくぼ》を深くよせた歯の朽ちた笑い顔で、軍服を着てぐんぐん歩いて行く。「何処へ行くの」「あっち」大人の二郎は手を上げて向うを指さす。そこには青と黄で毒々しく迷彩した軍艦が海の上にあって、漫画のように不つりあいに大きい兵隊の顔が一ぱい船の上から手を振っている。「いけないの。あっちへ行っては」強く私はいう。二郎は立ちどまって恐ろしく冷たい眼つきで私を見、又さっさと歩き出す。「駄目、駄目、そんな方へ行っては危い、危い」私は二郎の手を無理にひっぱった。「いいのじっとしているのよ。こうやって……」その手は他愛なく振りもぎられた。二郎はやっぱりずんずん歩いて行く……

　眼ざめてみると、夢の中の二郎は途中でいつの間にか、一郎にすり変っていたようだ。私が引きとめようとした時、立ちどまって凝《じっ》と私を見た眼、二皮瞼の眼尻にたっぷり皺をたたんでゆっくり瞳を動かした眼ざしはたしかに一郎だった。一郎はあんな冷たい眼で私を見たことはただの一度もないのに……私は夢の中でもう何度も敵意を湛えた一郎の眼と対《むか》いあっている……

　凝としていられない切なさで、私は何度も隣の床で安らかな寝息をたてて眠っている夫の礼吉をゆすぶって起そうかと思う。でも礼吉にどんなにいきせき話して見たところで、それはただ彼を火事場にいる盲目《めくら》の子供のように狼狽《あわ》てさせるだけだということを私は知りぬいている。白い枕に半分埋まって仰向けに寝ている礼吉の半白の頭脳《あたま》を一ぱいにしているのはいつも、顕微鏡に浮んで来る小麦や燕麦の染色体のゲノムだ。千年前二千年前の小麦や燕麦の祖先を探し当てる植物遺伝学の研究に礼吉の一日一日は全部のみこまれている。二郎の死んだ時だって礼吉は二日と研究所へ行くのを休みはしなかった。私が死んでも一郎が死んでも恐らくそうだろう。こういう礼吉を仙人のようだなどと揶揄《やゆ》しながら、結構誇りにもしていたことを思うと、私は自分達の長い夫婦生活がなんと嘘だらけのまやかしものだったかに、今更驚かされずにはいられない。

　この誰にも話すことの出来ない悩みを私はもう随分長い間はずかしい疾《やまい》のように自分の中に匿して来たが、日米戦争の戦局が不利になって、太平洋の島々を飛石づたいに日本へ向けて円周を縮めて来るアメリカの攻勢が、もう誰の眼にも蔽い難くなって来たこのごろでは、毎日の生活がまるで全財産を賭けて骰《さい》の目を争っているような緊張に終始しているのだった。去年の十二月学徒出征で沢山の学生が日の丸を襷に応召して行った時には、大学院の研究生だった一郎は、幸いに召集されなかった。それから半年の間、彼の同僚や先輩も次々に歯のぬけるように軍隊へ編入されて行った。今度は僕の番だとよく一郎は言う。その言葉をきく度に、私は深い眠りから突然小突き起されたような倒錯を新たに感じて、眼の前の一郎が私と逢ったこともない赤の他人のように空々しく見えるのだった。しかし私をおびやかしているのは強《あなが》ち召集の赤紙ばかりではない。蚊のうなりのように絶えず耳のそばで私語《ささや》きかける低い声に私は首を振りつづけなければならなかった。「一郎を戦争にやるな」「お前はその方法を知っているのじゃないか」「一郎の親類や友達はどういうやり方をしているのかお前はよく知っているじゃないか」「お前がひとりでいくら頑張ったってお前はあの連中の血縁なのだ」「いや、それは子供を持つ母親の本能が命じるのだ」「早くしろ、一郎の生命を庇え」そうして又その声は時々気味悪く笑い出して私語くのだった。「お前の積木細工みたいな生活の信条がゆりこわされるのだ、ざまを見ろ、習俗を軽蔑するものは罰せられる」

そういう声がいよいよ現実になって私語《ささや》かれたのは一週間前のことだった。その日私は実家の母の十三回忌の法事で山ノ手の大きい寺の本堂に坐っていた。長兄夫婦をはじめ三十人余りの近親のものが須弥檀を中心にして左右の座敷に居流れている。それでも出征していたり、外地に行っていたりして出席者は常よりは十人ほど尠《すく》ないのだった。読経の間私は荘厳《しょうごん》した仏前に置かれている母の写真を折々見上げながら、母の思い出に浸るどころではないいらだたしさに捕えられていた。何度となく私の眼は向側に目白押しに並んだ親族の中から二つの青年の顔を拾い出して来る。一人は一番上の姉の二男の隆、もう一人は母の妹の孫に当る行男。二人は前後して去年の末学徒兵として動員されたが、所属部隊が日本を離れる前に、病気に罹《かか》って兵役を免じられたのだった。内裏雛のようにかたく整った小さい顔に厚い髪を艶々梳きこんだ行男と、破戒僧のように髪がのびかけ、ぶよぶよ太って眼鼻の細く萎んで見える隆は、見たところでは対照的だった。「一箇小隊はあるね」と先刻海軍参謀の次兄が笑った三十人の中に二人も除隊兵のいることが、私を刺激する。「行男ちゃん、胸部疾患だっていうけど、大したことじゃなさそうよ。三角さんで何とかしたのね」とつい四、五日前あった時二番目の姉が当り前のことのようにいった。三角という叔母の縁先は、有力な財閥の分家だった。「軍というところはお金がとてもものをいうところよ。それにもう戦争の行く先だって大てい見えているでしょう。負ける戦争にみすみす子供を出す親はないわよ」姉の口ぶりには一人息子の一郎を法文系の大学の研究室にほうり出して置く私の無神経を責めている口調がよめる。でもこの妹は変人だからうっかりしたことをいうとどう出て来るかわからない。そう思って姉は他を言っているのである。

私は強いてそういう近親の使嗾《しそう》に富んだ言葉を無関心な表情で聞き流している。それをうけ入れることは私自身を裏切ることで、誰よりも一郎が一番それを嫌うことを知っているからだ。私は仲違いしてもいないし、兄や姉の肉親らしい愛情もわからないではないけれど、ここに坐っている所謂《いわゆる》上流階級の重くるしい衣裳をひきずっているような親類とは、違ったところで生きている人間だと自分に思いこませている。私は荻生礼吉という質素な植物学者の妻で、一郎の母であることだけで沢山だ。私の生れた志村家がどんなきらびやかな一族揃いであったにしても、私はこの人達と同じ軌道を歩きたくはない。尠なくとも、私は一郎を育てるのに母や姉と全くちがう私の育て方をして来た。そうして又、一郎もこの一族の中のどの青年とも違う青年に成長して来た。そのことに私は誇りを持っている筈だった。今も私はその誇りを汚すまいとあせっている。でも、私の眼は飢えた犬が何度打たれても芳しい食物の匂いによってゆくように、隆と行男の方へ吸いつけられて行くのをどうしようもない。

「ああ君、病気で帰されたんだったね。もう出て歩いてもいいの」一郎の声がするので私は、本堂の階段を降りかけていた足をとめて振りかえった。ぞろぞろつながって降りて来る黒い式服の群れの中に、いつ来たのか隆の肩に手を置いて微笑んでいる背の高い一郎の顔があった。「腎臓で一時、こんなにふくれてね、照国みたいだって」隆は一郎を見上げていが栗頭へ手をやっている。「そう、でも、早く癒ってよかったね」一郎はいたわるように隆の背を軽く撫でて「もう行かないでいいの？」「うん、君は『武』の道で敗れたから『文』の道で国家に尽せって、帰る時部隊長が言ったよ。まだ蛋白が出るから、軽井沢へしばらく行って、来年学校へ入り直すつもり……」隆が子供っぽく咽喉を見せて話しているうれしそうな声を半分ききかけて、私は早足に階段を降りた。

　広い寺の境内にもところどころ蒲鉾型に土を盛上げた防空壕が出来ていた。最近兵隊の宿所になったらしく、梅雨時の湿った土に軍靴や馬蹄の跡が乱暴に残っている。皆のあとについて墓地の方へ向けて歩き出した時、「夏ちゃん」とうしろから呼びとめられた。振りむくと、白の詰襟に肩章のついた軍服を着た次兄の吉樹が大股に近よって来た。「帰り、兄さんとこへよるかい？」「いいえ、礼吉が少し風邪ひいてねているからお寺だけで帰るつもり」「そう、じゃちょっと……なに歩きながら話そう」吉樹兄はそういいながら、私の肩を押すようにして列から離れた。墓地へ入る要垣《かなめがき》の方へ歩いている方向は同じで大まわりな歩き方だった。皆からは一向不自然に見えないで内緒話の出来る間隔を上手に保ってから、兄は言出した。「一郎のことなんだがね。昨日麻布の兄さんとも話したんだが、兄さんも一郎は兵隊にするのは惜しいっていうんだ。折角教育の仕事に理想を持っているんだから、あれはあの道で徹底させたい……どうだい、一つ決心して僕に委せてくれないか。M軍港の語学の教官なら今直ぐポストがあるんだ。それもすぐ……ここ四、五日できめてくれないと困るんだが……」吉樹兄は低い声に力をこめているつもりだったが、ゴム管へ空気をぬきさしするように語尾がすうすう消えて行った。うしろめたい感情が生来気弱な色の白い兄の顔を赤く緊張させている。「私の口からは精しくは言えないが、時局は君達の考えている以上に切迫している。このまま行けば、一、二ヵ月中に一郎も動員されることになるだろう。ここはお前と荻生君の決心一つだ。考えてくれ、私は来週の末にはフィリッピンへ行くから……」言い終ると、吉樹兄はつと私の傍を離れて歩き出した。が、すぐ振りかえって、「一郎には勿論、何にも言ってはいけないよ」と、つけ足した。私は言葉が咽喉につかえて、ただ歩いていた。気がつくと墓地の要垣はすぐ前にあったが、皆の歩いているところとは大分離れていた。

　先刻まで小雨をぱらつかせていた空が高くなって、金の縁をとった濃い灰色の雲の裂け目から太陽《ひ》の光が眩しく落ちて来る。私は手にした袱紗をまぶしにして皆の方をふり向くと、隆と肩を並べた一郎が隆の妹の水兵服の少女にまつわられながらこっちへ歩いて来た。「おかしいな、やっぱりくろく見える？　一郎兄さん」女の子の甲《かん》高い声が弾んで聞える。一郎の腕に少女はぶら下ってぴょんぴょん子犬のようにはねていた。「うん、くろく見えるよ」と一郎。「あの紫陽花が……へんだなあ、じゃあ、一郎さん、空は？」といって隆が雲の裂けた真青な空を見上げた。「空は……青いよ」「あらいやだ……空と紫陽花同じ色よ」「そうかなあ……おかしい。僕は色盲になったのかしら」「どうしたの？」と私は近よって行ってきいた。何げなく笑っているつもりだったが、私の顔はゆがんでいたのだろう。「歯が痛いの？　お母さん」と一郎がきいた。私が醜い顔つきになるのは歯の痛い時なのを一郎は小さい時からの癖で知っている。今もそれを言われて私はどきりとした。「紫陽花がくろく見えるって一郎さんがいうんです」と隆が説明した。私はふりかえって初めて、すぐ背後の幹の赤い松の根もとに、大きい銀の簪《かんざし》のように四つ花弁をぴったりはりつめた大輪の紫陽花が、青い葉の間に水々しく咲き出ているのに気づいた。

「あの紫陽花がくろく……ほんとう？　一郎ちゃん」「ううん」と一郎は曖昧に笑って、「今は青く見えるよ、太陽の光線のせいだったのね」と、軽くうなずきながらいった。

私は身体中に荒れくるっている浪を片はしでも、一郎に覗かれたくないので、寺を出るとすぐ、もう一度大学に帰るという一郎と別れた。さりとて、まっすぐに礼吉のねている家へ帰る気にもならない。坐るところを失ったような気持で、私は広い、人気のない電車道にしばらく立っていた。電車は何台も通りすぎるけれども、何処へゆく当てもない。対角線にある赤十字社の門から、黒い帽子に軍服のような堅い衿の服をつけた編上げ靴の看護婦の一隊が二列に並んで、ひろい路を水交社のある坂の方へ横ぎって行く。足並みを揃えた黒い足が男の兵隊より低く膝を上げ行進をつづけてゆくのが陰気に眺められる。彼女達も出征して行くのであろう。私はいつかその列を見まいとして電車道を横ぎり、横町へ走り込んでいた。

古いしもたやの間に小さい店屋の交っている静かな裏町だった。八百屋の店棚はからからに乾いて、乾した海藻が少しばかり載っていた。魚屋の店もがらんとしていたが、深海の色をした鰹の腹へ痩せた爺さんがいま、出刃の刃を当てているところだった。切りさいた魚の腹から、赤黒い腸《はらわた》がえぐり出されている。その黒い血のとろとろくぐまった色が眼にこびりついて、私は顔をおさえて歩みすぎた。うす黒く木目のさらし出された細い格子の家々の窓から、サイパン島の戦況を報じるかたい軍隊語が次々に流れ出して来る。勇ましげな声は歩くに従って高くなり、低くなり、まるで家の中の人が次々に語りつぐように私の足を逐って来る。サイパンが陥ちれば次に何が来るかについても私は大方知っている。

私の前に突然、空地がひらけた。頬の寒々と痩せた中年の男が応召の襷を肩にかけて、子供のように頤《おとがい》を上げて立っている。大勢がそれをとり囲んで、割烹着の太った女がうやうやしく紙を両手にささげて激励の言葉を読み上げていた。それは神を祭るようでもあり、死者に礼しているようにも見える。私は眼を背《そむ》けてそこを駈けぬけた。

私の足はどこともつかず動いていた。広い大通りへ出ると、その広さをおそれて狭い横町へ横町へと伝って行った。私の前には二枚のトランプがある。その一枚を私はどうしても取らなければならない。一枚の応召の赤札、もう一枚は……ああ、私はどんなにそのもう一枚の黒札を取りたがっていることか。

私は疲れて来た。どこまで歩いても答えは出て来ない。建てこんだ屋並みも行きちがう人の顔も埃っぽい町の匂いも、都会の空を絶えず軽くゆすっている騒音も皆私の悩んでいることを悩んでいるようでもあり、まるで無関心でもあるようだ。話す相手もない。眠る場所もない孤独に私の心は渇いていた。大きい神社の鳥居を見つけて私はずんずんそこへ入って行った。習慣的にちょっと頭は下げたが、神に祈る気にはならない。私の利己的な願いに答える神があれば神は何と低俗なものであろう。私は拝殿の下の段に腰をおろして、しばらくぼんやりしていた。カタカタと忙しい下駄の音が私の横を上っては又降りて鳥居の方へ行く。それが二度三度くりかえされる間に、傍を通る度にふ、ふと早い息づかいがもれるのを私は聞いた。お百度をふんでいるのだ。見ると、背の小さいモンペ姿のお婆さんが歯のない唇を動かして何か念じながらせかせか階段を昇ってゆく。のぼり切ってていねいに頭を下げると、胸に抱いていた小さいものをぱっと開いて神前へ向けた。そうしてぶつぶつつぶやいたと思うとくるりと向きを変えて鳥居の方へ歩き出した。お婆さんの胸にしっかり抱かれているのが軍服姿の青年の写真なのを、私は二度目にお婆さんが拝殿を降りて来る時ちらりと見た。お婆さんはお百度を踏む度に息子の写真を神前にさしつけて間違いなく彼の生命を守ってくれるように神に祈願しているのだ。私は切なくなってそこを歩き出したが、鳥居の近くでもう一度乾しかためたようなお婆さんの肩とすれちがった。欣二の母親はこのお婆さんとはまるで違うと私は思った。するとその途端、封じてあった栓がぬけたように、欣二の顔が私の前に噴き上って来た。

欣二は今砲兵で南方に行っている。一郎とは幼馴染みで去年戦争へ行くまでずっと親しい友達だった。私は二郎を亡くした後で一郎の健康が何より心配だったし、肉体だけでなく、精神の成長にも幼年期を都会で過すことが幸福に思われなかったので、礼吉の試験所のある近郊に小さい家を建てて、一郎の小学校の間、そこに住んでいた。欣二は私の家の近くの農家の息子で一郎と同級生だった。うちの裏の小さい畠や花壇をつくるのを私は一郎と一緒にやり、欣二もよく私達の手つだいをして、草をむしったり、畝をつくったりした。欣二は身体ががっしりしていて働くのにも根が強く、無口だったが、たまに何かいうと剽軽《ひょうきん》で、よく私を笑わせた。一郎を欣二はしんからすきで、それが一郎にも自然にうつっていた。私達は栗を拾いに行ったり、零余子《むかご》を採りに行ったりする時も大てい一緒だった。ある時、竹藪の中で篠竹にまつわっている零余子の蔓を二人でひっぱっている時欣二が私に言った。「おばさん、一郎ちゃんどうしてあんなに気がやさしいんだろうね、僕たまげた」「なあに」と私は笑いながらきいた。一郎は二人と大分はなれたところで、ばさばさ竹をわけて、ぬかごの蔓をたぐっていた。「だってね、昨日二人で鍬で畠をおこしていたろう。一郎ちゃんが何だか動かなくなったから、どうしたのかと思ったら、蚯蚓《みみず》がね、鍬で二つにされてぴくぴく動いてるんだよ。それをみて一郎ちゃんとても悲しそうな顔をしてるんだ。僕、そんなこと気にしてて百姓が出来るかってぴいんとおっぽっちゃったんだけど……何だか後で僕まで悪いことしたみたいな気になっちゃった……」「いいのよ、欣ちゃん、あんたがそういう風にしてくれる方が、一郎ちゃんは強くなるの」そう言いながら一郎の心のやさしさが欣二の中にも素直に溶け入って行くのを感じて私はたのしかった。

欣二は学校の成績もよかったが、それよりも明るい信頼の出来る感じで誰からも愛されていた。農村にもこんないい少年がいると、欣二を見る度に自慢したい気になった。それは人間に階級をつけないという私の持説を裏書きしているようで私にはうれしかった。私にもよく解らない。多分、維新前革命運動に奔走したという母方の祖父の血でも伝わっているのだろう。しかしその祖父は明治になって後は有力な財界人となってしまい、私の父は法律学者だったが、祖父の駙馬《ふば》であったために、学者並みの貧乏とは縁の遠い大名暮しをして一生を送った。親兄姉のほかに、家令、老女、家庭教師、女中、書生というような大勢の使用人に取囲まれて、私はしかしそういう生活の何やら芝居じみた仰々しさに絶えず息苦しさを感じて成長した。自然科学の学者にお嫁に行きたいというのが、お嬢さんの私のやっと両親に話せた結婚の条件であった。父は大学教授であったから、娘の希望を満たすのには事欠かなかった。そうして選まれたのが荻生礼吉で、私は彼と家庭を持ったはじめ、礼吉を愛することよりも、ずっと多く実家の形式沢山の生活から解放されたことで喜ばされた。さあ、これから誰にも束縛されない私自身の生活が始まるのだと私は気負いたった。多少の財産も父から譲られていたが、私はそれで、兄や姉達のような生活をはじめる気はなかった。虚飾のない生活というのが私の家庭のモットーだった。子供の教育もその方針に従って考えた。そして又、末子の二郎を急病で亡った後の私の心身の空虚をさえ一郎は充分に満たしてくれる少年だった。礼吉が自分の研究に没頭していて妻に手数のかかる愛情を要求しないのがむしろ便利に思われたほど、私の生活は一郎に集中され、毎朝めざめる度に新しくなってゆく愛情の新鮮さにわれながら驚かされた。一郎は親類の誰にも……伯父伯母にも従兄たちにも不思議に愛されていたが、欣二との友情は、東京へ移って来て上の学校へ行くようになってからも少しもかわらなかった。欣二が農学校を出て、うちで働くようになって後も、一郎は日曜というと、欣二の家に遊びに行っては、昔のように畠仕事を手つだったり、鶏や豚の世話をしたりして、欣ちゃんがこういった、ああいったと、私に話した。だから欣二が去年野砲兵に動員されて、千葉の連隊に入ってから受けた苛酷な待遇は、一郎の心にはひどい傷となって残った。

一郎は度々千葉の連隊に訪ねて行ったが、なかなか欣二にあうことは出来なかった。手紙も来ない。一郎は心配して欣二のうちまで出かけて行った。そうして欣二の母の口から欣二が馬に蹴られて頤の下を三針縫った話をきいて来た。「欣は何にも言うて来んが、一緒の兵隊が知らせて来たよ。お前さん、話をきくとまるで馬が御主人で、人間が家来だ。実際、貴様らより馬が大事だと上等兵が言ったとよ。欣は、ま、辛抱づよい子だから勤めぬくだろうて」欣二の母はしかしそれほど悲しんでも怒ってもいない様子で、馴れない馬の蹄のどろを篦《へら》で落していて欣二が頤を蹴られた話を精しくしてきかせたそうだ。その話をする時一郎は珍しく昂奮していた。彼はなによりも、そこで行われる暴力を憎んだ。彼の戦争嫌いは青年期の男性には珍しいほど、徹底したものだった。彼は高等学校のころトルストイやガンジーに心酔した。教育ということに特に情熱を持つようになったのも、陋巷に遊ぶ裸足の子供の足を傷つけまいと、毎日黙々とガラスの欠片《かけら》を拾って歩いたペスタロッチのような、愛の精神を幼い子供に与えたい、そうしてそういう子供の成長してゆくことで、人間の世界から暴力を駆逐したいと、念願した為だった。幼いころ、欣二と二人に私が、零余子を採りながら教えた宮沢賢治の「雨ニモマケズ、風ニモマケズ」という詩を一郎は大きくなってもよく歌うように口誦んでいた。マルキシズムを信ずる友達から彼はよくお目出度い人道主義者だと笑われた。彼はほんとうに素直で単純だった。それだけに彼が子供の友達となることはきっとマルクスでもレーニンでもキリストと一緒に微笑してゆるすだろうと思われた。

南方へ出発する前になって、やっと一郎は欣二にあうことが出来た。「出来れば一郎ちゃんはとられないといいな。戦争は僕達がするから、君は後へ残って勉強してほしいね。おばさんの方の親類に頼めないの」欣二は頤の横に径二寸余りの新しい傷を蚯蚓のように匍わせて無邪気に言ったそうだ。しかし一郎は強く頭を振った。「僕もあとから行くよ。君と僕はいつでも同じだよ。仕方がないさ。戦争に反対のものも戦争をやめさせる力はなかったのだもの、僕達の犠牲で歴史をつくって行こうよ。おふくろもそう思っているよ」欣二は私の名が出た時、ぽたぽた涙をこぼしたそうだ。「僕はね、君のお母さんほんとうに好きだ。小さい時分からおばさんは僕を君と同じに可愛がってくれたよ。僕がいつか肥溜に落っこった時に井戸端へつれて行って自分も糞だらけになって僕の身体中洗ってくれたし、僕がリヤカーを畠の泥ん中へはめて困ってた時にも、うしろから、えっさえっさ真赤になって押してくれたっけ。僕は口に出したことはなかったけれど、君とおばさんにつき合ってると身分だの金だので人間を区別するのがほんとうにつまらないことだってことが解った。今度、隊へ入っていろんな目にあっても、僕は君達のことを考えると、何だか暖まるような気持になれた。これからもきっとそうだよ。どこへ行ったって、どんなになって死ぬにしても君とおばさんのことを考えると僕はきっと、人間っていいもんだと思って死ねると思うんだ。おばさんにこれだけよく御礼言っといてくれよ」一郎は欣二のその言葉を私に話しながら、幾度も鼻をつまらせて不器用に言葉を跡切らせた。私も泣いた。光の遮蔽された防空演習の暗い部屋の中で、私達は二つの塊りのように長い間動けなかった。私はその時、一郎の身体の奥に、重く坐っている彼の心の錘を見たのだった。

私と一郎の間に、埋めようのない亀裂が無惨に口をあけたのはその時からだった。一郎が疑わずに進んでゆく道がはっきり私に見えて来た。彼はもう戦争を非難もしないし、白い眼で見てもいない。一日一日を研究室で、児童心理学と精神医学の研究をつづけながら、彼はつい二、三年前までゆめみていたような、理想の学校を自分の手で経営しようなどとは思っていない。自分の一番嫌った戦争へ、人類の一番大きな暴力へ、彼は自分から突きすすんで行こうとしている。そうして彼の母である私は欣二が信頼した暖かい精神のきれはしも止めない餓鬼のように飢えた心情で、自分の生んだ子の生命を庇おうともがいている。嘘のない生活をする。真実に生きる——そんな旗じるしは今、私の心の何処にあるだろう。あれは私の風変りな衣裳だったのだろうか。私の人生に持とうとした善意は、こんな手ひどい報復を受けるほど滑稽な思い上りだったのだろうか。私は自分の生活をうち建てた地盤が脆い埋立地だったことを今更感じて慄然とした。戦争は私を蔽っていた着物をつぎつぎ剝ぎとって私をまる裸にした。私はここに立っていやでも自分の恥部を見なければならない。

一日一日が煮られるように経って行く。一郎は時々私に「歯がいたいの、歯医者へ行きなさいよ」という。礼吉と一郎の出かけた後、一郎の部屋へ上ってゆくと、前の日欣二から届いた軍用端書が机の上にのっていた。「軍務になれて元気で居ます。この辺の海はとろとろと青い。バナナがいくらでも食べられます。おばさんは元気ですか。僕はここに来ても、時々『雨ニモマケズ』を唄っています」私は顔に血がのぼって来て、しばらくその端書をみつめていた。欣二がそこに立っているような気がする。そうして不思議なことに、群衆のざわめきの中にいるような心から、だんだん声が消え、いつかしんと恐ろしい静かさが私を浸していた。突然強い水勢の川に棹を入れてぐっと一ぱいにつっぱる力が加わって来た。一郎ちゃんを殺してはいけない。私は欣二の声をきいたように思った。

恰度その時階下で電話のベルが鳴った。受話器をとると、耳につたわって来たのは吉樹兄の声だった。「夏ちゃんだね。僕は急に明日立つことになったんだ。この間のこともう決心がついたろうね。話したように取りきめていいね」私は咽喉にものがつかえていて答えられなかった。兄は息ぜわしく「いいんだね、考える余地はないと思うがね……それとも他の人に替えるか」私は強く首を振った。「よろしいんです。そう計らって下さい」「いいね、よし。じゃあ数日中に通知が行くから……」ガチャンと受話器を置いたまま、私はしばらくそこを動けなかった。トランプの一枚を私はとったのだ。

軍港の教官を任命する通知が来た時、一郎はちょっと拍子ぬけした様子だったが「吉樹伯父さんでも何か工作したのかしら……」と無邪気に私に話しかけたほど、他意のない態度だった。任地へ行くには一週間ほど余裕があったので、一郎はその間にアルバイトを整理したり友達にあったり、いそがしい日を送った。私は一郎と二人になることを怖がりながら、彼の持って行く品々を揃えていた。もう明後日の朝たつという日の夕方だった。雨のふっている中を一郎が帰って来た。玄関へ出て行った私は、一眼で一郎が普段とちがっているのに気づいた。帽子掛にレーンコートをかけていた一郎は、私を見ないように顔を背け、「お帰り」という私の声に口の中で答えたきり、逃げるように二階へ上って行った。コトリコトリ梯子を踏んでいく足音の、一足一足が短い言葉のようだ。私と顔を見合せる瞬間どんな時でも必ず見せる一郎の匿しのない瞳の色を見なかったことで、私はと胸を衝かれた。急に盲目になったようにやるせないひもじさに占められて私はうすぐらい玄関に立ったままでいた。

「お母さん、ちょっと」しばらくして一郎の声がした。私はつり上げられるように二階へ上って行った。六畳の部屋の粗末な机に一郎は両肘をついて指さきを組みあわせていた。少しうつむけている顔が、塑像のように凹凸し、堅く動かない。一郎は私の顔を見ないで言出した。

「お母さんは、僕の今度の赴任を前から知っていたんですってね。今日麻布のおばさんに聞きました……僕、信じられなかったんだが、やっぱり、ほんとうだったのですね」私はうなずいた。「どうしてそんなことをしてくれたんです。麻布の伯父さんや吉樹伯父さんが何をいったにしても、お母さんが僕に話さないで、このことを承知したのが僕、我慢出来ない。お母さんは僕の全部を知っていてくれると思ったのに……」「御免なさい。私はあんたを戦争にやりたくなかったの。もうここ長い間そのことばかり考えつづけて来たけれど、最後に、決心したのは吉樹兄さんにすすめられた時です。私どうしても断われなかった。あんたには怒られると思ったけど、何と思われてもいい。私はあんたを誰とも解らない弾丸《たま》の的にするのはどうしてもいやだったの」口に出すと、堰を切ったように噴き上げて来る強い感情に私は昂奮した。一郎は私の燃えている顔をみつめたが、彼の瞳が驚きで、幼い子供のように大きくなっているのが私には眩しかった。一郎の机に組んでいる手はわなわなふるえていた。「お母さんがそんな考えだとは僕ゆめにも思わなかった……」しばらくして一郎はつぶやくようにいった。

「この間お寺で紫陽花の花が黝《くろ》く見えた時ね、あの時こっちを見ているお母さんの顔が、眼も鼻も口もばらばらにぶち砕かれたみたいで、ほんとうはとても汚く見えたんです。今思うと、あの時吉樹伯父さんとそのこと話していたんですね。僕はお母さんばかりは信じていて……何にも疑って見なかったんだけど、今日はほんとうに騙されたって感じ……いや、今日ばかりでなく、今までのことが皆、嘘になって……僕は、立っている地面が破れてゆくような気持です」一郎は頭を両手に摑んで乱暴に振った。一郎らしくない荒くれた動作だった。それから一郎は机のひき出しからスクラップ・ブックを出して私の膝へのせた。それは数日前の新聞の切りぬきで、霞ヶ浦の飛行場から初めて空に飛び立つわが子の姿をみるために、一日入隊した母親達の写真だった。「巣立つ若鷲を送る母の歓呼の声」という大見出しで、モンペをはいた母親達はさもうれしげに空に手を上げ、笑っている。「この写真をみた時、僕はぞっとした。母親が子供の死の来るのをよろこんで見送る、ほんとうに皆このお母さん連はうれしそうに笑っているじゃありませんか。国の為だの、天皇陛下のためだのいくら言ったって駄目。こんな写真を、戦争の終った後で見たら、どうしたって狂人とより思えないでしょう。僕はそれを覚えて置きたくってこれを切りとって置いたんです。でもお母さん、この人達はほんとうに何にも知らないんですよ。皆の征くように、国の命令で自分の息子達を征かせなければならない、そう単純に信じこんでいるんですよ。戦争をわるいことだとも思っていない……こういう単純さ、底しれず踏みつけられてゆく善良さをお母さんは可哀そうだと思いませんか。僕の血の中にはこういう単純な庶民の性格が動かしようなく根を張っているんです。それはお母さんが育ててくれたんです。欣ちゃんと僕が今まで友達で来られたのもお母さんのお蔭でした。お母さんは親類の子供達のように僕を育てなかった……尠なくも、女中や母親に助けて貰わなければ一人でくらして行けない人間には育てなかった、僕はそれを感謝しています。そうして応召すれば、欣ちゃんがうけたような、もっとひどい試練だってやりぬいて行く自信を持っていたんです。この間隆ちゃんや行男君にあって、何か手段をまわして帰って来たなと思っても僕は大して気にもならなかった。僕の友達にだってあいうのはいくらもいる。彼らの父親や親類は普段国家の恩寵をうけている癖に、こういう非常な時には一般の国民の犠牲の上に立って自分の肉親を平気で庇っている……僕はそういう階級を眼近に見るほど、自分だけは素朴な国民の一人として、与えられるものを自然にうけ取ろうと思っていた。それに耐えてゆく中で僕自身の答えを探り出そうと決心していた。そういう僕の気持は、お母さんだけがわかって、苦しくっても我慢してくれると思ったのに……お母さんはここまで来て、やっぱりあの連中と同じことをやった……欣ちゃんが出征する時、何といったか、お母さんだってまさか忘れはしないでしょう。どうしてお母さんは僕達は決して逃げられないのだということを解ってくれないんだろう。ねえ、こうして話している瞬間だって、サイパンや、いや、もっともっと沢山の場所で、沢山の人間が不自然な死に方をしている」一郎の声は相変らず低かったが、ふつふつとたぎっている。憤りは一郎の肩にも胸にも、常にない圧力を加えて私に蔽いかぶさって来る。それは私の身にも煮られているような熱を伝えて来た。長い間閉じこめていた厚い雲が裂けて鋭い稲妻が腸までさらけ出したように、私はむしろ生々して自分に当てられる鞭の痛さを食いしめた。一郎の若い胸に鳴っている濃い血の色、薄荷の交ったような青くさい男の匂い、ああ、一郎はまだ女を知っていないということさえ、私の中にその瞬間くっきり写し出された。しめつけられる苦しみと躍り狂う情熱に蒸されて、私は恋をしているように熱っこく一郎を見つめていた。

一郎の動き出すのが怖い。動かしてはならない。私は動いてもいない一郎の手を摑んだ。「一郎ちゃん、それだけはやめて……」私は息が切れ、首に汗をかいていた。「あんたがこれを断わるんなら……いいえ、断わることは出来ない。もう決して出来ないんです」一郎は裂けそうに見張った私の眼を吸いこむように見て、私の手を静かにのけた。息のつまるような沈黙が来た。

その時、トントンと軽く梯子を上って来る音がした。私よりさきに一郎が呪縛されたような姿勢をほごした。昇って来るのが礼吉であることを二人とも知っていた。案の定、礼吉は風に吹き入れられたようにふわふわ部屋へ入って来た。「一郎、君が行く前に間にあったよ。そら、これを御覧」礼吉は顔中を皺だらけにして笑いながら一本の麦の穂を一郎に渡した。「例のタルホコムギと野生エンマーからのパン小麦の交配に成功したんだよ。見給え、立派なパン小麦だ、母さんも御覧、これは、小麦の先祖だよ、キリストの時代のパンはこれからとったんだ」礼吉は子供のように首をかしげて、一郎の手にしている、麦の穂をほれぼれと見つめている。一郎の顔を一瞬黒い鳥のような翳が掠めたが、彼はすぐ、眼尻に深い皺をよせて、いつもよりもっとやさしく父親に微笑んでいた。「よかったね、お父さん、僕この実験が早く出来るといいと思っていた……もう六年目だもの」「そうだよ、六年目だ」礼吉は余念なく淡白い麦の穂に見ほれている。彼は妻と息子の間で今し方まで押しあっていた息づまるような空気をまるで感じていない。雨に少しぬれた案山子《かかし》のようにうすい礼吉の肩をみていて私は急に悲しくなった。細い麦の穂を片手に持って何げなく眺めている一郎の心に私の悲しみは電波のように伝わって行った。一郎の中に、猛っている情熱が太い枝のへし折れるように音たてて折れるのを私は感じた。子供のように無邪気な父親の喜びを破るまいと努めながら、一郎は無慙にへし折られてゆく自分の精神を遠い彼方で見入っているような遥かな眼ざしになった。しばらくして、又ふわふわと礼吉が部屋を去って行った時、一郎は前とまるで変ったやさしい声で撫でさするように私に言った。「お母さん、心配しないで……僕はMへ行って、一生懸命やるから……」

一郎がMへ発って間もなく、サイパンが陥ちた。むしむしと風の死んだ真夏の夕方、私は夕刊を手にして、暮れきらない庭を見ていると、隈の滲みはじめた植込みの隅に、珊瑚樹の闊葉《ひろは》の下陰になって、紫陽花の花むらが黒色に滲んで見えた。いつかの時一郎はこんな光線で紫陽花を見たのかしらと私は思った。いつもなら、そういうことを書送るのに今は何としてもそれが出来ない。サイパンの陥落と黝い紫陽花の色はどう結びつけようもない距離で私のうちに残った。

それから数日の後、仏印へゆく輸送船が沈没して欣二が戦死したという報せを、わざわざ訪ねて来た欣二の母から私はきかなければならなかった。「戦で死ぬくれえなら学校へやることもなかったですに」と母親は言った。「何があっても一郎さんとこへは報せてくれて、あれがつね言ってだから……私も夢見がわるくてね、経堂によく当る占者があるんで行ったですよ。それが、はあ、報せの来る二日前でよ、あんた、私が入ると、占者が眼え三角にして、お前さん骸骨背負ってるって言うですが。もうあん時欣は骨になっていたんでしょうて」そう語りながら、頑丈造りな母親は涙もこぼしていなかった。「一郎さんは海軍へ行きなさってね。何とか無事に過させてえもんだ。欣もよくそれを言っとたですよ」母親の何げない言葉は私に一々突きささって来た。欣二は海に沈んでゆく瞬間まで「雨ニモ負ケズ」を口誦んでいたような気がしてならない。

一郎のいない家は畳をふんでも雲を踏んでいるようで、私には頼りどころのない気味の悪い場所になった。今までも一郎が旅行したことはいくらもあったが、こんな気持を味わったことはない。一郎が結婚しても妻をどんな風に愛撫するか……いや、どんな事情で世界の果てでくらすようなことがあっても一郎がどんな風に生きているか私にはみんな解っていた筈なのに、今は急に眼が霧くもって、何一つ見えない。もう一郎は私とまるで別な白々しい人間になってしまったのか。

私は欣二のゆめを何度も見た。夢の中の欣二はしかし一度も私に怒ってはいなかった。真黒に灼けた顔に白い歯なみを見せて、彼はにこにこ笑っていた。まあよかったと思って眼ざめた後、私は欣二に二重に悪いことをしている切なさにいたたまれなくなった。

八月の初め、私はとうとううちにいられなくなって、信州の高原に行っている礼吉のところに出かけた。信越線のK駅から私設鉄道の小さい電車で一時間余りゆられた後、又バスに乗って山裾を大きい独楽《こま》のように幾めぐりして、夕方やっと私は浅間の外輪の高原についた。草原に浪がしらのように起伏する岳陵の一つに私達の山小屋があった。礼吉は家の近くに高原の植物を蒐集した私設の植物園を持っていて、夏はここに来て例の小麦や裸麦の接種や植物の採集に日を暮していた。珍しくよく眠った翌朝、私は乳白色の霧にうまっている草原に降り立った。眼ざめた小鳥のなきかわす声がさまざまの小鈴をふり鳴らすように冴々と美しいざわめきになって、ヴェールが一重一重はがれてゆくように霧の中から、嫩《わか》い緑がうかび上って来た。落葉松《からまつ》、楓、樅、楢、黄櫨《はぜ》、右左、背後……見える限りみずみずしい緑に包まれて、ひんやりと湿った大気の中に私は立っている。防空演習のサイレンもここには聞えない。私は東京から担い通してきた荷をこの軟かい緑の中に一時おろしたような疲れを感じて涙ぐんだ。

朝食の後、採集に出かけた礼吉の後を逐って私も家のまわりを歩きに出た。大きい樅の木の間をぬけて家のうしろへ出ると、緑に閉じていた眺望が急にかっと開けて、シニャックの絵のように点線でつづられた高原の向うに浅間が意外に低くなだらかな頂を見せている。「浅間山サン、オハヨオ」と毎朝よく透る声で呼んだ幼い一郎の声が今呼ばれたように耳もとに残っている。野葡萄を食べて入墨したように真黒く滲んでいた軟かい唇も……

私はいつか見晴らしから向きを変えて、黄櫨や楢の細々と嫩い枝がすがすが朝の陽を透かせている光のざわめきの間に入って行った。林をきりひらいた場所に小さいコバ屋根の小屋があった。皮つきの丸太を横にして窓を切りぬいた粗木《あらき》の家だった。私は走って行って戸を開けた。床を張ったまん中に大きい樅板のテーブルがあって、周囲に粗末な古い椅子がいくつも置いてある。これは一郎が夏の間この近所の子供と本をよんだり歌を歌ったり植物や昆虫の標本をつくったりするために二年がかりで自分で建てた教室だった。一郎は材木を伐るのだけ木挽きを頼んだが、後は自分の設計通りに壁を塗るのも屋根をふくのも、皆自分の手でやった。もっともペンキを塗る時には彼の生徒達も一緒に手つだったのだった。私は窓を開けて空気を中へ入れ、思いの外塵じみていない椅子に腰を降ろしてみた。「日本中の子供がせめて二週間、ここにレクリエーション出来たら素晴らしいな」去年の今ごろ私のいる側に立って、満更可能性のないことでもなさそうにつぶやいていた一郎が今そこにいるようだ。

「オバサン」甲高い声に驚かされて、私はそっちを見た。窓に両手をかけてぴょんぴょん跳ねているおかっぱ頭は、この近所の営林署の役人の小さい女の子だった。「一郎ちゃん来た?」ぴょんととび上りながら女の子は当り前のことのようにいう。この子を一郎は可愛がって、ベビー・オルガンを教えていた。私が首を振ると、その子は何の不思議もない声で「兵隊さんに行った?」ときく。私がMにいる話をすると「つまんないなあ、もう来ると思って捺し花沢山つくってあるのに……」という。山の太陽にさらされているのに色が白く、歯の朽ちた口で少しまわらないものの言い方だ。「じ」を「ぎ」「り」を「じ」と発音するのを一郎が気にして直していた少女である。

二、三日いる間に私は他の四、五人の子供から一郎のことを尋ねられた。彼らの中には一郎と約束した日記や植物や昆虫の標本を持っているものもあって、一郎の来ないのを不服そうに訴えた。一郎に逢うことがどんなにうれしいのか子供達の小さいレンズのような瞳は艶々と輝いていた。私は子供達の熱心な顔を見ていると、一郎を戦線へ送らなかったのはやっぱり正しかったのではないかと考えられるようになって来た。一郎が不慮に生命を終えるよりも、生き耐えて自分の希望を実行してゆくことを、欣二だって恐らく喜んでくれるにちがいない。特権階級の意識とは別に、一郎は死んではならない。選ばれて生きて行かなければならない人間だ。彼の人生に持っている深い愛は夭逝させてはならない質のものだ。彼を無理にも生かそうとして、母である私は自分の信条を裏切って、恥かしいうしろぐらい人間になってしまったが、それでも、一郎を生かしぬきたい私の悲願が利己だけのものでなかったことはいつの日か理解されるであろう。荒れ疲れた眼でぴっしりとり囲まれた東京から逃れて来た私は、十日ばかりの間に、コチコチの海綿が次第に水を吸いこむように少しずつうるおい、ふくらんで行った。私は子供達に手紙を書かせたのを一括めにしてMの一郎へ送った。欣二の死に打砕かれている一郎にそれは恐らく生きて行く希望を与えるたよりになるだろう。

　ある夕方、私は庭を歩いていて日光の通さない隅の方の灌木の茂みの間に、紫陽花がたった一つ咲いているのをみつけてぎょっとして立ちどまった。こんなところに紫陽花のあるのを何年も私は知らなかった。花はオパール色に変色して、四弁の花びらが力なく大きい輪をつづっていた。黒い揚羽蝶がいくつもその花のまわりを舞っていた。私はそれから庭へ出ると、何となく歩いている中にその大きいあせた花の傍へ立つのが癖のようになった。時々、「一郎ちゃん、あの色がくろく見えたんだって……」とひとりごとを言っていることさえあった。

　一郎の返事はなかなか来なかった。多ぶんいそがしすぎるためなのだろうと思いながら子供達にきかれる度に、彼らよりずっと待ち遠くその返事に焦れている自分が切なかった。

　しかしその返事は、実際には私の手に届くのが遅いほど幸福だったのである。

　ある日の午後東京からの長距離電話に呼出されて、私は三、四丁離れた事務所まで行った。しばらく待たされて後、受話器に伝わって来たのは、二、三日前フィリッピンから帰ったという吉樹兄の声であった。一郎のことでと前置きして、兄はM軍港の司令官から来た手紙を、読んでくれた。それによると、一郎は最近時々癲癇《てんかん》様の症状で意識を失い、現在は軍の病院に収容されているが、東京へ送って精神科の専門医に委せた方がよいと思われるという意味が懇切に認《したた》められていた。兄は感情を消した声で、すぐ向うへ出向いて見るようにと言った。私はそれにどう返事をしたか、どう山の道を辿って家まで帰りついたかさえ覚えていない。気がつくと私はあの大きい紫陽花の花の前にしゃがみこんで、両手に頭をおさえていた。今にも叫び出しそうな声が私の中を駈けめぐっている。復讐だ、復讐だとその声はわめきながら私の頭を踏んで踊り狂っている。一郎の病気が狂気に隣るものであることをいやでも私はみとめなければならない。一時的な神経衰弱だと無理にも私は思いたかった。しかし、これがもし永遠に回復しない病気の徴候であったら……身体中の骨がばらばらにほぐれてゆくような震動に私はゆすられていた。紫陽花がくろく見えたといった……あのころから一郎の脳に変化が起っていたのだろうか。私は眼の前のあせた紫陽花を魔物のようにみつめた。

Mへ急行して、一郎の病床を見舞った日のことを私は忘れることが出来ない。それはむし暑い八月の終りの日だった。

司令部の紹介で私は病院へ行き、軍医長から一郎の発病以来の精しい経過をきいた。一郎はここに来て以来、時々頭が痛いといっていたが、アスピリンを呑むと癒るので気にもしていなかった。七月の末の暑さのひどい午後、行軍する兵隊と一緒に軍港の近くの山に登ったが、頂上に休んでいる時、猛烈な頭痛を起して意識を失った。軍医は日射病といい、一郎もその気で翌日から課業も休まず元気でいるので家の方へも知らせなかった。私が山の子供達の手紙を送ったのはそのころだった筈だが、返事を書く根気がもう一郎にはなかったのかもしれない。二度目の発作は授業中突然起った。癲癇のように慄え出して人事不省になったが、気がついてからも意識が錯乱して看護兵を殴ったり蹴とばしたりするので、仕方なく狭窄衣を着せて病院に監禁した。「何か脳に変化が起っていると思われるのです。T大の附属病院あたりで徹底的に病源を調べて貰ったらどうでしょう」と軍医長は言った。

海軍病院の隔離病舎の一室の鍵を兵隊が開けている時、案内して来た軍医大尉のK氏は私を見かえって「お母さんの顔を見ると、荻生教官は発作を起されるのではないかと思います。そのおつもりで……」と気の毒そうに言った。私は無言にうなずいて、部屋に入った。

窓から海の見える清潔なベッドに白衣の一郎が寝ていた。若い大尉が近よって行って、「荻生君、お母さんが見えられたよ」と声をかけると、「え、何ですって、母が……」と上ずった声で言って、一郎はぱっと半身ベッドから起上った。私はその声をきいた時一郎だと思うことが出来なかった。一郎は低い澄んだ声で一言一言ゆっくり言葉をいう癖なのに、今の声は猿のようにかん高くキーキーきしって恐ろしく早口だった。それに身体の重心を考えずに足を伸ばしたまま飛び起きたので、すぐ又響きをうってベッドの上に仰向けに倒れた。そんな動作も一郎にはまるでないことなので、私はその瞬間全く知らない人を見舞ったような白々しさを感じた。「一郎ちゃん」と声をかけて、私は一郎の倒れた顔の傍に身をかがめた。そうして投げ出されている手を執ろうとすると、その手は弾条《ばね》のように働いて強く私をはねかえした。

「悪魔！　化けて来たって駄目だ！　僕はキリストだぞ！　悪魔の種類は、三千六百八十二もあるんだ。どの悪魔だか見わけがつくもんか。試すものは、罰せられんだ、ふん！」恐ろしい早口で、一郎のいうことは半分もききとれなかった。喋りながら、両手をぶるんぶるん振りまわすので傍へよることが出来ない。顔は酒に酔ったように赤らみ、鉄アレーでも振るように無性に手足を動かしつづけながら、恐怖とも苦痛ともつかぬ奇怪な叫びを上げてベッドをのたうつのだった。K大尉は腕の時計を見て「もう静かになります。あんな状態が十分ぐらいつづいて人事不省になるのです。その時注射をしてしばらく眠ると普通の状態になります」といった。拷問にあっているような一郎を、私は心もそらに見ていた。新薬師寺の十二神将の像のようにゆるやかな姿勢の中に充実した力の感じられる一郎の身体が今はただふやけたように大きく見え、顔にも見慣れたすがすがしい瞳の輝きやくっきり頬に彫られる美しい微笑はまるで失われて、ルンペンのような魯鈍な不潔さが身体いっぱいに淀んでいる。病気の模様は聞かされて来たものの、現実の一郎を見て私は又一層希望のない底へ突き落された。

その翌朝にはしかし一郎はいつもの一郎にかえって私と話していた。昨日の悪鬼に憑かれたようなあらくれは影をひそめ、東京へ帰るのをすすめる私の言葉に軽くうなずいている。ただ枕の上で時々眼を動かして、私の顔を見上げる時、一郎の瞳に塗られている迷子のようなたよりなさは私を切なくした。精神の破壊されかけていることを自覚する痛ましさは、肉体の腐れ崩れてゆくのをわが眼で見なければならぬ癩患者の苦悩にも劣らぬことを私は新たに知った。

私が一郎をつれて東京駅へついた時、礼吉は相も変らず体重のないような歩き方で、私達に近づいて来た。私は礼吉を見た瞬間、今までの緊張がゆるんで、一郎の手を握ったまま危く膝が折れそうになったが、近よって来るのをみている中に、この夫にとりすがって泣くことも嘆くことも出来ない絶望を感じて、凝りぬいた身体をもう一度真直ぐに立てた。葬式の弔問者のように悄然としている礼吉の中には小麦と裸麦の生態だけが生々と生きているので、一人息子の変り果てた姿を見ても、困惑するばかりで何の力も加わってはいないのである。私はこの瞬間、礼吉を愛していない。愛していないままに平穏に、多少の誇りさえ持って過して来た二十余年の自分の愚かさを又あらためて身にしみぬいて感じた。同時に一郎が死ぬ時は私も死ぬ時だという答えが実に単純に明確に私の中から鋳出されて、不思議に心が軽くなった。

T大学の精神科へ入院してさまざまな方法で検診を行った結果、一郎の病気は脳の一部に、腫物が出来ていて、そのために癲癇性の発作や精神錯乱の起ることが明瞭になった。非常に稀な病気だと医師達はいった。脳の手術の権威であるN博士は、腫物を剔出する考えで、一度刀《とう》を執ったが、切開してみると、それが極く危険な場所にあることが解り、手術を進めれば十に十、死期を早めるというので、局部に手を触れず縫合してしまった。恐らく、このままにして置けば、錯乱状態が頻繁になり、半年か晩くも一年の間には命を終るであろうというのが、主治医全部の一致した意見であった。

事実二ヵ月ばかりの間に一郎の容態は眼に見えて悪化して行った。はじめ一週間に一度ぐらいだった発作が三日に一度、二日に一度になり、常の状態の時もちょっとでも精神が緊張すると癲癇をおこすので、絶えず麻酔薬を注射して意識をぼんやりさせて置かなければならなかった。その頃にはもう秋空のような昔の一郎の姿はまるで失われて、青黄色く皮膚がむくみ、瞳がいつも三白眼にすわり、お経でも唱えるように、ぶつぶつ口に泡をためて何かつぶやいていた。そうして私をあれほど愛していた筈の一郎が発作の起る度に私を悪魔と呼び、支えるものがなければ殺しもし兼ねない乱暴を働くのだった。私は一郎の投げつけたコップで頬を切ったこともあるし、彼の拳を避けかねて額に痣をつくったこともある。しかしまだ私は一郎が狂いたっているのをみている方が楽だった。魂をぬき去られたような彼がぼんやりおし黙ってうつろな眼をあいているのを見るほど私を苦しくする時はなかった。もうそこにあるものは、三ヵ月前の一郎ではない。若々しい力と知恵と愛情に溢れた彼の姿はどんな時でも私には消しがたい光であった。私は自分の生み出した生命の美しさに幾度か見とれた。彼は普通の人間の何倍も深くひろく人生を生きるだろう。そういう彼の生命を庇うことは一つの権利ではないか。私は戦死した欣二の魂さえそれに共鳴していることを信じようとした。しかし、今、病院のベッドに横たわっている一郎はどうであろう。それは一郎の形骸が呼吸しているだけで彼の精神とは縁のないものだ。それだからといって、この白痴に還元されようとしている一郎を、もう彼がかつての優秀な魂の持主でないからといって、早く死んでもよいと仮にも思うことが出来ようか。私の心身はこのあわれな一郎に一瞬も離れずまつわりついて、一日でも一刻でも彼がより長く生きていてくれるようにと悶えている。私は今更、一郎を一兵卒として戦線に送ることを拒んだ自分が、人間の生命の尊さを知らぬ何と思い上った浅はかな母であったかを知った。理知で計算して解っていると思っていた事は、今この狂人になった一郎を抱きかかえている私から見れば何一つ解っていないことばかりだった。今の私は普通の人間は愚か性格破産者でも、低能児でも、この世に生れ出た生命のすべてに恭々しい愛情を感じないではいられない。母とはそういう愚かさの代名詞ではないだろうか。

ある時——それはもう東京に空襲のはじまった十二月のはじめごろだった。見舞いに来た隆が私の腕に残っていた大きな痣をみて、気の毒に思ったのだろう。一郎にそれとなく、母親に乱暴をしないように話した。一郎は不思議に動じない様子で「困ったなあ、困ったなあ」とくりかえしていたが「僕は一番お母さんを気の毒だと思ってるんだがなあ、まあ、あれだね、そら、あの何とかいう小説……イギリスの肺病の小説家の書いた……」「ジキルとハイド」と隆がいうと一郎はふん、ふんとうなずき、「そうだ、あれね。あのハイドがだんだん強くなるんだな僕の中に……ね、きっとそうだよ」とけろりとして言った。隆はもう発作の起らない時でも一郎は正気の人ではないと思い、病室から出ても涙が湧いて来て困ったと後で私に話した。

しかし一郎の中にはまだ本来の一郎らしいものが匿されていた。十二月末の寒い北風の吹きあれる夜、東京の下町が何度目かの空襲にあかあかと燃えさかっていた頃、一郎は病室をぬけ出して病院の構内の古い池の傍の松の枝に自分の帯をかけて縊れ死んでしまった。一郎は自分の死が、私をより安らかにすると思ったのであろうか。若い健やかな生命を戦争に賭け、自分の流す血で歴史を書こうと念願していた一郎は、傷つきむしばまれて、餓えた乞食のようにみじめに死んで行った。

一郎の死骸を見た時、私は案外平静だった。細長く骨立った一郎の上に身体をこごめ眼を閉じた冷たい額に手を置いていると、嵐はもう私の遠くに行っていた。頸に紫の輪が濃く滲んで見えるばかり、鼻にも口にも白い綿を詰められた一郎の顔はむくみがとれ、悪魔が去ったように静かだった。

告別式をすませた夜、私は一郎の骨壺のある二階へ上って行った。もうずっと前から待っていた時であった。私は何の躊躇もなく袂から青酸加里の瓶を出して、白くキラキラ光っている粉末を紙の上にあけた。私はコップを脇に置いてそれを電灯の光に間近くよせてみた。この僅かな粉が人間の生命を容易に奪うことがむしろ面白くさえ思われる。それを平気で眺めている心に、しかし、何か微かな変化が起っていることに私はふと気づいた。思わず私は小さな叫びをあげた。

本文：初出「小説公園」（一九五四・一〇）／底本『妖・花食い姥』（九七・一、講談社文芸文庫）

解説

1 「私」の「今」はどこにあるのか

物語るという行為が、物語られる行為がすべて終わった後になされるものだとしたら、このテクストはどこから語られているのでしょうか。語り手である「私」は、息子・一郎の出征を「上流階級」の親戚の力を借りて阻止することと自分の信条との間で揺れ、苦悩しています。その苦悩は事後的な語りや回想を差し挟みつつ、同時進行の語りを基底に語られていきます（☞P7課題1）。しかし、「私」の苦悩が深まる様を逐次的に追っていた読者は、最後、「一郎が死ぬ時は私も死ぬ時だ」と覚悟していたはずの「私」が死を選ばなかった姿に突き当たります。それまでの「私」とは違う「私」が語りの〈今〉にいることを予感させ、テクストは閉じられるのです。

「私」の苦悩と気づきは、〈今〉においてどのように捉え返されているのでしょうか。また、死を選ばなかった「私」に起こった「何か微かな変化」とはどのようなものだったのでしょうか。

2 結婚と信条

「私」の結婚は一九二〇年代半ば頃と推定できますが、当時の女性が志向する結婚としては風変わりなものと言えるでしょう。他のテクストを参照すると、宮本百合子『伸子』（二四）、野上弥生子『真知子』（三一）では、封建的な結婚から抜け出し、恋愛に自由と解放を求める女の〝婿選び〟の様が描かれています。その背景には、近代的なロマンチック・ラブ・イデオロギーが存在するわけですが、上流階級の因習からの解放を望む「私」の結婚は、ラブ、すなわち夫の〈不在〉を条件になされたものでした（☞P7課題2-1）。

そこに生まれた一郎は、「私」の自己実現の対象となります。「僕の血の中にはこういう単純な庶民の性格が動かしようなく根を張っているんです。それはお母さんが育ててくれたんです」という言葉からも、「私」の信条が一郎の精神に強く作用したことは明らかです。一郎は、友人たちがマルキシズムに傾倒する中、トルストイやペスタロッチに心酔しています。トルストイは大正初期、ペスタロッチは昭和初期に知識人の間でブームになりました。「私」の結婚前の教養が、一郎の人道主義のルーツになっていると推察できるでしょう。

「私」がそれほどの教養を積み、結婚のスタイルや子供の教育方針を設計し得たのは、自らが否定する「上流階級」に属していたからだという自家撞着が存在します。そして、「人間に階級をつけないという私の持説」の正当性を、欣二という農村の少年によって裏付けていったことは、一郎を出征させるか否かの段になって、「私」自身を追い込んでいくこととなるのです（☞P7課題2-2）。

3 戦争と〈母性〉

苦悩する「私」を責めたてる声の中に、「母親の本能」という言葉があります。無条件に子を愛し守る性質を女が本能的に備えていることを〈母性〉とも言いますが、これは普遍的な概念ではありません。エレン・ケイの著作を受け、日本では一九二〇年前後に一般化した〝つくられた性質〟であり、良妻賢母教育の中で実践されていきました。戦争体制においては天皇制と癒着させられ、勇敢な兵士を産み育て、戦いを奨励し、傷を介護し、その死を嘆きつつも祈念する〈母親〉像の根拠とされます。「高貴な使命を帯びて死地に赴」き、死後は「神」になる息子を戦場に送る母たちは、悲しみを表現してはならないのです（若桑みどり『戦争がつくる女性像』）。テクストに登場する女たちの姿に、この典型を見ることができます（☞P8課題3−1）。

母としてのあり方を自ら設計し得た「私」の苦悩は、他の母たちとは別のところにありました。欣二の母は、欣二が戦死したとき「戦で死ぬくれえなら学校へやることもなかったですに」と言います。「私」が理想郷と見出した農村の母と子の現実から、「私」の特権性が浮き彫りになるのです。しかし、自分の信条を一郎の「育て方」に結実しようとしたことにより、「私」は子を裏切るか、戦地に送るか、どちらの決断をしても苦しい状況に立たされたのであり、「手ひどい報復」を受けることになりました（☞P8課題3−2）。

4　復讐を受ける母

円地の代表作『女坂』に、『観無量寿経』の「アジャセ物語」が引用されています。精神分析学者・古澤《こさわ》平作は一九三一年、『観無量寿経』『教行信証』などの仏典からアジャセの母・イダイケの物語を再構成し「阿闍世コンプレックス」論として発表、翌年フロイトに提出しました。――出生の秘密を知り両親に裏切られたと感じたアジャセは、復讐として父王を殺す。母も殺そうとしたところで罪悪感から悪病となり、釈迦により救いを得る――フロイトのエディプス・コンプレックスを母子関係論に展開したのです。後年、小此木《おこのぎ》啓吾が『教行信証』からイダイケによる看病の物語――アジャセは罪悪感から悪病に苦しむが、アジャセを看病し癒したのは、釈迦により救いを得たイダイケであった――を追加しました。子から手ひどい仕打ちを受ける母というモチーフは、円地のテクストに繰り返し登場します。

「私」という母と〈不在〉の父のもとに生まれてきた一郎の苦悩とはどのようなものであったか。夫〈不在〉の結婚において、「私」の一郎への同一化は強くなされ、性的な想像にまで及んでいます。一郎が「私」に騙されたと憤り、病の中で荒れ狂ったとき、「私」はどのような気づきを得たでしょうか。一郎の死に「一郎らしいものを見出し」、迷わず死を選ぶかに見えた「私」が、最後に気づいたことは何だったのでしょうか。それまでの認識に「変化」が訪れたのだとしたら、「私」がいったんは到達した「母」という境地とは別の景色が見えた瞬間だったはずです（☞P8課題4）。それを想像してこそ、「私」の語りの意味を考えることができるでしょう。

円地文子（一九〇五〜八六）東京市浅草区生まれ。古典文学に造詣が深く、代表作に『源氏物語』現代語訳、『朱を奪うもの』など。

SECTION 2

戦後文学の転換期

1956年〜1965年

SECTION 2

5

ギターの音響く異郷にて

深沢七郎「楢山節考」

山々に閉ざされた一つの村。恒常的な食糧難を抱えた村には様々な歌が唄い継がれていた。歌は人々に様々な掟を伝える。七十歳になった者は「楢山まいり」に行かねばならない。老女おりんとその家族の姿を通じて根源的な倫理が問いただされる。

山と山が連っていて、どこまでも山ばかりである。この信州の山々の間にある村——向う村のはずれにおりんの家はあった。家の前に大きい欅《けやき》の根の切株があって、切口が板のように平たいので子供達や通る人達が腰をかけては重宝がっていた。だから村の人はおりんの家のことを「根っこ」と呼んでいた。嫁に来たのは五十年も前のことだった。この村ではおりんの実家の村を向う村と呼んでいた。村には名がないので両方で向う村と呼びあっていたのである。向う村と云《い》っても山一つ越えた所だった。おりんは今年六十九だが亭主《ていしゅ》は二十年も前に死んで、一人息子の辰平《たつへい》の嫁は去年栗《くり》拾いに行った時、谷底へ転げ落ちて死んでしまった。後に残された四人の孫の面倒を見るより寡夫になった辰平の後妻を探すことの方が頭が痛いことだった。村にも向う村にも恰好《かっこう》の後家などなかったからである。

その日、おりんは待っていた二つの声をきいたのである。今朝裏山へ行く人が通りながら唄《うた》ったあの祭りの歌であった。

楢山《ならやま》祭りが三度来りゃよ
　栗の種から花が咲く

もう誰《だれ》か唄い出さないものかと思っていた村の盆踊り唄である。今年はなかなか唄い出されなかったのでおりんは気にしていたのであった。この歌は三年たてば三つ年をとるという意味で、村では七十になれば楢山まいりに行くので年寄りにはその年の近づくのを知らせる歌でもあった。

　おりんは歌の過ぎて行く方へ耳を傾けた。そばにいた辰平の顔をぬすみ見ると、辰平も歌声を追っているように顎《あご》をつき出して聞いていた。だがその目をギロッと光らせているのを見て、辰平もおりんの供で楢山まいりに行くのだが今の目つきの様子ではやっぱり気にしていてくれたかと思うと、

「倅《せがれ》はやさしい奴《やつ》だ！」

　と胸がこみあげてきた。

　おりんが待っていたもう一つの声は、実家から飛脚が来て向う村に後家が一人出来たことを知らせに来てくれたのである。その後家は辰平と同じ年の四十五で、三日前に亭主の葬式がすんだばかりだそうである。年恰好さえ合えばそれできまってしまったと同じようなものだった。飛脚は後家になったものがあることを知らせに来たのだが、嫁に来る日までをきめて帰って行った。辰平は山へ行って留守だったが、おりんが一人できめてしまったというより飛脚の云うことを聞いていただけで万事がきまってしまったのである。これで辰平が帰ってくればそのことを話しさえすればよいのである。どこの家でも結婚問題などは簡単に片づいてしまうことで、好きな者同士が勝手に話し合ってきめてしまったり、結婚式などという改まったこともなく、ただ当人がその家に移ってゆくだけである。仲人《なこうど》が世話をすると云っても年齢が合えばそれで話がきまって、当人がその家へ遊びになど行っているうちに泊りきりになって、いつからともなくその家の人になってしまうのであった。盆も正月もあるけれども遊びに行く所もないので、ただ仕事をしないだけである。御馳走《ごちそう》をこしらえるのは楢山祭りの時だけで何事も簡単にすんでしまうのである。

　おりんは飛脚が帰った方を眺《なが》めて、あの飛脚は実家からの使だといっていたが、嫁に来る人の近い身の者だろうと思った。亭主が死んで三日しかたたぬのに、すぐとんできて話をきめたいという様子は後家の後始末がよくよく心配だったのだろう。うちの方でも急いで来てくれて有難《ありがた》いことだと思った。来年は七十で楢山まいりに行く年なのだから、この年になっても嫁がきまらなかったらどうしようと焦《あせ》っていたところに、丁度年恰好のうまい話があったものだ、もう少したてば嫁が父親か誰かと向うの方から来るだろうと、肩の荷が降りたように安心したのである。向うの方から嫁が来るというより女が一人来ると想像しただけで一番難しいことが片づいてしまったのだった。孫は惣領のけさ吉が十六で男三人、末が女でまだ三つである。辰平も後添《のちぞい》がなかなかきまらなかったので此《こ》の頃《ごろ》は諦《あきら》めたらしく、ぼんやりしてしまい、何かにつけて元気がない様子はおりんも村の人も気づいていたが、これでまた元気をとりもどすだろうとおりんまでが活気づいてきた。

夕方、辰平が山から帰ってきて根っこに腰をかけたとき、おりんは家の中から大声で辰平のうしろへあびせかけるように云った。

「おい、向う村から嫁が来るぞ！　おととい後家になったばかりだけんど、四十九日がすんだら来るっちゅうぞ」

おりんは嫁がきまったことを話すことは手柄話《てがらばなし》でも知らせるように得意満々だった。

辰平はふり向いて、

「そうけえ、向う村からけえ、いくつだと？」

おりんは辰平のそばに飛んで行った。

「玉やんと云ってなあ、おまんと同じ四十五だぞ」

辰平は笑いながら、

「いまさら、色気はねえだから、あっはっは」

辰平はてれ臭いのか、おりんに相槌《あいづち》をうって喜んでるらしかった。辰平は後妻を貰《もら》うことより何か外のことで思いつめていることがあるのじゃァないかと、年寄りの勘でそんなことも思ったが、おりんは夢中になって嬉《うれ》しがっていた。

楢山には神が住んでいるのであった。楢山へ行った人は皆、神を見てきたのであるから誰も疑う者などなかった。現実に神が存在するというのであるから、他の行事より特別に力をいれる祭りをしたのである。祭りと云えば楢山祭りしかないようになってしまった程である。それに盆と続いているので盆踊りの歌も楢山祭りの歌も一緒になってしまった。

盆は陰暦七月十三日から十六日までだが楢山祭りは盆の前夜、七月十二日の夜祭りであった。初秋の山の産物、山栗、山ぶどう、椎《しい》や榧《かや》の実《み》、きのこの出あきの外に最も貴重な存在である白米を炊《た》いて食べ、どぶろくを作って夜中御馳走をたべる祭りであった。白米は「白萩様《しらはぎさま》」と呼ばれてこの寒村では作っても収穫が少なく、山地で平地がないので収穫の多い粟《あわ》、稗《ひえ》、玉蜀黍《とうもろこし》等が常食で白米は楢山祭りの時か、よくよくの重病人でもなければ食べられないものであった。

盆踊り歌にも

　　おらんの父《と》っちゃん身持の悪さ
　　　三日病んだらまんま炊いた

これは贅沢《ぜいたく》を戒めた歌である。一寸《ちょっと》した病気になったら、うちの親《おや》父《じ》はすぐ白米を食べるということで、極道者とか馬鹿者《ばかもの》だと嘲《のの》しられるのである。この歌はいろいろなことにも格言のように使われて、息子が怠けているときなど、親とか兄弟が

　　おらんの兄《あん》ちゃん身持の悪さ
　　　三日病んだらまんま炊いた

と唄って、遊びぐせがついているけど、あんな御苦労なしの奴は、白萩様を炊いて食べたいなどと云い出しはしないだろうかと警告代りにも使われたり、親の命令をきかないときとか、子が親に意見をするときにも使われるのである。

楢山祭りの歌は、栗の種から花が咲くというのが一つだけであるが、村の人達が諧謔《かいぎゃく》な替歌を作っていろいろな歌があった。

おりんの家は村のはずれにあったので裏山へ行く人の通り道のようになっていた。もう一と月もたてば楢山祭りであった。歌が一つ出ると次から次へと唄い出されて、おりんの耳にきこえてきた。

塩屋のおとりさん運がよい
　山へ行く日にゃ雪が降る

村では山へ行くという言葉に二つの全く違った意味があるのであった。どちらも同じ発音で同じアクセントだが、誰でもどの方の意味だかを知りわけることが出来るのである。仕事で山へ登って薪《たきぎ》とりや炭焼きなどに行くことが山へ行くのであって、もう一つの意味は楢山へ行くという意味なのである。楢山へ行く日に雪が降ればその人は運がよい人であると云い伝えられていた。塩屋にはおとりさんという人はいないのであるが、何代か前には実在した人であって、その人が山へ行く日に雪が降ったということは運がよい人であるという代表人物で、歌になって伝えられているのである。この村では雪など珍らしいものではなかった。冬になれば村にもときどき雪が降り、山の頂は冬は雪で白くなっているのだが、おとりさんという人は楢山へ到着したときに雪が降り出したのである。雪の中を行くのだったら運の悪いことであるが、おとりさんの場合は理想的だったのである。そしてこの歌はもっと別の意味をも含んでいたのである。それは楢山へ行くには夏は行かないでなるべく冬行くように暗示を与えているのであった。だから楢山まいりに行く人は雪の降りそうな時を選んで行ったのである。雪が降り積れば行けない山であった。神の住んでいる楢山は七つの谷と三つの池を越えて行く遠い所にある山であった。雪のない道を行って到着した時に雪が降らなければ、運がよいとは云われないのである。この歌は雪の降る前に行けという、かなり限られた時の指定もしているのである。

おりんはずっと前から楢山まいりに行く気構えをしていたのであった。行くときの振舞酒も準備しなければならないし、山へ行って坐《すわ》る筵《むしろ》などは三年も前から作っておいたのである。やもめになった辰平の後妻のこともきめてしまわなければならないその支度だったが、振舞酒も、筵も、嫁のことも片づいてしまったが、もう一つすませなければならないことがあった。

おりんは誰も見ていないのを見すますと火打石を握った。口を開いて上下の前歯を火打石でガッガッと叩《たた》いた。丈夫な歯を叩いてこわそうとするのだった。ガンガンと脳天に響いて嫌《いや》な痛さである。だが我慢してつづけて叩けばいつかは歯が欠けるだろうと思った。欠けるのが楽しみにもなっていたので、此の頃は叩いた痛さも気持がよいぐらいにさえ思えるのだった。

おりんは年をとっても歯が達者であった。若い時から歯が自慢で、とうもろこしの乾《ほ》したのでもバリバリ嚙《か》み砕いて食べられるぐらいの良い歯だった。年をとっても一本も抜けなかったので、これはおりんに恥ずかしいことになってしまったのである。息子の辰平の方はかなり欠けてしまったのに、おりんのぎっしり揃《そろ》っている歯はいかにも食うことには退《ひ》けをとらないようであり、何んでも食べられるというように思われるので、食料の乏しいこの村では恥ずかしいことであった。

村の人はおりんに向って、

「その歯じゃァ、どんなんものでも困らなんなあ、松っかさでも屁《へ》っぴり豆でも、あますものはねえら」

これは冗談で云うのではないのである。たしかに馬鹿にして云っているのである。屁っぴり豆というのは雪割り豆のことで、石のように堅い豆で食べると屁ばかり出るので、それを食べて放屁《ほうひ》したときには、屁っぴり豆を食ったから、と云ったりして、堅い、まずい豆という意味で云うので、普通は雪割りとか堅豆と云うのである。おりんは人の前で屁をひったこともないのに、わざわざ屁っぴり豆と云う言葉を使うのは確かにあざけって云っているので、おりんもよくわかっていた。それと同じような云い方を何人からも云われたことがあるからだった。年をとってから、しかも楢山まいりに行くような年になってもこんなに歯が達者では馬鹿にされても仕方がないと思っていた。

孫のけさ吉なども、

「おばあの歯は三十三本あるら」

と云ってからかうのである。孫までかまいづらで云うのである。おりんは指でさわって歯のかずを勘定しても上下で二十八本しかないのである。

「バカこけえ、二十八ぽんしかねえぞ」

と云いかえしても、

「へえー、二十八よりさきの勘定は出来んずら、まっとあるら」

と憎まれ口をたたくのである。けさ吉は三十三本あると云いたいのである。去年唄った盆踊り歌で、

「おらんのおばあやん納戸《なんど》の隅《すみ》で

鬼の歯を三十三本揃えた」

と唄ったらみんなが笑いころげたのである。この歌は村の一番ふざけた歌をけさ吉が更に作り替えたのであった。うちの女親は納戸の隅で秘密のところの毛を三十三本そろえたという歌があって、これは母親を侮辱する歌であった。けさ吉はそれを鬼の歯と替えて唄って大喝《だいかっ》采《さい》を博したのだった。だからけさ吉としては三十三本あることにしなければつまらないのである。それにおりんの歯は三十三本あるのだとみんなに云いふらしてしまったのである。

おりんはこの村に嫁に来て、村一番の良い器量の女だと云われ、亭主が死んでからもほかの後家のように嫌なうわさも立てられなく、人にとやかく云われたこともなかったのに、歯のことなんぞで恥ずかしいめにあうとは思わなかった。楢山まいりに行くまでには、この歯だけはなんとかして欠けてくれなければ困ると思うのであった。楢山まいりに行くときには辰平のしょう背板に乗って、歯も抜けたきれいな年寄りになって行きたかった。それで、こっそりと歯の欠けるように火打石で叩いてこわそうとしていたのである。

おりんの隣りは銭屋という家だった。村では銭など使い道もなく、どの家にもないのだが、銭屋では越後《えちご》に行ったとき、天保銭《てんぽうせん》を一枚持って帰ったのである。それから銭屋と呼ばれるようになったのである。銭屋の老父は又やんと云って今年七十である。おりんとは隣り同士の上、同じ年頃だったので長い間の話し相手だったが、おりんの方は山

へ行く日を幾年も前から心がけているのに、銭屋は村一番のけちんぼで山へ行く日の振舞支度も惜しいらしく、山へ行く支度など全然しないのである。だからこの春になる前に行くだろうと噂《うわさ》されていたが夏になってしまい、この冬には行くらしいのだが行く時はこっそり行ってしまうだろうと、陰では云われていた。だがおりんは又やん自身が因果な奴で山へ行く気がないのだと見ぬいていたので、馬鹿な奴だ！といつも思っていた。おりんは七十になった正月にはすぐに行くつもりだった。

銭屋の隣りは焼松《やけまつ》という家であった。家の裏に枯れた松の大木の幹が岩のような形になって残っていて、これはずっと前、村の大木に雷が落ちてから焼松と呼ばれていた。

その隣りは雨屋という家であった。村から巽《たつみ》の方角に巽山という山があった。この家の人がその山に行くと必ず雨が降ると云われ、昔この家の人が巽山で二つの頭のある蛇《へび》を見つけて殺してしまってから、この家の人が巽山に行くと雨が降るというので雨屋と呼ばれていた。

その隣りが歌で有名な榧の木という家である。村はみんなで二十二軒であるが、村で一番大きい木がこの榧の木である。

かやの木ぎんやんひきずり女
　せがれ孫からねずみっ子抱いた

おりんが嫁に来た頃はぎんやんという老婆《ろうば》はまだ生きていた。ぎんやんはひきずり女という悪名を歌に残した馬鹿な女だった。ねずみっ子というのは孫の子、曾孫《ひこ》のことである。ねずみのように沢山子供を産むということで、極度に食料の不足しているこの村では曾孫を見るということは、多産や早熟の者が三代続いたことになって嘲笑《ちょうしょう》されるのであった。ぎんやんは子を産み、孫を育て、ひこを抱いたので、好色な子孫ばかりを産んだ女であると辱《はずか》しめられたのである。ひきずり女というのは、だらしのない女とか、淫乱《いんらん》な女という意味である。

七月になると誰もが落ちついていなかった。祭りはたった一日だけだが年に一度しかないので、その月にはいるともう祭りと同じ気分である。そして、いよいよ明日になったのである。辰平《たつへい》はなにかと忙しかった。みんな有頂天になってしまって、けさ吉など何処《どこ》へ行ったか少しも役に立たないので、辰平が一人でとびまわっていた。

辰平は雨屋の前を通ったときに、家の中でそこの亭主《ていしゅ》が鬼の歯の歌を唄っているのをきいたのである。

ねっこのおりんやん納戸の隅で
　鬼の歯を三十三本揃えた

辰平は、
「この野郎」
と思った。こんな歌は初めてきいたのだった。去年けさ吉が唄いだしたのであるが、去年はおりんと辰平の耳にはいらなかったのである。

今年は堂々と根っこのおりんやんと名ざしになって歌われたのである。

辰平は雨屋の家の中にすーっと入って行った。そして雨屋の亭主が土間にいたので土間の土の上にぴったりと坐《すわ》り込んでしまった。

「さあ、うちへ来てもらいやしょう、おらんのおばあやんの歯が何本あるか勘定してもらいやしょう」

ふだん無口の辰平が口を尖《とが》らせて坐り込んだのであるから凄《すご》い剣幕である。雨屋の亭主はすっかりあわててしまった。

「あれ、そんなつもりじゃァねえよ、おめえのとこのけさやんが唄った真似《まね》をしただけだに、そんなことを云われても困るらに」

辰平は、この歌を唄い出したのはけさ吉であることも今はじめて知ったのであった。そう云われればけさ吉が、

「おばあの歯は三十三本あるら」

といやにからみついていたけど、これでよくわかったのだった。けさ吉でさえ辰平やおりんの前では唄わなかったのである。

辰平は雨屋を黙ってとび出した。道のはじに転がっていた丸太ん棒を持って、けさ吉の奴《やつ》はどこにいやァがると探しまわった。けさ吉は池の前《めえ》の家の横で四五人の子供と歌を唄っていた。

　年に一度のお山のまつり
　　ねじりはちまきでまんま食べろ

杉《すぎ》の木立が垣根《かきね》のように生えているので姿はわからないが、その中にけさ吉の声がまじっているのですぐわかった。

辰平は丸太ん棒をふり上げて、

「けさ！　おばあやんの歯が鬼の歯か！　てめえは、おばあやんに、あんねん可愛《かわい》がってもらって、でかくしたのに、てめえは、てめえは！」

辰平は躍り上って丸太ん棒をふりおろした。だがけさ吉は、ひょいと身をかわしてしまったので、そばの石を叩いてしまったのである。あんまり力を入れたので痛い程、手がしびれてしまった。

けさ吉は向うの方に逃げて行って平気の顔でこっちを眺《なが》めていた。

辰平はけさ吉の方に向って、

「バカ野郎！　めしを食わせねえぞ！」

と怒鳴った。

村では「めしを食わせねえぞ」とか「めしを食うな」という言葉をよく使ったのである。めしを食わせないという懲罰もあったけれども悪態のように使われる言葉である。

その晩のめし時になった。みんなが膳《ぜん》のまわりに坐った頃になると、けさ吉は外から入ってきてみんなと一緒に膳の前にすわったのである。辰平の顔をちらっと見ると、さっきの怒った形勢は全然なく、しおれているぐらいな顔つきである。

辰平の方は、あの鬼の歯の歌のことをおりんの前でふれることは実に嫌なことだった。あんな歌があることをおりんにだけは知らせたくなかったのである。腹の中で、けさ吉はさっきのことを云い出さないでいればよいと思っていたのだ。

けさ吉は腹の中で、

「あの鬼の歯の歌のことを、あんなに怒ったが、あのくらいのことを怒る方がどうかしているぞ、そんなに嫌なことなのか、こんど何かあっ

たら何度でも唄ってやるぞ！」

と気が強くなった。これにかぎるぞと勢が出て来た。けさ吉は父親が近いうちに後添《のちぞい》を貰《もら》うことになっているが大反対であった。そのうちにみんな飯をよそって食べ始めた。めしと云っても汁の中に玉蜀黍《とうもろこし》のだんごと野菜が入っているもので、食べるというよりすするのである。

おりんは別のことを考えていた。

「向う村から来る嫁は、少し早いが祭りには来るかも知れない」

という予感がしていたのである。今日来るかとも思ったが来なかったので明日は来るかも知れないが、これはみんなにあらかじめ知らせておいた方がよいと思った。

「あしたは向う村からおっ母《か》あが来るかも知れんぞ」

とうれしいことでも知らせるように孫達に宣言するように云い放った。

辰平が、

「まだ一と月しかたたんが、早く来れば、おばあもめしの支度がらくになるら」

と相槌《あいづち》をうつように喜んだ。するとけさ吉が、

「一寸《ちょっと》待ってくれ」

と手を上げた。辰平の云うことを制するような恰好《かっこう》をしておりんに顔を向けて、

「向う村からおっ母あなん来なくてもいいぞ！」

と怒鳴った。つづけて辰平に顔を向けて、

「俺《おれ》が嫁を貰うから後釜《あとがま》なんいらんぞ」

と喧嘩《けんか》腰である。又、おりんの方を向いて、

「めしのことがめんどうなら俺の嫁にさせるから黙っていろ」

おりんは驚いた。持っていた二本の箸《はし》をけさ吉の顔のまん中に投げつけた。そして、

「バカヤロー、めしを食うな！」

と大声を出した。そうすると十三になる孫がおりんに加勢するように、

「けさあんやんは池の前《めえ》の松やんを貰うのだぞ」

とけさ吉に恥をかかせてやれという気でみんなの前で発表したのである。けさ吉が池の前の松やんと仲がよいことを次男は知っていたのである。

けさ吉は次男の顔のまん中を平手でぴしゃっとなぐった。

「バカー、黙ってろ！」

と怒って睨《にら》みつけた。

辰平も驚いた。だが何も云えなくなってしまったのである。けさ吉の嫁などということは考えたこともなかった。この村では晩婚で二十歳前では嫁など貰う人はないくらいだった。それにけさ吉の度胸のよい反対にあって圧倒されてしまったのである。

歌にも

三十すぎてもおそくはねえぞ
　一人ふえれば倍になる

この唄は晩婚を奨励した歌であった。倍になるということはそれだけ食料が不足するということである。だからおりんも辰平もけさ吉の嫁などとは夢にも考えてはいなかった。

村を流れているチョロ〳〵川も途中で池のようにたまりになっている所があって、その前にある家を池の前《めえ》と呼んでいた。その家の松やんという女の子はおりんもよく知っていた。おりんは一旦《いったん》けさ吉をあんな風に怒鳴ったけれども、これこそ物わかりの悪い年寄りのあさましいことにちがいないのだと勢がぬけてしまったのである。あの松やんも一人前の女になったのだし、けさ吉も大人になっているのだと気がついた。あんまり突然にあんな風な云い方をされたのでびっくりして怒ってしまったが、そこまで察していなかったことに申しわけないとさえ思いはじめてきたのである。

けさ吉はもう膳の所から立ってどこかへ行ってしまった。

そのあした、祭りの日である。子供達は白萩《しらはぎ》様を腹一杯たべて祭り場へ行ってしまった。村の真中に平坦《へいたん》な所があって、そこが祭り場であった。夜祭りであるが子供達は朝から集っていた。祭り場で盆踊りを踊るのである。踊ると云っても杓子《しゃくし》を両手にもってたたきながら輪になってまわり歩くだけであった。踊るより歌を唄って歩きまわるのである。辰平もどこかの家へ遊びに行ってしまったのでおりんが一人で家にいた。

昼頃《ひるごろ》、家の前の根っこに、向うをむいて腰をかけている女があった。そばにはふくらんだ信玄袋を置いて誰かを待っているらしい様子である。

おりんはさっきからあそこにいる女は向う村から来た嫁じゃァないか？　とも思ったが、それなら家の中へ入ってきそうなものだと思ったので、まさかそれが嫁だとは気がつかなかった。祭りなので向う村からどこかの家へ来た客だとも思われるように休んでいる風であった。だが、ふくらんだ信玄袋はやっぱり普通の客ではないと気になったのでおりんはたまりかねて出ていった。

「どこのひとだか知らんがお祭りに来たのけえ？」

女は慣れなれしい口のきき方で、

「辰平やんのうちはここずら」

おりんはやっぱり嫁だと思った。

「あんたは向う村から来たずら、玉やんじゃねえけ？」

「ええ、そうでよ、うちの方もお祭りだけんど、こっちへきてお祭りをするようにって、みんなが云うもんだけん、今日きやした」

おりんは玉やんの袖《そで》をひっぱりながら、

「そうけえ、さあさあ早く入らんけえ」

おりんは天にのぼったように走りまわってお膳を持ち出して祭りの御馳走《ごちそう》を並べた。

「さあ食べておくれ、いま辰平をむかえに行ってくるから」

そう云うと玉やんは、

「うちの方のごっそうを食うより、こっちへ来て食った方がいいとみんなが云うもんだから、今朝めし前に来たでよ」

「さあさあ食べねえよ、えんりょなんいらんから」

そんなことを云わなくても昨日来るかと思っていたのだから、朝めしなんぞ食って来たからと云ってもよいものを、こっちの方では食って来たと云ってもすぐめしを出すものをと思った。

玉やんは食べながら話し始めた。

「おばあやんがいい人だから、早く行け、早く行けとみんなが云うもんだから」

うまそうに食べている玉やんを、おりんはうれしそうに眺めていた。

「こないだ来たのがわしの兄貴でねえ、おばあやんはいい人だと云うもんだから、わしも早く来てえと思ってねえ」

おりんは玉やんの方へすり寄った。この嫁は正直だから、おせじじゃねえと思った。

「まっと早く来りゃいいに、昨日来るかと思っていたに」

そう云ってまたのり出したが、あんまりそばに行って達者の歯を見られると気がついたので、手で口を押えてあごをひっこめた。

「なんだから、あんな根っこのとこにいたでえ？　早くうちの中にへえってくればよかったに」

玉やんはにっこりした。

「ひとりで来ただもん、何んだか困ったよ、兄やんがつれてきてくれると云ったけん、昨夜《ゆうべ》っからお祭りのどぶろくで酔っぱらっちゃって、おばあやんがいい人だから早く行けって、ゆうべっから、そんなことばっかり云ってねえ」

こうほめられるとおりんの身体《からだ》は浮き上ってゆくようにうれしくなった。そして、

「これは、死んだ嫁よりいい嫁が来たものだ」

と思った。

玉やんは、

「あれ、それじゃァ、わしがつれに行ってやるだったに」

「来りゃよかったに、そうすりゃァわしがおぶってきてやったに」

この女じゃ、向う村からわしをおぶって山を越して来ただろうと思った。むかえに行かなかったこと、そこまで気がまわらなかったことをおりんは悔んだぐらいであった。おぶってもらわなくてもまだ山一つぐらい越せると思った、がおぶって山を越すという玉やんのやさしい気持が拝みたいぐらいうれしかった。おりんは玉やんに早く云いたいことがあった。それは来年になったらすぐ楢山《ならやま》まいりに行くことだった。飛脚の兄貴が来たときも一番さきにそのことを話したのである。

ひょいと見ると玉やんは手を背なかに廻《まわ》してさすっていた。食った物が胸につかえたらしいのである。おりんは玉やんのうしろにまわってやった。

「ゆっくりたべねえよ」

と云ってよいものか、云ってはけちんぼのように思われはしないかと迷ってしまったが、云わないで辰平《たつへい》を探しにゆけば後でゆっくり一人で食べるだろうと思った。おりんは玉やんの背中をさすりながらうしろから、

「わしも正月になったらすぐ山へ行くからなあ」

そう云ってさするのを止《や》めた。玉やんは一寸黙っていたが、

「あれ、兄やんもそんなことを云ってたけんど、ゆっくり行くように、そう云っていたでよ」

「とんでもねえ、早く行くだけ山の神さんにほめられるさ」

おりんはもう一つ玉やんにすぐ話したいことがあった。お膳の真中《まんなか》にある皿《さら》を玉やんのすぐ前においた。いわなの煮たのが一杯盛ってある。このいわなのことを話さなければと思った。

「このいわなはなァ、みんなわしがとってきただだから」

川魚の王であるいわなの乾《ほ》したものは山の貴重なさかなである。玉やんは信じられないと云う風な顔つきで、

「あれ、おばあやんはいわながとれるのけえ?」

「ああ、辰平なんかも、けさ吉なんかも、まるっきり下手でなあ、村の誰《だれ》だってわし程とってくるものはいんだから」

おりんは自分の唯《ただ》一つの取り得である、いわなをとる秘伝を山へ行く前に玉やんに教えておこうと思ったのである。

おりんは目を光らせて、

「おれはなあ、いわなのいるとこを知っているのだぞ、誰にも云うじゃねえぞ、あとで教えてやるから、夜行ってなあ、そこの穴へ手を突っこめばきっと摑《つか》めるのだぞ、誰にも云うじゃァねえぞ」

おりんはいわなの皿を玉やんにつきつけるように出して、

「こんなものは、みんな食っていいから、さあ食べてくりょう、まだ乾したのがうんとあるから」

それから立ち上って、

「辰平を呼んでくるから、食べていておくれ」

そう云って裏口から出て行った。そして物置の中に入って行った。いい人だと云われてうれしくなってしまったおりんは、ここで一世一代の勇気と力を出したのである。目をつむって石臼《いしうす》のかどにがーんと歯をぶっつけた。口が飛んでいってしまったと思ったほどしびれた。そうしたら口の中があたたかくなったような甘い味がしてきた。歯が口の中一ぱい転がっているような気がした。おりんは口から血がこぼれるのを手で押えてチョロ〳〵川へ行って口を洗った。歯が二本欠けて口の中から出てきた。

「なーんだ二本だけか」

とがっかりしたが、上の前の歯が揃《そろ》って二本欠けたので口の中が空っぽになったようになったので、うまくいったと思った。その頃けさ吉は白萩様《しらはぎ》のどぶろくですっかり酔っぱらって、祭り場で鬼の歯の歌を唄《うた》っていたのである。おりんは歯も欠けたが口の中のどこかに、けがをしてしまったのであった。甘いような味がして血が口の中で湧《わ》いてくるように出てくるのである。

「止まれ、止まれ」

と思いながら手で川の水をすくって口の中を洗った。血はなかなか止まらなかった。それでも前歯が二本欠けたのは、しめたものだとうれしくなった。ふだん火打石で叩《たた》いていたから、やっぱりうまく欠けたのだ、火打石で叩いたことは無駄《むだ》なことじゃなかったと思った。おりんは川に顔を突っこむようにして水を含んだり吐いたりしているうちに血も止まったのである。口の中が少しピリピリと痛むだけであるが、そんなことはなんとも思わなかった。玉やんに歯並びの悪いとこ

ろを見せたくなったので家の中にまたひきかえしていった。玉やんはまだ食べていた。おりんは玉やんの前に坐《すわ》って、

「ゆっくり、うんと食べねえよ、すぐ辰平を呼んでくるから」

それから、

「わしは山へ行く年だから、歯がだめだから」

おりんは下の唇《くちびる》を上側の歯でかんで、上側だけを見てくれとばかりに突き出した。これで何もかも片づいてしまったと踊り上らんばかりだった。辰平を探しに行きながら村の人達にも見せてやろうと家を出て祭り場の方へ歩いて行ったが、実に肩身が広くなったものだと歩いて行った。

祭り場ではけさ吉が音頭《おんど》をとっておりんの鬼の歯の歌を唄っていたのであるが、そこへおりんが口を開いて現れたのである。しかも止まった血がまたこぼれ始めていたのである。おりんは唄など耳に入らなかったのだった。辰平を探すということは欠けた歯並びを見せるには丁度うまい口実だったのである。そのことばかりを考えていたのであるから歌なんか全然耳に入らなかった。

祭り場に集っていた大人も子供も、おりんの口を見ると、わーっと逃げ出した。おりんはみんなの顔を見ると開いた口をまた閉《ふさ》いで、下の唇を上側の歯でかみしめて上側だけを見せようとしたばかりでなく、見てくれとあごを突き出した上に血が流れているのだから、凄《すご》い顔になってしまったのである。おりんは自分を見るとみんなが逃げてゆくので、何のことだかわからないが、

「あははは」

と愛嬌《あいきょう》笑いをしたつもりであった。

おりんは歯を欠いて逆効果になってしまったのである。祭りがすんでも話題の人であった。

「根っこの鬼ばばあ」

と陰で云われているうちに、小さい子などには本当の鬼婆だと思われてしまったのである。

「食いついたら放さんぞ」

「食い殺されるぞ」

などとも云われてしまったり、泣いている子に、

「おりんやんのうちにつれて行くぞ」

と云えば泣きやんでしまうようにも利用されたりした。夕方おりんに道などで出逢《であ》うと、

「キャーッ」

と泣き出して逃げ出す子などもあった。おりんはあの歌も知ってしまったし、鬼ばばあと云われていることもよく承知していた。

楢山祭りが過ぎると、すぐ木の葉が風に舞った。寒い時は冬のような日もあった。嫁が来ても辰平のぼんやりは相変らずであった。

玉やんが来て一と月もたたないのに、又、女が一人ふえた。その日、家の前《めえ》の松やんは根っこに腰をかけていて、昼めしのときにはおりん達《たち》の膳《ぜん》の前に坐り込んでめしを食べたのである。松やんがめしを食べている様子は実にたのしそうで、此《こ》の世《よ》の極楽であるというような顔

つきをして、食べることに無上の喜びを持っているのである。そしてよく食べた。けさ吉と並んで坐って黙々として食っていた。夕めしの時も二人は並んで坐った。夕めしの時は松やんはけさ吉の頬《ほ》っぺを箸《はし》でつついたりして二人はふざけていた。おりんも辰平夫婦も別に嫌《いや》な気もしなかった。おりんはけさ吉がこれ程に大人ではないと思っていたことが恥ずかしくてたまらなかった。夜になると松やんはけさ吉のふとんの中にもぐり込んでいた。おりんは昼めしの時に松やんの腹のあたりが普通ではないと睨《にら》んでいた。五カ月以上だと見ぬいたので正月か？　それとも早ければ今年中かも知れないと、おりんだけが一人で気をもんでいた。松やんが子を生めばおりんはねずみっ子を見ることになるのであった。

そのあしたも松やんは朝めしを食うと根っこの所に腰をかけていた。昼めしの時だけ家の中に入ってきて、食べ終るとまた根っこに腰をかけているのである。夕方近くになると玉やんが、

「松やん、かまどの火を焚《た》いてくりょ」

と云いつけた。松やんは火を燃すことは下手《へた》で忽《たちま》ち家の中が煙だらけになってしまった。末の女の子など煙たがって泣き出してしまった程である。玉やんもおりんも根っこの所へとび出してしまい、燃していた当人の松やんまでも目をこすりながら出て来てしまった程けむりで一杯になったのである。

玉やんが、

「あっちの方だけは一人前だが、火もしの方は半人足だなあ」

と云って笑った。おりんは苦しいのを我慢しながらかまどの所へ行って水をかけて消した。それからあらためて燃しなおすとすぐによく燃え始めた。おりんは水をかけた松やんの燃えなかった残りの薪《たきぎ》を外にほうり出して云った。

「こんなものを、こんな欅《けやき》のもしきを、どうして突っ込んだずら？松やん、こんなものを燃しちゃァだめだぞ、欅をもせば三年も目を病むと云うぐれえだから」

それから小さい声で、

「おれなんぞ年をとってるから目が悪くなってもかまわんけんど、おまん達は目を病んじゃァ困るらに」

とつぶやいた。玉やんが、

「松やんは火もしが出来んから、お子守りでもしてくりょー」

そう云って末の子を松やんにおぶせたのである。末の子は煙がってまだ泣いていた。松やんは末の子をおぶったが肩を荒くゆすって、

「ろっこん〳〵ろっこんナ」

と唄い出した。おりんも玉やんも呆《あき》れ返ってしまったのである。この歌は特別の時しか唄わないのである。楢山まいりのお供の時か、子守りの時に唄うのである。だが子守りの時に「ろっこん〳〵」と唄えば「つんぼゆすり」とか「鬼ゆすり」と云われるのである。

ろっこん〳〵ろっこんナ
お子守りゃ楽のようでらくじゃない
　肩は重いし背中じゃ泣くし
　　アろっこん〳〵ろっこんナ

と松やんは唄い出した。この「ろっこん」と云うたびに肩をゆする

のであるが荒くゆすって泣き声を閉じさせようにするのであるし、泣き声よりも大きい声で囃《はや》したてて泣き声を消してしまうのである。ゆすり方も背中の子が口をあけていられないように荒くゆするのであるから、ゆするというよりいじめるようなものである。右の肩から左の肩にどーんとぶっつけるようにゆするのである。このつんぼゆすりをされる人は楢山まいりに行く時に、修養の出来ていない者とか、因果な者は行くことを嫌がって泣く者があるので、その時にお供の者が唄うのである。松やんは知らないので「ろっこん〱」とばかり唄っているのが歌のあとの方の囃しは「六根清浄《ろっこんしょうじょう》」と二度くりかえすのが本当である。身も心も清めて悪い因果をふるい落すというわけなのである。盆踊り唄とつんぼゆすり歌とは元来は節も違うのであったが同じ節でも唄われた。どちらも楢山の歌である。

　松やんがゆすりながら唄うと背中の子は火のつくように、ますます泣き方がひどくなってしまったのだった。松やんはもっと荒くゆすりながら次の歌を唄いだした。

ろっこん〱ろっこんナ
ぼ泣けぼんくら餓鬼にゃいいもんやるぞ
　耳は氷ってるじゃん聞えんぞ
　アろっこん〱ろっこんナ

ぼ泣けというのは泣けということで、さあいくらでも泣け、ぼんくらなこの子にはいいものをやるという意味であるが、このつんぼゆすりでいいものをやるということは背中の子をつねることをいう意味である。いくら泣いても困らないぞ、このわしの耳は氷っているから聞えないぞという歌である。

　おりんはまだ、この年になるまで子供をおぶってつんぼゆすりを唄ったことは一度もなかった。松やんは昨日からこの家に来たのだが、もう今日はこんな歌を唄う程の情知らずの女であることがわかってしまった。だからおりんも玉やんも呆れ返ってしまったのである。

　背中の子はますます泣き叫んだ。見かねた玉やんが走っていって抱いてやったけれども火のつくような泣き方は止《や》まないのである。玉やんは、若《も》しや? と思っておりんの前に抱いてきて尻《しり》をまくって見た。尻にはつねった跡が青痣《あおあざ》のように四カ所もあったのである。おりんと玉やんは顔を見合せて舌をまいてしまった。

　松やんが来てからけさ吉はおとなしくなって、おりんに悪たれ口を云わなくなった。云うことが変ったのである。

「おばあやんは、いつ山へ行くでえ?」

　とめし時にはよく云った。

「来年になったらすぐ行くさ」

　何度も同じことをきかれるとおりんは苦笑いをするようになった。

　けさ吉は早口で、

「早い方がいいよ、早い方が」

　そのたびに玉やんが、

「おそい方がいいよ、おそい方が」

　とけさ吉と同じような云い方をして笑いころげた。玉やんの云い方が、けさ吉の云うすぐあとを同じような早口で云うのでおかしくて、おりんも一緒になって笑った。

　女が二人ふえたのでおりんは手持ちぶさたになってしまい、気丈夫の働き者のおりんがひまになったことは物足りない、淋《さび》しいくらいなものだった。松やんも何かと役にたつ時もあった。おりんは暇で困ると思う時もあった。だがおりんには楢山《ならやま》まいりに行くという目標があったのである。その日のことばかりを胸の中で画《えが》いていた。鬼ばばあだなんて云われたけど、山へ行くときのわしは、銭屋の又やんなんぞとは違うぞと思った。わしが山へ行く時は祭りのときと同じぐらいの振舞いが出来るぞ、白萩《しらはぎ》様も、椎茸《しいたけ》も、いわなの乾したのも家中の者が腹一杯たべられるだけ別に用意してあるのだ。村の人に出す白萩様のどぶろくも薄めては作ったが一斗近くもこしらえておいたのを、今は誰も知らないだろう、わしが山へ行ったそのあした、家中のものが、きっと、とびついてうまがって食うことだろう。その時になって「おばあやんがこんなに！」ってびっくりするだろう。その時はわしは山へ行って、新らしい筵《むしろ》の上に、きれいな根性で坐っているのだ。

　おりんは楢山まいりのことばかりを考えていた。

　「雨屋」と呼ばれる家の者が他の家の食料を盗むという事件が起き、「楢山さんに謝る」という名で呼ばれる制裁を受ける。村全体が殺気立つ中でおりんとその家族も落ち着かない雰囲気に包まれる。

　玉やんの石臼の音がごろごろと鳴って、遠くで雷が鳴ってるように響いていた。みんながまた黙ってしまったのでけさ吉は大声で唄い出したのである。尻《けつ》をまくって、あぐらをかいて、筒袖《つつそで》を肩までまくり上げて唄うのである。

　　お父っちゃん出て見ろ枯木ゃ茂る
　　　行かざなるまい、しょこしょって

此《こ》の頃《ごろ》けさ吉は歌の節まわしが上手になった。おりんはけさ吉の節まわしは実にうまいものだと思った。だが今、けさ吉が唄った歌は、あれはでたらめの歌で昔から唄われてきた歌が、だんだん乱れてしまうが困ったものだと思った。

「けさー、そんな歌はねえぞ、山が焼けるぞ枯木ゃ茂るだぞ」

　と教えてやった。

「あれ、銭屋のおっちゃんはそう唄ったぞー」

「バカー、昔、山火事があってなあ、その時ゃ、みんな山へ行ったそうだ、その唄だぞなあ辰平」

　そう云って辰平を見ると、辰平は顔をあお向きにねころんで額に雑《ぞう》巾《きん》を当てていた。目のところまで雑巾がさわっているのである。

　おりんは辰平の顔を流し目で眺《なが》めた。そうすると急に辰平が可哀相《かわいそう》に思えてきた。冬を越すことも苦しい事だし、楢山まいりの供もえらいことなのである。「来年は山へ行くかなァ」とさっき云ってくれたけど、いままでずっと気にしていてくれたのだ、そう思うと可哀相になってきたのだった。

　おりんは辰平のそばにすり寄って、雑巾をそっと、とった。辰平の目が光っているように見えたので、すぐ後ずさりをして又はなれたが、

「目のあたりが光っているけど、涙でも出しているじゃァねえらか？　そんな気の弱いことじゃァ困ったものだ」

　と思ったが、

「わしの目の黒いうちに、よく見ておこう」

　と横目で辰平の目のあたりをじっと睨みつけた。

　石臼の音が止まって、玉やんが飛び出して、前の川へ行って顔を洗っていた。さっきも玉やんはひくのを止めて顔を洗いに行ったのである。

「あいつも、まさか泣いてでもいるじゃァねえらか？　困ったものだ、そんな気の弱いことじゃ、辰平の奴も、まっと、しっかりしてくれなきゃー、気の弱い奴等ばかりで困ったものだ」

　けさ吉はまた唄い出した。

山が焼けるぞ　枯木ゃ茂る
　行かざなるまい、しょこしょって

　こんどはちゃんとした唄い方である。節まわしが実にうまく、枯木ゃ茂るというところは御詠歌のような節で唄うのだが、そこが浪花《なにわ》節《ぶし》のように、泣けるような申し分のない節まわしである。

「しょこしょって」

　と唄い終るとおりんは、

「ヨイショ！　うまいぞ！」

　と大声でかけ声をかけた。


（略）


　十二月になると厳冬である。陰暦なので月のなかばには寒に入った。子供達が、

「雪ばんばァが舞ってきた」

　と騒いだときがあったのでおりんは、

「おれが山へ行くときゃァきっと雪が降るぞー」

　と力んで云った。雪ばんばァというのは白い小さい虫が舞うことをいうのである。雪の降る前にはこの白い虫が舞いあるくと云われていたのである。

　松やんの腹は臨月になったことは疑いない程で、動作も息切れも目につくようになってきた。

　あと四日で正月になるという日、おりんは朝早く辰平の起きるのを待って外へ連れだした。辰平の耳に口をつけて、

「山へ行った人達を今夜呼ぶから、みんなにそう云ってきてくりょー」

　おりんは明日楢山まいりに行くことにきめたのである。だから今夜山へ行った人達を呼んで振舞酒を出そうとしたのだった。

「まだ早いらに、来年になってからでなきゃ！」

　辰平は明日行くのだと云われると面食らってしまったのだった。来

年になったら行くつもりでいたのである。

おりんは、

「バカー、ちっとばかし早くたって、早い方がいいぞ、どうせならねずみっ子の生れんうちに」

辰平は気が進まなかったので返事をしなかった。おりんは、

「早くみんなに云って来い、みんな山へ行って留守になってしまうぞ」

その云い方は辰平を絶対服従させる力強さを持っていた。辰平のうしろから追いかぶせるように云った。

「いいか、云って来なきゃー、明日おれ一人で山へ行くぞ」

その夜、呼ばれた人達は集ったのである。山へ行く前の夜、振舞酒を出すのであるが、招待される人は山へ行って来た人達だけに限られていた。その人達は酒を御馳走《ごちそう》になりながら山へ行くのに必要な事を教示するのである。それは説明するのであるが誓いをさせられるのであった。教示をするにも仁義のような作法があって、一人が一つずつ教示するのである。集った人は男が七人で女が一人であった。この中の女は去年供で行ったのであるが女で供に行くことはめずらしいことである。よくよく供のない家では他人に頼んで供になってもらって、たいがい男が行くのであった。振舞酒に招待された八人の中でも一番先に山へ行った者が古参といって一番発言権が強いのであり、その人が頭《かしら》のような存在でみんなの世話人であった。酒をのむのも一番先であって、すべてが山へ行った順できまるのである。今夜の一番先輩格は「短気の照やん」と云う人だった。照やんは短気ではなく落ちついた五十年輩の人であるが、何代か前に照やんの家に短気の人があったので今でも短気と呼ばれていて、それは綽名《あだな》ではなく屋号のようになっていた。

おりんと辰平は自分の家ではあるが正面に坐っていて、その前へ客達が下手に並ぶのである。おりんと辰平の前には大きい甕《かめ》が置いてあった。これはおりんが今夜のために用意した白萩様《しらはぎ》のどぶろくが一斗近くも入っている甕である。

照やんはおりんと辰平に向って先《ま》ず改まってお辞儀をすると、つづいて客達も揃《そろ》って頭を下げた。

照やんは辰平に向って、

「お山まいりはつろうございますが御苦労さんでございます」

おりんと辰平は此の席では物を云ってはならないことになっていた。照やんは云い終ると甕を持って口を当ててがぶがぶとのめるだけのんだ。そして次の人に甕を廻《まわ》すと、その人が飲めるだけ飲んで順に廻すのである。終りまでくるとまた照やんの前に持ってくるのである。

照やんはおりんに向って本を読むような口ぶりで、

「お山へ行く作法は必ず守ってもらいやしょう
一つ、お山へ行ったら物を云わぬこと」

云い終るとまた甕に口をあてがぶがぶと飲んで次の人に廻した。

おりんも辰平も今夜客達が教示することは皆知っていた。ふだん話に聞いて知っていることではあるが、こうして改まってきくことが慣《なら》わしであるし、客達を前にして誓いをたてるようなことになるのであるから一生懸命になって聞いていた。

甕がまた廻り終ると、照やんの次の人の前に置かれた。その人がこんどは照やんと同じような口ぶりで、

「お山へ行く作法は必ず守ってもらいやしょう

一つ、家を出るときは誰にも見られないように出ること」

云い終ると甕に口を当ててがぶがぶと飲んだ、甕が一廻りすると三人目の人の前に置かれた。その人も照やんと同じような口ぶりで、

「お山へ行く作法は必ず守ってもらいやしょう
一つ、山から帰る時は必ずうしろをふり向かぬこと」

云い終るとまた甕に口を当ててがぶがぶと飲んだ。甕が一廻りすると四人目の人の前に置かれた。三人目まで終ったのであるが、四人目の人は楢山《ならやま》へ行く道順を教えるのである。

「お山へ行く道は裏山の裾《すそ》を廻って次の山の柊《ひいらぎ》の木の下を通って裾を廻り、三つ目の山を登って行けば池がある。池を三度廻って石段から四つ目の山へ登ること。頂上に登れば谷のま向うが楢山さま。谷を右に見て次の山を左に見て進むこと。谷は廻れば二里半。途中七曲りの道があって、そこが七谷《ななたに》というところ。七谷を越せばそこから先は楢山さまの道になる。楢山さまは道はあっても道がなく楢の木の間を上へ上へと登れば神様が待っている」

云い終ると甕が廻って、これで終ったのである。この教示が終れば誰も物を云ってはならないのである。だから教示を云った四人の以外は誰も物を云うことが出来ないのであった。それから無言のまま甕が廻って酒を飲み終るのであるが飲めるだけ飲むとその人は黙って消えるように去って行くことになっていた。照やんだけは最後に帰るのである。みんな帰ってしまって照やんも席を立ったのであるが、立つ時に辰平を手で招いて戸外に連れ出した。

小声で、

「おい、嫌《いや》ならお山まで行かんでも、七谷の所から帰《けえ》ってもいいのだぞ」

そう云って、誰もいないのに暗い方を見廻しておどおどしている様子である。

「変なことを云うな?」

と辰平は思ったが、おりんはあれ程一心に行こうとしていることだから、そんな馬鹿《ばか》なことには用はないのだと気にもとめなかった。照やんはすぐ、

「まあ、これも、誰にも聞かれないように教えることになっているのだから、云うだけは云っておくぜ」

そう云って帰って行った。

みんなが帰ってしまった後、おりんも辰平も床の中に入った。だが明日の晩は山へ行くのであるからおりんは眠ろうなどとは思っていなかった。

夜も更《ふ》けて丑《うし》三つ刻《どき》だろう、おりんは外の方で誰かが泣いている声を聞いたのである。

わあわあと男の声であった。その声はだんだん近づいてきておりんの家の前に来たのであるが、その泣き声を消すように、あのつんぼゆすりの歌も聞えたのである。

六根《ろっこん》〳〵ナ
お供ァらくのようでらくじゃない

肩の重さに荷のつらさ
ア六根清浄《しょうじょう》、六根清浄

おりんは床の中で頭をもち上げて耳をすませた。あの声は銭屋の又やんの泣き声だと感づいた。そして、

「馬鹿な奴《やつ》だ！」

と今更に思った。

少したって、人の足音がしてきたようだった。そしておりんの家の戸をがりがりと爪《つめ》でかじる音がした。

「何んだろう？」

と起き上って縁側に出て、かじられているあたりの戸をはずした。外は月の光で明るいが、顔をかくして身体《からだ》をふるわせながら又やんが蹲《うずくま》っていたのである。

そこへ、ばたばたと飛んで来た男があった。又やんの倅だった。倅は手に荒縄《あらなわ》を持って又やんを睨《にら》みつけて立っていた。

おりんは、

「辰平、辰平」

と呼んだ。辰平も眠れなかったらしくすぐ出て来た。辰平は銭屋の倅と顔を合わせ、手に持っている荒縄を見て、

「どうしたんだ？」

ときいた。

「縄ァ食い切って逃げ出しゃァがった」

倅はまだいまいましそうに又やんを睨んでいた。辰平は、

「馬鹿な奴だ！」

と銭屋の倅の無暴さに驚いた。おりんは又やんを、

「馬鹿な奴だ！」

と呆《あき》れて眺めた。昔からの歌に、

つんぼゆすりでゆすられて
縄も切れるし縁も切れる

そう云う歌があるけど、このざまは、縄が切れる程ゆすられて、食い切ったなどと云われて、これじゃァ歌の文句以上だと思った。おりんは叱《しか》るように又やんに云い聞かせた。

「又やん、つんぼゆすりをされるようじゃァ申しわけねえぞ、山の神さんにも、息子にも、生きているうちに縁が切れちゃァ困るらに」

おりんは自分の正しいと思うことを、親切な気持で教えてやったのである。

「今夜は止《や》めなせえ」

辰平はそう云って又やんをおぶって銭屋まで送りとどけてやった。

その次の夜、おりんはにぶりがちの辰平を責めたてるように励まして楢山まいりの途についたのである。宵《よい》のうちに明日《あした》みんなが食べる白萩様もといでおいたし、椎茸《しいたけ》のことも、いわなのことも玉やんによく云っておいた。家の者達が寝静まるのを窺って裏の縁側の戸をそっとはずした。そこで辰平のしょっている背板に乗ったのである。その夜は風はないが特別に寒い晩で、空は曇っているので月のあかりもなく真っ暗の道を辰平は盲人の歩みのように歩いて行った。おりんと辰平が出た後で玉やんは蒲団《ふとん》の中から起き上った。そして戸をあけて外

に出た。根っこのところに手をかけて暗闇《くらやみ》の中を目をすえて見送ったのである。

辰平は裏山の裾を廻って柊《ひいらぎ》の木の下に来た。枝が笠《かさ》のように茂っていてその下を通って行くのは、どこかの家の中へでも入ってゆくように無気味な暗さだった。ここまでは辰平も来たことのある所だが、ここから先は楢山まいりでなければ行ってはならないと云い伝えられている道であった。ふだんは柊の木の下を通らないで右か左に廻る道をゆくのであるが、今は真っすぐに行くのである。二つ目の山も裾を廻り、三つ目の山の裾をまわると池があった。空がかすかに白んできて池をまわり終った時はかなり明るくなってきた。石段が三段あってそこから急な坂である。四つ目の山は上に登って行くのである。かなり高い山で頂上に近づく程、嶮《けわ》しくなってきた。

頂上について辰平は目を見張らせたのである。向うに楢山が待っているかのように見えたのである。この山と楢山の間は地獄へ落ちるかと思われるような谷で隔てられていた。楢山へ行くには頂上から少し降りて尾根づたいのような道を進むのであるが、谷は絶壁で左はそそり立つ山の坂である。谷は四つの山に囲まれた奈落《ならく》の底のような深い谷なので辰平はしっかりと足許《あしもと》をふみしめて進んだ。谷を廻るには二里半と教えられたが、楢山に近づくにつれて辰平の足はただ一歩ずつ進んでいることを知っているだけだった。楢山が見えた時から、そこに住んでいる神の召使いのようになってしまい、神の命令で歩いているのだと思って歩いていた。そうして七谷の所まで来たのである。見上げれば楢山は目の前に坐《すわ》っているようである。七谷を通り越すと、ここからは道はあれども道はないと云われたので上へ上へと登って行った。木は楢の木ばかりしかなかった。辰平はいよいよ楢山に来てしまったのだと思ったので、もう口をきくことは出来ないぞと決心した。おりんは家を出てから何も云わなかったのである。歩きながら話しかけても返事をしないのであった。登っても、登っても楢の木ばかり続いていた。そして到頭、頂上らしい所まで来たのである。大きい岩があってそこを通りすぎた途端、岩のかげに誰か人がいたのである。辰平はぎょっとして思わず後ずさりをしてしまった。岩のかげに寄り掛って身を丸くしているその人は死人だった。両手を握って、まるで合掌しているようである。辰平は立止まったまま動けなくなってしまった。おりんが背の方から手を出して前へ振った。前へ進めという手ぶりである。辰平は進んで行った。また岩があってそのかげには白骨があった。足は二本揃っているが首はさかさになってそばに転がっていた。あばら骨だけはさっきの死人のように岩によりかかったままである。手は遠くの方に一本ずつ離れて転がっていて、誰《だれ》かがこんな風にいたずらをして置いたのではないかと思われるようにバラバラになっていた。おりんは手を出して前へ前へと振った。岩があると必ず死骸《しがい》があった。進んで行くと木の根元にも死骸があった。まだ生きているように新らしい死人である。そこで辰平はまたぎょっとして立止まってしまった。目の前の死人が動いたのである。その顔をよくよく見たがやっぱり生きている人ではなかった。だが「たしかに今、動いたぞ」と思ったので足が堅くなってしまった。すると又、その死人が動いたのである。その死人の胸のあたりが動いたのである。そこにはからすがいたのであった。着物が黒っぽいのでからすがいたのがわからなかったのだった。辰平は足でばたっと地を蹴《け》った。だが、からすは逃げもしないのである。辰平はその横を通って進んだ。するとそのからすが舞い上った。静かに羽を拡《ひろ》げて舞い上って憎らしい程落ちついているからすである。何げなしに死人の方をふり向くと胸のところにはまだ一ぴきからすがいた。「二ひきいたのか」と思ったらその下からもう一ぴきの頭が動いていた。死人は足を投げだしているのだが腹の中をからすが食べて巣を作っていたのだ！　と思った。もっと中にいるかも知れないと思うと、憎いような怖《おそ》ろしいようになってきた。ここは頂上らしいのだが道はまだ上りである。進んで行くとからすはますます多くいた。辰平が歩き出すと、あたりが動くようにからすがのろのろと歩くのである。枯葉の上をがさがさと人間が歩くような音まで立てて歩くのである。

「からすの多い山だなあ」

と、その数の多さに驚いた。からすがとりのようには思えないのである。黒猫《くろねこ》のような目つきで、動作がのろいので気味が悪いようである。ここからは死骸もますます多く転がっていた。少し行くと禿《は》げ山のような所があって岩ばかりである。そこには白骨が雪のふったように、あたりが白くなるほど転がっていて、下ばかり見て歩いている辰平は白骨をよけて歩こうとしても目がちらちらしてしまい、つまずき転びそうになってしまった。辰平は「この白骨の中には生前、知っていた人もあるはずだ」と思った。ふと木のお椀《わん》がころがっているのが目についた。それを見て呆然《ぼうぜん》と立止まってしまった。

「偉いものだなァ！」

とつくづく感心してしまった。ここへ来るにもお椀を持ってきた人もあったのだ。前に来た人のうちにはそんな心掛けの人もあったのだと思うと、持って来なかった自分が淋《さび》しいような気にもなってしまった。からすは岩の上で、きょろきょろ目を動かしていた。辰平は石を拾ってぽーんと投げつけると、ぱっと舞い上った。あたりのからすも一せいに舞い立った。

「逃げるところを見ると、生きてる人間は突つきゃァしないだろう」

そうわかると一寸《ちょっと》安心も出来た。道はまだ上りぎみであった。進んで行くと死骸のない岩かげがあった。そこへ来るとおりんは辰平の肩をたたいて足をバタバタさせたのである。背板から降ろせと催促をしているのだ。辰平は背板を降ろした。おりんは背板から降りて腰にあてていた筵《むしろ》を岩かげに敷いた。それから自分の腰に結びつけてあった包を辰平の背板に結びつけようとした。辰平は目を剝《む》いて怒るような顔をしながらその包を筵の上に置いた。おりんは包の中から白萩《しらはぎ》様のむすびを一つとり出して筵の上に置いた。それからまた包を背板に結びつけようとするのである。辰平は背板を奪い取るようにして引き寄せて包を筵の上に置いた。

おりんは筵の上にすっくと立った。両手を握って胸にあてて、両手の肘《ひじ》を左右に開いて、じっと下を見つめていた。口を結んで不動の形である。帯の代りに縄をしめていた。辰平は身動きもしないでいるおりんの顔を眺めた。おりんの顔は家にいる時とは違った顔つきになっているのに気がついた。その顔には死人の相が現れていたのである。

おりんは手を延して辰平の手を握った。そして辰平の身体《からだ》を今来た方に向かせた。辰平は身体中が熱くなって湯の中に入っているようにあぶら汗でびっしょりだった。頭の上からは湯気が立っていた。

おりんの手は辰平の手を堅く握りしめた。それから辰平の背をどーんと押した。

辰平は歩み出したのである。うしろを振り向いてはならない山の誓いに従って歩き出したのである。

十歩ばかり行って辰平はおりんの乗っていないうしろの背板を天に突き出して大粒の涙をぽろぽろと落した。酔っぱらいのようによろよろと下って行った。少し下って行って辰平は死骸につまずいて転んだ。その横の死人の、もう肉も落ちて灰色の骨がのぞいている顔のところに手をついてしまった。起きようとしてその死人の顔を見ると細い首に縄が巻きつけてあるのを見たのだった。それを見ると辰平は首をうなだれた。「俺にはそんな勇気はない」とつぶやいた。そして又、山を下って行った。楢山の中程まで降りて来た時だった。辰平の目の前に白いものが映ったのである。立止まって目の前を見つめた。楢の木の間に白い粉が舞っているのだ。

雪だった。辰平は、

「あっ！」

と声を上げた。そして雪を見つめた。雪は乱れて濃くなって降ってきた。ふだんおりんが、「わしが山へ行く時ァきっと雪が降るぞ」と力んでいたその通りになったのである。辰平は猛然と足を返して山を登り出した。山の掟《おきて》を守らなければならない誓いも吹きとんでしまったのである。雪が降ってきたことをおりんに知らせようとしたのである。知らせようというより雪が降って来た！　と話し合いたかったのである。本当に雪が降ったなあ！　と、せめて一言《ひとこと》だけ云いたかったのである。辰平はましらのように禁断の山道を登って行った。

おりんのいる岩のところまで行った時には雪は地面をすっかり白くかくしていた。岩のかげにかくれているおりんの様子を窺《うかが》った。お山まいりの誓いを破って後をふり向いたばかりでなく、こんなところまで引き返してしまい、物を云ってはならない誓いまで破ろうとするのである。罪悪を犯しているのと同じことである。だが「きっと雪が降るぞ」と云った通りに雪が降ってきたのだ。これだけは一言でいいから云いたかった。

辰平はそっと岩かげから顔を出した。そこには目の前におりんが坐っていた。背から頭に筵を負うようにして雪を防いでいるが、前髪にも、胸にも、膝《ひざ》にも雪が積っていて、白狐《しろぎつね》のように一点を見つめながら念仏を称《とな》えていた。辰平は大きな声で、

「おっかあ、雪が降ってきたよう」

おりんは静かに手を出して辰平の方に振った。それは帰れ帰れと云っているようである。

「おっかあ、寒いだろうなあ」

おりんは頭を何回も横に振った。その時、辰平はあたりにからすが一ぴきもいなくなっているのに気がついた。雪が降ってきたから里の

方へでも飛んで行ったたか、巣の中にでも入ってしまったのだろうと思った。雪が降ってきてよかった。それに寒い山の風に吹かれているより雪の中に閉ざされている方が寒くないかも知れない、そしてこのまま、おっかあは眠ってしまうだろうと思った。

「おっかあ、雪が降って運がいいなあ」

そのあとから、

「山へ行く日に」

と歌の文句をつけ加えた。

おりんは頭を上下に動かして頷《うなず》きながら、辰平の声のする方に手を出して帰れ帰れと振った。辰平は、

「おっかあ、ふんとに雪が降ったなァ」

と叫び終ると脱兎《だっと》のように馳《か》けて山を降《くだ》った。山の掟を破ったことを誰かに知られやァしないかと飛び通しで山を降った。誰もいないはずの七谷《ななたに》の上のところまで降って来たとき、銭屋の伜《せがれ》が雪の中で背板を肩から降ろそうとしているのが目に入った。背板には又やんが乗っていた。荒縄で罪人のように縛られている。辰平は、

「やッ!」

と思わず云って立止まった。銭屋の伜は又やんを七谷から落そうとしたからだった。四つの山に囲まれて、どのくらい深いかわからないような地獄の谷に又やんを落そうとするのを辰平は目の下に見ているのである。

「ころがして落すのだ」

と知った時、昨夜照やんが「嫌《いや》なら七谷の所から帰ってもいいのだぞ」と云ったのを思い出した。

「あれは、このことを教えたのだな」

と初めて気がついた。又やんは昨夜は逃げたのだが今日は雁字搦《がんじがら》みに縛られていた。芋俵《いもだわら》のように、生きている者ではないように、ごろっと転がされた。伜はそれを手で押して転げ落そうとしたのである。だが又やんは縄の間から僅《わずか》に自由になる指で伜の襟《えり》を必死に摑《つか》んですがりついていた。伜はその指を払いのけようとした。が又やんのもう一方の手の指は伜の肩のところを摑んでしまった。又やんの足の先の方は危く谷に落ちかかっていた。又やんと伜は辰平の方から見ていると無言で戯《たわむ》れているかのように争っていた。そのうちに伜が足をあげて又やんの腹をぽーんと蹴とばすと、又やんの頭は谷に向ってあおむきにひっくり返って毬《まり》のように二回転するとすぐ横倒しになってごろごろと急な傾斜を転がり落ちていった。

辰平は谷の底の方を覗《のぞ》こうとしたその時、谷底から竜巻《たつまき》のように、むくむくと黒煙りが上ってくるようにからすの大群が舞い上ってきた。湧《わ》き上るように舞い上ってきたのである。

「からすだ!」

と辰平は身をちぢめるように気味悪くなった。舞い上って、かあかあと騒ぎながら辰平の頭上高くとび廻《まわ》っていた。この谷のどこかに巣があって、雪が降ったのでそこに集っていたのだと思った。きっと又やんはそこに落ちたのだと思った。

舞い乱れていたからすはだんだんまた谷底の方へ降り始めたのである。

「からすの餌食《えじき》か!」

あんな大変のからすじゃァと身ぶるいをしたが、落ちた時は死んで

しまっているだろうと思った。倅の方を見ると、やっぱりからすを見て気味が悪くなったのであろう、空《から》の背板をしょって宙を飛ぶように駆け出していた。辰平は、

「あんなことをするのだから振舞酒も出さないわけだ」

と思いながら、狼《おおかみ》が走って行くように背を丸めて逃げてゆく倅を眺《なが》めていた。

雪は牡丹《ぼたん》雪のように大きくなってきた。辰平が村に帰り着いた時は日が暮れて暗くなってしまった。

「うちへ帰ったら、末の女の子はおりんがいなくなって淋《さび》しがっているにちがいない」

と思った。

「おばあはいつ帰って来る?」

などときかれたら、なんと答えようかと困ってしまった。家の前まで来たが戸口の外に立って中の様子をみた。

家の中では次男が末の子に歌を唄《うた》って遊ばせていた。

お姥《んば》捨てるか裏山へ
　裏じゃ蟹《かに》でも這って来る

留守に子供達はおりんのことを話していたのだ、もう知っているのだと思った。蟹の唄ばかりをくり返して唄っているのである。

這って来たとて戸で入れぬ
　蟹じゃ夜泣くとりじゃない

この歌は、村では昔は年寄りを裏山に捨てたものだった。或《あ》る時、老婆《ろうば》を捨てたところが這って帰ってきてしまったのである。その家の者だちは「這って来た、這って来た、蟹のようだ」と騒いで戸をぴったりと締めて中へ入れなかったのである。家の中では小さい子が蟹が本当に這って来たのだと思い込んでしまったのである。老婆は一晩中、戸の外で泣いていた。その泣き声を聞いて子供が「蟹が泣いている」と云ったのである。家の者が「蟹じゃないよ、蟹は夜泣いたりしないよ、あれはとりが啼《な》いているのだ」と子供などに話してもわけがわからないので、そう云ってごまかしてしまったのである。蟹の歌はそれを唄ったのである。

辰平は戸口に立って蟹の歌をきいていた。こんな歌ばかりを唄っているのだから、おりんがもう帰って来ないことを承知しているのだと思うと気がらくになった。辰平は肩から背板を降ろして雪を払った。戸を開けようとした時、松やんが納戸《なんど》の方から出てきた。大きい腹にしめているその帯は、昨日までおりんがしめていた縞《しま》の細帯であった。松やんが開けて出て来た納戸の奥では、昨夜おりんが丁寧に畳んでおいた綿入れを、もうけさ吉はどてらのように背中にかけてあぐらをかいて坐っていた。そばには甕《かめ》が置いてあった。昨夜の残りを飲んで酔っているらしく、うっとりとした目で首をかしげながら、

「運がいいや、雪が降って、おばあやんはまあ、運がいいや、ふんと

に雪が降ったなあ」

と悦に入っているように感心していた。

辰平は戸口に立ったまま玉やんの姿を探したがどこにも見えなかった。

辰平はふっと大きな息をした。あの岩かげでおりんはまだ生きていたら、雪をかぶって綿入れの歌を、きっと考えてると思った。

なんぼ寒いとって綿入れを
山へ行くにゃ着せられぬ

楢山節
作詩作曲 深沢七郎
かやの木ギンやん ひきずり女
アネさんかぶりで ネヅミっ子抱いた
夏はいやだよ 道が悪い
むかでながむし 山かがし
塩屋のおとりさん 運がよい
山へ行く日にゃ 雪が降る
楢山まつりが 三度来りゃヨ
栗の種から 花が咲く
おらんのオ母アやん 納戸の隅で
鬼の歯ア三十三ぼん 揃えた

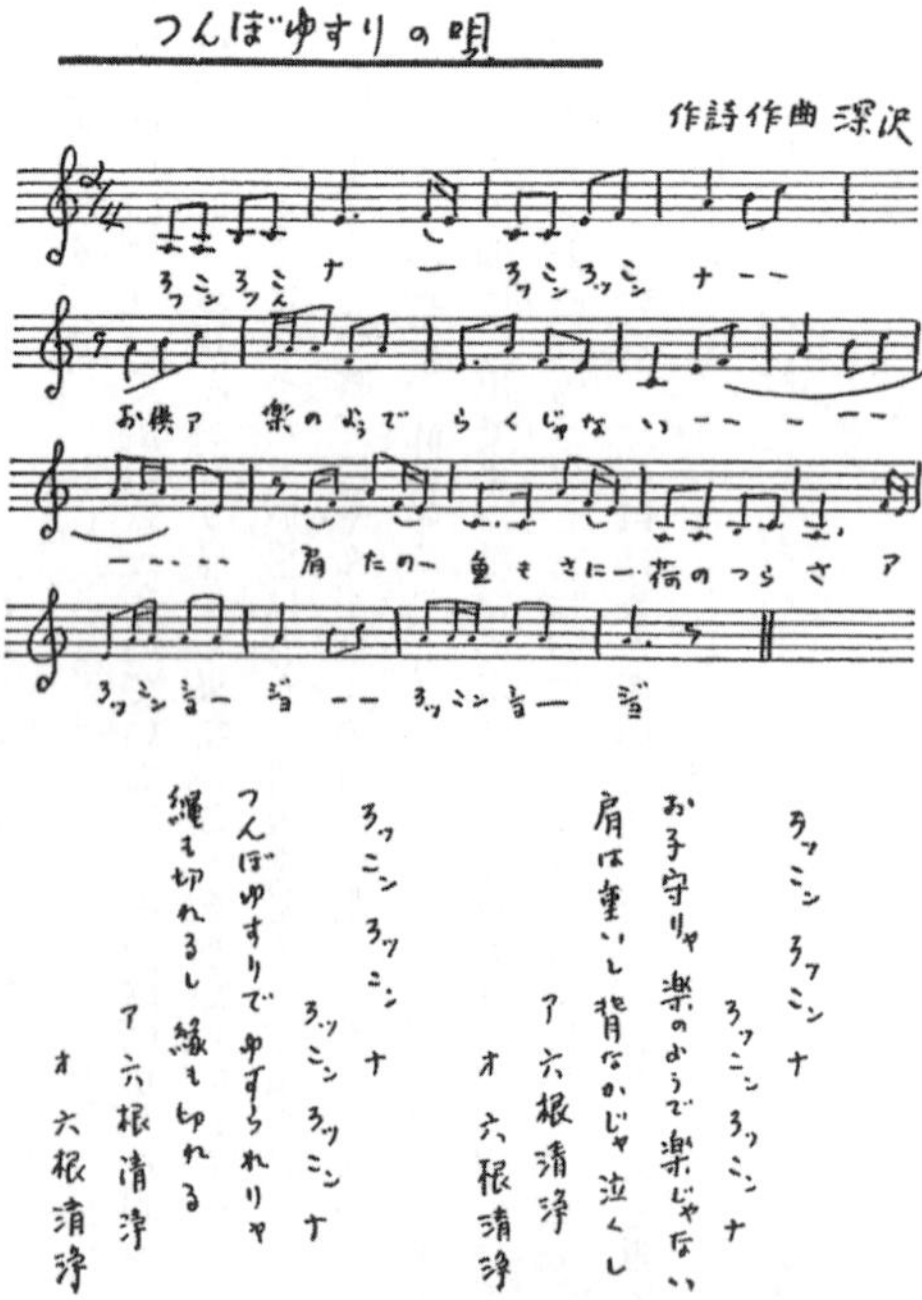
つんぼゆすりの唄
作詩作曲 深沢
ろッこンろッこンナ
お子守りゃ楽のようで楽じゃない
肩は重いし背なかじゃ泣くし
ア六根清浄
オ六根清浄
ろッこンろッこンナ
つんぼゆすりでゆすられりゃ
縄も切れるし縁も切れる
ア六根清浄
オ六根清浄

本文：初出「中央公論」（一九五六・一一）／底本『楢山節考』（六四・七、新潮文庫）

解説

1 「楢山節考」の衝撃

正宗白鳥が「人生永遠の書の一つとして心読した」と述べたように「楢山節考」は当時の文学者たちに強い衝撃を与えました。この小説は伊藤整、武田泰淳、三島由紀夫が審査した第一回「中央公論新人賞」当選作ですが、第一線の文学者であった彼らにも大きな驚きと高い評価を以って受けとめられたのです（「新人賞選後評」）。

三人の選者たちは一様に「楢山節考」に近代文学が表現してこなかったものを認め、近代的な価値観に基づく認識そのものを再検討すべきことを主張しています。彼らの言う「近代」の内実については慎重に検証しなければならないでしょうが、それまで自明の前提としてきたことがそこで再検討が迫られたことは間違いありません。こうした反応に典型的なように、「楢山節考」の物語の世界と対峙した読者は、自分自身あるいは自分の属している社会について見直す機会を与えられることになるのではないでしょうか。近年、社会の高齢化が進む中で福祉のありようが問われることが増えてきています。そうした機会にもしばしば「楢山節考」が持ち出されることがありますが、それもまたこの小説が私たちの現実の見方を変えるものであることの証しかもしれません。

2 「楢山節考」の歌

「楢山節考」は、一定の年齢に達した老人を口減らしのために人里離れた場所へ遺棄する習慣があったとする棄老伝説（柳田国男は「親捨山」という文章でその形態の分類と考察を行っています）を題材としています。しかし、この小説はそうした伝説の単なる再現や反映ではなく、独特の表現で棄老を習俗とする共同体とそこに生きる人々を創造してみせたものと考えるべきでしょう。おりんを中心とした作中人物や人々の暮らす「村」から感じられる強い実在感は小説に内在するものであり、その表現によって創出されたものなのです。

「楢山節考」では人々の唄う歌が数多く表現されています。すべての歌は前後一行空け三字下げで表現され、語り手はその含意を解説して見せます。ところがそこに人々がどのような感情を託しているのかについては全く語ろうとしません。このためにかえって歌そのものが、その言葉とそれに伴う音（Ｐ１００楽譜参照）が強く意識されるのではないでしょうか。また歌は物語全編に通底しており、その展開は歌によって促されていきます。ところが「楢山参り」の前夜酒が振る舞われる場面と「楢山参り」そのものの場面では歌が全く消えてしまいます。こうした静寂とのコントラストによってもまた読者は歌を強く意識することになるでしょう。

歌に込められているのは食糧事情が厳しい共同体の現実やそれを踏まえてどのように行動すべきなのかということです。ただし、歌は基本的には過去に何が起きたのかを伝えているものであり、賞賛すべきふるまいや非難あるいは嘲笑すべきふるまいを表現しているにすぎません。しかし村の人間はそうした歌を唄うことで、現在の自分たちのありようを過去の人々のそれと対照させ、自らの思いや感情を打ち立てています。けさ吉が示しているように人々は自らの身体全体を以て歌を表現しているのでしょう（P90下段2〜4行目）。歌そのものとそれと向き合って生きる人々の存在感、それが「楢山節考」のリアリティーを支えていると言えるでしょう（⇨P9課題1）。

3 おりんという「他者」

先に述べたように「楢山節考」は「近代」の見直しを迫るものだという評価があります。伊藤整の選評での発言に見られるように、こうした評価はおりんの生き方こそが「日本」的なのだとする次のような言説とも結びつきがちです。おりんは、近代文学が至上としている個人あるいは自己といったものを真っ向から否定する反近代的な存在である。しかし、それはわれわれ日本人が永年にわたって続けてきた生き方なのではないのか…。

こうした言説の問題点はおりんの生き方をある枠組みに嵌めているということでしょう。エドワード・サイードは、西洋近代が他者としての東洋を「遠隔性、奇態性、後進性、ものいわぬ無関心、女性的な被浸透性、無気力な従順さ」というステレオタイプで捉えてきたことを、「オリエンタリズム」と呼び、他者に対する暴力的で身勝手なまなざしを強く批判しました（『オリエンタリズム』）。

また、上野千鶴子はこうしたまなざしを東洋自身が引き受けたとき、そこには「普遍」的西洋に対する「特殊」的東洋を誇る奇妙な「反動」としての「逆オリエンタリズム」が生じるとしています（「オリエンタリズムとジェンダー」）。

おりんは私たちにとって紛れもない他者です。そうした理解しがたい存在を認識し把握する際には、ついつい自分が見たいものを投影してしまう陥穽があることを常に忘れてはならないでしょう。そこに陥らないためにはその姿をつぶさに見つめ直す必要があるのです（⇨P9課題2）。

おりんは様々な感情を内包している女性ですが、首尾一貫しているのは「楢山まいり」を成し遂げることに対する強い意志です。彼女は家族も含めた他人のためではなく、自らのためにそれを行おうとしているのではないでしょうか。おりんの行為は結果としては自己を犠牲にして家族や村人に利益をもたらしますが、「楢山まいり」そのものは彼女自身のためのものだと考えるべきでしょう（深沢自身はおりんを「キリスト」や「釈迦」に例えていますが、彼女を中世の遊行者や隠遁者的に捉える見解もあります）。

この意味で彼女に強い自己を見ることも可能でしょう。近代的か前近代的か、あるいは日本的か非日本的かといった二項対立でおりんを捉えるのは不毛かもしれません。深沢が楢山節の楽譜（文庫本版）にギターでフラメンコ風に演奏するよう指示しているように、おりんもまたきわめて複雑な相貌をしているのです（⇨P10課題3）。

深沢七郎（一九一四〜八七）　山梨県石和町生まれ。中学卒業後、行商や旅回りのバンドなど流転生活を送る。『笛吹川』（五八）などを発表後「風流夢譚」（六〇）を原因とするテロ事件のため、再び放浪生活に入る。その後農場や今川焼き店を経営しつつ、創作活動を続ける。随筆『人間滅亡の唄』（六六）など。

SECTION 2

6

〈他者〉を語ることの困難

石牟礼道子「ゆき女きき書」

一九五九年、水俣《みなまた》市立病院を訪れた「わたくし」は、水俣病患者をみること、その言葉を聞き書くことのできる自分を省みる。〈悲惨〉な境遇を生きる他者を描く難しさを踏まえてなお、他者の言葉を紡ぐことはいかに可能か……。

五　月

水俣市立病院水俣病特別病棟X号室
坂上ゆき　　大正三年十二月一日生
入院時所見
三十年五月十日発病、手、口唇、口囲の痺れ感、震顫、言語障碍、言語は著名な断綴性蹉跌性を示す。歩行障碍、狂躁状態。骨格栄養共に中等度、生来頑健にして著患を知らない。顔貌は無慾状であるが、絶えずAtheotse様Chorea運動を繰り返し、視野の狭窄があり、正面は見えるが側面は見えない。知覚障碍として触覚、痛覚の鈍麻がある。

三十四年五月下旬、まことにおくればせに、はじめてわたくしが水俣病患者を一市民として見舞ったのは、坂上ゆき（三十七号患者、水俣市月の浦）と彼女の看護者であり夫である坂上茂平のいる病室であった。窓の外には見渡すかぎり幾重にもくるめいて、かげろうが立っていた。濃い精気を吐き放っている新緑の山々や、やわらかくくねって流れる水俣川や、磧《かわら》や、熟《う》れるまぎわの麦畑やまだ頭頂に花をつけている青いそら豆畑や、そんな景色を見渡せるここの二階の病棟の窓という窓からいっせいにかげろうがもえたち、五月の水俣は芳香の中の季節だった。

わたくしは彼女のベッドのある病室にたどりつくまでに幾人もの患者たちに一方的な出遭《あ》いをしていた。一方的なというのは、彼らや彼女らのうちの幾人かはすでに意識を喪失しており、辛うじてそれが残っていたにしても、すでに自分の肉体や魂の中に入りこんできている死と鼻つきあわせになった恰好になっており、人びとはもはや自分のものになろうとしている死をまじまじと見ようとするように、散大したまなこをみひらいているのだった。半ば死にかけている人びとの、まだ息をしているそんな様子は、いかにも困惑し進退きわまり納得できないという感情をとどめていた。

たとえば、神ノ川の先部落、鹿児島県出水《いずみ》市米ノ津町の漁師釜鶴松《かまつるまつ》（八十二号患者、明治三十六年生―昭和三十五年十月十三日死亡）もそのようにして死につつある人びとの中にまじり、彼はベッドからころがり落ちて床の上に仰向けになっていた。

彼は実に立派な漁師顔をしていた。鼻梁の高い頬骨のひきしまった、実に鋭い、切れ長のまなざしをしていた。ときどきぴくぴくと痙攣する彼の頬の肉には、まだ健康さが少し残っていた。しかし彼の両の腕と脚は、まるで激浪にけずりとられて年輪の中の芯だけになって陸《おか》に打ち揚げられた一根の流木のような工合になっていた。それでも骨だけになった彼の腕と両脚を、汐風に灼《や》けた皮膚がぴったりとくるんでいた。顔の皮膚の色も汐の香がまだ失せてはいなかった。彼の死が急激に、彼の意に反してやって来つつあるのは彼の浅黒いひきしまった皮膚の色が完全にまだ、あせきっていないことを、一目見てもわかることである。

真新しい水俣病特別病棟の二階廊下は、かげろうのもえたつ初夏の光線を透《す》かしているにもかかわらず、まるでほら穴のようであった。それは人びとのあげるあの形容しがたい「おめき声」のせいかもしれなかった。

「ある種の有機水銀」によって発声や発語を奪われた人間の声というものは、医学的記述法によると〝犬吠え様の叫び声〟を発するというふうに書く。人びとはまさしくその記述法の通りの声を廊下をはさんだ部屋部屋から高く低く洩らし、そんな人びとがふりしぼっているいまわの気力のようなものが病棟全体にたちまよい、水俣病病棟は生ぐさいほら穴のように感ぜられるのである。

釜鶴松の病室の前は、ことに素通りできるものではなかった。わたくしは彼の仰むけになっている姿や、なかんずくその鋭い風貌を細部にわたって一瞬に見とったわけではなかった。

彼の病室の半開きになった扉の前を通りかかろうとして、わたくしはなにかかぐろい、生きものの息のようなものをふわーっと足元一面に吹きつけられたような気がして、思わず立ちすくんだのである。

そこは個室で半開きになっているドアがあり、じかな床の上から、らんらんと飛びかからんばかりに光っているふたつの目が、まずわたくしをとらえた。つぎにがらんと落ち窪んでいる彼の肋骨の上に、ついたてのように乗せられているマンガ本が見えた。小さな児童雑誌の付録のマンガ本が、廃虚のように落ちくぼんだ彼の肋骨の上に乗せられているさまは、いかにも奇異な光景としてわたくしの視角に飛びこんできたのであるが、すぐさまそれは了解できることであった。

肘も関節も枯れ切った木のようになった彼の両腕が押し立てているポケット版のちいさな古びたマンガ本は、指ではじけばたちまち断崖のようになっている彼のみずおちのこちら側にすべり落ちそうな風情《ふぜい》ではあったが、ゆらゆらと立っていた。彼のまなざしは充分精悍さを残し、そのついたての向こうから飛びかからんばかりに鋭く、敵意に満ちてわたくしの方におそいかかってくるかにみえたけれども、肋骨の上においたちいさなマンガ本がふいにばったり倒れおちると、たちまち彼の敵意は拡散し、ものいわぬ稚ない鹿か山羊のような、頼りなくかなしげな眸の色に変化してゆくのであった。

明治三十六年生まれの頬ひげのごわごわとつまった中高な漁師の風貌をした釜鶴松は、実さいその時完全に発語不能におちいっていたのである。彼には起こりつつある客観的な状勢、たとえば――水俣湾内において「ある種の有機水銀」に汚染された魚介類を摂取することによっておきる中枢神経系統の疾患――という大量中毒事件、彼のみに絞ってくだいていえば、生まれてこのかた聞いたこともなかった水俣病というものに、なぜ自分がなったのであるか、いや自分が今水俣病というものにかかり、死につつある、などということが、果たして理解されていたのであろうか。

なにかただならぬ、とりかえしのつかぬ状態にとりつかれているということだけは、彼にもわかっていたにちがいない。舟からころげ落ち、運びこまれた病院のベッドの上からもころげ落ち、五月の汗ばむ日もある初夏とはいえ、床の上にじかにころがる形で仰むけになっていることは舟の上の板じきの上に寝る心地とはまったく異なる不快なことにちがいないのである。あきらかに彼は自分のおかれている状態を恥じ、怒っていた。彼は苦痛を表明するよりも怒りを表明していた。見も知らぬ健康人であり見舞者であるわたくしに、本能的に仮想敵の姿をみようとしたとしても、彼にすればきわめて当然のことである。

彼は自分をのぞいた一切の健康世界に対して、怒るとともに嫌悪さえ感じていたにちがいなかったのだ。そうでなければ死にかかっていた彼があんなにもちいさな役にも立たないマンガ本を遮蔽壕《しゃへいごう》のように、がらんとした胸の上におっ立てていたはずはないのだ。彼がマンガ本を読んでいたはずはなかった。彼の視力はその発語とともにうしなわれていたのであるから。ただ気配で、まだ死なないでいるかぎり残っている生きものの本能を総動員して、彼は侵入者に対《む》きあおうとしていた。彼はいかにもいとわしく恐ろしいものをみるように、見えない目でわたくしを見たのである。肋骨の上におかれたマンガ本は、おそらく彼が生涯押し立てていた帆柱のようなものであり、残された彼の尊厳のようなものにちがいなかった。まさに死なんとしている彼がそなえているその尊厳の前では、わたくしは――彼のいかにもいとわしいものをみるような目つきの前では——侮蔑にさえ価いする存在だった。実さい、稚い兎か魚のようなかなしげな、全く無防禦なものになってしまい、恐ろしげに後ずさりしているような彼の絶望的な瞳のずっと奥の方には、けだるそうなかすかな侮蔑が感ぜられた。

　わたくしが昭和二十八年末に発生した水俣病事件に悶々たる関心と控えめな使命感を持ち、これを直視し記録しなければならぬという盲目的な衝動にかられて水俣市立病院水俣病特別病棟を訪れた昭和三十四年五月まで、新日窒水俣肥料株式会社は、このような人びとの病棟をまだ一度も（このあと四十年四月に至るまで）見舞ってなどいなかった。この企業体のもっとも重層的なネガチーブな薄気味悪い部分は〝ある種の有機水銀〟という形となって、患者たちの〝小脳顆粒細胞〟や〝大脳皮質〟の中にはなれがたく密着し、これを〝脱落〟させたり〝消失〟させたりして、つまり人びとの死や生まれもつかぬ不具の媒体となっているにしても、それは決して人びとの正面からあらわれたのではなかった。それは人びとのもっとも心を許している日常的な日々の生活の中に、ボラ釣りや、晴れた海のタコ釣りや夜光虫のゆれる夜ぶりのあいまにびっしりと潜んでいて、人びとの食物、聖なる魚たちとともに人びとの体内深く潜り入ってしまったのだった。

　死につつある鹿児島県米ノ津の漁師釜鶴松にとって、彼のいま脱落しつつある小脳顆粒細胞にとってかわりつつあるアルキル水銀が、その構造が$CH_3—Hg—S—CH_3$であるにしても、$CH_3—Hg—S—Hg—CH_3$であるにしても、老漁夫釜鶴松にはあくまで不明である以上、彼をこのようにしてしまったものの正体が、見えなくなっているとはいいえ、彼の前に現われねばならないのであった。そして、くだんの有機水銀とその他〝有機水銀説の側面的資料〟となったさまざまの有毒重金属類を、水俣湾内にこの時期もなお流し続けている新日窒水俣工場が彼の前に名乗り出ぬかぎり、病室の前を横ぎる健康者、第三者つまり彼以外の、人間のはしくれに連《つら》なるもの、つまり私も、告発をこめた彼のまなざしの前に立たねばならないのであった。

　安らかにねむって下さい、などという言葉は、しばしば、生者たちの欺瞞《ぎまん》のために使われる。

　このとき釜鶴松の死につつあったまなざしはまさに魂魄《こんぱく》この世にとどまり、決して安らかになど往生しきれぬまなざしであったのである。

　そのときまでわたくしは水俣川の下流のほとりに住みついているただの貧しい一主婦であり、安南、ジャワや唐《から》、天竺《てんじく》をおもう詩を天にむけてつぶやいている蟹たちを相手に不知火《しらぬい》海の干潟を眺め暮らしていれば、いささか気が重いがこの国の女性年齢に従い七、八十年の生涯を終わることができるであろうと考えていた。

　この日はことにわたくしは自分が人間であることの嫌悪感に、耐えがたかった。釜鶴松のかなしげな山羊のような、魚のような瞳と流木じみた姿態と、決して往生できない魂魄は、この日から全部わたくしの中に移り住んだ。

　次の個室には八十四号患者——三十七年四月十九日死亡——が横たわっていた。彼にはもうほとんど意識はなかった。彼の大腿骨やくるぶしや膝小僧にできているすりむけた床ずれが、そこだけがまだ生きた肉体の色を、あのあざやかなももいろを残していた。そしてこの部屋には真新しい壁を爪でかきむしって死んだ芦北郡津奈木村の舟場藤吉——三十四年十二月死亡——のその爪あとがなまなましく残っていた。

つくねんとうつむいたきり放心しているエプロンがけの付添人たち(それは患者の母や妻や娘や姉妹やであった)を扉ごしにみて、わたくしは坂上ゆきの病室にたどりついたのである。このような特別病棟の様子は壮《さか》んな夏に入ろうとしているこの地方の季節からすっぽりとずり落ちていた。

ここではすべてが揺れていた。ベッドも天井も床も扉も、窓も、窓にはかげろうがくるめき、彼女、坂上ゆきが意識をとり戻してから彼女自身の全身痙攣のために揺れつづけていた。あの昼も夜もわからない痙攣が起きてから、彼女を起点に親しくつながっていた森羅万象《しんらばんしょう》、魚たちも人間も空も窓も彼女の視点と身体からはなれ去り、それでいて切なく小刻みに近寄ったりする。

絶えまない小きざみなふるえの中で、彼女は健康な頃いつもそうしていたように、にっこりと感じのいい笑顔をつくろうとするのであった。もはや四十を越えてやせおとろえている彼女の、心に沁みるような人なつこいその笑顔は、しかしいつも唇のはしの方から消失してしまうのである。彼女は驚くべき性質の自然さと律義さを彼女の見舞人に見せようとしていた。ときどき彼女がカンシャクを起こすのは彼女の痙攣が強まるのでみてとれたが、それは彼女の自然な性情をあらわすべき肝心な動作が、彼女の心とは別に動くからであった。

「う、うち、は、く、口が、良う、も、もとら、ん。案じ、加え、て聴いて、はいよ。う、海の上、は、ほ、ほん、に、よかった。」

彼女の言語はあの、長くひっぱるような、途切れ途切れな幼児のあまえ口のような特有なしゃべり方である。彼女はもとらぬ(もつれる)口で、自分は生来、このような不自由な見苦しい言語でしゃべっていたのではなかったが、水俣病のために、こんなに言葉が誰とでも通じにくくなったのは非常に残念である、と恥じ入った。そのことはもちろん毫《ごう》も彼女の恥であるべきはずはなかったが、このように生まれもつかぬ見せもののような体になって恥かしいとかなわぬ口でいう彼女の訴えはしかし、もっともなことであるといえなくもないのであった。

(略)

舟の上はほんによかった。

イカ奴《め》は素っ気のうて、揚げるとすぐぷうぷう墨《すみ》ふきかけよるばってん、あのタコは、タコ奴《め》はほんにもぞかとばい。

壺ば揚ぐるでしょうが。足ばちゃんと壺の底に踏んばって上目使うて、いつまでも出てこん。こら、おまや舟にあがったら出ておるもんじゃ、早う出てけえ。出てこんかい、ちゅうてもなかなか出てこん。壺の底をかんかん叩いても駄々こねて。仕方なしに手網《たび》の柄で尻をかかえてやると、出たが最後、その逃げ足の早さ早さ。ようも八本足のもつれもせずに良う交してつうつう走りよる。こっちも舟がひっくり返るくらいに追っかけて、やっと籠におさめてまた舟をやりおる。また籠を出てきよって籠の屋根にかしこまって坐っとる。こら、おまやもううち家《げ》の舟にあがってからはうち家の者じゃけん、ちゃあんと入っとれちゅうと、よそむくような目つきしてすねてあまえるとじゃけん。わが食う魚《いお》にも海のものには煩悩のわく。あのころはほんによかった。

舟ももう、売ってしもうた。

大学病院におったときは、風が吹く、雨が降るすれば、思うことは舟のことばっかりじゃった。うちが嫁にきたとき、じいちゃんが旗立てて船下しをしてくれた舟じゃもん。我が子と変わらせん。うちはどげんあの舟ば大事にしよったと思うな。艫も表もきれいに拭きあげて、たこ壺も引きあげて、次の漁期がくるまではひとつひとつ牡蠣殻落として、海の垢がつかんようにていねいにあつこうて、岩穴にひきあげて積んで、雨にもあわさんごとしよった。壺はあれたちの家じゃもん。さっぱりと、しといてやりよった。漁師は道具ば大事にするとばい。舟には守り神さんのついとらすで、道具にもひとつひとつ魂の入っとるもん。敬うて釣竿もおなごはまたいでは通らんとばい。

そがんして大事にしとった舟を、うちが奇病になってから売ってしもうた。うちゃ、それがなんよりきつかよ。

うちは海に行こうごたると。

我が食う口を養えんとは、自分の手と足で、我が口は養えと教えてくれらいた祖《おや》さまに申しわけのなか。

うちのようなこんなふうな痙攣にかかったもんのことを、昔は、オ、コ、リどんちいいよったばい。昔のオコリどんも、うちのようには、こげんしたふうにゃふるえよらんだったよ。うちは情なか。箸も握れん、茶碗もかかえられん、口もがくがく震えのくる。付添いさんが食べさしてくれらすが、そりゃ大ごとばい。三度三度のことに、せっかく口に入れてもろうても飯粒は飛び出す、汁はこぼす。気の毒で気の毒で、どうせ味もわからんものを、お米さまをこぼして、もったいのうしてならん。三度は一度にしてもよかばい。遊んどって食わしてもろうとじゃもね。

いやあ、おかしかなあ、おもえばおかしゅうしてたまらん。うちゃこの前えらい発明ばして。あんた、人間も這うて食わるっとばい。四つん這いで。あのな、うちゃこの前、おつゆば一人で吸うてみた。うちがあんまりこぼすもんじゃけん、付添いさんのあきらめて出ていかしてから、ひょくっとおもいついて、それからきょろきょろみまわして、やっぱ恥ずかしかもんだけん。それからこうして手ばついて、尻ばほっ立てて、這うて。口ば茶碗にもっていった。手ば使わんで口持っていって吸えば、ちっとは食べられたばい。おかしゅうもあり、うれしゅうもあり、あさましかなあ。扉閉めてもろうて今から先、這うて食おうか。あっはっはっは。おかしゅうしてのさん。人間の知恵ちゅうもんはおかしなもん。せっぱつまれば、どげんこっでん考え出す。

うちは大学病院に入れられとる頃は気ちがいになっとったげな。ほんとに気ちがいになっとったかも知れん。あんときのこと、おもえばおかしか。大学病院の庭にふとか防火用水の掘ってありよったもんな。うちゃひと晩その中につかっとったことのあるとばい。どげん気色のしよったっじゃろ、なんさまかなしゅうして世の中のがたがたこわれてゆくごたるけん、じっとしてしゃがんどった。朝になってうちがきょろっとしてそげんして水の中につかっとるもんやけん、一統づれ（みんな揃って）、たまがって騒動じゃったばい。あげんことはおかしかなあ。どげんふうな気色じゃろ。なんさま今考ゆれば寒か晩じゃった。

—うちゃ入院しとるとき、流産させらしたっばい。あんときのこともおかしか。

なんさま外はもう暗うなっとるようじゃった。お膳に、魚の一匹ついてきとったもん。うちゃそんとき流産させらした後じゃったけん、ひょくっとそん魚が、赤子《やや》が死んで還ってきたとおもうた。頭に血の上るちゅうとじゃろ、ほんにあげんときの気持ちはおかしかなあ、うちにゃ赤子は見せらっさんじゃった。あたまに障るちゅうて。

うちは三度嫁入りしたが、ムコどんの運も、子運も悪うて、生んでは死なせ、育てては死なせ、今度も奇病で親の身が大事ちゅうて、生きてもやもや手足のしとるのを機械でこさぎ出したかと思うと、申しわけのうして、恥ずかしゅうしてたまらんじゃった。魚ばぼんやり眺めとるうちに、赤子《やや》のごつも見ゆる。早う始末せんば、赤子《やや》しゃんがかわいそう。あげんして皿の上にのせられて、うちの血のついとるもんを、かなしかよ。始末してやらにゃ、女ごの恥ばい。

その皿ばとろうと気張るばってん、気張れば痙攣のきつうなるもね。皿と箸がかちかち音たてる。箸が魚ばつつき落とす。ひとりで大騒動の気色ばい。うちの赤子がお膳の上から逃げてはってく。こっち来んかい、母《かか》しゃんがにきさね来え。そうおもう間もなく、うちゃ痙攣のひどうなってお膳もろともベッドからひっくり返ってしもうた。うちゃそれでもあきらめん。ベッドの下にぺたんと坐って見まわすと、魚がベッドの後脚の壁の隅におる。ありゃ魚じゃがね、といっときおもうとったが、また赤子のことを思い出す。すると頭がパアーとして赤子ばつかまゆ、という気になってくる。つかまえようとするが、こげんした痙攣をやりよれば、両の手ちゅうもんは合わさらんもんばい。それがひょこっと合わさってつかまえられた。逃ぐるまいぞ、いま食うてくるるけん。うちゃそんとき両手にゃ十本指のあるということをおもい出して、その十本指でぎゅうぎゅう握りしめて、もうおろたえて口にぬすくりつけるごとして食うたばい。あんときの魚はにちゃにちゃ生臭かった。妙なもん、わが好きな魚ば食うとき、赤子ば食うごたる気色で食いよった。奇病のもんは味はわからんが匂いはするとばい。あげんした気色のときが頭のおかしうなっとるときやな。かなしかよ。指ばひろげとるときは。

うちは自分でできることは何もなか。うちは自分の体がほしゅうしてたまらん。今は人の体のごたる。

うちは何も食べとうなかけれど、煙草が好きじゃ。大学病院ではうちが知らんように、頭に障るちゅうて煙草は止めさせてあった。それでじいちゃんも外に出て隠れて吸いよらしたとばい。

どうにか歩けるようになってから診察受けに出たときやった。

廊下に吸殻が落ちとるじゃなかかな。

頭にきてからこっち吸いよらんじゃろ。あんたもう嬉しゅうして。

わぁー、あそこに吸殻の落ちとるよ、うれしさ、うれしさ。よし、あそこまでいっちょまっすぐ歩いてゆこうばい。そう思うてじいっと狙いを定めるつもりばってん、だいたいがこう千鳥足でしか歩けんじゃろ。立ち止まったつもりがゆらゆらしとる。それでも自分ではじいっと狙いをつけて、よし、あそこまで三尋《みひろ》ばっかりの遠さばい、まっすぐ歩いて外さぬように行きつこうばい。

そう思うてひとあし踏み出そうとするばってん、いらいらして足がもつれるようで前に出ん。ああもう自分の足ながらいうこときかんね、はがゆさねえとカーッと、頭に来て、そんときまた、あのひっくりかえるような痙攣の来た。

あんた、あの痙攣なあんまりむごたらしかばい。むごたらしか。自分の頭が命令せんとに、いきなりつつつつつうーと足がひとりでに走り出すとだけん。止まろうと思うひまもなか。

そうやっていきなり走り出して吸殻を通りすぎた。しもうた、またあの痙攣の出た、と思いながら目はくらくらしだす。ちょっと止まる。やっと後を向く。向いた方にゆこうと思うけど、足がいうことをきかん。じ、じ、じいちゃん！ た、た、お、れるよっ！ じいちゃんが後ろから支える。体が後ろに突張るとばい。それで後ろさね走るようにして、倒れるときは後ろにそっくり返って倒れるとばい。そうすると今度は倒れとるヒマもなか。すぐまた痙攣が来て跳ね起きて走り出す。うちゃガッコのころの運動会でも、あげなふうに跳ねくり返って走ったことはなかったばい。自分の足がいうこときかずにあっちでもこっちでも馬鹿んごと走り出すとじゃもん。

吸殻のあるところば中心にして、自分もひとも止められんごつして走りまわる。そこらじゅうにおる人間たちも、うったまがっとるが、本人になればどげんきつかですか。涙が出る。息はもうひっ切れそうになる。そのうちぱたっと痙攣が止んで、足が突っぱってしもうた。そして、息が出るようになる。きょろきょろして、あれ、吸殻はどこじゃったけ、と思うとる。やっと口をぱくぱくしながら、じいちゃん、あの煙草が欲しかとよ、ちゅうたら、じいちゃんが泣いて、好きなものなら今のうちにのませてもよかじゃろちゅうて、そんときからちいっとずつ吸わせてくるるようになった。それでも一日三分の一本しか吸わせてくれんもんな。

熊本医学会雑誌（第三十一巻補冊第一、昭和三十二年一月）

猫における観察

本症ノ発生ト同時ニ水俣地方ノ猫ニモ、コレニ似タ症状ヲオコスモノガアルコトガ住民ノ間ニ気ヅカレテイタガ本年ニハイッテ激増シ現在デハ同地方ニホトンド猫ノ姿ヲ見ナイトイウコトデアル。住民ノ言ニヨレバ、踊リヲ踊ッタリ走リマワッタリシテ、ツイニハ海ニトビコンデシマウトイウ、ハナハダ興味深イ症状ヲ呈スルノデアル。ワレワレガ調査ヲハジメタコロニハ、同地方ニハカカル猫ハオロカ、健康ナ猫モホトンド見当ラナカッタガ、保健所ノ厚意ニヨリ、生後一年クライノ猫ヲ一頭観察スルコトガデキタ。

ソノ猫ハ動作ガ緩慢デ横ニユレルヨウナ失調性ノ歩行ヲスル。階段ヲオリル時ニ脚ヲ踏ミハズシタガ、コレハオソラク目ガミエナイコトモ原因ノ一ツト考エラレタ。魚ヲ鼻先ニ持ッテユクト、付近ヲ嗅ギマワルノデ嗅覚ノ存在スルコトハワカル。皿ニイレタ食餌ヲアタエタ場合、皿ニ噛ミツクトイウ状態モミラレタ。発作時以外ニ鳴クコトモナク、耳モ聞エナイヨウデ、耳ノソバデ手ヲタタイテモ反応ガナイ。

興味アルコトハ、嗅覚ガ刺激トナッテ、ツギニノベルヨウナ痙攣発作ガオコルコトデアル。ワレワレガ鼻ノ先ニ魚ヲツキツケルト、数回、痙攣発作ヲ誘発シタ。シカシ魚ヲ食ベサセルト発作ヲオコサナカッタノデタンナル嗅覚刺激トイウヨリモ、食ベタイトイウ強イエモーションガ刺激ニナルノカモシレナイ。マタ発作ト発作ノ間ニハ、アル程度ノ間隔ガ必要デ、発作ノ直後ニ魚ノ臭ヲ嗅ガセテモ、発作ハオコラナカッタ。マタ発作ハ嗅覚刺激ノホカ偶発的ニモアラワレタ。

発作ガアラワレルト、猫ハ特有ナ姿勢ヲトル。スナワチ魚ヲ探シマワッテイタ場合ハタチ止リ、スワッテイタ場合ハ立チ上リ、右マタハ左ノ後脚ヲアゲル。同時ニ流涎ガ著明デ、咀嚼運動ガ見ラレルコトモアル。ソノ後チョットヨロメイテ、発作ノ頓挫スルコトモアルガ、ツイデ他側ノ後脚デ地面ヲ軽クケルヨウナ運動ヲスル。前脚ハ固定シタママ後脚デ地面ヲケルタメ、人間ノ逆立チト同様、体ガ浮キ上ガルヨウニナル。ワレワレハコレヲ倒立様運動トヨンデイル。二、三回倒立様運動ガアッテ、痙攣ガ全身ニオヨブト、猫ハ横倒シニナリ、四肢ヲバタツカセル。右側ニ倒レタラ左脚ハ強直性、右脚ハ間代性ノ痙攣ヲオコシタコトモアッタガ、マタ反対側ニ倒レテ痙攣中二、三回、体ヲ反転スルコトモアッタ。トキニハ倒立様運動ヲシナイデ、痙攣ノオコルコトモアッタ。

全身痙攣ハ約三十秒ナイシ一分ツヅキ、ツイデ猫ハ起キアガリ、付近ヲ走リマワル。コノ場合走リダシタラ止マルコトヲ知ラズ、狭イ部屋デハ、壁ニブツカッテ向キヲ変エテ走リ、反対側ノ壁ニ突進スル、トイッタ状態デ、水俣地方デ水ニ飛ビコンダトイワレルノハ、オソラクコノヨウナ状態デアッタト思ワレル。コノ運動ハ非常ニ激烈デ、手デハ制止シエナイホドデアッタ。一分グライデコノ走リ回リ運動ガスムト、異様ナ奇声ヲ発シナガラ、アタリヲ無差別ニ歩キマワル。コノ時ノ歩キ方モヤハリ失調性デアル。マタコノトキ流涎ノ著明ナコトモアッタ。三十秒歩キマワッタ末、放心シタヨウニスワリコム。以上ノヨウナ発作ノ全経過ハ約五分デアッタ。本例ハ観察一日デ、不慮ノ水死ヲ遂ゲタ。


それからうちはあの、肺病さんたちのおらす病棟に遊びにゆきおったたい。

あんた、うちたちゃはじめ肺病どんのにきの病棟につれてゆかれて、その肺病やみのもんたちからさえきらわれよったとばい。水俣から奇病の者の来とる、うつるぞちゅうて。それでそのうちたちのおる病棟の前をば、その肺病の者たちが口に手をあてて息をせんようにして走って通るじゃなかかな。自分たちこそ伝染病のくせ。はじめは腹の立ちよったな。なにもすき好んで奇病になったわけじゃなし。そげん特別の見せもんのように嫌われるわけはなかでっしょが。奇病、奇病ち指さして。

それでも後じゃ、その人たちとも打ちとけて仲良うなってから、うちは煙草の欲しかときはもらいに行きよったたい。うちは、ほら、いつも踊りおどりよるようにこまか痙攣をしっぱなしでっしょ。

それで、こうして袖をはたはた振って大学病院の廊下ば千鳥足で歩いてゆく。

こ、ん、に、ちわぁ、
うち、踊りおどるけん、見とる者はみんな煙草出しなはる！

ほんなこて、踊りおどっとるような悲しか気持ちばい。そげんしてそこらへんをくるうっとまわるのよ。からだかたむけて。

みんなげらげら笑うて、手を打って、ほんにあんたは踊りの上手じゃ、しなのよか。踊りしに生まれてきたごたる。

ここまで踊ってこんかいた、煙草やるばい。そぎゃん酔《え》食《く》らいのごて歩かずに、まっすぐこんかいた。

ほらほら、あーんして、煙草くわえさせてあぐるけん。落とさんごとせなんよ。

うちは自分の手は使えんけん、袖はばたばたさせたまま、あーんして踊ってゆくもんな。くわえさせてもろて、それからすぱすぱ煙ふかして、すましてそこらへんをまわりよったばい。みんなどんどん笑うて、肺病の病棟の者はずらりと鳥のごと首出して、にぎやいよったばい。うちゃ名物になってしもうた。

大学病院のあるところはえらいさみしかとこやったばい。樟《くす》の大木のにょきにょき枝をひろげて、草のぼうぼう生えて。昔お城のあった跡げなで、熊本の街からぽかっと一段高うなっとる原っぱじゃった。下の方の熊本の街はにぎやいよるばってん、そこだけは昔のお城のあとで、夜さりになれば化物のごたる大きな樟の木がにょきにょき枝ひろげてしーんとして、さみしかとこやった。ああ想い出した、そこは藤崎台ちゅう原っぱやった。

あんた、大学病院ちゅうとこは、よっぽどよか所のごと思うでしょが、それがあんた、藤崎台の病院ちゅうとザーッとした建物の、うちらへんの小学校の方がよっぽどきれいかよ。そんな原っぱの中のゆがんどるような病院の中に、うちら格好のおかしな奇病の者たちが〝学用患者〟ちゅうことで、まあ珍しか者のように入れられとる。うちたちにすれば、なおりたさ一心もあるけれど、なおりゃせんし、なんやらあの、オリの中に入れられとるような気にもなってくる。うちは元気な体しとったころは歌もうたうし、ほんなこて踊りもおどるし、近所隣の子どもたちとも大声あげて遊ぶような、にぎやわせるのが好きなたちだったけん、うちはもうこげんした体になってしもうて、自分にも人にも大サービスして踊ってされきよるわけじゃ。

夜さりになれば、ぽかーっとしてさみしかりよったばい。

みんなベッドに上げてもろて寝とる。夜中にふとん落としても、病室みんな手の先のかなわん者ばっかりじゃろ。自分はおろか、人にもかけてやるこたできん。口のきけん者もおる。落とせば落としたままでしいんとして、ひくひくしながら目をあけて寝とる。さみしかばい、こげん気持ち。

陸《おか》に打ちあげられた魚んごつしてあきらめて、泪ためてずらっと寝とるとばい。夜中に自分がベッドから落ちても、看護婦さんが疲れてねむっとんなさるときはそのまんまよ。

　晩にいちばん想うことは、やっぱり海の上のことじゃった。海の上はいちばんよかった。

　春から夏になれば海の中にもいろいろ花の咲く。うちたちの海はどんなにきれいかりよったな。

　海の中にも名所のあっとばい。「茶碗が鼻」に「はだか瀬」に「くろの瀬戸」「ししの島」。ぐるっとまわればうちたちのなれた鼻でも、夏に入りかけの海は磯の香りのむんむんする。会社の臭いとはちがうばい。海の水も流れよる。ふじ壺じゃのいそぎんちゃくじゃの海松《みる》じゃの、水のそろそろと流れゆく先ざきにいっぱい花をつけてゆれるよ。わけても魚どんがうつくしか。いそぎんちゃくは菊の花の満開のごたる。海松は海の中の崖のとっかかりに枝ぶりのよかとの段々をつくっとる。ひじきは雪やなぎの花の枝のごとしとる。藻は竹の林のごたる。

　海の底の景色も陸の上とおんなじに、春も秋も夏も冬もあっとばい。うちゃ、きっと海の底には龍宮のあるちおもうとる。夢んごてうつくしかもね。海に飽くちゅうこた、決してなかりよった。どげんこまんか島でも、島の根つけに岩の中から清水の湧く割れ目の必ずある。そんな真水と海のつよい潮のまじる所の岩に、よかあをさの春にさきがけて付く。磯の香りのなかでも春の色濃くなったあをさが、岩の上で干潮のあとの陽にあぶられる匂いは、ほんになつかしか。

　そんな陽なたくさいあをさをばりばり剝《は》いで、あをさの下についとる牡蠣を剝いで帰って、そのだしでうすい醬油の熱いおつゆば吸うてごらんよ。都の衆たちにゃとてもわからん栄華ばい。あをさの汁をふうふういうて、舌をやくごとすすらんことには春はこん。

　自分の体に二本の足がちゃんとついてその足でちゃんと体を支えて踏んばって立って、自分の体に二本の腕のついとってその自分の腕で櫓を漕いで、あをさとりに行こうごたるばい。うちゃ泣こうごたる。もういっぺん――行こうごたる、海に。

もう一ぺん人間に

（略）


　猫たちの妙な死に方がはじまっていた。部落中の猫たちが死にたえて、いくら町あたりからもらってきて魚をやって養いをよくしても、あの踊りをやりだしたら必ず死ぬ。

　猫たちの死に引きつづいて、あの「ヨイヨイ」に似た病人が、一軒おきくらいにひそかにできていた。中風ならば老人ばかりかかるはずなのに、病人はハッダ網のあがりのときなど、刺身の一升皿くらいペロリと平らげるのが自慢の若者であったり、八カ月腹の止《とどむ》しゃんの若嫁ごであったり学校前の幼児であったりした。止しゃんの嫁ごとは湧き水でゆきもよく洗濯が一緒になることがある。

おら、今度の妊娠には足のほろうなって、片っ方に片っ方の足の引っかかって、ほんに恥ずかしかごと転んでばっかりおるとばい、脚気《かっけ》やろか、ほら、洗濯物の手の先にマメらんとその嫁ごはいうのである。えらいこんわれもゆっくりものをいうようになったなあと思って、見ると、止しゃんの嫁ごは前を大儀そうにつくろいもせずにぼんやりとして、それが水にうつって目だけがかっとみひらいているのである。あの嫁ごもヨイヨイ病じゃなかろか、このごろ、前もあっぽんぽんにして仕様んなか嫁ごじゃ、と、この前、ゆきは茂平に話したことがあったのである。

（略）

国道三号線は熱いほこりをしずめて海岸線にそってのび、月の浦も茂道も湯堂も、部落の夏はひっそりしていた。子どもたちは、手応えのない魚獲りに飽きると渚を走り出す。岩陰や海ぞいにつづく湧き水のほとりで、小魚をとって食う水鳥たちが、口ばしを水に漬けたまま、ふく、ふく、と息をしていて飛び立つことができないでいた。子どもたちが拾いあげると、だらりとやわらかい首をたれ、せつなげに目をあけたまま死んだ。鹿児島県出水郡米ノ津前田あたりから水俣湾の渚は、茂道、湯堂、月の浦、百間、明神《みょうじん》、梅戸《うめど》、丸島《まるしま》、大廻《おおまわ》り、水俣川川口の八幡舟津《はちまんふなつ》、日当《ひあて》、大崎ガ鼻、湯の児の海岸へと、そんな鳥たちの死骸がおちており、砂の中の貝たちは日に日に口をあけて、日が照ると渚はそれらの腐臭が一面に漂うのである。

海は網を入れればねっとりと絡みついて重く、それは魚群を入れた重さではなかった。工場の排水口を中心に、沖の恋路《こき》島から袋湾、茂道湾、それから反対側の明神ガ崎にかけて、漁場の底には網を絡《から》める厚い糊状の沈澱物があった。重い網をたぐれば、その沈澱物は海を濁《にご》して漂いあがり、いやな臭いを立てた。漁民たちはその臭いから追われるように魚の気の少ない網をふり濯《すす》いで帰ってくる。高台から見る海はよどみ、べっとりした暗緑色だった。見てみろ、海が海の色しとらんぞ、部落の者は寄り寄りそういって坂道に佇んだ。若者たちは眼を光らせて舟を乗りまわし、ドベ臭くなった海の臭を嗅いできて、あそこも臭かった、そこも臭うなっとるぞといいあった。

土用が来て、村の針灸院はもぐさの煙がたちこめていて、煙の下に這う人びとの中でハイカラ病が増えた。赤土の段々畑も、まばらな針葉樹も、村全体が炒《い》り上げられるようだった。坂道のところを茂平に背負われリヤカーに便乗させてもらってきたゆきは、背中から腕、足じゅうにともったもぐさをびっしりつけたまま、急に、う、う、うう、と呻《うめ》き声をあげて跳ねあがり、驚いた皆が押え切れぬような恐ろしい力で、開けはなされた針灸院の障子を突き外して暴れまわり、縁から転げて悶絶した。

ゆきや止しゃんの嫁ごや、網元の末娘など十人くらいが、二岬ほど先の海のそばの街の伝染病院にかつぎこまれて間もなく白い上衣を着た熊本の大学病院の先生方やら、市役所の人々が来て、一日がかりで村中の診察と調査が念入りに行なわれ、生活ぶりを、中でも食い物のことなどを聞かれ、軽い「よいよい」状の者たちは特に調べようがながかった。

昭和四十年五月三十日

熊本大学医学部病理学武内忠男教授研究室。

米盛《よねもり》久雄のちいさな小脳の断面は、オルゴールのようなガラス槽の中に海の中の植物のように無心にひらいていた。うすいセピア色の珊《さん》瑚《ご》の枝のような脳の断面にむきあっていると、重く動かぬ深海がひらけてくる。

ヨネモリ例ノノウショケンハヨクコレデセイメイガタモテルトオモワレルホド荒廃シテイテ、ダイノウハンキュウハ――大脳半球ハアタカモハチノス状ナイシ網状ヲテイシ、ジッシツハ――実質ハホトンド吸収サレテイタ。小脳ハチョメイニ萎縮シ灰質ガキワメテ菲薄ニナッテイタ。シカシ脳幹、セキズイハヒカクテキヨクタモタレテイタ。

タダレイガイテキニ亜急性例経過ノヤマシタ例デミギガワレンズ核ガホトンド消失シテイタ。コノヨウニ本症ノケンキュウトトリ組ンダ初期ノボウケンレイ――剖検例デレンズ核ノショウガイガツヨイ例ヲミタノデハジメマンガン中毒ヲユウリョスベキデアルトカンガエタガ、ソノゴノ剖検例デハカヨウナ症状ハ一例モナク、ゲンザイデハマンガン中毒ヲヒテイシテイル。

ビョウリガクタケウチキョウジュノコトバ

「ビョウリガクハ死カラシュッパツスルノデスヨ」

病理学は死から出発するのですよ。

米盛久男、昭和二十七年十月七日生、患者番号十八、発病昭和三十年七月十九日、死亡年月日、昭和三十四年七月二十四日、患家世帯主米盛盛蔵、家業大工、住所熊本県水俣市出月、水俣病認定昭和三十一年十二月一日。

水俣市役所衛生課水俣病患者死亡者名簿に記載された七歳の少年の生涯の履歴は、はかなく単純ですっきりしていて、それは水槽の中のセピア色の植物のような彼の小脳にふさわしかった。

この日私は武内教授にねがい、ひとりの女体の解剖にたちあった。

――大学病院の医学部はおとろしか。

ふとかマナ板のあるとじゃもん、人間ば料《こさ》えるマナ板のあっとばい。

そういう漁婦坂上ゆきの声。

いかなる死といえども、ものいわぬ死者、あるいはその死体はすでに没個性的な資料である、とわたくしは想おうとしていた。死の瞬間から死者はオブジェに、自然に、土にかえるために、急速な営みをはじめているはずであった。病理学的解剖はさらに死者にとって、その死が意志的に行なうひときわ苛烈な解体である。その解体に立ち合うことは私にとって水俣病の死者たちとの対話を試みるための儀式であり、死者たちの通路に一歩たちいることにほかならないのである。

ちいさなみどり色の鉛筆とちいさな手帳を私は後ろ手ににぎりしめていた。助骨のま上から「恥骨上縁」まで切りわけられて解剖台におかれている女体は、そのあざやかな厚い切断面にゆたかな脂肪をたくわえていた。両脇にむきあって放心しているような乳房や、空へむかって漂いのぼるようにあふれ出ている小腸は、無心さの極をあらわしていた。肺臓は暗赤色をして重くたわたわととり出されるのである。彼女のすんなりとしている両肢は少しひらきぎみに、その番《つが》い目ははらりと白いガーゼでおおわれているのである。にぎるともなく指をかろく握って、彼女は底しれぬ放意を、その執刀医たちにゆだねていた。内臓をとりだしてゆく腹腔の洞《うろ》にいつの間にか沁み出すようにひっそりと血がたまり、白い上衣を着た執刀医のひとりはときどきそれを、とっ手のついたちいさな白いコップでしずかにすくい出すのだった。

彼女の内臓は先生方によって入念に計量器にかけられたり、物さしを当てられたりしているようだった。医師たちのスリッパの音が、さらさらとセメントの解剖台のまわりの床をするのが、きこえていた。

「ほらね、今のが心臓です」

武内教授は私の顔をじっと見てそういわれた。青々と深い海がゆらめく。わたくしはまだ充分持ちこたえていたのである。

ゴムの手袋をしたひとりの先生が、片掌に彼女の心臓を抱え、メスを入れるところだった。私は一部始終をじっとみていた。彼女の心臓はその心室を切りひらかれたとき、つつましく最後の吐血をとげ、私にどっと、なにかなつかしい悲傷のおもいがつきあげてきた。死とはなんと、かつて生きていた彼女の全生活の量に対してつつましい営為であることか。

——死ねばうちも解剖さすとよ。

漁婦坂上ゆきの声。

大学病院の医学部はおとろしか……。人間ば料《こさ》えるふとかマナイタのあるとじゃもん。こげな奇病にかかりさえせんばあげな都見物はせんで済んだろて。せっかく熊本まで出て行って、えらい都見物ばしてしもうた。月の浦の海で魚ども獲っておらるれば、熊本はよか都じゃったばってん。

うちは解剖ば見てきたとじゃもん、くまもとの大学病院で。

解剖ば一番はじめに見たときは——、まあ、えらいひどか怪我ばした人の寝とらすね——頭もむけて、赤か腹わたやら青か腹わたをふわふわ出して、えらいやせた人やが、かあいそうに、なんでこげんなったのじゃろか。ほんにこげんひどか怪我人は始めて見た、と思うて、しんから見とった。

その日は病院も退屈してしもうて、どうせよその土地じゃ、ぼろ着て、こげなケイレン姿で踊っていようが、旅の恥はかき捨て、人が見て笑おうが、ただもう歩くぶんには迷惑かけぬし、と思うて歩くにも、こんなふうに腰をうっちょいて、がっくんがっくん歩いて行きよった。大学病院は、ひろかとこばい。ぶらぁぶらぁ、自分では歩きよるつもりで、かねて行きなれん方に歩いてゆきよった。草がぼうぼう生えとる中をずうっと通って、えらいぽつんと離れた原っぱにきてしもうたなあ、と思うて見ると、箱の置いてあるような建物のしんとして、草の中にあった。なんやらさびしか所やったばい。

建物にゃ窓のついとる。ここは何じゃろかいとおもうて窓に目ばひっつけて見よったら、人間ばマナイタの上に乗せて手術のありよる。はらわたばあっちなおし、こっちなおししよらす。こらえらい手術やなあ、と、うちは、窓からしんからみとった。気がつくと、一緒にいたみっちゃんがおらんもん。あれ、さっきまで隣におったが。きょろきょろすると、みっちゃんはずっと先の方の、大きなくすの木の根元につかまって、おば、さん、おば、さん、ち、つかえたような声ば出しよった。

おばさん、さっきのは、解剖やったがな、とみっちゃんがいうて、げえげえするので、うちは何も知らんもんじゃけん、なごうまで見とったが、それからもう気持ちの悪うなって、めし食うても味はどうせいつもせんばってん、食えば吐くごたる気のして、その晩は何も食べんじゃった。解剖室のあるとこはほんにさびしかとこばい。こげんなるまでやせてしもうて、ぐらしか（かあいそう）なあとおもうとったら、まあ、あれが死んだ波止の横の益人やんじゃったげな。なんかえらい臭かったばい。臭うして心の冷えびえして、生きとることと死んどることのけじめの所ば、出たり入ったりしとる気色じゃった。腹わたの赤やら青やらが遠かとこにあって、なんやらなつかしかごたる妙な気持ちじゃった。今なら見きらん。

うちの頭はおろ良か頭になってしもうて、平気でカイボウまで見れたとやろか。うちも解剖さすやろばってん、有機水銀の毒気の残るばっかりのおろ良か頭の替えられるなら、頭はスパッとちょんぎってもろて、こんどは生まれ替わって、よか頭で生まれてこうごたる。

ああおかしか。また想い出した。うちゃな、大学病院のながぁか廊下ば、紙でぎょうさん舟ば作ってもろうて曳いてされきよったとばい。紙で伝馬舟ばたくさん作ってもろうて。うちがぐらしかちゅうて、看護婦さんの作ってくれよらした。そして糸つけて長うに引っぱって。舟には看護婦さんたちの、キャラメルじゃの、飴んちょじゃの、いっぱい積んでくれよらした。

うちゃその舟ば曳いて、大学病院の廊下ば、
えっしーんよい
えっしーんよい
ちゅうて網のかけ声ば唄うて曳いてされきよったとばい。

自分の魂ばのせて。

人間な死ねばまた人間に生まれてくっとじゃろか。うちゃやっぱり、ほかのもんに生まれ替わらず、人間に生まれ替わってきたがよか。うちゃもういっぺん、じいちゃんと舟で海にゆこうごたるもん。うちがワキ櫓ば漕いで、じいちゃんがトモ櫓ば漕いで二丁櫓で。漁師の嫁ごになって天草から渡ってきたんじゃもん。

うちゃぼんのうの深かけんもう一ぺんきっと人間に生まれ替わってくる。

本文：初出「サークル村」（一九六〇・一〇）／底本『苦海浄土―わが水俣病―』（六九・一、講談社）

解説

1 〈水俣病患者〉を語る「わたくし」

本作は、一九五九年五月に水俣市立病院を初めて訪れ、〈水俣病患者〉に出遭った「わたくし」の一人称回想形式の語りで構成されます。その回想内容として、「わたくし」と〈水俣病患者〉との出遭い、そして、「わたくし」が一人の女性患者の語りを聞く出来事が示されます。読者の多くは、本作の大半を占める坂上ゆきの語りに惹かれ、これを〈水俣病患者〉の苦境を余すところなく示すリポートのように読むでしょう。しかし、これはタイトルにもあるように、「わたくし」の「きき書」です。そうであれば、〈水俣病患者〉と出遭い、〈水俣病患者〉の話を聞いて語り直す「わたくし」の主観を通して、〈水俣病患者〉のありようが読者に届けられるものだという見方もできます。話を聞いて書く「わたくし」に焦点をあてた読解を試みてみましょう。このような観点から本作に向き合うときサバルタン、あるいはサバルタン研究の概念を用いることが有効です。

2 サバルタンについて

ここで、ガヤトリ・C・スピヴァク『サバルタンは語ることができるか』（一九九八、みすず書房）の一節を引きましょう。「サバルタン」とは、①被抑圧民、②従属的、副次的存在、③下層の人びと、といった意味に翻訳されるものです。本作における〈水俣病患者〉の釜鶴松や坂上ゆきという登場人物を、この「サバルタン」として捉えることは差し支えないでしょう。スピヴァクは、「サバルタンは語ることができない」、そして、その語りや存在をめぐる「表象＝代表（representation）の作用はいまだ衰えてはいない」と述べ、「サバルタン」の人びとの具体的な声が「サバルタン」でない側の人間によっていかに抑圧されてきたか、あるいは「サバルタン」でない側によっていかに都合よく表象されてきたのかに留意し、その声を可視化することの重要性を示します。ただし、スピヴァクは、その声を代弁して語る（代理表象する）ことが、当の「サバルタン」の他者性を抑圧する暴力性をはらむことに留意し、「サバルタン」の声や語りを書き記す側が、その書き方を「学ぶ」ことこそが重要だと言います。

> …もしわたしたちが同類や自己という席に座っているわたしたち自身の場所にのみ引き合わせて一個の同質的な他者を構築するだけでおわってしまうならばわたしたちにはその意識をつかまえることの不可能な人々が存在する。最低限度の生活を維持できる程度の自作農民、未組織の農業労働者、部族民、街頭や田舎にたむろしているゼロ労働者たちの群れである。かれらと向き合うということは、かれらを代表することではなく、わたしたち自身を表象する方法を学ぶことである。

スピヴァクの指摘の要点に照らして、本作を捉えなおしてみましょう。〈水俣病患者〉の語る言葉を、「わたくし」の決まりにしたがって描き出すこと（「表象＝代理」）は、〈水俣病患者〉を「わたくし」には「その意識をつかまえることの不可能な人々」として、措定するに過ぎない……。この難関を踏まえ、それでもなお〈水俣病患者〉を描出することには「わたくし」「自身を表象する方法」が不可欠です。

「わたくし」に焦点をあてて本作を読むことは、「わたくし」が〈水保病患者〉と「向き合う」場に潜む権力関係がいかなるものか、という観点から本作を読み解くことにつながります。そして、「サバルタン」を描き出す側の困難の上でなお、「きき書」を遂行する「わたくし」が、いかなる存在として「表象」されているのかを考えていきましょう。

ところで、本作の初出形には「わたくし」という語り手が存在しません。テキストは、その初出形として、一九六〇年一月に「サークル村」第3巻第一号に発表された「水俣湾漁民のルポルタージュ　奇病」を持ちます。これがその後、石牟礼道子の代表作『苦海浄土　わが水俣病』（六九・一、講談社）に変形します。テキストとして用い、解説で現行形とするのは、この『苦海浄土　わが水俣病』です。なお、この単行本に「第三章ゆき女きき書」として収められたのは初出形ではなく、これを元にして発表された「海と空のあいだに　第五回　■坂上ゆきのきき書より」と（「熊本風土記」第7号、六六・六）、「海と空のあいだに　第六回　■坂上ゆきのきき書より（承前）」（「熊本風土記」第8号、六六・七）です。このような経緯を踏まえて「わたくし」という語り手について考えるとき、初出形と現行形の違いを検討する方法を採ることが有効です。

では、まず初めに、〈水俣病患者〉との「出遭い」が、「わたくし」にとっていかなる出来事として示されているのかを整理します（☞P11課題1）。本作の冒頭と、坂上ゆきの語りにおいて、「わたくし」が「あんた」と呼びかけられる箇所に注目します。ちなみに、【資料1】に挙げたように、初出形の冒頭には「わたくし」と釜鶴松の「出遭い」は書かれません。この一点からもわかるように、一方的に観察し、そのことを報告できる側にある「わたくし」の立場を問い返す機会が、現行形には描かれています。まさに「わたくし」は、対象を観察し、書くことのできる自分自身を表象する場として、〈水俣病患者〉との「出遭い」を描き出しているようです。

では、「わたくし」が聞くことになる、坂上ゆきという人物の語りはどのようなものでしょうか。本作の末尾で、「わたくし」に自らの境遇を語ったゆきが示した願いと、〈水俣病〉を患う自らの境遇について語る箇所の一つに注目してみましょう（☞P11課題2）。

初出形におけるゆきのありようや、【資料4】にあるように、「不治の業病をまぬがれぬ」「宿命」を背負わされている絶望の淵に立たされた〈水俣病患者〉の悲惨な印象に比べて、現行形のゆきのありようからは、異なった印象を受けます。この印象の違いは、初出形における、次のような語り手の叙述によっても補われるでしょう。【資料2－①】の続きには、次のような一文があります。

> ゆきは足袋のこはぜをあきらめて、足先につっかけたまま立ちあがる。二、三度扉に突き当り扉があく。ゆきは出てゆく。両腕をはたはたさせて、片足ずつ確かめるように歩き出すが、すぐ小刻みによたつきながら、そうして階段を降りる。片足ずつ、ふあん、ふあん、とあげて、たもとを拡げ、はばたく姿勢になる。

末尾のゆきの語りに続けて語り手は、長い時間を経ても足袋をはききれないゆきが、不安定な足取りで病室を去る姿を描き出します。この客観描写が、ゆきの造型にいかなる作用をもたらすか、という問題意識も補助線として、初出形のゆきの造型を整理してみてください。

　では、これまで検討してきたことから、「わたくし」という語り手の有無がテクスト全体に与える印象について考えましょう（⇩P12課題3）。特に【資料3】にあるように、初出形の語り手は全知視点において、ゆきの心の中まで説明できる神のような位置にあること、一方で、【資料3】に対応する現行形の箇所では、語り手である「わたくし」が、ゆきの語りを観察した上で、それがどのように見えるのか、つまり、自分の見え方に言及していることに注目します。現行形は、感想を語る主観的な語り手の「わたくし」（限定視点の語り手）を据え、ゆきの語りを聞く「わたくし」自身を表象します。この「わたくし」の語りそのものから、「わたくし」が、いかに〈水俣病患者〉に「向き合う」存在として描き出されているのかを説明できるでしょう。

　この検討は同時に、スピヴァクの述べる、「わたしたち自身を表象する方法」を通して、〈水俣病患者〉に「向き合う」立場にある「わたくし」の「健康」な「世界」を、いかなる「世界」として描き出すことに結ぶのか、その内実を考えることに繋がります。

3　時代——〈水俣病患者〉の〈発見〉から〈水俣病闘争〉へ——

　ここで、本作の歴史的背景について、〈水俣病患者〉をめぐるメディア状況を切り口として触れておきましょう。一九五六年の水俣病「公式確認」から六四年まで続いた「水俣病」をめぐる報道空白期が、本作が連載発表される六五年から六六年にかけて、微妙に変化していったと言われます。（参考『「水俣」の言説と表象』）。〈水俣病〉の報道は増加してゆくのですが、端的に言って、「公式確認」から十年間、「水俣病」は〝忘れられて〟いました。この転換がラディカルに起こったのは六八年、新潟県阿賀野川流域で発生した水俣病に注目が集まる頃、そしてここから七〇年代に至って、水俣病問題に取り組む運動や組織が活性化しました（【資料5】）。石牟礼道子の『苦海浄土　わが水俣病』も、この運動の活性化に寄与します。

　しかし【資料6】に挙げたように、六五年の段階では、熊本県の水俣病は、「かつての水俣病の教訓」というように示されるものでもありました。すなわち、熊本県の水俣病は過去の出来事として示されるのです。記事にあるように、「百人を越える水俣病の犠牲者の死と苦しみをムダにしてはならない」ことが正論であるにせよ、この論調は、「犠牲者」としての〈水俣病患者〉という評価を確定し、「犠牲者」と呼ばれぬために生き続けようとした、あるいは生き続けようとしている〈患者〉が存在した現実を不可視化してしまう力を発動するようでもあります。

　先に引用したスピヴァク（および、スピヴァクの背景にある「サバルタン研究」）は、サバルタンの主体性、アイデンティティ、そしてその話し言葉を決定する最も支配的な制度の主導権を奪い、その制度の手直しや調整を通して、従属的な地位を固定化しようとする側への抵抗の主体として「サバルタン」を位置づけます（『文化としての他者』二〇〇〇、紀伊国屋書店）。

　では、ゆきにとって、この支配的な制度とは何なのでしょうか。

　それは、ゆきに〈水俣病〉を患わせ、漁をできない体にするのみならず、ゆきに〈水俣病患者〉としての語りを強いる制度ではないでしょうか。そして、この制度をもつ「世界」に、ゆきの語りを聞くことができる「わたくし」も属します。その「世界」は、まさにゆきの話し言葉を決定する支配的な仕組みを持つ。ならば、この「世界」がゆきの語りを聞く「わたくし」（あるいは、ゆきに語らせる「わたくし」）のありようを通して、どのようなものとして炙り出されていると言えるのかを考える必要もあります。「わたくし」自身を表象する語りが、〈水俣病患者〉を生み出す「世界」へのいかなる批評性を持つと言えるのかを、最後に考えましょう。この考察は、テクストがなぜ、「健康な世界」に属す「わたくし」の限定視点を設けたのかを考えることと不可分です（☞P12課題3-2）。この考察の補助線として、『苦海浄土　わが水俣病』の作者である石牟礼道子に対する、次のような批判的観点を踏まえてみましょう。次の文章の一行目にある「語られる側と同じ時空にあった存在」は、石牟礼道子のことを指します。

> …たとえ語られる側と同じ時空にあった存在であるとはいえ、そしてそれが非常に感銘的にわたしたちに問いかける力をもっているとしても、代理―代表として多くの場で称揚され、語る空間を自らも保持しているような存在を、これまで語られる側としてしかみられてこなった存在と同列に簡単に位置づけうるのであろうか。（小林義寛「第四章「水俣漁民」をめぐるメディア表象」（小林直毅編『「水俣」の言説と表象』二〇〇七、藤原書店））

果たして、この批判は妥当でしょうか。「語られる側」でしかなかったという〈水俣病患者〉と「同列に簡単に位置づけ」られる存在として、本作の「わたくし」があるのかどうか。初出形の語り手との比較はもとより、例えば、【資料4】にあるように、〈水俣病〉について「恐怖のレポート」をつづり、特権的な立場から〈水俣病患者〉を代理表象する「本誌特派記者団」の語りとの違いも踏まえて、課題3を行うことが肝要です。

石牟礼道子（一九二七〜）熊本県生まれ。『苦海浄土　わが水俣病』発表の後、『―続・苦海浄土―天の魚』（七四）を刊行、そして『苦海浄土』第二部にあたる「神々の村」を七〇年から八九年にわたって断続的に発表。〈水俣病〉を描く三部作を二〇〇四年四月に完成させた。

【資料1】「奇病」（初出形）冒頭

水俣市立病院奇病特別病棟×号室
坂上ゆき
入院時所見
　三十年五月十日発病、手、口唇、口囲の痺感、震顫、言語障碍、言語は著明な断綴性蹉跌性を示す。歩行障碍、狂躁状態。骨格栄養共に中等度、生来頑健にして著患を知らない。顔貌は無欲状であるが、絶えずAtheose様Chorea様運動を繰り返し、視野の狭容があり、正面は見えるが側方は見えない。知覚障碍として、触覚、痛覚の鈍麻がある。
　ここではすべてが揺れている。ベッドも天井も床も扉も、窓も、窓の向うの山もそれは揺れる気流だった。生れて四十年、ゆきの生命を起点にこよなく親しくつながっていた森羅万象は、あの日から、あの昼も夜もわからない痙攣が起きてから、彼女の身体を離れ去り、それでいて切なく、小刻みに近寄ったりする。絶え間ない小刻みなふるえの中でゆきは少し笑う。

【資料2-①】「奇病」（初出形）末尾

（うちは人間がなつかしゅうしてならん。うちの体ば焼くやろ。骨ば壺にいれとくやろ。無機水銀ち何やらしらんばってん、そいつが夜中になると、すたん、すたん、壺の底に溜っとばい。うちはその水銀の中にちょぼっと黒うなって、溜っとると。だんだん土にしみ込んで、墓は海ばたやから、海にしみ込んで、海の魚どもに食うてもろうて、人間に食われてまた戻ってくっとよ。そんときうちは、土ば一生懸命もぐって、もぐって、海もひゅうひゅうめぐって、害のなか水銀になってこれんやろか。うす目あけたりつぶったりして、人間たちの中に這入ってくっと。うちはあんまりぼんのう深うして決して人間ば離れられやせん。
　うちは横の方はみえんもんなあ。先の方しか見えんで、じっと見よると先の方には、よろんよろんして、えらいうんとぼろのごたる人間の行きよるばい）

【資料2-②】「奇病」（初出形）ゆきが創出した食事法をめぐるゆきの語り

　あんな、うちは、この前、おつゆば一人で吸うてみた。付添さんのあきらめて出て行かしてから、ひょっと思いついて、きょろきょろして、こうして、手ばついて、這うて、口ば茶碗にもっていった。手ば使わんで口ばっかりでなら、ちっとは食べられた。人に迷惑かけんでよかなら、扉閉めてもろうて、這うて食べてもよか、ち思うた。大学病院に入れられて、あれはもう昼も夜もわからん気狂いから醒めかけておった頃じゃろか。何さま外はもう暗うなっとるようじゃった。お膳に、魚の一匹付いてきとったもんな。うちはその時流産させらした後じゃったけん、魚のことを腐った海から、赤子が死んで還ってきたち思うたとよ。うちは三度嫁入りしたが、子運も悪うして、生んでは死なせ、育てては死なせ、今度も奇病で親の身が大事ちゅうて、生きてもやもや足動かしよるのを機械でこさぎ出したかと思うと、身の細るように、申訳のうして、はずかしゅう思うとった。魚じっと見とるうち、赤子を仕末せにゃならん気になった。早う仕末せにゃ、女ごの恥ばい。皿と箸がかちかち音立てる。箸が魚ば追い出す。ああ赤子が逃げる、ややが逃げる。うちは呻いて寝台から魚ごと転げ落ちてしもうた。赤子ば追う。寝台の後脚の壁の隅にやっと追い込んで、はああ、はああ、いうて摑えようとするけどなかなか両の手が合わさらんとじゃ。やっと摑えて、逃げようとするのを十本指で握りしめて、口になすりつけるようにして食うたとよ。生臭うして、奇病は味はわからんが、匂いはようするとじゃなあと思うたら、涙のポロポロ落ちよった。

【資料3】「奇病」(初出形)におけるゆきの語り出し

(う、う、うちは、こげんなって、し、し、もてから、一そう、じ、じいちゃんが、いとしかとばい。う、うちは、生きとるもんば、大事に思うと。み、見舞に、いただくもんな、みんな、じ、じいちゃんにあ、あげる。うちは、ひとの手、借りて、生かしてもらうとる、体じゃ。ひとりで何も、たべれせん。うちが、じぶんでできることは、もう何もなか)

彼女はやせ細り、ふるえながら、離れてゆくものに耐える。しっかりと太いじいちゃんの掌を、自分の掌に優しく握り返すこともできぬのに耐える。む、むぎも、播かん、ならん、と思う。畑に足をおろされぬことに耐える。月のもんをなんとか止めて下さい、と大学病院の先生に頼んでみたが、どうしても駄目で、他人様の手を借りねばならぬこと、せめて生理帯でも自分で洗いたいと思っても全身痙攣のため、そこら中、床から自分の着物を濡らしてしまってあきらめねばならぬことに耐える。

(お、お、おやさま、に、は、働いて、く、くえと、頂い、た、躰じゃ、う、うちは、もう一ぺん、じ、じぶん、で、は、働いてい、生きたあ、か、と)

ゆきは口がもとらぬことに耐える。少しずつ言葉を絞り出す。出ようとして押し込まれる言葉が、震える指の先、足の乱れの中から暗符を送る。唇も舌もしびれ、洩れる声音がとぎれる程、彼女の言葉は想いの深さを増してくる。

【資料4】「ルポルタージュ　水俣病を見よ　貧しき漁民の宿命」
(「週刊朝日」一九六〇年五月一五日号)

①〈リード〉

貧しいがゆえに魚をとり、貧しいがゆえに魚を食べる。そして魚の中の毒のために、不治の業病をまぬがれぬ人たち。

この怒りを、この救いを、どこに向ければよいのか。これは九州の海だけの問題ではない。宿命の「水俣病」。それは、日本の社会の矛盾が背負った、十字架の象徴でもある。

これは本誌特派記者団のつづる恐怖のレポートである。(グラビア参照)

②坂上ゆきのモデル・川上タマノのエピソード(「第一部　不知火海の奇病」より)

クミ子ちゃんの向かいのベッドには、川上タマノさん(四五)がすわっていた。

「だーいーぶーよーく、く、くなーりーまーしーた」

川上さんは一生懸命、笑顔になろうと努力しながら一音ずつ区切って話しかける。しかし、話をする時は手足はもちろん、全身がふるえ出す。川上さんの場合は喜怒哀楽、すべてがケイレンとなって現われるのが特徴なのだ。

「あたま、チクチク痛いとき、もうケイレンが起こっているんです。それでも今は食事もおいしく食べられるんですよ。熊本にいたときは、口の中がしびれて、うまいとも何ともわかりませんでしたからね」

これだけの意味のことを話すのに、二、三分はかかったろうか。ご主人と二人で漁をしていた川上さんが、手足の先がしびれ出したのはやはり四年前のこと。そのしびれがやがて腕や足へきて、道を歩いていても、バタリと倒れてしまうようになってから意識を失うまではあまり間もなかった。しかし、一年後にはどうやら話もできるようになった。今はベッドの上にすわったり、病院内を少しは歩きまわりもできる。タバコの好きな川上さんは、ベッドから下りて、看護婦さんに一本火をつけてもらった。タバコを、自分の口へ運ぶのもようやくのこと、それでも川上さんはうまそうに煙を吸い込んでいた。

【資料5】道場親信「地域闘争──三里塚・水俣」より抜粋
（岩崎稔ほか編著『戦後日本スタディーズ②……60・70年代』2009・5　紀伊國屋書店）

①「水俣病」の歴史的背景

「水俣病」と総称される有機水銀中毒による神経障害の症候群は、化学工業の発展とともに発生した人為の災害である。（略）有機水銀は、同地で操業をしていた化学企業、新日本窒素株式会社（のちにチッソ株式会社と改名）水俣工場においてビニール等の原料となるアセトアルデヒドの製造過程で生成したものであり、同工場では有機水銀を含む廃液をそのまま垂れ流したため、海水を汚染したばかりでなく、生物濃縮を通して魚介類に蓄積し、これを食用に摂取した人体に破壊的な作用を及ぼしたものである。（略）この被害が絶大なる形で拡大したのが、一九五〇年代、とくに五三（昭和二八）年にプラントを増強してからのことである。はじめに小動物であるネコや海鳥が死んでいった。チッソの排水が流された百間港近くの漁民たちから大量の患者が発生した。水俣保健所に正式に患者の存在が報告された一九五六年五月が「公式確認」の時期とされている。

②「水俣病」の政治・運動の背景

当初、（略）伝染病が疑われるとともに、神経を冒された激症患者の苦悶ぶりに「奇病」とのレッテルが貼られ、患者たちは見知らぬ人々からだけでなく、身近な人々からも差別された。（略）一九五九年には魚が売れなくなった不知火漁民によって、工場排水の停止を求める乱入事件（いわゆる「漁民暴動」）が起こる。だが、この事件を最初のピークとして、その後水俣病問題は水面下に沈んでしまう。同年には熊本大学の研究班が水俣病の原因を有機水銀によるものであることをつきとめ、厚生省の研究チームも同様の結論を出していたが、後者は通産省の圧力で握りつぶされていく。チッソに被害の補償を求めた患者団体も、県知事の「あっせん」によりわずかな「見舞金」を受け取ることと引き換えにこれ以上会社に補償要求をしないという協定を結ばざるを得なくなり、水俣現地での問題提起は封じ込められてしまうのである。患者たちは孤立し、支援も受けられないまま、ひっそりと暮らすしかなかった。

事態に変化が生じたのは一九六八年である。この年初め、新潟で発生した水俣病（第二水俣病・新潟水俣病）の患者たちが水俣市を訪問した。新潟では（略）昭和電工が、チッソと同じアセトアルデヒド工程によって有機水銀を生じ、これを阿賀野川に垂れ流していた。下流の住民はこの水銀によって水俣病を発症したが、早くから支援団体が立ち上げられて一九六七年には損害賠償請求訴訟を提起していた。（略）新潟の患者を迎えるために、水俣で初めて水俣病問題に取り組む市民組織が誕生した。これが水俣病市民会議である。

【資料6】「社説　水俣病の発生を未然に防げ」
（「朝日新聞」、一九六五年七月一日）

（略）水俣病の原因となった有機水銀を含む廃水を出している工場が、わが国のどこにどれだけあるかは、監督官庁がその気になりさえすればすぐにでも調査できるはずである。そして、その廃水中の有機水銀量を一定値以下に抑える強制措置をとることも決して困難ではあるまい。発病者百五人、うち三十七人が死に、残った六十八人もひどい後遺症に苦しんでいるいうかつての水俣病の教訓は、どこに生かされたというのだろうか。（略）百人を越える水俣病の犠牲者の死と苦しみをムダにしてはならないからである。

SECTION 2

7

政治の季節と性の表現

大江健三郎「セヴンティーン」

機関銃でどいつもこいつもみな殺しにしてやりたい、ああ、おれに機関銃があったらなあ！　他人の眼が気になってしかたない普通の高校生は、なぜ右翼になったのか。のちのノーベル賞受賞作家が描く、現代の〈性〉と〈政治〉。

1

今日はおれの誕生日だった、おれは十七歳になった、セヴンティーンだ。家族のものは父も母も兄も皆な、おれの誕生日に気がつかないか、気がつかないふりをしていた。それで、おれも黙っていた。夕暮に、自衛隊の病院で看護婦をしている姉が帰ってきて、風呂場《ふろば》で石鹸《せっけん》を体じゅうにぬりたくっているおれに、《十七歳ね、自分の肉をつかんで見たくない？》といいにきた。姉は強度の近眼で、眼鏡をかけている、それを恥じて一生結婚しないつもりで自衛隊の病院に入ったのだ。そして、ますます眼《め》が悪くなるのもかまわないで、やけになったみたいに本ばかり読んでいる。おれにいった言葉も、きっと本の中からぬすんできたのだろう。しかし、とにかく家族の一人はおれの誕生日をおぼえていたのだ、おれは体を洗いながら、独りぼっちの気分からほんの少しだけ回復した。そして姉の言葉をくりかえし考えているうちに石鹸の泡《あわ》の中から性器がむっくり勃起《ぼっき》してきたので、おれは風呂場の入口の扉《とびら》に鍵《かぎ》をかけに行った。おれはいつでも勃起しているみたいだ、勃起は好きだ、体じゅうに力が湧《わ》いてくるような気持だから好きなのだ、それに勃起した性器を見るのも好きだ。おれはもういちど坐《すわ》りこんで体のあちらこちらの隅《すみ》に石鹸をぬりたくってから自瀆《じとく》した。十七歳になってはじめの自瀆だ。おれは始め自瀆が体に悪いのじゃないかと思っていた、そして本屋で性医学の本を立読みしてから、自瀆に罪悪感をもつことだけが有害なのだと知って、ずっと解放された気持になった。おれは大人の性器の、包皮が剝《む》けて丸裸になった赤黒いやつが嫌《きら》いだ。そして、子供の性器の青くさい植物みたいなやつも嫌いだ。剝けば剝くことのできる包皮が、勃起すれば薔薇《ばら》色の亀頭《きとう》をゆるやかなセーターのようにくるんでいて、それをつかって、熱にとけた恥垢《ちこう》を潤滑油にして自瀆できるような状態の性器がおれの好きな性器で、おれ自身の性器だ。衛生の時間に校医が恥垢のとり方についてしゃべり、生徒みんなが笑った。なぜなら、みんな自瀆するので恥垢はたまらないからだ。おれは自瀆の名手になっている、射精する瞬間に袋の首をくくるように包皮のさきをつまんで、包皮の袋に精液をためる技術までおれは発明したのだ。それからというものは、おれはポケットに潜《くぐ》り穴をあけたズボンさえはいていれば、授業中でも自瀆することができるようになったのだ。さて、おれは、婦人雑誌の特集カラー・ページで読んだ結婚初夜に性器で妻の膣壁《ちつへき》をつき破り腹膜炎をおこした夫の告白のことを思いだしながら自瀆した。青い翳《かげ》りをおびた白く柔軟な包皮にくるまれたおれの勃起した性器はロケット弾のようで力強い美しさにはりきっているし、それを愛撫《あいぶ》しているおれの腕には、いま始めて気がついたのだが筋肉が育ちはじめているのだ。おれは暫《しばら》く茫然《ぼうぜん》として新しいゴム膜のような自分の筋肉を見つめていた。おれの筋肉、ほんとうに自分の筋肉をつかんでみる、喜びが湧いてくる、おれは微笑した、セヴンティーン、他愛ないものだ。肩の三角筋、腕の二頭筋、そして大腿《だいたい》の四頭筋、それはみな、まだ若くて幼稚な筋肉だ、けれども育てようしだいで自由に大きくなり硬くなる筋肉だ。おれは父親にいって誕生日のプレゼントにエキスパンダーかバーベルを買ってもらおうと考えた。父親は吝嗇《けち》だ、運動用具なんか買い渋るだろう、しかしおれは湯気のあたたかさ、石鹸の泡のなめらかさにうっとりしていたので、父親のことをなんとか説きふせることができそうな気がした。次の夏までにおれの筋肉は頑丈《がんじょう》になり、隅ずみまで発育し、海で女の子たちの眼をひきつけるだろう、それに同年輩の男の子たちの心に尊敬の熱っぽい根をうえつけるだろう。海の風の塩辛い味、熱い砂、太陽の光が灼《や》けた皮膚になおもふりかけるムズガユ粉、自分や友達の体の匂《にお》い、海水浴する裸の大群集の叫喚のなかで不意におちいる孤独で静かで幸福な目眩《めまい》の深淵《しんえん》、ああ、ああ、おお、ああ、おれは眼をつむり、握りしめた熱く硬い性器の一瞬のこわばりとそのなかを勢いよく噴出して行く精液、おれの精液の運動をおれの掌《てのひら》いっぱいに感じた。そのあいだ、おれの体のなかの晴れわたった夏の真昼の海で黙りこんだ幸福な裸の大群集が静かに海水浴しているのがわかった。そしておれの体のなかの海に、秋の午後の冷却がおとずれた。おれは身震いし、眼をひらいた。精液が洗い場いちめんにとびちっていた。それは早くもひややかでそらぞらしい白濁した液にすぎなくて、おれの精液という気がしなかった。おれはそこらじゅうに湯をかけてそれを洗い流した。ぶよぶよして残っているかたまりが板の透間《すきま》に入りこんでいてなかなか流れない。姉がそこに尻《しり》をぺったりつけたら妊娠してしまうかもしれない。近親相姦《そうかん》だ、姉は汚ならしい気ちがいになるだろう。おれは湯を流しつづけた、そしてそのうちに体がひえきって震えがきそうなのを感じた。おれは湯槽《ゆぶね》に入り、音をたてて湯をはねちらしながらすぐに立ち上った。あまり永いあいだ風《ふ》呂《ろ》に入っていたら、母親があやしみはじめるにちがいない、そして嫌《いや》味《み》だ、《この子は去年まで烏《からす》の行水だったのにねえ、お風呂のどこがおもしろくなったんだか》おれは音をたてないように苛《いら》いらしながら鍵をはずした。風呂場を出るのと一緒に、オルガスムの瞬間おれの体の内と外からひしめきあうように湧きおこっていた幸福感や、どこの誰《だれ》とも知れない人たちに感じた友情、共生感、それらの残り滓《かす》のすべてが、かすかに精液の匂いのする湯気のなかに閉じこめられた。四畳半の脱衣場の壁に大きい鏡が張ってある。おれら黄色い光のなかに裸でしょんぼり立っている独りぼっちのおれを見た。たしかに、しょんぼりしたセヴンティーンだ、毛だって細ぼそとしか生えていない下腹に萎《しぼ》んだ性器が包皮を青黒い皺《しわ》だらけの蛹《さなぎ》みたいにちぢこまらせ、水やら精液やらを吸ってみずっぽくどんよりして垂れさがっている、そして湯にのびた睾丸《こうがん》だけ長ながと膝《ひざ》まで届きそうな具合だ、魅力なしだ。それに背後から光をうけて鏡にうつっているおれの体には筋肉どころか骨と皮だけしかないのだ、風呂場では光の具合がよかったのだ。おれはがっかりした。おれはまったく意気銷沈《しょうちん》してシャツを着た。おれの顔がシャツの首からぬっと出ておれを見つめる。おれは鏡に近づいて、しげしげと自分の顔を見た。厭《いや》らしい顔だ、不器量とか色黒とかいうのじゃない、おれの顔はほんとうに厭らしい顔なのだ。まず皮膚が厚すぎる、白くて厚い、豚の顔みたいだ。おれは、骨格のしっかりした顔を浅黒く薄い皮膚がぴっちりと張りつめているような顔、陸上競技の選手みたいな顔がすきなのに、おれの皮膚の下には肉や脂肪がいっぱいつまっている。顔だけ肥《ふと》っている感じだ。そして額がせまい、粗い髪の毛が、せまい額をなおせばめてぎっしり生えている。頬《ほお》がふくれている。脣《くちびる》だけ女みたいに小さく赤い。眉《まゆ》は濃く短く、ぼそぼそ生えていて形がはっきりしない、そして眼が怨《うら》めしそうに細く三白眼だし、耳ときたら頭に直角にひらいて肉厚な、ああ福耳なのだ。おれは自分の顔が女みたいでぐにゃぐにゃで恥ずかしがってキイキイ啼《な》いているみたいで、写真をとるたびにまったくうちのめされてしまう。とくに学校でクラスの者みんなの記念写真のときなど死にたいほど憂鬱《ゆううつ》な写真ができあがる、しかも写真屋がいつもおれの顔をのっぺりした二枚目に修整するのだ。おれは呻《うめ》きたい気持で鏡のなかの自分の顔を睨《にら》みつけていた。顔の色が青黒くなってきている、それは自瀆常習者の顔の色だ、おれは街でも学校でも、自分がいつも自瀆していることを宣伝しながら歩きまわっているようなものかもしれない。他人が見れば、おれの自瀆の習慣はすぐわかるのかもしれない。おれの怨みっぽい大きい鼻を見るたびに他人どもはみんな、ほらこいつはあれをやるやつだ、と見ぬいてしまっているのかもしれない。そしてみんなで噂《うわさ》しているのかもしれない。おれは、自瀆が体に悪いのじゃないかと思っていた時分とおなじ気持にとらえられた。思ってみればあのころから事情はすこしもよくなっていないのだ。事情というのは、おれが自瀆することを他人に知られることの死にたいほどの恥ずかしさ、ということだ。ああ、おれのことを、他人どもは、あいつは自瀆常習者だ、あの顔の色や眼のにごりを見ろよなどといって厭らしいものでも見るように唾《つば》を吐《は》いて見ているのだろう。殺してやりたい、機関銃でどいつもこいつも、みな殺しにしてやりたい。おれは声をだしてそういってみた、《殺してやりたい、機関銃でどいつもこいつも、みな殺しにしてやりたい、ああ、おれに機関銃があったらなあ！》おれの声は低い、それで声にならなかった息が鏡を曇らせ、おれの怒りに燃えている顔をたちまちぼんやりした汚ない霧のむこうへおしかくした。おれを見て嘲笑《あざわら》う他人どもの眼から、おれの顔がこんな具合に隠れてしまうことができたらどんなに解放された自由な気持になれるだろうにとおれは怨めしい思いで考えた。しかしそんな奇蹟《きせき》はおこらないだろう、おれはいつも他人の眼のまえで赤裸の自瀆常習者なのだ、あれをやってばかりいるセヴンティーンなのだ。結局こんなにみじめな気持の誕生日は生れてはじめてだ、とおれは気がついた。そしておれの一生の残りの誕生日はみな、このとおりのみじめさか、もっと悪いかだと思った、これはきっと正しい予感なのだ。自瀆なんかするんじゃなかった、とおれは後悔し頭痛を感じた。おれはやけになって《おお！　キャロル》を鼻歌でやり始めながらいそいで残りの服を着こんだ、おまえはおれを傷つける、おまえはおれを泣かせる、けれどもし、おまえがおれを棄《す》てるなら、おれはきっと死んでしまうだろう、おお、おお、キャロル、おまえはおれに酷《ひど》いことをする！

　夕食のときにもおれの誕生日にふさわしい言葉をいってくれる者はいなかった、姉も風呂場にいたおれにいいにきたほどのことさえもういちどいうことはしなかった。結局、おれの十七歳の誕生日にふさわしい言葉などは無いのだということがおれにはわかってきた。それにおれの家では食事のあいだに話合う習慣がもともとないのだ。私立の高校の教頭をしているおれの父親が、食事のあいだに話をすることを嫌《きら》うからだ。食事しながら家族が話合うのを、父親は下品な習慣で許すことができないと思いこんでいるのだ。おれも自瀆したあと疲れたみたいで頭もずきずきするし、おれのセヴンティーンの厭らしさに泥《どろ》まみれになったような気持だったので、みんなが黙りこんで夕飯をすませるのに不満を申しのべたいとは思わなかった。おれの誕生日は、それ以外のおれの毎日とおなじように冷たくあしらわれてしかるべきだと、おれ自身思うようになっていたのだ。しかし、夕食のあとでおれは誕生日のこともエキスパンダーのことも考えず、辛く赤い朝鮮漬《ちょうせんづけ》を噛《か》みながらぐずぐずとお茶を飲んで坐《すわ》っていた。もしかしたら、おれの心の隅《すみ》にやはり、誕生日をまだこだわっている部分が残っていたのかもしれない。

　おれは夕刊を読みかえしたりテレビを横眼で睨んだりしながら朝鮮漬を噛んではお茶を飲んでいた。田舎ですごした中学生のころに、背の高い朝鮮人の同級生から、おれがチビだからといっていつも虐《いじ》められたことを思いだしながら、おれは朝鮮漬を噛んではお茶を飲んでいたのだ。テレビのニュースで皇太子とお妃《きさき》とが外国旅行のことでメッセージを発表している場面がうつった。皇太子が遠方を見ているような狡《ずる》い眼で、《国民の皆様のご期待にそえるよう頑張《がんば》るつもりです》

というようなことをいった、その傍で妃が少しおしつけがましいみたいに微笑して、おれたち国民の皆様の方を見つめている。おれはむかむかして独り言をいった。

「税金泥棒《どろぼう》が、きいたふうなことをいってるよ、おれはなにもご期待してないよ」

そのときテレビの脇《わき》に寝そべって文庫本を読んでいた姉が凄《すご》い勢いで起きあがると、おれに噛みついてきた。

「税金泥棒て、なによ、誰がきいたふうなことをいってるのよ」

おれはちょっとたじろいで、悪いことをいったな、という気持になったのだ。しかし父親はまったく無関心そうにそっぽをむいて煙草《たばこ》をふかしており、テレビ会社につとめている兄は模型飛行機をくみたてる他《ほか》にはまったく注意をはらわず、母親は台所で働きながら頭をよじってテレビをばかみたいに熱心に見ているというわけで、誰もおれと姉の口論に冷淡なので、おれはますますむかついてきて、姉の売言葉を買って立ってしまった。

「税金泥棒は皇太子夫婦さ、おれたちはなにもあの連中に期待してないよ。それから税金泥棒は他にもいるんだ、自衛隊がその親分株だよ、知らなかったか、燈台もと暗しかねえ」

「皇太子殿下ご夫妻のことは別にして」と姉が眼鏡の奥の細い眼を妙に坐らせて、実に冷静な声でささやきかけるようにいった。「自衛隊がなぜ税金泥棒？　もし自衛隊がなくて、アメリカの軍隊も日本に駐留していなかったら、日本の安全はどうなると思う？　それに自衛隊につとめている農村の二、三男は、自衛隊がなかったら、どこで働けるの？」

おれは詰った。おれは高校は都下の高校でも一番進歩的な所だ、デモ行進もやる。それで級友が自衛隊の悪口をいうたびに、おれは自衛隊の病院の看護婦をしている姉のことが頭にあって、自衛隊の弁護をした。しかし、おれはやはり左翼でありたい気がするし、気分の点でいっても左翼の方がしっくりする。デモ行進にも行ったし学校新聞に、基地反対運動には高校生も参加すべきだという投書をして新聞部顧問の社会科の教師によびつけられたこともあった。そしておれは、姉の言葉をひっくりかえしてしまわなければ、と思いながら詰ってしまったのだ。

「そんなこと公式的だよ、自民党の連中がいつでもいって国民をごまかす定《き》まり文句だよ」とおれは虚勢をはって鼻であしらうようにいった。「単純な頭のやつのいうことだよ、そして税金泥棒にうまくやられてしまうんだ」

「単純な頭でもいいわよ。だからわたしの単純な疑問に、あなたの複雑な頭でこたえてよ。日本にいるあらゆる外国兵力が撤退して、日本の自衛隊も解体して日本本土が軍事的に真空の状態になったら、たとえばの話だけど南朝鮮との関係がうまく日本に有利なように運べると思うの？　李承晩《りしょうばん》ラインのあたりで今でも日本の漁船はつかまってるのよ。もし、どこかの国が小さい軍隊でも日本に上陸させたら、軍事力がまったくないのではどうすることができるの？」

「国連に頼めばいいじゃないか、それに南朝鮮は別にして、どこかの国の小さい軍隊なんていうのがクセモノなんだぜ、日本になんかどこの国も軍隊を上陸させたりしないんだ、仮想敵国なんてないんだ」

「国連もそんなに万能じゃないのよ。火星から攻めてくるのじゃなくて、地球の上のどれかの国の軍隊が攻めてくるときには、その国が国連のなかでもってる利害関係もあるし、いつも日本人のためばかり思ってくれるとは限らないわ。それからねえ、朝鮮戦争でもアフリカの隅っこの戦争でもそうだけど、国連軍が介入するのは一応戦争がはじまってからよ。日本の陸の上で戦争が三日間でもおこなわれたら、ずいぶん沢山の日本人が死ぬわ。それからでは国連軍も、死んだ日本人にとっては意味ないわ。日本になんかどこの国が、というけど、基地として日本をもつともたないのとでは極東で大きなちがいよ。もしアメリカが撤退したら、左翼の人は不安をなくすためにソ連の軍隊の基地をみちびきいれたくなるんじゃない？　わたしだって、基地のアメリカ兵とふれる機会があるわ、あなたよりもあるわね。それでやはり外国兵が日本にいることはよくないと思うのよ。自衛隊が充実するほうがいいと思うの。農村の二、三男を失業から救うことにもなるんだし」

おれは自分が敗けつつあるのを感じて苛《いら》だっていた、おれは敗けたくないし、またおれの立場が正しい筈《はず》なのだ、学校で友達と話すときに姉のような意見はまったく問題にもされずに棄《す》てられ踏みにじられるのが常だった、今もおれは勝たねばならない筈なのだ。糞《くそ》、女の智恵か、とおれは自分をけしかけた。再軍備論が正しいなどとおれは思ってみたこともなかったのだ。

「いまの保守党内閣の政治が悪いから、農村の二、三男も失業するんじゃないか、政治が悪くてできた失業者を、また悪い政治のために使っているだけじゃないか」とおれは昂奮《こうふん》していった。

「でも、戦後の復興と経済の発展は、その悪い筈の保守党内閣のもとで進められてきたのよ」と姉は逆にまったく昂奮しないでいった。

「保守党の政府が日本を繁栄させてるのよ、結局なんといってもそれは現実じゃない？　だから日本人の大多数が保守党の方をえらんでいるのじゃない？」

「日本の現在の繁栄なんて糞だ、選挙で保守党をえらぶ日本人なんて糞だ、そんなものは厭《いや》らしいだけだ」とおれは叫んだ、涙がこぼれた、口惜《くや》しいし自分がなにも知っていない馬鹿《ばか》だという気がしたのだ。

「そんな日本は滅びればいいんだ、そんな日本人はみな、くたばればいいんだ」

姉は一瞬たじろいでいた、そして冷たい眼で猫《ねこ》が自分の打ちたおした鼠《ねずみ》を楽しむようにおれのおそらく涙でみっともない顔を見まわしてから、うつむいて新聞を読むようなそぶりをしながらいった。

「そんな考えなら、あなたも首尾一貫してるわ。わたしには左翼の人たちが狡《ずる》いように思えるのよ。民主主義の守り手のようなことをいいながら議会主義を守らないわ、そしてなにもかも多数党の横暴のせいにする。再軍備反対、憲法違反だといいながら、自衛隊員になにか他の職業につくようにと働きかけはしない。本気じゃなくて、ただ反対してみるだけのような感じよ。保守党の政府のミキサーでつくった甘い汁《しる》を飲んでおいて、辛《から》い汁だけ政府のせいにするようなところがあるわ。次の選挙でいちど進歩党に政権をとらせてみるといいのよ。基地からアメリカ軍を追っぱらって、自衛隊をつぶして、それで税金をさげて失業者をなくして経済成長率はぐんぐんあげていくかどうか見てみたいわ。わたしだってなにも嫌《きら》われながら自衛隊の看護婦なんかしていたくないんだから、良心的で進歩的な労働者になれるのなら大喜びよ、まったくの話がねえ……」

おれは涙を流したことだけでも恥辱感の泥《どろ》を頭から尻《しり》まで鉛のようにつめこまれたような気がしていたのだ。それは、おれたちの議論を、まったく無関心な態度で聞きながらしている父親と兄にたいしても憤激と惨《みじ》めさのどん底におしつめられた思いで感じていたのだ。父親は息子が涙まで流しているというのに、いやに余裕たっぷりで新聞をひろげたままだ、父親はそれをアメリカ風の自由主義の態度だと考えているのだ。勤め先の私立高校でもアメリカ風自由主義教育といって決して生徒に強制したり生徒の問題に介入したりしないのが自慢なのだ。おれは父親の学校から転校してきたやつに、父親が生徒から軽蔑《けいべつ》され嫌われ、頼りにできない教師だと思われていることを聞いている。いつか父親の学校の生徒が桃色遊戯で二十人も補導されたとき、新聞が問題にしたけれど、父親は自由主義者として生徒の放課後まで束縛することは許されないというのが自分の信ずるところだ、とかいって平然としていた。そんなものは無責任の信条だ。おれくらいの年齢の生徒は反抗したり不真面目《ふまじめ》だったりするけれど、自分の問題にしっかり肩をいれて考えてくれる教師をいちばん求めているのだ。おれだって、少し煩《うるさ》いくらいおれの問題に介入してきてもらいたいと感じることがあるのだ、今のようなのはアメリカ風か自由主義流かしらないが、父親でなくて他人みたいなものなのだ。おれの父親は学歴がなくてずいぶん多くの職業につき苦労して独学した、そして検定試験に合格してから今の位置につけたのだ、そのためにできるだけ他人とかかずりあわずに今の地位をまもってゆこうとしているのだ。他人からあやうくされたり他人のマキゾエをくったりして、また苦しい下積生活をおくるのが恐《こわ》いのだ。その護身本能の鎧《よろい》を息子の前でも脱がない、裸になって威厳をそこねないように、感情を表にださないでいつも無責任で冷たい批評ばかりしているのだ。今もその父親のアメリカ風の自由主義の最も代表的な態度をとっているつもりなのだろう……

おれはなおもぶつぶついっている勝ちほこった姉の言葉を無視してやるために、立ちあがった、離れの物置のおれの小っぽけな住処《すみか》にひっこんで行くつもりだったのだ。とにかく、立ちあがったときは、それだけしか考えていなかった。憤懣《ふんまん》と恥辱感がおれの胸でうずまき、おれには他のことを考える余裕がなかったのだ。おれは立ちあがり一歩踏みだした、そして卓袱台《ちゃぶだい》を荒っぽい音をたてて蹴《け》ってしまった。湯飲が倒れ、小便のように黄色く冷えた茶が流れた。おれはその瞬間、息をつめて父親を見た。父親はどなりつけるかわりに、嘲《あざ》けるような冷たい笑いを唇《くちびる》にうかべ新聞から眼《め》を離さなかった。

「全学連の八つあたりね」と姉がからかうようにいった。

おれは逆上した、おれは喚《わめ》きながら姉の額をしたたか蹴りあげた。姉は卓袱台に手をのばしたままあおむけに倒れた。おれは姉の瞼《まぶた》が砕けた眼鏡の硝子《ガラス》で切れて血を流すのを見た。姉の醜い顔がぞっとするほど青ざめ、その硬く眼をつむった瞼から頬骨《ほおぼね》の奇妙な高まりへと、どろどろした血がしたたりおちた。母親が台所から駈《か》けだしてきて姉を介抱しはじめた。おれは自分のやったことに呆然《ぼうぜん》として震えながら立ちすくんでいた、おれの足指にも姉の血がついていてそこを見つめると、そこから灼《や》けつくような痛みとムズガユサがのぼってきた。父親がゆっくり新聞を膝《ひざ》においておれを見あげた。おれは殴られると思い、抵抗せずに死ぬほど殴られようと決心した。しかし父親は冷静にこういっただけだったのだ。

「おまえは、もう、姉さんから大学の費用をうけとれないぞ、よく勉強して東大に入るほかないねえ。官立大学なら月謝が安いし、奨学金をとれる率も高いからねえ。よく勉強するなどというのじゃたりないぞ、神経衰弱になるくらいやれ、自業自得《じごうじとく》だろう？　東大に入るか就職するかだ、防衛大学に入るのなら話は別だがなあ」

おれは腹のなかの臓腑《ぞうふ》まで冷えきってくるような気持で父親たちに背をむけ、庭に出た。春の夜だ、暗い空の下に薔薇《ばら》色のもう一つの空があって、二重になっている。水蒸気や埃《ほこり》が地表からむんむんたちのぼって空にあがり光線をさえぎる層になり、そこへ東京じゅうの家々の電燈の光が乱反射しているのだ。おれは狭い庭のはずれの物置に船の寝台のような自分だけの住処を造って寝ている。電燈はないので板戸を閉じると手さぐりで寝台まで進んでゆくほかない。おれは家族の者から離れて独りぼっちの時間をもつために自分で物置に寝台をつくったのだ。三畳の物置だが一畳分だけおれの寝台で、あとの部分にガラクタが積みあげてある。おれはガラクタのあいだを手さぐりで寝台に向った。手が机と椅子《いす》とをごたまぜに積みあげた高みにふれる。それはおれの物置の寝台を船だと考えるときの操舵室《そうだしつ》だ、おれは暗がりのなかで無用に眼をあけたまま、机の抽斗《ひきだし》をひいて中から脇差《わきざし》をとりだした。これはおれが寝台をつくるときにガラクタのなかから発見したおれの武器だ、三十センチほどしかないが銘は来国雅《らい》とある、いつか学校の図書室でしらべたが室町末期の刀剣家みたいなのだ。四百年前だ。おれは脇差をぬいて両手で握りしめて、ガラクタのあいだの暗闇《くらやみ》にむかって力いっぱい突きだし突きだしした。殺気というのは、いま物置にこもった、胸のどきどきする感情なのだと思った。えい！　えい！　やあっ！　と低く気合をこめながら、おれは来国雅の脇差で暗闇を突き刺しつづけた。いつかおれは敵をこの日本刀で刺殺するぞ、敵を、おれは男らしく刺殺するぞ、といつのまにかおれは考えていた。それは激しい確信にみちた予感をともなうような気がした。しかしおれの敵はどこにいるのだろう、おれの敵は、父親か？　おれの敵は、姉か？　基地のアメリカ兵か、自衛隊員か、保守政治家か、おれの敵はどこにいるのだ、殺してやるぞ、殺してやるぞ、えい、えい、やあっ！

暗闇にびっしりシャツの縫い目の虱《しらみ》のようにくいついている敵をみな殺しにしているうちに、おれは少しずつおちついてきた。おれは姉を傷つけたことを後悔しさえした。眼が傷ついて姉が失明するようなことがあれば、おれは自分の眼を犠牲にして角膜移植の手術をしよう、とおれは考えた。おれは自分のしてしまったことを償わなければならない、自分の罪を自分の肉と血で償わないやつは卑劣な厭《いや》らしいやつだ。おれは自分のやったことを償わないやつじゃない。

母屋から兄の凝っているモダン・ジャズが聞こえてくる。東大を卒業してテレビ会社に就職した秀才の兄は、最近人が変わったようになり、「おれ」とは疎遠になってしまった。「おれ」は、ベッドにもぐりこんできた泥棒猫「ギャング」の野蛮で堂々としたところに魅かれている。「おれ」は眠りにつく恐怖、死の恐怖を感じ始める。以前、物理の時間に、宇宙の果ての《無の世界》について聞かされ、恐怖に気絶してしまったことがあった。

ああ、おれはどうすればこの恐怖から逃れられるのだろう、とおれは考えた。おれが死んだあとも、おれは滅びず、大きな樹木の一分枝が枯れたというだけで、おれをふくむ大きな樹木はいつまでも存在しつづけるのだったらいいのだ、とおれは不意に気づいた。それならおれは死の恐怖を感じなくていいのだ。しかしおれは、この世界で独りぼっちだった、不安に怯《おび》えて、この世界のなにもかもが疑わしく思え、充分には理解できず、なにひとつ自分の手につかめるものという気がしないのを感じている。おれにはこの世界が他人のもので、自分にはなにひとつ自由にできないと感じられる。おれには友人もなく味方もない。おれは左翼になって共産党に入るべきだろうか？　そうすれば独りぼっちでなくなるだろうか？　しかしおれは、いまさっき、左翼のえらい人たちがいうとおりのことをいって、ほんの看護婦にすぎない姉から撃退された。おれは左翼の人たちがこの世界をつかんでいるようには自分でつかめないことがわかったのだ。おれには結局なにひとつわかっていないのだ。おれは自分を一つの小枝にしてくれる永遠の風雪に耐える巨大な樫《かし》の木を見つける能力がないのだ。理解できず不安の残り滓《かす》を頭にとどこおらせたまま共産党に入ってもおなじことだ、おれは信じることができず不安なままだろう。それに自衛隊の病院につとめている近眼の娘にやりこめられるようなチビを共産党の人たちが相手にしてくれる筈《はず》はない。

ああ、簡単に確実に、情熱をこめてつかむことのできる手を、この世界がおれにさしだしてくれたなら！　おれは弱々しくあきらめて再びおれの船室ベッドに倒れ、毛布のあいだをまさぐって性器をおれの指でつかまえると自瀆《じとく》するためにむりに勃起《ぼっき》させはじめた。明日は進学のための学力テストと体育の試験がある。二度も自瀆したらおれは明日疲れきっていて八百米《メートル》を走る試験なんか支離滅裂だろう。おれは明日にたいして漠然《ばくぜん》とした怯えを感じた。しかし恐怖の夜からせめてほんの短い間でものがれるためには自瀆するほかにみちがないのだ。物置の外では他人どもの大都会の夜が唸《うな》っていた、春のエッセンスが汚れた市街の空気にすりへらされながら遠方のむんむん匂《にお》うぶなの森から、おれの血や肉をかきたてて不安の海におしながしにきた。おれは十七歳だ、みじめな悲しいセヴンティーンだ。誕生日おめでとう、誕生日おめでとう、股倉《またぐら》をいじりまわしてあれをやりたまえ、猥褻《わいせつ》なことを思いえがく必要にせまられて、おれは父親と母親がうんうん唸りながらやっていることを考え、あいつらの尻《しり》の穴は二つともまるはだかで臭いぬくもりのある蒲団《ふとん》のなかの空気にじかにふれて嬉《うれ》しがっているのだと考え、突然、おれは父親の精液から生れたのではなく、母親が姦通《かんつう》したあげく生れた子であり、父もそれを知っているのであんなに冷たいのではないかと疑った。しかしオルガスムが近づくとおれのまわりには桃の花が咲きみだれ温泉が湧《わ》きこぼれラスベガスの巨大なイルミネーションが輝いて、恐怖や疑惑や不安や悲しみや惨《みじ》めさを融《と》かしさってしまった。ああ、生きているあいだいつもオルガスムだったらどんなに幸福だろう、ああ、ああ、ああ、いつもいつもオルガスムだったら、ああ、ああ、あああ、おれは射精し股倉を濡《ぬ》らし、みじめな哀《かな》しいセヴンティーンの誕生日をうんうん喘《あえ》ぎながらふたたび、暗闇の物置のなかに見出して無気力にさめざめと泣きむせびはじめた。

2

おれは良い気分で眼をさましたのではなかった。頭が痛く、体じゅうに微熱があるようで腕は重く足は重く、自分はなにもできない無能力者だということを、朝眼ざめたばかりのおれの体に、世界じゅうの他人どもが教えにきたような気がした。今日は悪いことがおこりそうな予感がする。おれは去年まで、誕生日ごとになにかひとつ新しい習慣をつけることにしていた。しかし、十七歳の誕生日はおれになにひとつ新しいことをやりたいような気分にさせなかった。十七歳でおれは降り坂なのだ、五十歳で降り坂になるやつがおり、六十歳まで昇り坂のつづくやつがいる。そしておれの昇り坂は昨日でもう終っていたんだとおれは厳粛に感じた。おれは眼をさますとすぐ悪い気分の泥地に深く踏みこんでしまっていることに気づいたので、起きあがる気力もなく、毛布のぬくもりのなかで眼をあけたままじっと横たわっていた、どんなに気分が悪く、どんなに厄介《やっかい》なことをしょいこんでいるときでも、去年までのおれは、朝、眼がさめた瞬間だけは、胸に熱い幸福のかたまりを感じたものだった、おれは朝が好きだった。おれは胸のなかのかたまりにせきたてられて早く戸外に駈《か》けだし、朝の世界に挨拶《あいさつ》をしなければならないと感じたものだった。ラジオ体操の教官が、なんの理由もなしにあんなに陽気な声で叫ぶのを、おれは微笑して同感してうけいれることができたものだ、なぜなら朝だからだ、朝だからあなたも幸福で希望が湧いてくるんでしょう、と呼びかけたくなった。しかしいま、隣の家のお調子者の中学生が大きいヴォリュームでかけているラジオの傲慢《ごうまん》でそらぞらしい掛け声を聴くと、苛《いら》して腹が立ってくるだけだ。誰にも他人に掛け声をかける権利なんかないんだ、と知らせてやりたい！

物置のなかには、扉や壁、それに屋根の透間《すきま》から陽《ひ》の光がさしこんできて、埃《ほこり》をかぶった子供用自転車のサドルを金色に光らせたりしていた。おれが幸福な子供だったときの自転車だ、おれが公園のローラー・スケート場でこれを乗りまわしていると外国人の女が写真をとりたがって追いかけまわした。そしておれが自転車を藤棚にもたせかけて休んでいると、いつのまにかその金髪の大女がうしろから来て、おれの自転車のサドルに頬ずりしながら真赭《まっか》になった顔でおれにほほえみかけていたのだ、おれは裸の尻にさわられたみたいで恥ずかしくて自転車を置いたまま逃げてかえったが背後から女の気ちがいみたいな笑い声がひくひく痙攣するように高まったり低まったりして追いかけてきた。そしてその大女が叫んだ言葉を、英語をならいはじめてから思いだした、凄《すご》く怖かったので覚えていたのだ、《おお！　プリリ・イル・ボーイ、プリーズ、カムバック！　プリリ・リル・ボーイ》おれはちっちゃくて綺麗《きれい》だったのだ。それはあの幸福で胸がわくわくする子供の時分で終ってしまったが、ほんとうにおれは、ちっちゃくて綺麗だったのだ。そして朝は気持がよく、世界じゅうの人間が気持がよく、太陽系の宇宙がどこもかも気持がよかった。しかし今のおれは宇宙どころか、この小さな物置のなかにさえ実にいろんな暗く悪い芽を見つけてしまうのだ、自分の体のなかにさえも。便秘の気配や頭痛、そして体じゅうのあらゆる関節に数粒ずつ砂が入ってがりがりやっているようだ。おれは毛布をかぶったまま、悪い気分にだんだん深くのめりこんでいった。しかしおれが毛布にかくれて泣いていても奇蹟でもおこらない限り、気分がよくなったりすることはないのだ。物置の外で、世界じゅうの他人どもが、おれの気分を悪くするために早起きして大活躍しているのだから。

「おれ」は学校に二十分遅刻し、国語の試験は散々な出来であった。昂奮してテストの話をする優等生たちに「おれ」は吐き気を催す。「新東宝」というあだ名の男は女生徒たちに笑いをひきおこしていた。午後、女生徒や一般の通行人が見物する大運動場で、体育のテストが行われた。八百米走だった。「おれ」は、集団からずっと遅れて一人ぽっちで走っていた。

……みんながおれの悲しく滑稽なよたよた走りを眺めていた、世界中の他人どもがみな嘲笑《ちょうしょう》しながら、青ざめた頬に苦しみの涙をたらし脣を黄色にして内股でちょこちょこやっている汚らしいセヴンティーンを見つめていた、他人どもは、さっぱりとして乾燥していて雄々しく余裕綽々《しゃくしゃく》だった、おれは恥辱で眼もくらみ哀れっぽく、ぎこちなく怯え、ぶくぶく肥り、臭い汁をだしていまにも腐ってしまいそうで、みじめな駈けっこをしていた。他人どもは、犬のように唾《つば》を顎《あご》にたらし腹をつきだしてのこのこ走っているおれを見ていたが、おれにはかれらの本当に見ているのが、裸のおれであり赤面しておどおどするおれであり、猥褻《わいせつ》な妄想にふけるおれ自瀆するおれ不安なおれ臆病者で嘘つきのおれであることがわかった。他人どもはおれを眺めて嘲笑しながら喚《わめ》いていた、《おまえのことはなにもかも知っているぞ、おまえは自意識の毒にやられ春のめざめにやられ、体の内側から腐っているんだ、おまえのみっともない湿った股倉まで見とおしだぞ！　おまえはみんなの見るまえで自瀆する孤独なゴリラだぞ！》おれは六百米まで走り再び女生徒たちに眺められた。おれは自分が心臓発作で死ぬことを願ったが、そのような奇蹟はおこらなかった、そのかわりにあくまでも眼ざめている自意識が恥辱のあまりに熊のように唸《うな》りだすような事実をおれは思い知らねばならなかったのだ、競走者から百米も遅れよろめきながらゴールインし、完走できたみじめな安堵《あんど》に胸を熱い液でうるませたとき、苦笑いしながら教官がおれの背後を指さした、おれは微笑すまいと思いながら、ついあいまいに卑小な笑いをうかべてふりかえり、おれが小便をもらしてつくった黒く長い道を発見したのだ、森の嵐のようにどよめく全世界の他人どもの嘲笑のなかで！　おれが誠実をつくして死にものぐるいで不恰好《ぶかっこう》な八百米競走をおえたとき、おれの受けた酷《ひど》いもてなしがこれなのだ、おれは惨《みじ》めで醜いセヴンティーンだが、それにしても他人どもの世界はおれに酷いことをした、おれに酷すぎることをした、おれはもうこの他人どもの現実世界に善意を見つけだそうとして縋《すが》りつくことは止《や》めよう、おれは恥辱の淵に沈み疲労困憊《こんぱい》し濡れたパンツの寒さにくしゃみしながら決意をかためた、敵意をもやし憎悪をかきたてなければ泣きだしてしまいそうだったからかもしれないが。

3

「《右》のサクラをやらないか、よう？」と背後から近づいてきたやつが呼びかけた。

　おれは独りぼっちで電車を待っていたのだ、体育のテストのあと自治会がひらかれていたがおれはそれに出席する勇気をもたなかった。おれはふりかえり、真面目《まじめ》な顔でおれに近づいてくる新東宝をそこに見た。おれが殴りかかろうとしてもしたというように、かれは一瞬たじろぎ、慌《あわ》ててしゃべりはじめた、おれが緊張をとくまで、こんなに饒舌《じょうぜつ》に、

「怒るなよ、なあ、おれも自治会なんか馬鹿《ばか》くさくて出る気にならなかったんだよ。改札口んとこでおまえを見かけたから追っかけてきたんだ。ほんとうにおまえは勇敢だよ、おれ見直したぜ、おれにはとてもやれないことを、おまえやったもんなあ。体操の教師なんてやってるやつは屑《くず》だけど、あいつはとくに程度悪いよ。馬じゃないんだからなあ、八百米を走りたかないんだ。それをむりやり走らせるんだ、暴力教師だよ、可愛《かわい》い音楽の先生にふられて気が立ってるという話だけどなあ。おれだって駈《か》けっこしながら相当頭にきてたんだ、おまえが小便したんで、みんな嬉《うれ》しがってるよ、みんな小便してやればよかったんだよ、あの暴力教師、まいってたぜ」その話がおれを苛立《いらだ》たせるだけだと敏感にさとると「おれの時どき顔をだす《右》がなあ、新橋の駅前広場ステージで演説ぶってるんだ、それにサクラを頼まれてるんだ、とくに学生服のサクラがいいんだよ、日給五百円くれるよ、なあ、おまえ、サクラになってくれないか？　真面目な話なんだよ」

　おれは自分が新東宝を恐《こわ》がらせているのを感じた。おれはかれがそんな真剣な顔をしそんなに切実な訴えのこもった声をだしたのをはじめて経験した。かれはおれが半信半疑で黙っているのを見ると身の上話さえはじめたのだ。

「おれ自身はなあ、ライトサイダーというよりも無政府主義者なんだ、ビートみたいな新しい無政府主義者なんだよ。だけどなあ進歩党や共産党が自衛隊の悪口いうだろ、そうするとおれは腹が立つんだ。いつかおまえがなあ、自衛隊を弁護したろ？　姉さんが自衛隊の看護婦してるといったなあ、あのとき、おれは嬉しかったんだ、おれは卑怯《ひきょう》だから黙ってたけどおれの父親も自衛隊につとめてるんだよ、陸上自衛隊の一佐なんだよ。だからおれは、進歩党や共産党をぶっつぶしてやりたいんだ。《右》がそうしてくれるんなら、《右》を応援したいんだ。それでおれは、《右》の所へ時どき顔をだすんだ、皇道派という名聞いたことがあるだろう、ボスは逆木原《さかきばら》国彦だよ、戦争のあいだ奉天の

特務機関にいたんだ。日本中の誰《だれ》の権威も認めてないぜ、首相の岡とは満州以来のつきあいなんだ」

おれは新東宝が思っていたよりずっとナイーブな男であることに気がついた。ナイーブな新東宝は、結局なにものでもなかった。おれは軽い気持になり眼の前にとんできた優越感の鳥をしっかり摑《つか》んだ。そこへ電車が入ってきた。おれは新東宝にうなずき、そして二人で電車にのりこんだ。とにかくおれは家に帰って独りぼっちになることに耐えられなかったのだ。軽蔑《けいべつ》しか感じない友達と一緒にいるのは、独りでいるよりはずっと自尊心の傷に手をふれる惧《おそ》れがない、それで安心していることができる。悪い酒に酔って不安を逃れることに似ている。電車に乗ると新東宝はうってかわって無口になった。《右》の演説会のサクラに傭《やと》われることを原爆スパイ級の秘密にしておきたいつもりらしかった、本当にそう信じているのかもしれない。あの饒舌な新東宝が《右》の団体と関係をもっていることを誰にもしゃべったことが今までなかった筈《はず》だからだ、もし誰かにしゃべっていたら、その翌朝にはおれの高校の生徒の半分がそれについて知っているにちがいないのである。おれと、にきびだらけの新東宝とは胸をこすりつけあうほど体をよせて電車に揺られていた。おれは埃《ほこり》がポマードでねり固められたような汚ならしいかれの頭がおれの顎《あご》にふれてから、新東宝よりもおれのほうがずっと身長が高いのを知った、それも始めて知ったのである。奇妙な話だが、おれはそのことでなにか心の底から慰められるのを感じた。新橋駅につくまで、こうしておれたちは黙ったまま胸をこすりつけあっていたのだ。都心の駅の午後三時の不思議に閑散としたプラットフォームを新東宝と肩から腕をふれあって歩きながら、ふと、こんなにして桃色遊戯の仲間になってしまうんだな、という気がした。そのことを後になっておれはたびたび思いだした。そのとき、おれの生涯《しょうがい》にとってきわめて重大な事件が急速度で結晶しつつあったのだが、とにかくおれはあの晩春の昼さがりの新橋駅でそういう感懐をもったのである。それはあのときプラットフォームを旧式の竹箒木《たけぼうき》で掃除していた老駅員が第三者の眼《め》でそう感じたことであろうが、ごく冷静に見ておれたちはいま桃色遊戯に出かけるにきびと顔面蒼白《そうはく》の、二人の高校生というところだったと思う。

皇道派の逆木原国彦の演説はひどかった、演説のおこなわれている広場に出ただけでそれがわかった。誰ひとり真面目に聴いている者はなく、またステージの上で怒号している熱狂した初老の男自身、誰かに真面目にうけとられることを期待せず孤独に意味不明の怒号をつづけているようなのだ。おそらく逆木原国彦は新橋駅に入ってくる電車の轟音《ごうおん》に独りで対抗した最初の男になりたかったのだろう、人間たちを見るよりも高い線路を疾走する電車を見つめて怒号していた。おれと新東宝はサクラらしく拍手したり喚声をあげたりするべきだったが、そのきっかけをつかめないでまごまごしていた。それに絶叫する危険な顔つきの人間ライオンは自分が傭ったサクラのことなどは忘れさってしまっているようなのだ。無責任な通行人たちの、そのまた背後でおれと新東宝はむしろ好奇心でいっぱいになって、この怒号する男を眺《なが》めていた。とくにおれは、こんなに数多くの他人どもの冷淡な無関心と嘲笑《ちょうしょう》に向って、軍隊のように堂々と攻撃的に怒号する男がいることに驚きを感じていた、しかもかれの叫んでいるステージにはなにひとつかれを側面掩護《えんご》するものはかざられていないのだ、竹竿《たけざお》に日の丸がはためきもせずたれさがっているだけだ。ステージの両袖《りょうそで》に、腕章をまいた黒シャツの青年たちと、背広を着た老人たちがいたが、かれらも逆木原国彦に注意をむけるよりは広場の別の競馬情報板の方に気をとられているようだった、きっと皇道号とでもいう馬を場外馬券売場で買って大穴をあてる夢でも見ているのだろう。しかしそのうちに、一人のサクラが自分の仕事に情熱を回復した。それは妙に寒々とした貧弱な猫背《ねこぜ》の男で、ステージにむかって並んだコンクリートのベンチの中央に膝《ひざ》をだきかかえて坐《すわ》っていたが、逆木原国彦が酷使した喉《のど》に唾《つば》をおくりこむために言葉をきり無念やるかたないという眼つきで虚空《こくう》を睨む瞬間に、その短い怒号の切れまに熱狂的な拍手と喚声をおくるのだ。かれ独りの熱狂は、広場の周囲にぶらぶらしているなにごとにも傍観者の立場を棄《す》てずなにものにも巻きこまれまいとその父親の死の床で誓ったような人々に一種のスキャンダルを見る興味をひきおこした。人々は集まってきて輪をつくり始めた。その輪が閉じてしまわないうちにおれと新東宝はせきたてられる思いで広場のなかに入りこみ、一番うしろのベンチに掛けた。おれたちはとにかくサクラだったからだ、しかしおれには新東宝も単なる不熱心なサクラの域を出ず、時どき皇道派に顔を出すというのも眉唾《まゆつば》のような気がしてきたのだ。かれが皇道派員なら、こんなに怯《お》ずおずと黙りこんでいるべきではないように思えるからだ。ベンチに坐ってみるとおれたちの前に二十人ほど坐っている男たちもみな、その中央で拍手し喚声を発する模範的なサクラと同様に皇道派から傭われた者らであることが感じられた。かれらはみな日傭労務者のような風態をして手持ぶさたそうに腰をかけている、そしてかれらの膝に一匹ずつ猫が配られるのを待っているという様子だ、そしてかれらの中央の男がますますファナティクに喝采《かっさい》するたびに居心地《いごこち》の悪い身じろぎをして気詰りな悲しそうな表情をうかべた。おれは新東宝が拍手をはじめるつもりかどうか窺《うかが》ってみた、それが新東宝を狼狽《ろうばい》させた。かれは急いで、あいつらもみんな傭われたサクラなんだ、というような説明をした、《今日は晴れだけど逆木原国彦は雨の日に演説会をひらくことが多いよ、あぶれた日傭労務者が動員できるからな。そして自分では逆木原が演説するとき天は逆木原の忠誠に感じて末世を嘆く涙の雨をふらせるのだ、逆木原は尽忠の雨男だ、などとぶつんだけど、雨宿りしている連中はかくべつ怒らないよ、少しは受けるときだってあるんだぜ》おれはそれはそうかも知れないな、と思った。雨は人間を感じやすくするからだ、とくにおれは雨のとき、湿度の高い日、また低気圧のときに体の具合が良くて寛容になる。《それからなあ、雨であぶれている日傭労務者も喜ぶんだよ、苦しい仕事じゃないからね、黙って話を聴いて時どき拍手するだけでいいんだ》と新東宝はおれに疑われていると思いこんだように弁解する調子でつけくわえた。おれは自分が新東宝に圧力をくわえていることを知った、憂鬱《ゆううつ》ではなかった。おれは大運動場の恥辱感の記憶からすくなくともその短い間は自分が解放されているのを感じた。夜になれば、おれは自殺してしまいたいほど恥辱に震えるだろうが、いまはせめてもの執行猶予《ゆうよ》だ、とおれは考えた。

ベンチに腰をかけて自分の膝においた手を眺めている日傭労務者たちもまた、なにものかから執行猶予されているという印象をあたえた。かれらの、通行人からの視線の矢が千本も刺さっている背や肩、頭の上で、晩春の午後の陽《ひ》の光が引潮のようにおとろえて行った、そして冬の夕暮のようにうら寒い失望感が陽ざしにまぎれこみはじめた。東京という大都会が失望し徒労感にうちひしがれているのだ。あの仕事熱心なサクラだけが性懲《しょうこ》りもなく熱狂的な拍手と喚声をおくっていた。ステージの上の逆木原国彦は怒号しつづけたが、かれのだみ声はその重量に耐えながらおれたちの頭上を空にむかって翔《かけ》り去った。広場を遠まきにかこんだ暇をもてあました男たちの冷たい嘲弄《ちょうろう》が鷹《たか》のようにそれを狙《ねら》うだけだ。おれはしだいに眼ざめながらの眠りのようなものの中へ沈みこんで行った、おれの耳は大都会の轟音を個々の声、個々の音というよりもその大群を聴いていた。おれの疲れた体を夏の夜のあたたかく重い海のように轟音は現実から切りはなし浮びあがらせてくれた。おれは背後のヒマ人どもを忘れ、新東宝を忘れ、日傭労務者たちを忘れ、叫びたてる逆木原国彦を忘れていた、そして大都会の沙漠《さばく》の一粒の砂のように卑小な力つきた自分を、いままでに一度も感じたことのないやすらぎにみちた優しさで許していた。そして逆におれはこの現実世界にたいしてだけ、他人どもにたいしてだけ、敵意と憎悪《ぞうお》を配給していたのだ。いつも自分を咎《とが》めだてし弱点をつき刺し自己嫌悪《けんお》で泥《どろ》まみれになり自分のように憎むべき者はいないと考える自分のなかの批評家が突然おれの心にいなくなっていたのだ。おれは傷口をなめずっていたわるように全身傷だらけの自分を甘やかしていた、おれは仔犬《こいぬ》だった、そして盲目的に優しい親犬でもあった、おれは仔犬の自分を無条件にゆるしてなめずり、また仔犬のおれに酷《ひど》いことをする他人どもに無条件で吠《ほ》えかかり咬《か》みつこうとしていた。しかもおれは眠いようなうっとりした気持でそれを行なっていたのだ。そのうちおれは夢のなかにいるように、おれ自身が現実世界の他人どもに投げかける悪意と憎悪の言葉を、おれ自身の耳に聴き始めた。それを実際に怒号しているのは逆木原国彦だ、しかしその演説の悪意と憎悪の形容はすべておれ自身の内心の声であった、おれの魂が叫んでいるのだ、そう感じて身震いし、それから力を全身にこめて、おれはその叫喚に聴きいり始めた、《あいつらの糞野郎《くそやろう》めがだよ、国を売る下《げ》司《す》の女衒《ぜげん》の破廉恥《はれんち》漢がだよ、日本の神の土地の上に家をたてて女房《にょうぼう》子供をやしなっているのはおかしいじゃないか？　ソ連・中共のけだものの国に行って日本人廃業すればいいじゃないか、おれはとめないよ、けつを蹴《け》とばしてやるよ。あいつらフルシチョフの男色野郎におかま掘られて屁《へ》っぴる暇もねえだろう。ごろつき毛沢東にストライキ扇動してためた不浄金を賄賂《わいろ》にだすつもりだろう。それでも二年もたちゃ右偏向とかいわれて粛清だ、首切られるよ、自己批判させてもらってなあ、いいざまだ。あいつらおれたちを暴力団だというだろう、だけどねえ諸君考えてみてくれ、集団暴力で飯くってるのはあいつらだ、デモだストライキだ坐りこみだ。現代はじまって右のテロと左のテロとどちらが多いと思う？　文句なしにアカの豚野郎が沢山殺してるよ、強制収容所はナチスだけじゃない、ソ連のやつがもっとひどいんだ。あいつらの代表が中共へ行って人民の膏血《こうけつ》しぼった金でタダ飯くわせてもらって、日本軍国主義は大虐殺《ぎゃくさつ》しました、三光策といって殺しつくし焼きつくしそれからもっと悪辣《あくらつ》なことしました、どうかお許し下さいと日本帝国臣民の名においてだよ、謝ってきてくれたそうだ。あいつらの女房強姦《ごうかん》させて殺させてやりたいと満州帰りの友人が泣いて怒っていたね。あいつらは売国奴だ、恥しらずでおべっかつかいで二枚舌の無責任で、人殺しで詐欺師《さぎし》で間男《まおとこ》野郎で、ヘドだ。おれは誓っていいが、あいつらを殺してやる、虐殺してやる、女房娘を強姦してやる、息子を豚に喰《く》わせてやる、それが正義なのだ！　それがおれの義務なのだ！　おれはみな殺しの神意を背におって生れたのだ！　あいつらを地獄におとすぞ！　おれたちが生きるためにはあいつらを火焙《ひあぶ》りにするほかないのだ！　あいつらを地獄におとしておれたちは生きるほかない！　おれたちは弱いのだ、あいつらをみな殺しにして生きるほかないのだ、これはあいつらの神様のレーニンの兄貴が叫んだ言葉さ、諸君、自分の弱い生をまもるためにあいつらを殺しつくそう、それが正義だ》と悪意と敵意の兇暴《きょうぼう》な音楽が再生装置を破壊するヴォリュームで世界じゅうに鳴りひびいた、自分の弱い生命をまもるためにあいつらを殺しつくそう、それが正義だ、おれは立ちあがり拍手し喚声をおくった、壇上の指導者はおれのヒステリー症状をおこした眼に暗黒の淵《ふち》からあらわれる黄金の人間として輝き煌《きら》めきながらうつった、おれは拍手し喚声をおくりつづけた、それが正義だ、それが正義だ！　酷《ひど》いことをされ傷つけられた弱い魂のための、それが正義だ！

「あいつ、《右》よ、若いくせに。ねえ、職業的なんだわ」

おれは激しくふりかえり、おれを非難している三人組の女事務員が一瞬動揺するのを見た。そうだ、おれは《右》だ、おれは突然の激しい歓喜におそわれて身震いした。おれは自分の真実にふれたのだ、おれは《右》だ！　おれは娘たちに向って一歩踏みだした、娘たちはおたがいの体をだきしめあって怯えきった小さな抗議の声をあげた。おれは娘たちと、その周囲の男たちのまえに立って、それらすべての者らに敵意と憎悪をこめた眼をむけ黙ったままでいた。かれらすべてがおれを見つめていた、おれは《右》だ！　おれは他人どもに見つめられながらどぎまぎもせず赤面もしない新しい自分を感じた。いま他人どもは、折りとった青い草の茎のようにじゅくじゃくと自瀆で性器を濡《ぬ》らす哀れなおれ、孤独で惨《みじ》めなおどおどしたセヴンティーンのおれを見ていない。おれを一眼見るやいなや《なにもかも見とおしだぞ》といっておれを脅《おび》やかす、あの他人の眼で見ていない。大人どもはいま独立した人格の大人同士が見あうようにおれを見ているのだ。おれはいま自分が堅固な鎧《よろい》のなかに弱くて卑小な自分をつつみこみ永久に他人どもの眼から遮断したのを感じた。《右》の鎧だ！　しかも、おれがなお一歩踏みだしたとき娘らは悲鳴をあげたが、足が竦《すく》んだように逃げさることができないのだ、おれは娘らの熱い血がどきどき脈うつ胸のなかの恐怖に性欲のように激しい精神の喜びをそそられた。おれは怒号した。

「《右》がどうした、おい、おれたち《右》がどうしたというんだ、淫売《いんばい》ども！」

娘たちは泣きはじめるかわりに夕暮ちかい雑踏のなかへやっとの思

いで逃げこんで行った、そして残った男たちはぶつくさ不平をいいながら、同時におれを恐がっていることをかくそうと努めていた。ああ、他人どもがおれを恐がっているのだ！　それからやっと、かれらがおれに淫売という言葉が一瞬ふりむいたスキャンダルの紙屑《かみくず》を始末させる決心をしかけたとき、おれのまわりには皇道派という文字の入った腕章をつけた者たちが集まってきていた、おれたちは《右》の集団だった。

おれの肩に力強い掌《て》、親しい情念にみちた筋ばった掌がしっかりと置かれた。おれはふりかえり、激しい情念に昂揚《こうよう》している初老の男を見つめた。おれはかれの血走った燃えるような巨《おお》きい眼に魅入られた、おれは小さな子供のように感嘆をこめてこの憎悪と悪意の演説者に微笑した。

「ありがとう、きみのように純粋で勇敢な少年愛国者を待っていたんだ、きみは天皇陛下の大御心《おおみこころ》にかなう日本男子だよ、きみこそ真の日本人の魂をもっている選ばれた少年だ」

啓示の声は雑踏と電車とスピーカーと、そしてありとあらゆる大都会の吠《ほ》え声を制圧しておれに薔薇《ばら》のように美しく優しくふれた。おれは再びヒステリー質の視覚異常におそわれた、暗黒の淵に夕暮の大都会は沈みこみ、暗黒な金泥《きんでい》をぬりこめた墨のように光輝を内蔵し、そして夜明けの太陽が燦然《さんぜん》とそこから現れた、黄金の人間だ、神だ、天皇陛下だとおれは感じた、きみは天皇陛下の大御心にかなう日本男子だよ、きみこそ真の日本人の魂をもっている選ばれた少年だ！

4

「おれ」は皇道派本部で入派の宣誓をし、本部で生活をすることになった。

あの夕暮から数週間たつと、逆木原国彦は、おれを皇道派本部にひきとりたいむね、おれの家を訪ねて父親と母親を説得してくれた。父親は例のアメリカ流自由主義で、おれが家に迷惑をかけず自分で道をきりひらくならそれを干渉する意志はない、といった。そしてまた、政治運動をやるにしても愛国心にもとづいているんだから、赤の全学連よりは健康でしょう、と逆木原国彦にお追従《ついしょう》のようなことをいった。おれは父親が、息子が学生運動に深入りしては自分の教師としての立場が困るというふうなことを、そのアメリカ流自由主義とは裏腹なことをいっていたのを思いだし、これで父親はご安泰だなと考えていた。兄はおれに見つめられると困惑したように眼をふせた。母親はおれが姉を怪我《けが》させたときもそうだったが直接におれに何もいわなかった。姉は逆木原国彦に自衛隊の看護婦であることを口をきわめて賞めたたえられると、看護婦仲間で、逆木原国彦著の《真に日本を愛し日本人を愛する道》が、よく読まれているということを、汚ならしいほど赭《あか》くなってイヤホーンから聴えるくらいの小さな声で答えた。そして逆木原国彦は、おれが本部にうつり住むことを了解されたことを家族みんなに感謝し、おれの一生涯《いっしょうがい》には全責任を負うと約束して独りさきにひきあげた。それから家族みんながおれに、いつから《右》団体に入り、あのような大物と知りあうようになったのかと訊ねた。おれは嘘《うそ》をいって、みんなを黙らせることに成功した、《姉さんが自衛隊の病院の看護婦になったときからだよ、おれは自衛隊のことを悪くいうやつらにがまんできなかったんだ》おれは自分が家族みんなを一撃で退却させる能力をかちえていることを自覚した。その日おれが姉にいいまかされて泣きだしてしまった、おれの十七歳の誕生日からほんの五週間しかたっていなかったがおれは奇蹟《きせき》を経て別の人格となっていたのである、おれは回心していたのだ。

おれの回心は学校でもっとも劇的な成功をはくした。あのおしゃべりの新東宝は、いったんおれが皇道派に正式に入ってしまうと、結局皇道派では単なる気分的なシンパにすぎなかった自分の立場がおれに知れてしまったことをさとり、それからおれのための宣伝係、伝記作者となった。新東宝によれば、おれは数年前から《右》だったのであり、八百米競走でのおれに絶望的に感じられたあの失態は、体育教官への軽蔑《けいべつ》の《右》的表現であり、そして《あいつはよお、新橋駅前の広場でなあ、《右》の悪口をいいにきた共産党の連中二十人ほどに向ってなあ、独りきりで喧嘩《けんか》を売ったんだぜ。皇道派の逆木原国彦は、あいつを自分の後継者だと考えてるよ、あいつは皇道派の本部にいつも住みこんでいるんだからなあ。あいつは本当の、根っからの《右》だぜ》ということになるのだった。おれが《右》であり、皇道派員であるということは、たちまち高校じゅうのすべての生徒たちに知れわたり、それは教員室の最大のスキャンダルにもなった。おれは担任の教師に注意されると、《左》の学生がいていいように《右》の学生もいていい筈だといい、教師がわずかにでも《右》を非難するような言葉を発すると、逆木原国彦にそれをつたえてもいいのかという態度を婉曲《えんきょく》に示し、もっと婉曲に皇道派の威力を暗示した。教師たちは生徒たちよりももっと深刻に新東宝のデマゴーグに影響されていたので、おれの暗示は効力充分だった。世界史の教師が、おれの出席する時間だけ過度に保守的になるという噂《うわさ》もとぶようになっていた。

《右》のおれにたいして敵意をもつ者が、おれの高校にいなかったわけではない。全学連と連絡をとってデモに参加したりする計画をねる生徒自治会の委員たちは、おれに議論をふっかけてきた。おれは、かつて自分が《左》の指導者の意見に感じていた不安を、そのまま裏がえしてしゃべるだけでつねに勝った。姉が誕生日の夜におれをうち負かしたように、おれはかれらをうち負かした。それにかれらたち自身、平和について、再軍備について、ソ連、中国について、アメリカについて、確信できるほどがっしりとその考えを把握してはいなかった。おれはただ、かれらの弱みを衝《つ》くだけでよかったのだ。しかもおれには切り札があった、「とにかく現在、日本のインテリでは《左》が多数派で、《右》は少数派さ。しかしおれは、立派な大学教授の進歩派よりも、食うに困って自衛隊に入っている百姓の息子の味方をしたいんだよ。大学教授は名誉もあるし主義の味方だし、それだけで充分だろう？　きみたちの好きな大学教授が国連に駈《か》け込み訴えすれば極東の局地戦争も解決されるだろうよ、だけどその間の二、三日に李承晩《りしょうばん》の軍隊に殺される日本の可哀想《かわいそう》な百姓の息子の味方をしたいのさ。それに、きみたちが誰《だれ》よりも好きなサルトルがいってるけど、それを実現しようとしないのなら正義を語ることが何になろう、だよ。とにかくおれは頭が悪くて弱い人間だけど《右》の青年行動隊で生命をかけているんだが、きみたちの誰か一人でも共産党員になって地味な献身をしているかい？　きみたち東大に入って、やがて大会社の幹部になるんじゃないか？」青ざめて絶句した秀才たちの背後から、あの傲慢《ごうまん》な杉恵美子があきらかにおれに興味をよせている眼でおれを熱っぽく見つめながらこういったのを思いだす、《あなたみたいに時代錯誤の《右》少年は防衛大学にでも行くことね》おれは逆木原国彦に、自分が防衛大学に入学して同志を集め、やがてクーデターをひきおこす力になりたいという希望をのべた。逆木原国彦はおれの希望に深い満足を示した。おれは激しい幸福感に体を熱くした。

　皇道派の制服はナチスの親衛隊の制服を模したものだが、それに身をかためて街を歩く時も、おれは激しい幸福感をおぼえ、甲虫《かぶとむし》のように堅牢《けんろう》に体いちめんに鎧をまとい、他人から内部のぶよぶよして弱く傷つきやすい不恰好《ぶかっこう》なものを見られることがないのを感じると天国にのぼったような気持がした。いつもおれは他人から見つめられるたびに怯えて赤面し、おどおどと惨めな自己嫌悪におそわれたものだ、自意識にがんじがらめになっていたものだ。しかしいま、他人はおれ自身の内部を見るかわりに、《右》の制服を見るのだ、しかも幾分恐れながら。おれは《右》の制服の遮蔽幕《しゃへいまく》のかげに、傷つきやすい少年の魂を永遠に隠匿《いんとく》してしまったのだ。おれはもう恥ずかしくなかった、他人の眼から苦痛をうけることがなかった。それはしだいに、制服を着ていない時にも、裸の時にも、決して恥ずかしさの傷を他人の眼によって負わされることがないという極限にまでひろがった。

　おれはかつて、自瀆している自分を見つけられたなら恥辱のあまり自殺するだろうと考えていた。それこそ他人の眼の最大能力と、恥ずかしさに怯える最も弱い自分の肉との劇であった。しかしある日おれは決定的な体験をして、この劇の危機性さえ無意味となって崩れさるのを知ったのである。それは逆木原国彦との次のような問答から始った、《きみは性欲に苦しむことがあるだろう、抑圧してはつまらないよ、女と寝るかい？》《いいえ、寝たいとは思いません》《それじゃこうしよう、トルコ風呂《ぶろ》の女にきみの男根をひともみさせるんだね、この金を持って行きなさい》

　始めおれはそんなことが可能だと思っていたわけではない、自分の恥辱感の根がそれほど完全に掘りとられているとは思っていなかった。仲間がおれに制服を着て行けといった。夜だったが、おれは動揺していたので仲間の忠告にしたがい、昼しかつけない規約の皇道派の正装服を、わが《右》の鎧を着こんで新宿の旧赤線地帯にあるトルコ風呂の装飾ガラスの扉《とびら》の奥へ入って行った、勃起するどころか惨めな子供が酷い刑罰をうけようとする時のように青ざめて逆上して、入党してはじめて総裁を怨《うら》みながら。そしておれは、わが皇道派の制服が鉛の潜水服より重くおれたちを支える錘《おも》りとなり、わが《右》の鎧が他人どもにとっては皮の狭窄衣《きょうさくい》より激しく恐怖心を締めつけるものであることを一瞬にして知ったのであった。

　頭を藁色《わらいろ》に脱色した体格の良い娘が、白いブラジャーとショート・

パンツをつけただけで桃色にぬった個室におれを迎えいれた。正確に五秒間だけ、湯気に濡れた裸電球の灯《あか》りのなかで娘はおれの制服を見つめた、そして陋劣《ろうれつ》なほど竦《すく》んだ顔になり、眼をふせた。娘は二度と眼をあげなかった。おれは裸になった、生れてはじめて他人の眼のまえで、しかも若い娘の眼のまえで裸になった。そしておれはやっと筋肉の芽ばえはじめた薄い裸の体が装甲車のように厚い鎧をつけているのだと感じた、《右》の鎧だ、おれはもの凄《すご》く勃起した。おれこそが新妻の純潔な膣壁《ちつへき》をつき破る灼熱《しゃくねつ》した鉄串《てつぐし》のような男根を（逆木原国彦のいったとおり男根を）もつ男だった。おれは一生勃起しつづけだろう、十七歳の誕生日に惨めな涙にまみれてその奇蹟《きせき》をねがったとおり、おれは一生、オルガスムだろう、おれの体、おれの心、それら全体も勃起しつづけだろう。南米のジャングルの種族にはつねに勃起した性器をもっている連中がいて、かれらの性器は狩猟や闘争のさいの不便を惧《おそ》れた神様が犬の性器のように腹に密着させていてくれる、おれはいわばかれらの種族のセヴンティーンだ。娘はおれを蒸風呂に入れ、洗い流し、風呂に入れ、タオルでぬぐってパウダーをふりかけ、医者の診察用ベッドのような台に寝かせてマッサージすると、黙ったままおれの男根を優しく愛撫《あいぶ》しはじめた。自瀆の習慣から形の変った包皮を惧れ畏《かし》こむ指先で静かに、神に祈るように剝《む》いたあとで。おれは傲然《ごうぜん》とあおむいて王侯のようだった、娘は自分が恥ずかしい悪癖をおこなっているとでもいうように恥辱感に赭《あか》らんでいた。娘はおれに杉恵美子にあてて書いた手紙のなかに姉の詩の本からぬいて書きこんだ詩の一節を思いださせた、結局その手紙は自分で破いたのだが、

　きざはしのいと高き敷き石のうへに立ち……
　園におかれし甕《かめ》に倚《よ》り……
　おんみの髪もて日の光を織りたまへ、織りたまへ……
　はからざりしこころの痛みもちておん手の花を抱きしめたまへ
　……

　おれの男根が日の光だった、おれの男根が花だった、おれは激烈なオルガスムの快感におそわれ、また暗黒の空にうかぶ黄金の人間を見た、ああ、おお、天皇陛下！　燦然《さんぜん》たる太陽の天皇陛下、ああ、ああ、おお！　やがてヒステリー質の視覚異常から回復したおれの眼は、娘の頰《ほお》に涙のようにおれの精液がとび散って光っているのを見た、おれは自瀆後の失望感どころか昂然《こうぜん》とした喜びにひたり、再び皇道派の制服を着るまでこの奴隷《どれい》の娘に一言も話しかけなかった。それは正しい態度だった。この夜のおれの得た教訓は三つだ、《右》少年おれが完全に他人どもの眼を克服したこと、《右》少年おれが弱い他人どもにたいしていかなる残虐《ざんぎゃく》の権利をも持つこと、そして《右》少年おれが天皇陛下の子であることだ。

　おれは天皇陛下について深く知りつくしたい熱情にかられた、今までおれは兄より上の世代のように戦争のあいだ天皇のために死のうと決意していた者らのみが天皇と関係をもつのだと考えていた。おれは戦中世代の者たちが天皇について語るのを聞くと嫉妬《しっと》と反感をいだいてきた。しかしそれはまちがっていたのだ、なぜならおれは《右》の子であり、天皇陛下の子だからだ。

　逆木原国彦の書庫にいりびたって、おれは天皇陛下をおれにときあかす書物を読みあさった、おれは《古事記》を読み《明治天皇御製集》を読み、神兵隊や大東塾の先輩たちが教科書にした書物を読んだ、《マ

イン・カンプ》も読んだ。そしておれは逆木原国彦に暗示されて、谷口雅春の《天皇絶対論とその影響》を読み、求めていたものをかちえた感動に逆上した、《忠とは私心があってはならない》おれは最も重要な原則を把握した。

　おれは情熱をもえあがらせて考えた、そうだ、忠とは私心があってはならないのだ！　おれが不安に怯《おび》え死を恐れ、この現実世界が把握できなくて無力感にとらえられていたのは、おれに私心があったからなのだ。私心のあるおれは、自分を奇怪で矛盾だらけで支離滅裂で複雑で猥雑《わいざつ》ではみだしていると感じ不安でたまらなかった。なにかをするたびに、これはまちがったほうを選んだのではないかと疑い、不安で不安でたまらなかった。しかし、忠とは私心があってはならないのだ。そうだ、私心を棄《す》てて天皇陛下に精神も肉体もささげつくすのだ。私心を棄てる、おれのすべてを放棄する！　おれは今までおれをなやました矛盾にみちたもやもやがやきはらわれるのを感じた。おれに自信を喪《うしな》わせたもやもやは未解決のままふっとんで行ってしまう、もやもやは一掃された。天皇陛下はおれに、私心のもやもやを棄てろ！と命じられ、おれはもやもやを棄てたのだ。個人的なおれは死に、私心は死んだ。おれは私心なき天皇陛下の子となった。おれは私心を殺《さつ》戮《りく》した瞬間に、おれ個人を地下牢《ろう》に閉じこめた瞬間に、新しく不安なき天皇の子のおれが生れ、解放されるのを感じたのだ。おれにはもう、どちらかを選ばねばならぬ者の不安はない、天皇陛下が選ぶからだ。石や樹は不安がなく、不安におちいることができない、おれは私心を棄てることによって天皇陛下の石や樹になったのだ、おれに不安はなく、おれは不安におちいることができない。おれは身軽に生きてゆけるのを感じた。おれはあの複雑で不可解だった現実世界がすっかり単純に割切れるのを感じた。そうだ、そうだ、忠とは私心があってはならない、私心をすてた人間の至福が忠なのだ！　しかもおれは不意に、死の恐怖からまぬがれているのをさとった、おれはあれほど絶望的に恐れおののいた死をいまやまったく無意味に感じ、恐怖をよびさまされなかった。おれが死んでもおれは滅びることがないのだ、おれは天皇陛下という永遠の大樹木の一枚の若い葉にすぎないからだ。おれは永遠に滅びない！　死の恐怖は克服されたのだ！　ああ、天皇よ、天皇よ、あなたはわたしの神であり太陽であり、永遠です、わたしはあなたによって真に生きはじめました！

　おれは目的をたっして逆木原国彦の書庫を出た。書物はもう必要でなかった。おれは唐手《からて》と柔道に熱中しはじめた。おれの稽古着《けいこぎ》に逆木原国彦は《七生報国、天皇陛下万歳》と書いてくれた。おれはかつて逆木原国彦がいったとおりの言葉を今や自分自身で、自分に呼びかけて良いと信じた、きみこそ真の日本人の魂をもっている選ばれた少年だ！

　五月、《左》どもは国会デモをくりかえし行ないはじめた、おれは勇躍して皇道派青年グループに加わった。赤の労働者ども、赤の学生ども、赤の文化人ども、赤い俳優どもを、殴りつけ蹴《け》りつけ追い散らせ！　おれたち青年グループの鉄の規約は、ナチスのヒムラーが一九四三年十月四日ポーズナーンの親衛隊少将会議で獅子吼《ししく》した演説から造られたものだ《第一忠誠、第二服従、第三勇気、第四誠実、第五正直、第六同志愛、第七責任の喜び、第八勤勉、第九禁酒、第十われわれが重視し義務とするものはわれわれの天皇でありわれわれの愛国心である、われわれは他のいかなるものに対しても気を配る必要はない》赤どもを踏みにじれ、打ち倒せ、刺し殺せ、絞め殺せ、焼き殺せ！　おれは勇敢に戦い、学生どもにむかって憎悪の棍棒《こんぼう》をふるい、女どものかたまりにむかって釘《くぎ》をうちつけた敵意の木刀をたたきつけ、踏みにじり追いはらった。おれは何度も逮捕され、釈放されるとすぐまたデモ隊に攻撃をくりかえしそしてまた逮捕され釈放された。おれは十万の《左》どもに立ちむかう二十人の皇道派青年グループの最も勇敢で最も兇暴《きょうぼう》な、最も右よりのセヴンティーンだった、おれは深夜の乱闘で暴れぬきながら、苦痛と恐怖の悲鳴と怒号、嘲罵《ちょうば》の暗く激しい夜の暗黒のなかに、黄金の光輝をともなって現れる燦然たる天皇陛下を見る唯《ただ》一人の至福のセヴンティーンだった。小雨のふりそぼつ夜、女子学生が死んだ噂が混乱の大群衆を一瞬静寂に戻《もど》し、ぐっしょり雨に濡れて不快と悲しみと疲労とにうちひしがれた学生たちが泣きながら黙禱していた時、おれは強姦者《ごうかんしゃ》のオルガスムを感じ、黄金の幻影にみな殺しを誓う、唯一人の至福のセヴンティーンだった。

本文：初出「文学界」（一九六一・二）／底本『性的人間』（六八・四、新潮社文庫）

P144の引用詩はT・S・エリオット、深瀬基寛訳、「なげく少女」による。

解説

1　語り手の自意識

「十七歳になった」ばかりの少年「おれ」は、自分の身体を眺めては、高揚したり落胆したりします。しかし注意深く読むと、「おれ」は自分の身体や自瀆の習慣に直接悩んでいるわけではないことがわかります。「おれ」は、「他人ども」が自分を見ては「自瀆常習者だ」と嘲笑しているに違いないと思い込んでいます。つまり、他人の〈まなざし〉を勝手に先取りして苦しんでいるのです。本作では語り手が「おれ」に設定されることで、他人の目が気になって仕方がない若者特有の自意識の悲喜劇が見事に描き出されています。

大江に影響を与えたサルトルの主著『存在と無』では、〈まなざし〉（＝他人の視線を感じさせられること）は、きわめて重要な概念とされています。サルトルは、モノに充足された世界に、意識によって〈無〉という孔を穿つことこそが、人間の〈自由〉であるというのです。人間は、意識を持たないモノのような自足した即自存在ではなく、世界と自己に関係する対自存在であり、それだけでなく、他人に関係される対他存在でもあるのです。例えば鍵穴からのぞきをしているところを他人に見られたら、羞恥によって、まなざされた自分は単なるモノになってしまうかもしれない、すなわち〈自由〉を失ってしまうかもしれない。そのように相手をまなざし、相手からまなざされるというあり方は、人間関係の根本的な条件であるのです（「第三部第一章」）。「セヴンティーン」は、〈まなざし〉という人間のあり方を、若者の自意識の問題として描いたと言えるかもしれません。

2　ファルスとしての「右」

「セヴンティーン」には、性描写が多く含まれていますが、ポルノグラフィックな印象を読者は受けません。それはなぜでしょうか。

冒頭では、縮こまった性器の描写と「おれ」の落ち込んだ気分が合致し、風俗店では筋肉と右翼団体の制服が等価であり、それに守られることでもはや他人の目が恥ずかしくなくなった「おれ」の高揚感と勃起した性器の描写が合致し、デモの場面では、オルガスムと「天皇陛下の子」への自己同定とが重なり合っています。性器の描写が、「おれ」の自己同一性の象徴になっていることがわかります。このような、象徴としての男性器のことを〈ファルス phallus〉と言います。

精神分析理論では、男根期（3〜6歳）の幼児にとって、ファルスは人間の運命を司る超越的な力の象徴であると考えます。フロイトは、オイディプス王のギリシャ神話を人類に普遍的な悲劇と捉え、幼児が同性の親を排除して異性の親と結ばれたいと願う欲望をエディプス・コンプレックスと名付けました。いつまでも母親に甘えていてはいけないというようなかたちで、母子の関係に介入してくる父親（的なもの）の権威がファルスです。男根期は、幼児がペニスの有無にこだわる時期ですが、それはファルスが身体上に演出されたものとして捉えられます。男児にとって、母親にペニスがないことは衝撃的な事態で、父親の権威を受け入れなければ、自分も母親と同じようにそれを切られてしまうのではないかという不安（去勢不安）を抱きます。仕方なく父親（的なもの）の命令にしたがって母親から離れ、いずれ父親のような立派な大人になって（父親への同一化）、母親のような人と結婚しようと思い、エディプス・コンプレックスは徐々に抑圧されていく、とされます。しかし、父親の権威＝ファルスを受け入れ、かろうじて大事なものを守ることのできた男児は、精神的に〈去勢〉されてしまった存在であるとも言えます。

「おれ」の父親は権威的でなく、似非民主主義的な高校教員と思われており、ファルスのありかにふさわしくありません。だからこそ、「おれ」は、疑似父親である右翼の大物逆木原国彦に惹かれていきます。その意味で、これも父殺しの物語ですが、もう一つ重要な父殺しが隠されています。それは、歴史の文脈において見出されます。

3 政治の季節と性の表現

本作発表の翌月、「政治少年死す（セヴンティーン第二部・完）」が「文学界」に発表されました。しかし、右翼団体の抗議を受け、同誌は編集長名で謝罪文を発表、以後「第二部」は、単行本未収録のまま現在に至っています。浅沼稲次郎日本社会党委員長暗殺事件の実行犯少年をモデルにしたことが、抗議理由の一つでした。同時期には「風流夢譚」事件も起きています。末尾は改正日米安保条約調印に反対する一九六〇年六月の国会デモを示し、「女子学生が死んだ噂」とは、機動隊との衝突で東京大学学生が死亡した歴史的事実を指します。

こうした背景から、「アメリカ」という設定が、象徴的に使われていることに気づきます。「おれ」の父親が「アメリカ風の自由主義」で無関心を糊塗していることや、子ども時代にアメリカ人らしい金髪の大女に追いかけまわされた恐怖の思い出を、当時の日米関係の隠喩として読むことはできないでしょうか。

大江は、エッセイ「われらの性の世界」（「群像」一九五九・一二）で、現代人を「政治的人間」と「性的人間」とに分類します。

> 政治的人間は絶対者を拒否する。絶対者が存在しはじめるとき、政治的人間の政治的機能は窒息し閉鎖されてしまう。絶対者と共に存在するためには、政治的人間であることを放棄し性的人間として絶対者を、膣《ちつ》が陽根をうけいれるようにうけいれるか、牝《めす》が強大な牡《おす》に従属するように従属しなければならない。

性的人間は、絶対者を受け入れ、「牝が強大な牡に従属するように従属し」、快楽に生きます。ここで大江は、〈去勢〉について語っているのです。アメリカという〈父〉に去勢された日本人が、なんとかしてそのコンプレックスから癒されたいと願う物語。皇道派の制服という鎧を身に付け、逆木原から天皇へと、より上位の者に同一化していった「おれ」は、しかし、結局第二部で、テロリズムに走ったすえに、少年鑑別所の中で射精しつつ縊死します。小説は、ロマン派の死の美学を見事に描く一方、対米従属状態すなわち〈去勢〉を拒絶し、戦前のような国家のファルスを再獲得しようとする試みがついには挫折せざるをえないことを、そして日本人はその傷みから安易に癒されるべきではないこと、ファルスの再獲得によって癒されることは永久にないことを、鋭く読者につきつけています。

大江健三郎（一九三五〜）愛媛県生まれ。東京大学在学中に「奇妙な仕事」を発表。「飼育」（「文学界」五八・一）で芥川賞受賞。九四年一〇月ノーベル文学賞受賞。

SECTION 2

8

反核・平和を語る言葉

佐多稲子「色のない画」

高揚する社会運動の言葉が入り交じる一九六〇年。被爆者であるKさんの「色のない画」は、色彩が乱舞する美術展で静かにたたずんでいた。Kさんの遺作を前に、黙って立ちつくす「私」とYさん。あふれる思いが言葉にならない。そこから何を読み取れるだろうか。

美術館の一室で、二点の油絵に視線を向けながら私は黙って立っている。私のかたわらでYさんが、やっぱり黙って画を見つめて立っている。私より長身のYさんは、左手を縮めるようにしてハンドバッグを抱え込み、右手では頰を押えている。その頰を押さえているのが、胸の中のおもいを辛うじてそれで支えているようだ。画との間に少し間かくをおいて、私たちは黙ってそれを見つめている。

私たちはその日、鶯谷《うぐいすだに》の駅でおりて、博物館横に昔から並べておいてある石灯籠《いしどうろう》のそばを通ってきた。空は薄曇って、陽のささぬ秋の日であった。が、博物館前は、いつものように中学生たちの行列が並んで、そのまわりにはパン屋が屋台を出していたり、箱を抱えたアイスクリーム屋が歩いていたりした。博物館は広い前庭を歩いてゆく人々のうしろ姿も混んでは見えず、曇った空の下におだやかな歩調に見えた。アイスクリーム屋も高い呼び声を上げてはいない。このあたりはいわば市民の、ある保たれた雰囲気にまとまって、その向うに、美術館のかっ色の高い建物が、石柱のある入口に広やかな石段を見せていた。Yさんと、Yさんの義弟のIさんと私の三人連れは、急いで何かをむかえにでもゆくように、この石段に向かってゆき、それを昇った。

今日はある強力な美術展の開会初日の招待日であった。私たち三人は一室、二室と歩いてきたが、あたり前のことながら、各室とも色彩にあふれ、抽象画ばかりをかかげたある室では、黒や黄や赤の、原色のはんらんがあったりした。黒や黄や赤の原色はおどり上るように広がり、それはエネルギーそのものにも見えた。観覧者の人々のうしろから見てまわり、私が先ずひとつの画を探していた。早く私はその画の前にゆきつかねばならぬおもいで探していた。私の連れの二人は、すでにその画がどの室にかざってあるのか、知っていたのかもしれない。私はそれには気づかず一室毎に、その人の画を探して歩いた。

私は、私の探すKさんの画を、数年前に一度、この展覧会で見たことがある。十数年以前からいつもこの展覧会に出品していたKさんの画を、会場では一度しか見なかったということは、私のKさんに抱く友情から云《い》えば、怠慢にすぎることだった。Kさんもまた自分の画を出品したときも、その画に添ってその度に上京するというわけではなかった。今おもえば、それは旅費に差支えてのことというわけであったろうか。だから数年前にこの会場にKさんの画を見にきたとき、それを見ないKさんに私は、会場での感じを手紙で知らせた。そのときこの会場に二枚出品されていたKさんの画は、柔らかな、ピンクを基調にした、品のよい感覚の風景であった。この人の性格の優しさと一種の気むずかしさとがよく表われていて、その優しい美はどこかで締まって、きりっとしていた。Kさんの性格と風貌《ふうぼう》そのままの感じであった。Kさんの風貌はどちらかといえば鼻筋のとおった眉《まゆ》の濃い男らしいものだったけれど、当時胸を病んでいて、その視線は光りをおびて澄みながら、どこか一抹の気むずかしさをただよわせてもいた。彼が共産党のビラを書くのを想像すると、それはどんなビラであるのか私には見当がつかなかった。しかしあのときのKさんの画は美しい色彩を持っていた。

今日の私はKさんの遺作となった出品画を見にきている。Kさんの実弟であるIさんが、Kさんの遺作をたずさえて長崎から上京したのは、数日前であった。Yさんが一緒に上京したのは、これが最後となるKさんの出品画を、そのかざられる場所で見とどけたいということであった。YさんはIさんの義姉に当るが、YさんがKさんの夫人というわけではない。Yさんは独身のひとである。Yさんの妹がIさんと結婚して義姉弟の関係になる。だからKさんとも義兄妹になるわけなのだが、YさんはKさんたちと姻戚《いんせき》関係になる以前から、Kさんの最も親しい友人であり、その仕事の支持者であった。同時に華僑《かきょう》として長崎に住むYさんにとって、KさんはYさんの心の支えともなる人であったにちがいない。私はKさんとYさんの交りぶりをいくらか知っている。Kさんの逝去してまだ二ヵ月と経たぬこのとき、遺作二点をたずさえて上京したYさんとIさんの、この出品画によせる気持は切実なものであった。

私たちはおびただしい色彩にあふれたいくつかの室を通ってきた。そして今、Kさんの二点の画の前に立っている。私は、ああ、とはじめに云ったまま、あとは声が出ない。黙って立っている。Yさんがこの画をよく承知しているのは勿論《もちろん》である。それでもYさんはおもいを支えきれぬように頬に手を当てた。私たちにとってだけこの画は強烈であった。その画には色彩がなかった。青味を帯びた白だけで描いている。しかも描かれた風景は、一点は抽象的に、一枚の布を張ったような樹木二本を前面においているが、もう一点の画は細い枯木三本を白と灰色のいささかの濃淡でだけ描いたものであった。それは上高地の沼に立つ枯れた樹木をおもわせる樹である。細い白の額縁でかこまれたその画はひっそりと、あたりの色彩の中でまるで異端者のうめきをあげていた。が、二つの画のまん中の上に、黒枠に喪のリボンを結んだ製作者の小さな写真のかかげられているのが、この画の印象を確実なものにしていたかもしれない。ああ、死んだ人の画か、なるほど、とひとびとは見るにちがいない。この画は、まるで焼けた骨をさえ連想させた。

上にかかげられた小さな写真は、ベレー帽をかぶったKさんの美しい、立派な生前の顔である。ひとびとは、この写真にちらと一瞥《いちべつ》を投げ、ひとりの画家の死を知るだけであろう。人間は病没することもあるし、ひとりの画家の生涯が、悩み多きものであったらしいということもいわば当り前のことであるかもしれない。喪のリボンを短かく垂らしたKさんの顔は、この色彩のない画とともにそれを語るだけであろうか。

私たちもここで何を云うすべもない。黙って見ているだけである。青みを帯びた白の濃淡だけで、枝を突き出した細い枯木を描いてゆく製作中のKさんを私は知らないとしても、この画はそのようなものとしてここにある。これを描いたときのKさんの毎日がたしかにあったことなのだ。この画が描かれるときまで、まだ、Kさんのまわりのひとびとは、その業病を知ってはいなかった。Kさん自身さえも、疲労のはなはだしさに苛立《いらだ》ちながらも、その理由を知らなかったはずだ。それなら何故、Kさんの画は、青みをおびた白一色で描く枯れた樹木であったのだろう。

実弟のIさんが寄ってきて、泣き出すような顔でささやく。

「全然、色が無くなっておりますもんね」

たったそれだけの言葉のうちに、Iさんはいろんな意味をこめていたにちがいない。

私のうちに一枚のKさんの油絵がある。それは長崎の山手の、明るい空と、鮮やかな緑の樹木の間に、ピンクの洋館を描いた風景である。その油絵具の色は澄んで光っている。かつて異人の住んだあたりの山、この画もどこか外国の風景のようで、美しい品格を持っている。

この画にははっきりとした色彩が美を奏でている。

Kさんには三人の子どもがある。

「僕はこれで、人一層子ぼんのうでしてね」

そう云ったことがある。

しかもKさんの遺作となったこの画は、全然、色彩を拒否している。Kさんは色を拒否しつづけてこの画を描いた。YさんやIさんはもとより、私には、この色のない画がむしろ強烈である。それはあるいはKさんの性格らしい、引きこもってゆく純粋さの中での劇《はげ》しいおもいの、正直な表現だったとおもうからだ。Kさんは、逆手になど出ることのできない人であった。そのまんま、色を失ってゆくより仕方がなかったのであろうか。

Yさんが、Yさん自身の身体の弱りについて私に手紙をくれたのは、この初夏の頃であった。彼女は私がちょっとしたものをおくった礼状のついでに何げなく書いていた。

――ちょうどあの頃、身体の加減がわるくて身体のあちこちに斑点《はんてん》ふうのものが出ていまして、そのために原爆病院で精密検査を受けていました。当時区域内に居たということで被爆手帳を交付されていましたので、まさかとおもいながらも、連日通院していましたのです。日頃、健康に自信がなかったものですから、何かがあると不安になったり、ついおもいすごしがちなのですが、やっとこの頃、検査の結果がわかって、悪性のものではないということでした。胃腸下垂症でそのためになにかの不足で斑点が出たもののようです――

私には、この手紙さえ、はっとするものであった。私は故郷の長崎に帰ったとき、KさんやYさんに逢《あ》い、この人たちの家で泊めてもらったりしながら、この頃までまるで無神経に、このひとたちと原爆とを切り離しているのであった。このひとたちだけ長崎の街に投下された原子爆弾の、放射能の外にいたものとおもっているようであった。私はまったく、Yさんが何げなく書きおくるほどかねてから、そのことの不安を胸に秘めているとは気づかなかった。Yさんはさらりと書き、さらりと不安を自ら否定したふうに伝えていた。Yさんの手紙は今までいつもこのようにさらりとひかえめであった。ただこのときの手紙の、病気診断の結果をさらりと書いたあとの文面は、いつもと少しちがっていた。私はそれさえ、深く結びつけなかった。Yさんは長崎でも連日デモがつづいていることを書き、自分の家の前をたくさんの人が通りますと書いて、「私は在日外国人というわけでデモには参加することが出来ませんので、もどかしい気持です。自分の意志を何かの形で表わすことで一層確認してゆけないからです」といつになく情熱的な文面であった。それは丁度、安保改定反対の運動の最中のことであった。私は、彼女の在日外国人という立場の心境に、新たな激動のあったのを感じて尚つくづく文面を読んだ。

――今日も私の知人たちは県民大会に出かけてゆきました。そんなとき羨望《せんぼう》を感じるのです。そしていら立たしい気持が走ります。

考えてみると過去の私たちの拘束された境遇からすれば、とても自由になったとおもいます。子供の頃から無意識に持ちつづけた屈辱感から解放されましたし、又いろんなことに関心を持ちさえすれば、展望の利く境遇になりましたから。私たち過去の中国人は、周囲に目をとざし、極端に云って金儲けして喰《く》って生きてゆけばよかったのです。だから、疑いを知らぬ子供のように幼なかったのです。華僑の世界に窓はなかったのです。デモに参加できなかったことを羨望する私は、中国人としての自分やまわりに苛立たしいおもいを抱き、孤独を感じるのですが、それは私なりの不満と抵抗感が私の中にあるからでしょうか——

この手紙はいつにない打ちあけた心境を伝えていた。今まで私が長崎へ帰り、この人にあうとき、殆《ほとん》ど見せたことのない親しい激しさであった。この文面そのものも、直接原爆とは結びつけられてはいない。私がこの人たちに逢うとき、この人の上に放射能があったということを忘れるのも、この人たちの素ぶりの何げなさによっている。それはKさんもまた同じであった。

このYさんの手紙から二ヵ月経った八月はじめに、やはりYさんから今度はKさんの入院を知らせてきた。七月から入院していると病状の経過を書いた手紙は、あわただしく乱れていて、Kさんの病気の重さと、Yさんの心痛の揺れを伝えていた。そして私が返事を書く間もなくつづけて亡くなった電報であった。かんたんに云えば、全くかんたんに云えば、Kさんの病気は肝臓癌《がん》であった。

Kさんの死に至るくわしい病状の経過をYさんが知らせてきたのは、暫《しばら》く経ってからであった。尿が出なくなり腹水がとってもとっても溜《たま》り、老人のように痩《や》せていったという。

「コップ一杯の水がのみたかなア」

と、蚊のなくような低音で云い、カチワリ（氷の破片）を口にふくませると、渇したように、カリカリと噛《か》みくだいたという。そしてまた、コップ一杯の水が呑みたかなアと、何度云っただろうと書いて、急速に病状のつのった経過と死のもようをつづった手紙は、Yさんの嗚咽《おえつ》を伝えて、原稿用紙十枚を越していた。

Kさんはその病状の間に一度だけ私のことを云ったという。

「来年は長崎に来らすじゃろね。原爆大会にさ」

長崎で原水爆禁止の世界大会が開かれたとき、大会に出席するために長崎へ行った私は、昔の居留地に近い町で、感じのよい喫茶店を開いているYさんの店の二階に泊めてもらった。Kさんはこのときのことをおもい出したのであろうか。それは私にも忘れがたいことであった。Yさんの店は繁華な場所にあるだけに、家の周囲はすぐ隣りや裏側の家に密接していて少しの余裕もない。この家には風呂場がなかった。私はそれを承知していて、街中の銭湯にゆくつもりでいた。

Kさんが二階の窓からつづいた物干台で、カタカタと金づちを打ち、すだれを張りめぐらしている。この物干台に私の行水の場を急ごしらえしているのだという。

「長崎は暑かですもんね。大会から帰んなはったとき、すぐ汗の流さるっように、ここで行水してもらおうとおもうてですね」

Kさんは画描きの器用さで物干台の周囲に外からの目かくしを張ろうとしているのである。すだれが張られると、それに青いビニールを重ねて、一囲いの行水の場をつくった。青いビニール壁の中に盥《たらい》がすわり、熱い湯が階下から運び上げられると、私の湯浴みの仕度ができた。毎夕、大人たちも盥で湯浴みをするのは長崎の習慣なのを私もおもい出す。それはピエル・ロチが、「お菊さん」の中にびっくりして書いていることだ。盥の中で、裸のままの女が、当り前のことのようにその姿であいさつを交すと。子どものとき私もこの習慣で育ったから、青いビニールの囲いの中に湯浴みをするのが大変なことともおもわない。湯浴みの場所がコーヒー店の裏にはないから、その場所が二階の窓につづいた物干台になるのである。それはKさんの配慮であった。Kさんは原爆大会に出席してその場で発言しようとする人ではない。が、大会に出席して帰る私にすぐ汗が流せるように、この湯浴みの場所を物干台に構築するのは、私への配慮であると同時に、原水爆禁止大会への、Kさんの協力の一端の気持なのでもあることを私は知っていた。

三方を山でかこまれた長崎の夕暮どきは、一方だけの海からの風がぴたりとやみ、街中が、どろんと激しい暑気をはらんで物音ひとつ立たないほどの厚ぼったさになる。私はその最初の日から引きつづき、一日の会議が終って帰ると、その物干台の青いビニールの囲いの中に飛び込んだ。袖《そで》のない服の下の肌さえ、びっしょり汗にぬれていた。階下からバケツで運ばれる湯で盥が張られると、私はその中に腰をつけて、タオルで肩の汗を流した。その物干台からは、裏の家の二階の窓に手がとどく。この家は、小路の奥の、女たちのいるあいまい屋かなにかである。まだ時間が早いから客はないけれど、ぎし、ぎし、と梯子《はしご》段を昇り降りする女たちの足音が聞えた。ビニールの囲いの上には、長崎の街の夕方の空があった。空は白っぽく、張りのない光線を浮べて、屋根と屋根の間の上にひろがっている。私は盥に浸った裸のまま、その空をゆっくり仰いでいる。表の通りには人の足音が行き交っていたり、自動車の警笛も鳴っているが、屋根の上で女がひとり湯浴みしているのは通りからは見えはしない。

私はやがて盥から出ると、屋根の上にそうっと湯を流す。一度に流すと、樋《とい》にあふれて、湯は、裏の二階の窓に飛び込むからなのである。湯浴みの間もすぐそばの部屋で雑談しながら、Kさんたちが私を待っている。私はその気配にもこの人たちの友情と配慮の厚さを感じた。Kさんたちの配慮は、この物干台の急造の湯浴み場だけではなかった。

「Kさんが、畳の表がえも、自分でしなさったとですよ。うちの畳があんまり汚れとったからですね」

Yさんからそう聞いて、私は信じがたいほどであった。

「この重い畳を？」

「いや、畳の表がえは、やさしかですよ。張り直して縫えばよかとですもん」

Kさんはなにげなく答えた。

「大変なお客さまになっちゃって」

そう云うと、

「大会に来なさったとだから、そのくらいのことは、せにゃですね」

　そういうわけで、二間つづきの開け放った部屋の畳も新しかった。私は大会最後の夜は、この部屋で、Yさんの眠りをさまたげながら、東京へおくる原稿を書いた。

　Kさんと私とのつきあいはもう大分になる。戦時中にKさんが奥さんを連れて上京し、一時東京で暫く暮らした。その頃からのつきあいである。YさんにはKさんを通じて戦後三、四度の帰郷のうちに親しくなった。その彼女がいつも控えめであったのは、彼女が手紙に書いたように、華僑の押えられた立場のせいであったろう。が、Yさんが生き生きしたのをこの大会開催中にはじめて見たのも印象深かった。中国の代表が、大会に出席していた。それは大会と、日本の被爆者にとって大きな力であった。多くものを云わぬYさんが、中国代表のことを話すとき、いつになく自由であった。

　そしてそういう中で、Yさんが原爆投下の当時のことをはじめて語った。だからKさんもまたはじめて語った。無惨な状況を話すとき、Kさん自身がそのまん中を行きつもどりつしている。

「あなたも、そんなことをなすったのですか」

「そりゃ、そうですよ。あのときゃ毎日、死人の中を歩いとりました」

　その経験を、今までは一言も云わなかった。聞き出そうとしなかった私の無神経さのためでもあったろう。そして、放射能の中をさまよい歩いたKさんたちの経験を聞いたのちも、尚、私はこのひとたちを放射能の外において感じていた。Kさんが共産党の近くにいたことで、その活動の話の方に共通の話題を持ち、あるいはKさんの芸術上の苛立ちを聞いた。Kさんはひどい貧乏に堪えていた。中央画壇のきらびやかに不満を吐き出すのを、このひとの潔癖かとも聞いていた。

「あなたは肥えられたですもんね。昔の痩せとられたときがよかった」

　一度Kさんはそう云ったことがある。Kさんは私へのこの云い方の中に、ただ、肥えた、痩せた、というだけでない、何かの不満をふくめていた。私はそれを感じた。分るところも感じながら、私はKさんの潔癖にきゅうくつさのあるのを、自分のこととは離して、彼の苦痛の自ぎゃく性をおもったりした。それは次のとき、Kさん自身が自分について語ることでもあったし、私は、Kさんのきゅうくつさをそれゆえに美しいとおもいつづけてもいた。Kさんの妻子を抱えての貧乏は、Kさんの珍らしいほどの純粋さのせいだ、とまわりはおもっていたし、云いもした。

「それはわかっとっと。そいでもどうも、ああいうことはできんもんな」

　というふうにKさんは答え、どうにもならぬ自分に困るような表情をした。奥さんは彼ひとりを頼っている内輪の人であったし、三人の子どもは愛らしかった。

　だからKさんのこのような性格にしろ、それで自分に対する意欲が弱いということではなかった。長崎で個展をひらいたときの写真なども送ってくれ、東京で近く個展をひらく計画だと伝えてきたのもついこの頃のことであった。職場の若い人たちや子どもに画を教えることはたのしそうであった。

Kさんの画から色が失われていったのは、このひとの意志が光りを失ったからだとは、少くともおもえなかった。YさんからKさんの死の病いのあとを知らせてきた手紙にも、Kさんの生への渇望が見られる。回復したら田舎で養生したらいいと、Yさん自身は、その日を期待し得ない悲しさを秘めて云うと、

「うん、そうやね。小川のちろちろした流れに足をつけたら気持がよかやろうなア」

と、その日を夢みるように云い、友人にむかっても、

「なおったら田舎に養生にゆこうとおもうとる」

と、その希望を語ったという。

Kさんの画から、色が消えていったのは、Kさんの生きる意志の衰弱では少くともなかった。私はKさんの色のない画の前に立ちつづけ、その上にかかげられた黒リボンの写真に視線を向けながら、あふれてくるおもいを苦しく押えている。私はこの画の前のまわりにいる人々に何か云いたいのだ。Kさんの画を眺め、亡くなった作者の写真に礼儀の哀悼を示しながら行きすぎる人に、私は何か云いたい。白い灰色で描かれた枯木の風景は、黒リボンの確証によって、死を暗示している。ひとびとがその暗示によってこの画を見るならば、私は何か云わねばならぬ。

いいえ、そうではないのです。Kさん自身に死は意識されてはいなかったはず。

Kさんを急速な苦痛の末に死に至らしめたその病名は肝臓癌。その肉体の衰弱のおのずからなあらわれとみるのはあるいは当然の結論だろうか。製作と体力の必然な関係、そしてそれは黒リボンが証明を与えている。

いいえ、そうではないのです、と、やっぱり私は云いたい。この色を無くした画と喪章のついた写真が、単純にそれだけしか語らないから、私は何か云いたいのである。しかも私はそれをあきらかには云いあらわし得ない。私自身、それを突きつめることをおそれた何かがある。病名は肝臓癌、そしてその精神の上で、このひとからすべての色を失わしめたものの名は、それは何と名づけられるであろうか。この画の連想は、ありきたりの観念を寄せつけなく見えた。それは別の何かであるように見えた。それはむしろ挑戦の意志によりながら、その挑戦が、色を失って描かれねばならなかったことの名づけようのない悲痛さに見えた。それは会場をまわるひとびとには、伝わらないであろう。ひとびとはただ、この色を失った画の前で、黒いリボンの印象づけに身をゆだねているように見えた。

Yさんがゆらりと一歩前へ出た。自然に身体がゆらいで歩き出したようであった。あたりが視野にないかのように、強いおもいだけをあらわしてその視線が沈痛に光っていた。Yさんには、この色のない画の、何を語るかが胸深く受けとめられているのにちがいない。

本文：初出「新日本文学」（一九六一・三）／底本『女の宿』（九〇・七、講談社文芸文庫）

解説

1 交錯する原水爆禁止運動と六〇年安保闘争

一九五四（昭二九）年三月一日、アメリカがビキニ環礁で行った水爆実験により日本漁船・第五福竜丸が被爆する事件が起こると、反核・平和を求める日本国内の機運が高まります。原水爆禁止（※以下、原水禁と略記）を訴える自発的署名運動が全国規模で展開され、翌年には初の原水禁世界大会が八月六日の広島で開催されました。そして、五六年八月九日に長崎で開かれた第二回大会に「色のない画」の語り手の「私」が参加していることは、テクストが五〇年代なかば以降の反核・平和運動高揚期の圏内にあることを示しています。

一方、テクストの中心的時間軸である六〇年の初夏から秋は、一月に調印された日米新安保条約に反対する大規模な国民運動（六〇年安保闘争）が起こった政治の季節でした。条約締結が、米ソ冷戦下において日本がアメリカの〝核の傘〟に入ることを意味していた以上、時代のうねりは原水禁運動にも影響します。すなわち、この時期前後に開かれた第五・六回の原水禁世界大会で、原水禁運動は安保闘争と接続し、急速に政治性を帯びていったのです（☞P15課題1）。

2 「私」の「無神経」さとYさんの「もどかしい気持」

「色のない画」は、「私」とYさんが画家のKさんの遺作を観に東京の美術展を訪れた一日を語りの現在とし、過去の三人の交際模様が回想形式で差し挟まれる構成になっています。このような体裁の小説では、語り手である現在の「私」と対象化される過去の「私」との間に、しばしば時間差による認識のズレが生じます。

六〇年初夏にYさんからもらった手紙の中の、被爆者である彼女が原爆症発症への不安を綴った文面を見た時のこと。「この頃までまるで無神経に、このひとたちと原爆とを切り離しているのであった。」（P152）と回想する現在の「私」は、かつての「私」がKさんとYさんを被爆者として見ていなかったことに気づいています。では、そのことが「無神経」だったと反省されるのはなぜでしょうか。

先の引用直後には、「私は在日外国人というわけでデモには参加することが出来ませんので、もどかしい気持です。」に始まるYさんの苛立った手紙の文面が引かれ、「私」がそれを熱心に読んだことが語られます。華僑であるYさんが長崎でも連日続いていた安保改定反対デモに参加できない理由は明示されませんが、可能性としては、出入国管理令により政治的な言動が制限されていたことが考えられるでしょう（☞P15～16課題2）。注意すべきは、そのようなYさんの文面に対し、「私はそれさえ、〔原爆と〕深く結びつけなかった。」（P152）という反省の言葉が加えられることです。

「私」が手紙をもらった六〇年初夏の段階で、原水禁運動は安保闘争と合流していました。つまり、安保改定反対デモに参加することは原水禁の意志表示にもなりえたわけです。それゆえ、デモに参加できないYさんの、「自分の意志を何かの形で表わすことで一層確認してゆけな」い「もどかしい気持」や、彼女の「意志」そのものは、そのようなコンテクストの中で想像する必要があります（☞P17課題3）。

3 「私」が「あきらかには云いあらわし得ない」こと

テクスト末尾、美術館で「色のない画」の前に立ち続ける「私」は、遺影の暗示によって観覧者が、悩み多き画家の生涯、肉体衰弱の反映などを連想するだけなら、「何か云わねばならぬ」と考えます。なるほど、「病名は肝臓癌、そしてその精神の上で、このひとからすべての色を失わしめたものの名は、それは何と名づけられるであろうか。」（P156）という問いかけは、Kさんが被爆者であることを考慮した「それ」の意味づけを求めているようにもとれます。しかし一方で同時に、「私はそれをあきらかには云いあらわし得ない。私自身、それを突きつめることをおそれた何かがある。」と、「私」が付言しているのを読み落とすべきではないでしょう（☞P18課題4）。

KさんとYさんが初めて被爆体験を語ったのは、五六年長崎開催の第二回原水禁世界大会の時でした。その時まで聞き出そうとしなかった自身の「無神経さ」を感じる現在の「私」は、「Kさんたちの経験を聞いたのちも、尚、私はこのひとたちを放射能の外において感じていた。」（P155）と回想します。前節の考察も踏まえると、「私自身、それを突きつめることをおそれた何か」には、かつての「私」が二人を被爆者として見ていなかったことが関係するようです。ただしそのことは裏返しに、過去の「私」には、自分は被爆者ではないという自己認識が希薄だった、ということをも含意します。それゆえ「私」が「おそれた」のは、三人の関係性に被爆者／非被爆者の区別を持ち込み、それを「突きつめること」だったのではないでしょうか。

むろん、その区別を強調することは、彼我の体験の違いを絶対化して相互理解の隘路を断ち切りかねないばかりか、被爆者にスティグマを押す差別・排除の温床ともなりかねない危うさを抱えています。しかし他方では、前節で考えたように、被爆者ではない「私」が想像力によってYさんやKさんの心情にぎりぎりまで寄り添うための出発点がその区別を自覚するところにあることも、また確かなのです。

Kさんが亡くなった六〇年八月に開かれた第六回原水禁世界大会では、以下の文言を含む「原水爆禁止運動のための勧告」が発されました。「私たちは、いまその〔原爆死没者〕慰霊碑の前にぬかずいて数十万の犠牲者のどうこくを聞き、その訴えに耳をかたむけ、原子戦争準備の新安保軍事同盟条約をうちくだき、一日も早く原水爆の禁止と被爆者の救援と原子戦争の根絶をかちとらねばなりません。」（『原水爆禁止世界大会宣言・決議・勧告集』P55）。ここでは、亡くなった被爆者の声にならない「訴え」が、生者である「私たち」によって、反核・平和の訴えにあわただしく変換されています。こうした性急さは、核戦争の脅威が差し迫っていた時代の良心的要請として、やむをえないものだったのかもしれません。しかし、それに身をゆだねた瞬間に、反核・平和の訴えから何か大切なことが抜け落ちてしまうのではないでしょうか。Kさんの「色のない画」の前で、逡巡し、立ちつくす「私」の言葉は、そのことを静かに暗示しているように思われます。

佐多稲子（一九〇四〜九八）長崎県生まれ。「キャラメル工場から」（二八）でプロレタリア文学者としてデビュー。戦後は、戦中の戦地慰問行為の責任を問われる地点から出発。本作と内容が重複する主な小説に『樹影』（七二）があり、野間文芸賞を受賞した。

SECTION 2

9

性と向き合うこと

野坂昭如「エロ事師たち」

性とは何か。どこまでも、あくまでも、ここまでも、執念深く、享楽的に、滑稽に、苛烈に、執拗に、したたかに、性を探究しようとする男たち。彼らはその探究の果てに何を見出したのか。性を通じて戦後の日本社会が浮かび上がってくる。

一

いかにも今様《いまよう》の文化アパート、節穴だらけの床板の大形《おおぎょう》なきしみひときわせわしく、つれて深く狎《な》れきった女の喘鳴《ぜんめい》が、殷々《いんいん》とひびきわたる。ときおり一つ二つ、言葉がまじる。

「な、何いうとんのやろ、もうちょいどないかならんか」

スブやん、じれったげに畳に突っ伏し、テープレコーダーのスピーカーへ耳をすり寄せた。かたわらの、それが癖で滑稽《こっけい》なほどみじかい脚をチマチマッと両膝《ひざ》をそろえて坐《すわ》り、屑《くず》テープ丹念につなぎあわせる伴的《ばんてき》、口をとがらせてつぶやく。

「あかんて、それで精一杯や。なんしアパートの天井裏いうたら電線だらけや、ハム入るのんしゃアないわ」

なるほどそういわれると、きわめて抑揚に富む息づかいとは、対蹠《たいしょ》的に無表情な低い雑音が、我物顔に入りこんでいて、この両者、音程がよう似てる。床下から録音されているとはつゆ知らず、多分、ベニヤ一枚へだてた両隣の耳をはばかってだろう、つけっぱなしのラジオは、かえって雑音をくぐり抜け、〽ジンジンジンタンジンタカタッタッタア、といと気楽にひびいていた。

「肝心のとこがもう一つきけん。そやけどよう唸《うな》りはる女や」

スブやん、情けなく溜息《ためいき》つけば、伴的はなぐさめるように、「京都の染物屋の二号はんや、週に二へんくらい旦《だん》つく来よんねん、丁度この二階やろ、始まったら天井ギイギイいうよってすぐわかるわ、もうええ年したおっさんやけど、達者なもんやで」

ちょいまち、とスブやん大形に手を上げ伴的をとめる。女がしゃべったのだ。

——あんた、御飯食べていくやろ、味噌汁《みそしる》つくろか。

男はモゾモゾと応《こた》え、ききとれぬ。と、突拍子もない声がスブやんの鼓膜にとびこんできた。

——お豆腐屋さん！　うっとこもらうよオ。

男再び何事かしゃべり、女おかしそうに笑う。やがてドタドタとアパートの階段を乱暴にかけ上る音、ドアのノック、咳《せき》ばらい。

——そこ置いとって頂戴《ちょうだい》、入れもんとお金は夕方に一緒でええやろ、すまんなア。

しばし静寂の後、再び床板きしみ女は唸り、スブやんあっけにとられるのを、伴的ひと膝にじりよって、「やっとる最中に飯のお菜たのみよったんや、ええ面《つら》の皮やで豆腐屋も」

スブやんこの説明をきくとひっくりかえって笑い出し、やがて「リアリティあるやんか」といった。リアリティは近頃スブやんの口癖である。というのも客の眼エや耳が肥えてきよったからで、まあたいがいのことにはおどろきよらん。テープ一つにしたところが、たとえば「雨の夜」と呼ばれる三十分物の、初めから終りまで女がいややいややと抵抗する異色篇も、これならとスブやんお顧客《とくい》の尼ヶ崎の銘木屋へもちこんだが、中で男の「人間は運命に逆ってはいけないよ」という台辞《せりふ》一言に、それまで身をのり出してた餓鬼が、フイッと顔を上げ、「なあ、女口説《くど》く時、こんなこというあほおるかア。インチキ臭いで」とどのつまりが只《ただ》聴かれ。「そらみんな必死やさかい、あほなこともいいますやろ」テープ中の男になりかわってスブやん弁解したが空《むな》しいのであった。

「考えてみたら東京弁があかんねんわ。あいつらの口きいてたら、ほんまのことかて嘘《うそ》いうてるみたいや、感情こもってえへんちゅうのかな。雨の夜のテープかて、ヒトニハサダメガオマンネ、ナア、コレモアンタノサダメヤオマヘンカ、サダメニサカラワント、サ、ソノテエドケトクナハレ、とこういうとったら、あの餓鬼かて満足しよったんや」

スブやんの腹立ちまぎれの妙な声色《こわいろ》をきいて、ほならいっちょやったろかと、伴的ひきうけて出来たのがこのテープ。豆腐屋の他《ほか》に、これは隣り部屋の二階に住む南のアルサロの女給と客の痴語、床板のきしみとハムは同じだが、ただこの女給、歯アでもわるいんか、シーシーと音を立て、あげくの果てに男がふぬけた声で、「アーコノカンゲキ」と往生するのもあれば、また珍しく男がはなからさいごまで、「スキスキスキッ！　スキスキスキッ！」とわめきつづけるテープ。これは一部屋おいて隣りの学生と恋人の睦言《むつごと》だった。

「なんぼや、安うしといてや」

「一本、五千円ほどもろとこか」

伴的ふたたび坐り直して鼻水をすする。チェッこんな屑テープ使《つこ》うてからに、しかも己《おの》れが住むアパートのあちゃこちゃ盗みどりしよって元手はなんもかかっとらんやないかと心中ぼやき、だがこの三本それぞれええとこだけつなぎあわせて、リアリティ満点のエロテープ一本三千円はかたい、五十本プリントしたかてざっと十万のもうけやと、スブやん言い値で引き取った。

「あんじょう風邪ひいてもたで、徹夜で録音してんからなア」

「またおもろいのあったら頼むわ。来しなこのアパートの端の部屋に、寿《ことぶき》染めぬいた夫婦布団《ぶとん》干したあったけど、あら新婚ちゃうか」

うれし恥かし新婚のいちゃいちゃテープやったら、こら一本一万でも高《たこ》うはない。

「聞くだけやったら世話ないねんけどな、テープにとるとなるとこらぐつわるいわ。よっぽど感度ええマイク使うても、それだけハムも入るし」

さすがは伴的、心得てすでに録音をこころみていた。新婚は同じ階のはずれ、天井に忍んでマイクをセットしたが雑音が多い。いやそれより、二階にある便所の水洗の音が、間なしにガタガタシャアシャア、ときにはあたりはばからぬ放屁《ほうひ》の音も入り、「なんやもう気色わるなって」あかん。さればと物干竿《ものほしざお》の節を抜き、中にコードを通してマイクを下げ、その上を洗濯物めかしたふんどしでおおい、新婚の窓辺へさしのべてもみたけれど、これは屋外の、はるか遠い夜汽車の笛、車のクラクション、犬の遠吠《とおぼ》えに邪魔されて、それらしき物音はけも入っとらん。

「聞くだけやったらいうて、それどないすんねん」

あきらめぬスブやんに、伴的は、押入れを開け布団の間から医者の聴診器をひっぱり出した。聴診器の先きはビニールのガス管に接続されている。

「このビニールの先きに漏斗ついたあんねん。そいで漏斗は新婚の部屋の天井にふせてあるちゅうわけや」

スブやん、幼き頃絵本でみたラッパの化物みたいな対空聴音機を思い出した。なんや知らんあれは二キロ先きのはえの音まできこえるいうとったなあ、つまり同じ原理やとすぐ腑《ふ》におちる。

「ものすごうよう聴けまっさ。手にとる如《ごと》くちゅう奴《やつ》や」

「何時頃やりよんねん」

「そやな、ここにメモあるわ」

どこまでマメな奴やと感歎《かんたん》しながら、伴的のさし出すメモをみれば下手糞《へたくそ》な字で、

「日やうあさ七じ、女Q。月やうよる十時けんくわのあと泣いてQ。火やうナシ。水やう三びゃう」などある。Qてなんや、なんやしらん終りしな嫁はんがキューいいはるねん。三びょうは、旦那《だんな》があっという間にすみはってんな、これには嫁はん文句いいはってたわ、なんや三秒もかからんいうて。

スブやんけっけと笑い、これもいけるでエとうなずいた。このしか

けさえあったら、十三《じゅうそう》でも銀橋でも、なんぼでもきける。こら新兵器や、そや運送屋の社長に売ってこましたろ、あの餓鬼、温泉マーク行っても肝心のことより、すぐ便所の天井から上あがって盗み聴きが趣味やねんからなア。

「実費四千円や。五会百貨店へ行ったら聴診器古いの仰山売っとうわ、なんぼでも作るで」

伴的はうすら笑ってあたりを片づけはじめ、いっときも体おちつけぬ性分なのだ。元はといえば、元町に店を構える帽子屋の倅《せがれ》、写真道楽の末が、気の強い女房に閉口頓首《とんしゅ》。モデルと駆けおち同棲《どうせい》のいざこざあってやがて親から勘当受け、今は大阪城東の大宮町に侘《わ》び住いの身だが、写真の腕はもとより確か、他にさまざまな特技をもつ。

どないやトルコでもおごろか、風邪直るでえ、とスブやん伴的連れ立って表へ出れば、折しも師走《しわす》、ジングルベエやトリーやらの陰にかくれたエロの商売、今が狙《ねら》い目稼《かせ》ぎ時、皎々《こうこう》と冴《さ》えわたる冬の月にも、心ははずみ、つい鼻唄《はなうた》に〽セントゴーマーチニン――。

スブやん実は酢豚《ふぜい》の略。豚のように肥《ふと》ってはいても、どこやらはかなく悲しげな風情に由来するあだ名であった。戸籍上の姓名は、今や警察の公安課のみぞ知る、表向き喜早時貴とたいそうな名前で、堂ビルの裏に月五千円の電話番つきデスクを借り受けここが連絡事務所。そのビジネスについて彼は、いやスブやん一党の仲間達はお互いエロ事師と称している。

千林の雑踏かき分け、二人は駅裏のトルコへ入ったが、客があふれて待合室の椅子《いす》にさえ坐れぬ。

「現金なもんやで、ここのトルコ、いらわすちゅうの皆知っとんやな」


ジャンパーに赤い靴下のイモあんちゃん、格子《こうし》の背広に蝶《ちょう》ネクタイのセールスマン、ラッパズボンに貸しボートみたいな靴はバーテンか、親指と人差指で煙草《たばこ》をつまんでせわしのう灰おとしとんのはボロ電の学生やろ。じろじろ眺め渡すスブやんに、伴的は妙にあらたまった口調でいった。

「ぼくは、あれ邪道や思うねえ」

「邪道てなにがや、スペシャルか」

「スペシャルはええけど、いらわすのはあかんわ。やっぱしトルコはトルコらしゅうせな」

なんでや、と問い返すスブやんに、つまりトルコの女は技術者やねんなア。五本の指で、男の性感帯をあんじょう刺激してやな、それで楽しませるのが本来の在り方や。それを男にいらわさすやろ、いらわさすのは技術のいたらんところをカバーしよるんやなあ、料理でいうたら鰹節《かつおぶし》や昆布《こんぶ》でダシとらんとからに、化学調味料でごま化すみたいなもんやで。いったんいらわしたら、今度めに男はその先きを要求しよる、それが先きへ先きへすすんでみいな、なんのこっちゃ当り前の色事と同じになってしまう。わいはあのスペシャルちゅうもんは、絶対にあれの代用品とはちゃう思うし、そいでのうたらどこにトルコの意味合いあんねん。飛田《とびた》でも今里《いまざと》でも姫買いしたらええやねんか。あないしてマッサージ台の上ねころんで、まあいうたら赤ん坊みたいにやな、すべてもうあちらまかせで、こちらはただ眼エつむってなんも考えへん。女がどないな顔しとるか、なにを思とるか、どうでもよろし。五本の指で男の気づかん、いや女房やらなんやらの知らんかった男のつぼを探し出して、やさしゅうしてもらう、それがスペシャルの醍醐味《だいごみ》ちゅうもんよ。いやもっというたらな、スペシャルは男ばっかりがようなって、女はなにも感じたらあかんもんやねん。つまりやな、あれはお母はんにしてもらうような感じでなかあかん。

「お母はん？　なんでお母はんがでてくんねな」

　それまでは聞き流していたスブやん、なんとも場ちがいな言葉に耳つかえて問い返えす。

「お母はんの愛情ちゅうもんは、こうなんちゅうたらええかな、サービスええやんか、献身的やろ。そいでちょと残酷なところもあるわ、スペシャルで男が往生するやろ、その時にイヤーやらアラアラやらいうて女がタオルでふきますわな。あの時、なんやお母はんによう似とる思うねん。男はもうその時必死やで、なんやしらんけどすがりついとるわ、そやけど女はまるでへっさらでおる、それがどうもお母はんと赤ん坊の関係みたいなんやな」

　フーンそら伴的、あんたママコンプレックスいうのとちゃうか。いやようわからんけど、なんせトルコはそういうもんや思うわ。

「十八番さん、十八番さん、おりはらへんのん」

　がさつな声に呼びたてられ、ひょいと整理札みれば十八番は伴的。

「マアお母はんにかわいがってもらいや」スブやん肩をたたくと、伴的鼻をすすり上げ、水着姿二十貫はあろうかという女に引っ立てられて姿を消した。

　スブやんみたところ四十も少し出た感じだが実はとって三十五歳、母は十七年前、神戸空襲で死んだ。みじめな死にざまであった。父は戦地へ駆り出され、母一人子一人細々と洋服のつくろいで過ごすうち、過労のためかそれまでも病身だった母の腰が抜けた。スブやん中島飛行機へ勤め、勤労特配などあってかつかつ喰うには困らなかったが、さてB二九が白い飛行機雲空になびかせはじめては、母の始末に窮した。疎開《そかい》するとてたよる血縁はなく、家は湊川《みなとがわ》神社のすぐ横でいわば神戸の中心、そうでなくても、アメリカは楠公《なんこう》さん焼くそうやとデマがとびかい、どうころんでも助かる道はない。そして二十年三月十七日、パンパンと今から思えばクリスマスのクラッカーのように軽薄な音が焼夷弾《しょういだん》の皮切りで、「おちましたでえ」というより火の粉煙が先きに立ち、「お母ちゃんどないしょ」「ええから逃げなはれ」上半身起こしてスブやんをみつめる姿に、かなわぬと知りつつ後からかかえて二歩三歩、とてもその軽さに泣くゆとりはない。「お母ちゃんに布団かけて、はよかけて」スブやんいまはこれまでと布団ひきずり出し、一枚かけては防火用水のバケツぶちまけ、また一枚おおっては水道の水を汲《く》み、せめてこれでなんとか持ちこたえてえなと、これは切端《せっぱ》つまって親子二人考え出した非常時の処置であった。

　そのまま母の無事を祈るいとまなく、楠公さんのきわの電車道にとび出せば、すでに町内は逃げたのか人影もみえず、ただ湊川神社の木立ちめらめらと焔《ほのお》をあげ、今までいた家並みそろって黒煙を吐き出している。しかもひっきりなしに、あの荒磯《あらいそ》を波のひくようなザアザアという爆弾の落下音が轟《とどろ》き、思わず伏せてバケツを頭にかぶったスブやんの、ほんの二米《メートル》先きを、まるで筍《たけのこ》の生えそろったように焼夷弾びっしりと植わって、いっせいに火を吹いた。

翌日、まだうっかりすると燃えつきそうに熱い焼跡を、警防団が母を掘り出したが、幾枚かけたか覚えのない布団の、下二枚は焦《こ》げ目もなく、そして最後にお母ちゃんがあらわれた。全身うすい焦茶色となり、髪の毛だけが妙に水々しく、苦悶《くもん》の色はみえなかった。

「黒焦げになって、猿みたいにちぢこまった仏さんもようけいてはるのや。こないに五体満足なだけましやで」

警防団員の一人が肩にまわり、一人が脚を持とうとすると、まるで金魚すくいの紙が破れるみたいに、お母ちゃんの体はフワッと肉がくずれ骨がみえた。ウッと口を押さえとびすさった警防団、ややしばし後に「しゃアないわ、スコップですくお」と、そのスコップの動きにつれて、指の一本一本の肉までがきれいにはがれ、くだけ、最後にはこれもまるでオブラートの如くたわいない寝巻きとごちゃまぜにむしろの担架につみ上げられたのだった。スブやんはただ立ちすくみ、今もかしわの蒸し焼きだけは見る気もしない。

病身ではあったが気の強い女で、戦地へおもむく夫を送る朝、喧《けん》嘩《か》をした。「後ようたのむでえ」と、町内の歓送会へでかけるきわに親父《おやじ》がいい、つけ加えてついスブやんのズボンのほころびを、「はよつくろうたりや」といったのは小店ながらも洋服屋の職人、それが母の気にさわった。「これから誉れの出征やいうのに、なにごたごたいうてはるのん、女みたいに」と怒鳴り、すでに高小一年だったスブやんのズボンまたたく間にずり下げると、部屋のすみにほうり投げ、「ぐずぐずせんと、他所《よそ》いきの服着なさい」とこき、父はそれに抗弁もせず、玄関の前の路地で、顎《あご》を埋めるようにしながら、応召の赤だすきを直していた。

母、いやスブやんにとっても、これが父の最後の姿となった。

「スペシャルとお母はんか、おもろいことといいよんな、そやけどあの母親やったら、どうも感じでんで、おそろしかったもんなあ」

まだまわらぬトルコの順番を待って、伴的の言葉に否応《いやおう》なし母親のあれこれ想い浮《おも》かべたスブやんだが、まるでピンとこない。

母親の気の強いのは、その生理的欠陥にあるようだった。小学生の頃、玄関を入ると、いや八軒長屋のその路地を少し入ると、長火鉢の銅壺《どうこ》で煎《せん》じる実母散やら中将湯の臭《にお》いがした。便所のおとし紙の下に、珍しくなったチョコレートの銀紙をみつけ、「ウワお母ちゃん便所でチョコレート食べとんね、ずるいわ」といって、いやという程横《よこ》面《つら》張られたこともある。チョコレートではなくて坐薬《ざやく》だと知ったのははるか後になってからだが、この時の記憶をそれほど長く持ちつづけたのは、もちろんチョコレートに対する執念ではなくて、その時の母のすさまじい表情、自らの女としての欠陥を子供に見破られた口惜《くや》しさが、スブやんの心に灼《や》きついていたからだろう。「あのお母ちゃんとお父ちゃん、ほんま寝とったんかいな、もっとも寝たからわいが生れたちゅうわけやけど」思わず苦笑するところへ、「いやらしわこの人にたにた笑うてから、はよおいなはれな」

スブやんの女が呼んだ。

以前は旅館であったのを、そのまま居抜きでトルコに仕立て、襖《ふすま》を開けると畳の上にマッサージ台があり、床の間を少し張り出してそこがトルコ風呂《ぶろ》、体を洗うのは共同浴場だが、その客はなく、スブやんの通された部屋も冷え切っていて、どうも蒸し風呂にすらスチームの通る気配はみえぬ。

「蒸してんか、くたびれとんね」

「ほなもっとはよこなあかんわ。この時間やったら特別オンリーや」

「特別てなんやねん」

　しらばっくれてきくと、うちの方からいわれへん、お客さんの思《おぼ》し召し次第やもん、ほな千円やるわ、あと二百円つけてえなとのやりとりあって、たちまち女はスブやんのスボンをはぎにかかり、このあたりたしかに父親出征の朝の母に似ていたが、さすがポンとほうりはせず、座敷にふさわしい古びた衣桁《いこう》へかけた。

　女は当然のようにスブやんの手をとると、「二本指あかんよ、一本だけやし」と自分の下着へ導く。スブやんあわてて、「わしそれあかんねん、なんにもせんでええから、あんただけやって」ふだんなら二本指どころかけつのケバまで抜いたろかというスブやんだが、今は伴的の説が心に残っている。

「お客さんここはじめて」「ウン」「なんでいややのん」「なんでもや」「けったいな人」「うるさいな、だまっとれや」「フン」と女は乳液たっぷり掌にふくませて、むんずとひっつかむ、スブやん「ちべたア」と悲鳴をあげる。

　スブやんの家は千林から旧京阪で駅一つ先きの滝井にあり、女房お春は床屋の店を張る。といっても五年前、亭主に死にわかれたお春がとって十一の娘をかかえ、その店をつぐかたわら二階の一部屋を人に貸し、そこへスブやんがころがりこんで半年後に後家のふんばりもはかなく、入むこの形となったのだ。はじめの頃はスブやんが忍ぶと、添い寝する娘の恵子めざとく起き出し、「お母ちゃんの後に誰かいてはる」とうつつにさけび、それをまた女房いや当時は奥さんとスブやん呼んでいたお春が、「なにいうてんの、恵子ちゃん夢みてはるのよ、熱あんのとちゃう」などその額にしさいらしく手をあてごま化すのを、その腰にかじりついたまませいぜい背を丸め、「うまいこと嘘《うそ》つきよるで」と感心していたものだが、これがたたってか、恵子はいまだになつかぬ。

　母が死んで後、工場も爆撃を受けて身の置きどころなく、スブやんは和歌山有田郡湯浅へ、帰郷した工員仲間をたよった。魚も食べられる米かてあると、仲間の前口上はよかったが、いざたどりつけばてんから邪魔者扱いされ、与えられた網小屋の明け暮れは浜辺にまず板をならべその上にムシロを敷き、少し傾斜させたその上部から汲《く》み上げた海水を流す。しばらく陽に干してまたくりかえせば、下部に塩分の多い海水がたまり、これを漁師は魚の貯蔵用にひきとる。かわりにサツマ芋、胡瓜《きゅうり》、たまさか握り飯に、ようやくありつけた。

　終戦になるともっぱら魚ひっかついで闇市《やみいち》へ運び、これはこれでいい金になったが、とにもかくにもその日暮し、ようやく二万円ばかりの新円にぎって大阪へとび出したのが、丁度二十歳。高小卒と、闇市で見つけた古い早稲田《わせだ》の講義録、これもハナは上等の紙質に眼エつけて乾物を包むつもりで一束買ったのだが、それを拾い読んだ学歴では、もとよりまともな職はない。新聞ホルダーやグラフ雑誌の外交、さては中之島《なかのしま》のパンパン相手に珈琲《コーヒー》半ポンド単位のブローカー、知能テスト虎《とら》の巻販売、ガセネタのパチンコ必中器売りと渡り歩いて、日暮れに脅える日銭稼《ひぜにかせ》ぎのドヤ住い、あげくの果てにたどりついた職が三流金銭登録機のセールスで、スブやん二十六歳。一台売って三千八百円の口銭たよりに死なず生きず関目の安アパートで過ごすうち、すでに闇市の時代を遠く過ぎ世の中はおちついて、スブやん二十六歳。

森小路の商店街にあるけちな文房具屋、たかをくくって訪れたのだが、思いがけずに愛想《あいそ》よくもてなされ、まあ奥へ入りなさいとその斜《しゃ》頸《けい》の首いっそう傾けて主人が先きに立ち、どないな風の吹きまわしと思ううち、手ずから茶まで入れてくれ、家人は留守。

「あんたらなってでっしゃろ、そないして方々歩いてはんのやから、こう、おもろいもん知ってはるやろ、ええ?」

主人声をひそめていう。おもろいもんてなんですかとききかえすスブやんに、テキはあれやがなあれやがなといいつつ奥の間へ姿を消し、なにやらガタゴト鍵《かぎ》などいじくる音をさせ、さて現れた時にはハトロン紙のちいさな袋を手にしていた。十枚一組の、うすぼけたエロ写真だった。

「どこぞで手エに入れへんか。便宜はかろうてくれるんやったら、そっちゃの方も」とスブやんの持参した登録機のカタログを顎でしゃくり、「考えときまっせ、なあ?」

写真売りはいくらもいた。スブやん自身買ったことがあるし、他にエロ本のバイ人も以前のドヤ仲間だった。早速みつくろって十枚三百円というのを二百円にまけさせ、二袋もっていくと、いやもう主人はスブやんの表情から首尾上々とみてとり、あわてて下駄《げた》つっかけて表へ走りだし、

「今おかあちゃんおるよって他処《よそ》いこ、はよう来」とせき立て、すっかりうわずってしもとる。

結局、三万八千円の登録機を月賦《げっぷ》で売りつけその口銭の他に写真一組につき二百円のもうけ、この頃スブやん通いつめた旧京阪は橋本の女郎がショートで四百円やったから、こらぼろい。

一軒切りくずせばどこそこさんへも入れてもろてますと例をあげて話は早く、ましてエロ写真の効用はすばらしかった。親代々の小商い受けつぎ、どういうわけか申し合せた如《ごと》くいずこもがみつい女房に、禿頭尻《はげあたましり》に敷かれる手合ばかり、たまさかの温泉旅行が唯《ただ》一つ息抜き、そこで番頭に卑屈にたのんで手にするエロ写真は、彼等のお守りとよめた。スブやんの持参する新しいネタ眼にするやいなや、例外なく手をわななかせて逆上し、しかも数みせるうち必ず一枚二枚をひそかにくすねるけちな根性。

セールスの成績も上ったが、都合よく年中故障する登録機の、その修理を口実に、口やかましい女房連の眼をぬすみ、そっと手渡すエロネタの、その仲介料がばかにならぬ。

写真、本、媚薬《びやく》にはじまって口づてに顧客の数は増え、やがて器具からブルーフィルムにまで手を拡《ひろ》げ、常に強い刺激を求める色餓鬼亡《もう》者《じゃ》相手の東奔西走、いつしかスブやんエロ事師の仲間入りをしていた。肩書きだけは金銭登録機販売代理店、業務課長として、年齢よりはるかにふけてみえるその容姿、大いに役立つ。

「今帰ったよ、お春、ねたんかア」

夜目にも汚れた白いカーテンの表戸を開け、スブやん声をかけた。

「へえ、お帰り、寒かったやろ、お腹《なか》減ってまへんのんか」

いそいそあらわれたお春の、もうおっつけ一時というのにまだ寝巻きに着がえぬ姿を眼にして、トルコ帰りはやはりぐつわるい。「恵子ねたんか」「へえ、さいぜんまでなんやしらん交番所のお巡《まわ》りさんとこで話してたいうてたけど、今さっき帰りましたわ」きいてスブやんギョッとなり、「な、なんで交番所へ話しに行くねん」「へえ、あしこに一人男前のお巡りさんおるんやてえ、この奥に眼エありみたいに眼エひっこんでて、誰やらいう俳優さんに似とんやそうですわ。まあせやけどお巡りさん相手にしゃべってんねやったら気づかいありまへんわなあ」

お春すでにスブやんのやばいなりわいを知ってはいたが、そこはやはり世をはばかるそのリアリティがうすい。まさか恵子がタレコミはせんやろが、うっかりして恵子のむこに巡査でもきてみい、こらごつい厄やでとスブやん口をもごもごさせ、「危ない年頃やさかいな、いくら相手が誰でも、気いつけたりや」いいすてるなり二階へ上り、ももひきのまま、「なにもいらん、ねぶたいだけや」早々に横になるスブやんに、お春「えらい長いことしてまへんなア」とつぶやいた。夏から秋口にかけて、お春はえらいしんどいと床屋の仕事も休み勝ちで、それはスブやんの稼ぎが一家を十分まかなっていたからどうということもないのだが、そのうち妙に影が薄れ、医者にみせると、胸に影が写った。まあ無理せんと栄養ようつけとったらよろしいやろといわれるまま、夜のこともお互いひかえ勝ちになり、考えてみれば三月近くの御無沙汰《ごぶさた》。

トルコはトルコ、これはこれやとスブやんお春を抱き寄せたが、しばらくのうちにその肩やら太ももげっそり肉のおちて、「あかんで、もういっぺん医者にみせな」と心底いうのを、お春は逃げ口上とうけとり、「抱いてくれはるだけでええのどす。なにも無理にいうてしまへん」とはや涙声になり、子持ちの、しかも三つ年上の女房らしくひがみにかかる。「ちゃうがな、ほんまに体心配しとるだけや、あほやなアもう」「すんまへん」

スブやんつい一時間前トルコでそがれた威勢を、なんとかかり立てるべく大童《おおわら》わとなるうち、階下の恵子の、大きなくさめがきこえ、あいつまた布団《ふとん》はいどんのとちゃうかと思ったとたん、この夏に何度か眼にし、やがてはそれを期待して夜中便所へ降りた恵子のあけっぴろげた寝乱れ姿が浮かんで、ようやくスブやん男が立ち、春子はうれしそうに喉《のど》を鳴らし、「ほんまこんなとこ録音されたらわややで」と、ふと伴的がこの床下にまでコードを引きまわしているような錯覚におそわれた。

「スブやん」は客のさまざまなリクエストに応えネタを調達する日々を送りつつ、「伴的」や運び屋の「ゴキ」やエロ本書きの「カキヤ」とともにブルーフィルムの製作に取りかかる。春子は「スブやん」の子を妊娠するが流産してしまい、その後病死してしまう。恵子と関係を結ぼうとする「スブやん」だったが性的不能に陥ってしまう。「スブやん」が警察に検挙されている間に恵子は失踪する。「ポール」や「カボー」という仲間が増え、ブルーフィルムは完成し乱交パーティーを開催するに至る。しかし「カキヤ」の突然の死や仲間割れによって、理想的な乱交パーティーを開くべく邁進する「スブやん」とともに行動するのは「カボー」だけになってしまう。

すでにキャンドルライトは消して、煖炉の焔影《ほかげ》にゆらゆらと赤くうつし出されたフロアーに、白いかたまりが九つ横たわり、もくもくとうごくのを、スブやんは畑の作物みまわる百姓のごとく、その合間をぬって歩きまわり、「どや、みな生きてはるな、万年筆みたいなんひとつずつ後生大事にかかえて、ギッコンギッコンやっとるねんな、ほれ、しっかりせなあかんで、エンジンかけたり、馬力出したり、夜道はまだまだ遠おます、チンチンだけがこの世のたより、終世はなれん同行二人、地獄極楽どこまでも、一つ突いてはわれのため、も一つ突くのは魔羅《まら》のため、神も如来《にょらい》もくそくらえ、すがるこの道ただ一筋や、エロが失せたらこの世の終り、ほれ、男はギッコン女はコロロン、ギッコンコロロンええ調子、苔《こけ》のむすまで尽きせぬ魔羅こそめでたいめでたい」

どや、カボーみてみい、これが乱交やで、これが裸の人間いうもんや、見栄《みえ》も外聞もあれへんが、後生大事これ一筋に今こそみんな生命《いのち》かけとる、女かてそういう男の心意気にうれしいねんわ、ほれ泣いとるぞ、嬉《うれ》し涙やで、生れてはじめて男の情けにふれた、あれが女のうれし泣きや、しゃべりつづけるスブやんにカボーは、「あのぼくもう用ないのんとちがいますか、片づけるのんは、明日朝早うきてやりまっさかい」「かえるいうて、もうおそいやろ」「ここらタクシーありますから」「ええやないか、もうちょっとおれや」「ぼく、あのこに会いたいんですわ、もう電気入れんかて、ぼく抱いたったらほかほか体ぬくうなりよんですわ、今頃寒むがっとるんちゃうかおもて」あのこ、つまり人工美女。

カボーが去ると一人残されたキッチンに、月の光が冷めたくさしかかり、ここまでは暖炉の熱もとどかぬから、思わずくしゃみ一つして、「カボーはええわい、人形でもなんでも女がおるねんからなあ、わいは、こらもう男やなくなってもたんちゃうやろか、乱交みてもまるで感じへんし」あらためてズボンをおろし、わがものをたしかめると、寒気にうたれたせいか、まるで椎《しい》の実のようにちぢこまり、さきほどの、あの長短大小、上反下反かりたか越前《えちぜん》それぞれ異なってはいても、いずれ劣らず金鉄の如く火焔《かえん》の如き乱交の男たちのそれとは、これが同じ男の付属物とも思えぬ無駄魔羅。月の光に萎《な》えたチンチンをさらして、「インポは、エロ事師の職業病やろか」とスブやんつぶやく。いや、病気とちゃう、インポこそ、エロの極致はインポなんかも知れん、冴《さ》えかえった月と、唯《ただ》一人相対するうち、やがて、しみじみと毛穴にまで満足感がしみ渡り、もうインポも餓鬼もどうでもええような風流な気分で、昔、早稲田の講義録で読んだ芭蕉《ばしょう》を思い出し——

萎え魔羅にさしこむはただ冬の月
臍《へそ》にうつりし枯枝の色
乱痴気の伊丹の宿の夜更けて
弾みきったる長き逸物《いちもつ》

褌《ふんどし》も帯も行方は知れずして
　胸毛ばかりが見栄の小男
田楽も固き豆腐の新鉢《あらばち》に
　蛤《はまぐり》そえてそろう据膳《すえぜん》
あいなめの男は骨までしゃぶりつき
　無理な形に脚のつき出る
さまざまに品かわりたる色の道
　本手《ほんで》がやはり花とこそ知れ
死にますと啜《すす》り上げしもうつつにて
　女やや寒く鼻紙をもむ
うずくまる後架《こうか》やここに月の客
　男の果ては皆インポなり

　ぼくが家で待ってると警察から報《しら》せあっておやっさんが車にはねられたいいます。だいたい青信号なってもすぐには渡らんほど注意深いおやっさんが、そんな事故におうたんも、あのパーティですっかり精魂つかい果たしてしもうたからやないかしらん、なんせおやっさんあれからぼけーっとしてもうて、伴的さんが青い顔して、なぐりこみかけられた、神戸の組のもんらしいいうてきた時かて、そうかあ、いうだけで、なんやポールさん半死にの目エにおうて、もうめちゃくちゃやそうなのに、別におどろく風もあれへん。

　なんせはよ行かなあかんおもて、その警察、天満《てんま》署やったけどとんで参じたら、あほ病院やいうて怒られて、そいでひょっとみると、わいが写真では知っとる、どうも恵子さんらしい女の人いてる。あ、こら恵子はんにも連絡いったんかおもて声かけると、たしかにそうで、そやけど恵子はんが天満署におるのは、おやっさんの事故のためやあれへん。売春容疑でつかまりはったそうな。そやけどなんせ、おやっさん事故におうてんからと、わけを話して、巡査のつきそいで、あわてて病院へ行ったら、どこにいてはるか皆目わからん。ようやくたずねあてたとこは、行き倒れなんか収容する地下の汚ないベッドで、そこにおやっさん手当てしたままらしく、裸に近いかっこで寝てはる。意識はのうて、もう時間の問題やいうことで、こらえらいことなった、いや、ぼくより恵子さんはこれですっかり孤児とならはるわけやし、それでもこないして臨終にあえたんは、これも浅からぬ親子の縁ちゅうもんかしら思うて、なんせ、隣りのベッドにも一人寝てて血泡《ちあわ》をぶくぶく吹いとるし、こんなとこで死なせるのは気の毒や、どっか部屋ないか尋ねに行ことしたら、なんや恵子はんがくすくす笑いはります。こらえらいこっちゃ、ひょっとしたら気イふれたんかも知れん、あんまし突然のことやからそれも無理ないけど、この陰気な病室に、いうてはわるいが死にかけてる二人と、気狂《きちが》いと一緒に何時間もおらんならんとは、こらかなわんと気色わるなって、とにかく誰か呼ぼうおもたら、若い医者入って来て、おやっさんの手首とって、「こらあかん、いてもたわ、気の毒やけど。背骨ごうに打って、まあ頭の骨も陥没しとるし」と気楽にいいはる。恵子はんはさすがに先生おる間はだまってたけど、おらんようなると、前よりもっと笑い出して、ハンドバッグからハンケチを出し、おやっさんに近づいた。後できいた話ですけど、背骨の打ち方によってはそないなるそうでっけど、おやっさんのチンチン、ふんどしからはみ出して、死んだにもかかわらず、しゃんと天井むいて、まるで月にむかうロケットみたいにごついんですわ。ぼくこらどないなりよったんか、インポやったおやっさん、恵子さんかえってきたら直るいうとったおやっさん、たしかに今、恵子はん帰ってきて、そいでいうた通りにしゃんとしたんは、こらやっぱし霊魂のなせるわざかしらんと、恐ろしくなりましてん。恵子さんはそんなこと知らんから、ただそのチンチンがおかしらしいねん、ふんどしからとび出したでかい奴《やつ》に、白いハンカチひらりときれいにかけて、そいで尚《なお》いっそうけたけた笑いはる。せまい室内にその声がワンワンひびき、ぼくもついつられて、およそ場ちがいなことで申しわけなかったけど、なんやおかしなって、そらそうでしょ、まだ死顔もそのままやのに、チンチンだけえらそうにまっ白なハンケチかぶせてもろて、ほんま、こらもうどっちゃが顔やわかれへんと思わず一緒に笑《わろ》うてしもたんですわ、ジョンジョンジョンジョン——。

本文：初出「小説中央公論」（一九六三・一一、一二）／底本『エロ事師たち』（七〇・四、新潮文庫）

解説

1 「エロ事師たち」とその語り

この小説は、主人公「スブやん」をはじめとする「エロ事師」の姿を描いています。彼らは性的な刺激を求めてやまない「色餓鬼亡者」に「エロネタ」を提供することを生業とした男たちです。様々な性的な要望に応えて、あるいはそれを一層掻き立てる形で、「エロ」テープや写真、フィルム、器具、実際の「エロ」体験までをも調達し、経済的な利益を獲得していくのです。

「エロ事師たち」の性の描き方はとても独特なものです。自然主義文学をはじめとする日本の近代文学は性を個人的なもの、私的な秘密の領域に属するものとして描いてきました。それは告白される対象であり、隠されているものを露わにするということに積極的な意味が見いだされてきたのです。しかし、冒頭の「スブやん」と「伴的」の盗聴に見られるように、この小説が描いている性は最初から商品として位置づけられています。盗聴されている男女にとっては秘密の領域に属するはずの性は、「スブやん」を介して、商品として流通していくもの、類型性を持って消費者に受け入れられていくものとして捉え直されているのです。

「エロ事師たち」の語り手は、物語世界の外側から作中の事物についての俯瞰的な情報を読者に提供する役割を果たしつつも、基本的には「スブやん」の周辺にあって彼に即した限定的な認識を働かせることで事物を表現しています（☞P19課題1）。とくに視覚に関しては制限が厳密に加えられているので、この小説では、いわゆる描写的な表現がほとんど確認できません。冒頭の場面で盗聴されている男女のビジュアルが表現されていないことに象徴されるように、事物をありのままに再現しようとする近代的なリアリズムの方法がとられていないのです。その代わりに作中人物の認識と言葉に強く彩られた語りが全面的に展開されています（☞P20課題2）。三島由紀夫は、この小説には「雑駁さで雑駁さを、卑俗さで卑俗さを、そのまま直下に映し出すやうな透明な作用」（「極限とリアリティー」）があると指摘しました。語り手は自身の視点を抑制しながらも、性のただ中にあって誰よりもその実相と向かい合おうとしている「スブやん」の認識とそれを表現する言葉に寄り添うことで、卑猥でいかがわしい性を十全に伝えることを可能にしています。同時にそうした語りによって、個人と社会の領域を行き交う性の様相、戦後の日本における性の実相が表現されているのです。

2 『性の歴史』における性と権力

「エロ事師たち」発表の十年後、近現代社会における様々な権力の様態を分析し批判してきたミシェル・フーコーは、『性の歴史』を発表しました。フーコーがそこで記述しようとしたのは「性《セックス》」の歴史ではなく、「性《セクシャリティ》」の歴史でした。すなわち個別的な性の事象ではなく、性行動や性欲をめぐる言説システムをはじめとした性についての制度総体の歴史が問題とされたのです。具体的には、一七世紀以降の西洋において、夫婦間の性交が正常であり子供や同性愛者の性行為を異常とするような「規範＝基準」がどのように形成されてきたのかがたどられ、それがどのような学問体系（＝知）によって裏付けされてきたのかといったことなどが検討されています。フーコーは性の歴史を記述することによって、人々の身体や生死を監視し管理する近代的な権力装置の姿を明らかにし、それを批判しました。ただし、人々が性について語ることや性を解放しようとすることもまた権力の強化につながると警鐘を鳴らしているように、フーコーが提出したのは人々の性が権力によって抑圧されているというような単純な図式ではありませんでした。近代的な権力装置あるいは性に関する権力は、具体的な実体的なものではなく、あらゆる社会的な流動関係において作用として現れるものとして捉え出されたのです。

3 「エロ事師たち」における性

「エロ事師たち」が描いている性も複数の権力の交錯する場において顕現しています。（この点は本文編に引いた冒頭部と最終部だけでなく、ぜひ「エロ事師たち」全編を読んで確認してください （☞P20発展課題）。「スブやん」は戦争によってすべてを失ったところからエロ事師になっています。戦争とその後の体験が警察や性産業に関わるやくざあるいは一般的な性規範といった権力に対抗しながら商売を続けていくしたたかな姿勢を作り出したのです。他方で「スブやん」は自らの経済的な利益のために様々な人物、特に女性たちから搾取を繰り返す収奪者でもあります。人々の性的欲望を徹底的に利用する「スブやん」を通じて六〇年代の日本の性の生々しい一端をうかがい知ることができるのです。

4 性を捉えることの困難

誰よりもしたたかに性を利用していたはずの「スブやん」ですが、彼は作中で最も性をつかみ損ねている人物でもあります。この小説は理想の乱交パーティーを開いた「スブやん」が自らの性的不能に打ちのめされている場面とその後の事故死を描いて終わります。思い人であった義理の娘に、交通事故の結果、屹立する性器をさらして笑われているラストシーンは鮮烈な印象を読者に与えます。他者の性的欲望を縦横に操作してきたはずの「スブやん」は、自らの性的な欲望に翻弄されつづけ、最後には性的な身体だけが残されたのです （☞P20課題3）。ここには性を捉えることの困難が見事に示されていると言えるでしょう。

それは、性を誰よりも関係性において捉えていた「スブやん」が自分独自の性あるいは個としての性を捉えようとして躓いた姿なのです。性を捉えようとすればするほど、そこには複雑に絡み合った関係のネットワークが見えてくるはずで、性を実体的に把握するのは適切ではないということになります。一方で私たちは個として性に関わらざるを得ないとすれば、そこで直面する本質的な困難を「エロ事師たち」は表現して見せたと言えるでしょう。

野坂昭如（一九三〇～）　神奈川県鎌倉生まれ。少年時代を神戸で過ごすが、神戸大空襲により養父母、さらに妹を栄養失調でなくす。五〇年早大仏文科入学。六六年「エロ事師たち」。六八年「アメリカひじき」「火垂るの墓」により直木賞受賞。小説や多数のエッセイの他様々な分野において多彩な才能を発揮している。

SECTION 3

表現の時代

1966年〜1975年

SECTION 3

10

「私」という虚構

藤枝静男「空気頭」

禁断の秘薬によって脳を侵された医師の奇妙な告白。性への執着を克服するため、彼が編み出した前代未聞の治療術「気頭療法」とは——。「私」を描くということの、複雑怪奇なからくりを暴き出す挑発的な〈私小説〉。

二十代の終わりころ、瀧井孝作氏を訪問すると二、三百枚の本郷松屋製の原稿用紙を私の前に置いて「これに小説を書いてみよ」と云われたことがあった。そして「小説というものは、自分のことをありのままに、少しも歪《ゆが》めず書けばそれでよい。嘘なんか必要ない」と云われた。私は有難いと思ったが、もちろん書かなかった。そのころの私には、書くべき「自分」などどこにもなかったから、書きようがなかったのである。

私はこれから私の「私小説」を書いてみたいと思う。

私は、ひとり考えで、私小説にはふたとおりあると思っている。そのひとつは、瀧井氏が云われたとおり、自分の考えや生活を一分一厘も歪めることなく写して行って、それを手掛りとして、自分にもよく解らなかった自己を他と識別するというやり方で、つまり本来から云えば完全な独言で、他人の同感を期待せぬものである。もうひとつの私小説というのは、材料としては自分の生活を用いるが、それに一応の決着をつけ、気持ちのうえでも区切りをつけたうえで、わかりいいように嘘を加えて組みたてて「こういう気持ちでもいいと思うが、どうだろうか」と人に同感を求めるために書くやり方である。つまり解決ずみだから、他人のことを書いているようなものである。訴えとか告白とか云えば多少聞こえはいいが、もともとの気持ちから云えば弁解のようなもので、本心は女々《めめ》しいものである。

　私自身は、今までこの後者の方を書いてきた。しかし無論ほんとうは前のようなものを書きたい欲望のほうが強いから、これからそれを試みてみたいと思うのである。

　しかし、私みたいな人間に特別な材料や意見があるのでもない。何年かまえのことだが、子供の時分に講談本で読むと、どこかの山中に剣客が住んでいて、木立や岩角を相手に百錬《ひゃくれん》の修業《ママ》を積み、ひとたび人間に向かうと一太刀のもとに敵の脳骨を打ち砕《くだ》く、自分もそういう文体の書ける人になりたいと思ったことがあった。今ではこんな下らない考えは捨てた。むしろ酔っぱらいのクダみたいな文章の方が自分に適しているような気がしている。しかしそれをこれから実行できるという自信があるわけでもない。

　実存世界の不条理《ふじょうり》という言葉がある。私は、自分一個の精神生活も肉体生活も、これまで不条理に支配されてきたことを認めざるを得ない。しかし同時にそのことに嫌悪を感じてもいる。たしかにそれは自分の力でどうにもならぬことであったかも知れぬと思う。しかし私には、そういう見方が、人生に対するただの解釈であって、自分の内部に於ける強い倫理となり得ないということが不満なのである。

　だいたい私には、青春時代に自分を悩ました強い自己嫌悪の情が青臭く残っている。それ以後のなまぬるい日常生活で薄められることもなく、また戦争の外力で引き剝《は》がされることもなく、そのままベッタリと、まるで厚紙のように背中に貼《は》りついている。そしてそういう自分を、それが自分だと思い諦め得ない己れの愚図《ぐず》に対する不快の念がある。これを断ち切ろうとして百錬の文体を希望したのであったが、そのこと自体が、考えてみれば始めから下らない間違いだったわけである。

○

　昭和四十一年十月十日、いま私の妻はＭ結核療養所《りょうようじょ》に入院している。従って私は、ガランとした二百坪ばかりの住居に、家政婦と二人きりで落莫《らくばく》たる夜を送り迎えている。看護婦雇人《やといにん》たちはすべて通勤なので、夕方六時までの治療が終われば四散《しさん》してしまう。だから私は、白衣を脱いで、約十五分間の夕食がすめば、一人で部屋にひきとって長い夜に対面する他ないのである。本を読むか、テレビを眺めるか、とにかく私は積極的に時を過ごす手段を何も持たないと云ってよい。そして十一時あるいは夜半過ぎ、家政婦が用意しておいてくれた風呂に五分乃至《ないし》十分つかってベッドに入るのである。寝る前にウイスキーを角罎《かくびん》四分の一ほどラッパ飲みすることもある。しかしそれで眠りを呼ぼうとするわけではなくて、一度に沢山酒をあおるという、その動作自体が何となく芝居染《じ》みて華かな気分がするせいである。そのうえ十分もすればアルコールの作用で精神の抑制《よくせい》がゆるむから、稀には色情的な空想の湧《わ》くこともあるし、時には平生《へいぜい》とるに足らぬことがさも重大事のように考えられて、妄想のなかで社会に挑戦《ちょうせん》したりすることもできるのである。

さて私の妻は、昭和十三年に私と結婚し、昭和十六年の末に二番目の娘を実家に帰って生んだのであるが、病気は、このとき同じ家の離れ座敷で、重症の喉頭結核におかされて死期を待っていた彼女の姉から受け継いだのである。姉は間もなく死んだけれども、受け継いだ結核菌はそれ以来二十五年間、一刻一時間と云えども妻の体内から消えたことはない。指折り数えるとよく云うが、本当に私は指折り数えることがある。

戦争中は私の勤めていた海軍の病院に入院していた。そのころは所謂《いわゆる》肥胖療法のほかにはこれと云った治療法はなかったから、私は病院の事務長やコック長や炊事婦《すいじふ》たちにおべっかを使って彼等の盗み出した肉をわけてもらったり、部外の患者の好意にすがって魚をもらったりした。そして勤務が終ると、一段低まったところにある病室に入って行って、暗幕で閉《とざ》されたコンクリートの部屋の妻の寝台のわきに腰をおろし、彼女の華奢《きゃしゃ》な温かい手を握って、あてどもない雑談をした。彼女は落ちついて幸福そうなこともあり、また焦燥《しょうそう》から来る故のない嫉妬で私を苦しめることもあった。そういう場合に、私はまだ病人の親しさから生みだされる理不尽《りふじん》に馴《な》れていなかったから、怒りにふるえて廊下にとび出し、そこのすぐわきに掘ってある応急患者待避用《たいひよう》の小さな防空壕《ぼうくうごう》に入って、しばらくじっとしてからまた病室にもどったりしていた。

（略）

やがて彼女は気胸療法《ききょうりょうほう》(注1)を受けることになった。これは、私の学んだ大学の教授が多くの傷病兵にほどこした症例にもとづいて、この病院にも移入されることに決まった方法で、私たちはその積極的な治療に明るい期待をかけたのであった。

そして実際、妻はこの新しい器機的療法に答《ママ》えて見る見る軽快しはじめ、肥りはじめた。そして何ヵ月かすると、彼女は入院中に自分の手で作り終えた新しいモンペをはき、配給の真白なズック靴をはき、防空頭巾《ずきん》を背負って実家へ帰って行った。

そのときのことであったか、それともその少しあと彼女が主治医の診察を受けに再びやって来た折りのことであったか、記憶がはっきりしない。私はそういう恰好《かっこう》をした妻と一緒に殺人的な満員列車に乗り込んだ。私は妻をデッキに押しこむと、急いで箱に沿ってプラットフォームを駈け、開いた車窓からトランクを投げこみ、背中に妻の大切にしていた重い大きい三面鏡を細引きで縛りつけたなりで、同じ窓から坐席の間にのめりこんで行った。厚い人垣の向こうの方の洗面所のわきに妻の蒼い小さな顔が押しつけられていた。――そして彼女が遠くから苦しいような、醜い表情で、訴えるようにこちらを見たとき、私は恐ろしい顔付きをして妻を睨みつけた。

（略）

私にとって、肉親の見苦しい姿は、そのまま理屈抜きに私自身の醜さとして映る。それが他人の眼にさらされる苦痛にはほとんど堪えることができない。衝動的な羞恥から、私は肉親に怒りを感じる。そして胸を噛むような後悔と愛憐《あいれん》の情が、後になってまるで潮のように湧《わ》きあがって来る。

あるとき、妻が嘆息するように

「あなたはときどき私たちを本当に他人のような冷たい眼つきをして見ることがある」

と云った。

私は妻の云うとおりの人間かも知れないと思う。私はいつも、私の死んだ父にも兄にも、肉親の誰れにも、一度だって人間らしい自然な態度で接し、やさしく親愛の情を示したことがない。何という下らぬ虚栄心に縛《しば》られつづけて来たことか。そしてそれが相手にとっても自分自身にとっても無益有害なことを私はよく知っている。

（略）

何ヵ月か前の暑い日の午後、私と妻とは故郷に帰って墓の掃除をしていた。父のつくったその小さな墓の下には、父と私の肉親たちが眠っていた。そして多分ちかい将来に、私自身もその親しい場所へ入って行く。

私はほとんど我を忘れて仕事に没頭《ぼっとう》していた。玉石に混ざりこんだ枯葉をひとつひとつ拾い棄て、花筒の底にたまった泥を指で丹念に洗い出し、汲《く》みたての冷水を存分にかけて、熱した墓石を濡らした。草をむしり、枯れて古い供花《きょうか》は抜き出してまとめて火をつけた。何よりも水を好んだ兄の顔を思い浮かべ、私は壇にあがって、彼と話を交わすように、何度も何度も石の頭へ水を浴びせかけた。

すこし離れて、切花を持って立っていた妻が、不意に、思いつめたように

「わたしはこのお墓に入るのは嫌です」

と云った。すると反射的に、（裏切られた）というような、異様な不快感が私を襲った。

――あれが俺だ。

さめかけたコーヒーを啜《すす》りながら、そのときのことを私は思い出していた。裏切ったのは俺だ。ほとんどゾッとするような暗い気持ちが私の胸をひたした。

あのとき俺は、それとない身振りで妻を墓の下にひきずりこもうとしていたのだ。墓洗いに没頭する俺のさも嬉しそうな動作は、彼女をその肉親から引き離して、彼女のまったく見識らぬ肉親たちの棲《す》み家へ押し入れようとする、残酷な約束として彼女の眼に映ったにちがいない。私の脳裡を、あのときの彼女の死におびえたような暗い眼つきがよぎった。

十数年前、私は妻や子供たちの可愛がっていた飼犬を殺した。人間から見て殺さねばならぬ理由はあったが、犬にはなかった。子供にそのことを告げると泣いた。

勿論誰にもやらせるわけには行かなかったので、自分の手で始末することにして硝酸ストリキニーネを牛乳にまぜて与えると、喜んでさ

も甘そうに飲みつくした。凝《じ》っと見ていると、二分ばかりたったころピクリとしたような身体の表情があらわれ、同時に、不審そうな、うるんだ眼つきをして私を見た。そして家に入ってその場を避けた私の耳に、ガタガタと懸命に小屋を引っぱる音と、鎖《くさり》のすれる音と、低い唸《うな》り声とが聞こえてきた。二時間ばかりして行った時、鎖につながれたまま四肢をのばして扁平《へんぺい》に硬直した彼の死体が、小屋の後ろのせまい間隙に転がっていた。

昨日は、夕方の四時ころ家を出て、近くの私鉄の沿線にある古い松の大木を見に行った。数日前の新聞の地方版に、この松が松毛虫にとりつかれたので殺虫剤を撒《ま》く予定になっていると書かれていて、それが気になっていたのである。

小さな八幡の祠《ほこら》を、ほとんどその露出した根の盛り上がりの部分で越して、松は、広い淡い浅黄色の空に太い腕をのばして立っていた。幹は地上五米《メートル》ばかりのところでふた股に分かれているが、そのあたりはもう日没の濃い翳《かげ》に覆われて、ただ胸から上の、松葉の重い塊を支える彎曲《わんきょく》した枝の組み合わせだけが、黒い輪廓をクッキリと浮かびあがらせていた。

木の真下の冷え冷えと沈んだ空気のなかに立っていると、生臭いような臭気があたり一面を籠《こ》めていて、それは多分新聞にあった殺虫剤のせいであろうと思われた。気をつけてみると脚下の湿った土のうえにもそれらしい白い粉が点々と散らばっていた。

私は薄闇をすかして病んだ枝の所在をさぐろうと試みたが、松の緑は暗さのため色を失っていて、何も見別けることはできなかった。松の巨木には金泥《こんでい》の襖絵《ふすまえ》に見るような一種の華かさがある。その姿のままで蝕《むしば》まれているさまは哀れであった。それを私の妻になぞらえて考えているわけではなかったけれども、或る淋しさのようなものが私の胸をよぎった。

私はなお暫くそのあたりをぶらついていたが、やがて身体が冷えてきたので、もと来た畑の中の道を駅の方へひき返すことにした。「夫婦は二世」という忘れてしまったような言葉が頭に浮かんで、自分もやはり「夫婦は二世か」と思った。

○

松を見て、戻りの電車の小駅についた頃には、もうあたりは暗くなっていました。まもなく街の方から勤人を満載した明るくて暖かそうな電車がやって来て、やがて十分ばかりすると入れ違いにガラ空きの車がはいってきましたので私はそれに乗りこみました。

私は、自分の頭のなかが、電車の振動につれてガサガサという、蛾の羽撃《はばた》くような乾いた音をたてて鳴りはじめたことに気がついていました。同時に、自分の視野の上半分が、ちょうど薄靄《うすもや》を通してみるような具合にかすんできたことにも気がついていました。また例のやつが始まったな、と思いました。——そうして、私が家の玄関の戸をあけたとき、そこのコンクリートの床のうえに、大柄な、眉毛《まゆげ》のハッキリした、眼の大きいM子が、私を迎えるようにして笑って立っているのを見て、ああやっぱり、と嘆息するように思いました。

私は、いきなり腕に力をこめて彼女を突き飛ばしました。彼女は肩を硝子戸にぶっつけて外によろけ出ると、そのまま変な、動物の泣くような声をたてながら通りの方へ立ち去って行きました。

私は急いで診察室にはいりました。そして器械戸棚から私の考案した携帯用の人工気頭装置をとりだし、その尖端に装用するグラスファイバー製のゾンデの消毒にかかりました。ゾンデは長さは約十三糎《センチ》ありますが、直径は頭部に近い部分で一粍《ミリ》そこそこしかなく、しかも径〇・〇五粍の中空になっておりますから取り扱いにはかなり手数がかかると云えます。しかし私の方はもう馴れっこになっていますので、さしたる面倒もなしに手早くそれをすませ、それから普通の皮下注射用の二CCの注射筒に接続して何回となく通気をくり返して内壁に残る水分を排除したのち、輪にして滅菌《めっきん》ガーゼのうえに乗せて置きました。空気はゾンデの鋭い尖端から約一粍半さがった横腹に穿《うが》たれた小孔から送り出される仕組みになっていて、これは人工気胸器の針から思いついたものなのです。

思いつきと云えば、私の器械の原理そのものが全く人工気胸器の模倣と云えましょう。単に針を屈伸《くっしん》自在のグラスファイバー製とし、装置全体を携帯用の小型に作り替え、適応を脳内にまでひろげただけが、私の貧しい創案だと云った方がいいかも知れません。気胸療法の方は、勿論もうとうの昔に捨てられて、より進んだ薬物療法や手術療法にとってかわられている現状ですから、今時の新しい大学卒業生などに私の器械を見せたら或はその着想の奇抜さを驚嘆されるかも知れませんが、本当のところを云えば、十年以上も昔に私が妻の病床で見馴れたあの古めかしい器具が、ここに形を変えて再現されているに過ぎないのです。——あの時分の私たちはそれにすべての希望をかけて毎日を暮らしていました。その幻想みたいなものから、今だに私は逃がれられないのでしょう。ときどき自分で自分が哀れになることもあります。

私は三分おきに三回、〇・五プロのパントカインを点眼して結膜を麻痺させました。その間に器械の準備と調整を終わりました。それから革張りのせまい手術台のうえに仰臥して、ペニシリン溶液で外眼部を充分に消毒し、もう一度手さぐりで顔のすぐわきにセットした装置の附属品と位置を確かめたのち、ゾンデを右手に把持《はじ》し、左手の人差指で左眼の下眼瞼を下に引いてから眼球をできるだけ上転しておいて、ゾンデを眼球の外下方の結膜下に深く突き刺しました。

冷たいゾンデの尖端が、眼球壁の硬い鞏膜《きょうまく》に沿い、その丸いカーヴに従って従順に彎曲しつつ、まさぐるように眼球後極に向かって進んで行きます。そしてそこで固い手応えとともに、ほぼ二寸釘ほどの太さを持った視神経繊維束《せんいそく》に正確につきあたったことをたしかめたところで、私はホッと息をつきました。それから私は更に全身の緊張を指頭にあつめてゾンデの向きを直角に変え、繊維束の下側に沿って奥に進んで行きました。そうしてそれが深く眼窩《がんか》の漏斗《ろうと》先端部にまで行きついた地点で視神経孔を通過してやっと脳底に抜け出ました。——しかし困難は実はここからはじまるのです。以下順を追ってその道程を簡単に記しましょう。

ゾンデの先きは、なお繊維束に沿って進み、やがて視神経交叉部《こうさぶ》に達しますが、ここで注意すべき点は、決して周囲の組織を傷つけないこと、特に繊維束をとり巻くウイリス氏動脈輪に触れてこれを損傷することのないよう、操作を慎重に行わなければならぬということです。

ゾンデの先端が交叉部に近接しますと、トルコ鞍《あん》の硬い前牀突起の骨に行きあたります。トルコ鞍は、中に重要な内分泌器官である脳下垂体を抱きこんだ函のようなものですから、この部で半交叉して左右の眼底に分布する視神経繊維は、その下縁ですべて脳下垂体の上部に接しているわけになります。つまり繊維束は脳下垂体の上にやんわりと乗っている形になるのです。ゾンデはそこで前牀突起に触れてその上をすべりながら一粍一粍と進み、この両者の間隙を経て遂に鞍の後牀突起に達します。そうしてこの点に届いたとき、反対に針先きを約三粍ばかり引き戻してやるのです。これでゾンデの操作はひとまず終わりです。

――私は左手を下眼瞼から離して、静かに私の顔のわきに固定しておいた器械の吸引コックに近づけました。コックをひねり終わった瞬間、いつものような、虚無的な、深い悲しみの情が、鳥の羽ではくように私の胸を横ぎりました。

ゾンデの先きに穿《うが》たれた小孔を通して私の頭蓋底から導き出され、透明なU字管の内壁を伝わって降りてくる、粘りを帯びてやや黄色っぽく濁った浸出液を、私はじっと眺めていました。トルコ鞍の入孔部で脳下垂体の被膜を犯し、その部をスポンジ状に浸している腐敗液が、こうして体外に排出されつつあるのです。やがて私の意識は次第にうすれはじめました。

私は闇にひきこまれようとする直前の僅かな隙をとらえて、吸引コックを素早く送気用に切り変えました。次の瞬間、天井を這いまわっている漆喰《しっくい》の割れ目が重なりあい混ざりあって遠のいたと思うと、視界ははたと閉ざされて暗黒と化してしまいました。

冷たい革の枕に接触している首筋から後頭部にかけて、皮膚一面に厚ぼったい黴《かび》の群がみっしりと生えたような具合に感覚が鈍麻《どんま》しはじめ、しばらくすると両耳の後ろのあたりを清らかな水がヒタヒタと洗うような恍惚とした状態が訪れてきました。そうして私は、何時か仰向けに脚を伸ばして寝たままで速い流れに身をまかせ、半ば沈んで河を下って行くのでした。

――かくして、多分長くも短くもない一定の時間の後に、やや聾《つんぼ》になり、しかし生き生きとその感覚を回復しはじめた私の耳の奥の方に、プツープツープツと云ったふうな、水中の間隙を潜《くぐ》り抜ける気泡の音が、呟くようにゆるやかに響きはじめました。脳底深く刺しこまれたゾンデの先きから押し出される生鮮な空気に圧迫されて、視神経繊維束を浸蝕している腐敗組織が剝がれ、そこに形成された空洞によって更に距てられて縮んで行きつつあるのです。気頭術の成功を告げる呟きに間違いありません。

私は息をはき、重い瞼《まぶた》を挙げて天井を見あげました。左右二〇〇度、上下一二〇度の完全な視野がカッキリと眼のまえにひろがっていました。

この、私の頭蓋の奥深く巣喰い、私を恥ずべき上半盲の世界に陥れようと狙っている、私の腐った一部分！

私の視野に異常が現れたのは、妻が発病して三年ばかりしたとき、つまり私が海軍の共済病院に勤めていた昭和十九年の末か、昭和二十年はじめの戦争末期のころでした。

しかし、これは症状をはっきりそれと自覚したのがその時分であったというだけのことで、実際はもっと以前から、恐らく中学生時代か、そして記憶をよりくわしくたどって行けば小学生時代にさえも、時々その前駆症状《ぜんくしょうじょう》らしいものの発現のあったことを指摘できるかも知れません。


（略）


もちろん現在では、この発作にみまわれた場合、私の視野は完全に上半を失ってしまいます。ちょうど、上半分に墨を塗った眼鏡をかけたのと同様になるのです。

この病気は、成書によりますと、だいたい脳実質の視領中枢《ちゅうすう》部、放線、皮質部の傷害によって起こることが多いとされています。そして実際にも症例報告の大部分は世界大戦時のそれで、銃創《じゅうそう》によって瞬時にこの部に外傷を受けたものばかりです。従って、海軍火薬廠《かやくしょう》の病院あたりでのうのうと暮らし、たまさか爆撃を受けたり機銃掃射《そうしゃ》をくらって逃げまわっていた私のようなものがそれにあたるわけもありません。

そこで理論から云いますと、上半盲は網膜下半部に分布する神経繊維の死滅を意味するのですから、何も視領中枢《ちゅうすう》の外傷によらずとも、他の何らかの原因によって視神経交叉部《こうさぶ》に於いてその下半が犯《ママ》されさえすれば立派に発現し得るはずです。この場合もっとも常識的に考えられるのは、ウイリス氏動脈輪の血管硬化、または視神経束の周囲組織の部分的肥厚《ひこう》による圧迫によって下半部神経繊維の機能が失われるという場合です。現に私はこの血管硬化によると考えられる両鼻側四分の一半盲の一例を経験して雑誌に発表したことさえあるのです。

ところで、それならお前自身の上半盲は何が原因なのかということになるわけですが、私はそれを以上に挙げた例とは全く別の、或るヴィールス類似の起炎菌によって交叉部附近の（恐らくは脳下垂体外被組織の）細胞に与えられる緩徐《かんじょ》な炎症性の腫脹、乃至《ないし》は細胞自体の増殖に由来《ゆらい》するものと考えているのです。この増殖と腫脹とによって、視神経繊維束がその下部に圧迫または侵襲を受けた結果、上半盲が惹《ひ》き起されるのだと考えるわけです。

これは、私の場合、上半盲が間歇的であること、また私の考案した気頭療法によって、それがたとえ一時的にせよ即時に消失するということで証明され得ると信じております。

そこで次に問題になるのは、然《しか》らばそのヴィールス類似の起炎菌は、何時どこから私の体内にもぐりこんだのであるかということです。

前にも申しましたとおり、私は自分の視野に異常のあることを小学生の時分からうすうす感づいておりました。ですから一番考え易いことは、それが遺伝的に、血液を通して私の体内に伝えられ、やがて脳下垂体附近に定着して生き続けてきたとする考え方です。そして私は事実その通りにちがいないと信じております。

（略）

私は、幼い頃から私の父親の実家の性的乱脈の状態を見聞しつづけてきました。そして自分の血管のなかには、彼等男女と全く同じ淫蕩《いんとう》の血が色濃く流れているのではないかと、常に疑ってまいりました。自分一人だけがそれをまぬがれている筈はないと考え悩みました。私の青春時代の苦しみと努力は、ほとんどそれを捩《ね》じ伏せるための闘いに費《つい》やされたと云っても、決して嘘ではありません。

私は、この菌の正体が性慾と密着した関係にあることを知っております（このことに就《つ》いては後にくわしく記述いたします）。ですから、自分の病気を考える場合、私は自分のロークス・ミノーリス（注2）を形成する大切な要素として、この私一族の性的放埒《ほうらつ》の血を除外することはできないのです。

以上かいつまんで申しあげたのが、私の最終的に発見した治療法である気頭療法と、私の病気の現在に於ける病理病原に関する説明であります。勿論ここに到りますまでには、病型自体の変化もあり、それに伴って治療法の推移《すいい》もあったわけです。それでこの点に就いて、これから順を追って述べてみたいと思うのであります。

（略）

そのころ（注・海軍病院勤務時代）私は恋人を持っていました。Aという名前の、十九歳になる小児科付き看護婦で、身長は一五二糎、体重は四三瓩《キロ》、血液はA型、手足が小作りでふっくらと丸味のある身体つきをしていました。桜に錨《いかり》の七宝焼《しっぽうや》きのバッジを正面に縫いつけた白帽をかぶり、細身のモンペに白運動靴という恰好で、毎日病院の廊下を素早く走りまわっていました。

彼女は眉が濃く、大きく見開いた黒眼には、いつも青っぽい翳りが游弋《ゆうよく》しているように見えました。乳白色の湿った皮膚に覆われた丸い首が、前方に膨らんでくる胸にはまりこんでいました。何かを熱中して凝視《みつめ》たり考えこんだりしていると、知らず知らず斜視《しゃし》になり、身体つきが全く無抵抗で色情的になって、思わず摑みかかりたくなるような女でした。

A子は、空襲警報第一配備の命令が下って全員防空壕に待避するときは、必ずと云っていいくらい私の後ろにしゃがんで、のしかかるようにして柔い括《くく》り顎を私の肩に当て、胸と腿を私の背中いっぱいに押しつけてきました。私も時にはわざと位置を変えて彼女の後ろにしゃがんで乳をかかえこんだりしました。すると彼女は息を吸いこむようにして、両肱《ひじ》で私の腕を締めつけるのでした。

誰しもそうでしたでしょうが、当時の私は、何事もなりゆきにまかせてその日を過ごしておりました。

私が嘱託医として勤めていた病院は、工廠《こうしょう》の工員を対象とした別区域の共済病院でしたが、同時に工廠自体の医務部と一本の動脈でつながっても居りました。つまり私たち、各科の医者とか看護婦とか事務職員たちは現役軍人ではありませんが、院長及び副院長はそのまま工廠医務部の部長と部員、即ち現役の海軍軍医大佐及び少佐というわけでした。そのうえ、病院職員の首脳部は皆海軍衛生下士官あがり、若しくは下士官から出世した特務士官で構成されていましたし、また医務部員であるところの若い軍医大尉中尉たちは、私たち嘱託医の下に配属されて臨床の見習いみたいなことをやっていたのです。従って私たちは「先生、先生」などとおだてられていい気になって、患者や病院運営のことなどでムキになったりすると、忽ち血脈の通い合った軍人元軍人から手酷《てひど》いシッペ返しを受けざるを得ませんでした。何と云っても、何かの集まりがあれば彼等は短剣を吊《つ》って来るのですから明かに私たちの上級者の一団であって、どうなるものでもないのです。シッペ返しのうちで、小粒《こつぶ》でも辛いのは配給の手加減です。それから一番怖しいのは召集――外地行きです。海軍だからまず生きては帰れません。たいがい潜水艦で出発です。

　私は勿論ごく自然に諦めていました。戦争の必敗は、場所がらで早くから察しもし、またたまには上級者から耳にもしました。精神的緊張を放棄すればそれまででした。私は営養《ママ》不足による肉体的の衰えと逆に歩調を合わせて、精神が解放され自由になりました。毎日の空襲が、生活の一種の彩《いろど》りになっていたと云っても嘘にはなりません。それを頽廃の証拠だと云われれば、それでもいいのです。とにかく、その場その場の快楽を、それが本物であるか偽物であるかは別として、みつけることに、（私ばかりではありません）誰も苦労はしなかったということも、私はあのころの現象的事実だったと信じて居ります。誰だって日常的には感覚的自然のなかに生きているのです。洒落て云えば、青空も四季の移り変りも、平和な今日と同じように頭上にありました。

　私はA子と、夜のレントゲン室や防空壕や材木置場で快楽をともにしていました。病気の妻や子供たちは、遠い田舎の妻の実家にあずけてありました。私は自分が一匹の飢えた動物でもあるような、伸び伸びとしたいい気持ちになっていました。A子と関係したあとなど、いかにも「実のあることをした」という気分がしました。そして艦載機による昼間の空襲が劇《はげ》しくなってくると、私は自分で掘ったせまい蛸壺《たこつぼ》のなかに首をすくめてうずくまりながら「あいつ等が上陸してきたら、俺は早速A子を連れて降参して捕虜になってやろう。俺は医者だから殺されないだろう」まるで喜ばしく安定した将来を待つように、そう空想していました。

　A子の肉体は年齢不相応に成熟していました。あるいは私との数回の性交で急激に成熟したと云うべきかも知れません。とにかく不自由な環境にあっても、教えることは忽《たちま》ち覚えこみ、熟達《じゅくたつ》してしまうのです。医局にいたころ、新婚の同僚の一人が「おれの女房はザフトライヒでなあ」と云って自慢したことがありました。私は妙にその形容詞が忘れられず、その意味するところをいろいろと妄想し、漠然と羨《うらや》んだことがありましたが、A子を獲てから、それが実在する感覚であり、如何に有能な快楽を与える性能であるかを悟《さと》ることができました。私はほとんど連日のように彼女の熱い肉体に溺《おぼ》れこみ、それを蹂躙《じゅうりん》することに専念していました。A子の方もはじめからパンツを脱いで示し合わせた場所へ来るようになりました。

間もなく終戦の日が来ました。終戦を告げる天皇の放送を、私たちは階級順に広場に整列して聞きました。ラジオの故障か電波の加減かで声が大きくなったり小さくなったり、またそれを掻き消すように雑音が入ってきたりしてイライラしました。しかし、その不自然な抑揚《よくよう》のついた、そのくせ変に一本調子の奇妙な声は、確かに敗戦を告げていました。それが飲みこめた瞬間には、私は何も反応しませんでした。終わったということがどういうことなのか、何も具体的な実感は浮かびませんでした。嬉しいような淡い気はしましたが、人々が部屋へ戻って、泣いたり「陛下に申しわけない」とか「努力が足りなかった」とか口走っているのを見ても、本気でそう思っているのか、まわりに仲間がいるから空々しい思いつきを口に出すのか、何だか信用できませんでした。看護婦たちはポカンとしていました。

やっと四、五日たって、工廠の方で書類を燃《も》す煙がのぼりはじめ、アルコールや重曹《じゅうそう》や火薬包装用の紙などの製薬材料を、子供をまじえた工員や工員家族たちが先きを争って運びはじめ、そして軍人たちが急に痩せた表情で構内をウロつきはじめ、行き合うと「先生方は手に職があるからいいなあ」などと云い出したとき、私は自分が戦争から解放されたことを感じました。

ある夜、古い流行歌のレコードが、不意に、突拍子もない音量で当直室の方角から流れてきました。その瞬間、私は思わずビクッとして四辺を見まわしました。誰かに怒鳴りこまれそうな幻想に捕われたのです。それから自分を納得《なっとく》させるように「ああ、もういいのだな」と思いました。

つまりそういう具合に、私は全く他動的に人から教わりながら、自分がもう解放されているということを実感して行ったのです。そしてそれを実感することによって、ようやく、それまでの自分が、半分ヤケッパチで精神の自由を得たなどと思いあがっていたのは、ただの幻影に過ぎなくて、本当は毎日毎日どんなに死の恐怖で締めつけられて生きていたか、ということを悟ることができました。

戦争の終結と同時に、性欲の減退を感じた「私」は、旧友の安富君に教えられた中国の古典医学書に学び、人の糞尿から密かに「金汁」を精製することに成功する。それは服用するとたちまち視界の上半分に蛾がのたうちまわり、上半盲を引き起こすと同時に、強烈な精力の回復を約束するものだった。かくして「私」はキャバレー・キャラバンのB子を征服するが、三年の情交ののち、彼女の肉体が堪えがたい悪臭を放っていることに気付く。「私」はB子を捨て、自分自身の暗い欲望からようやく解放されたような気分になる。そんなある日、軽井沢で休暇中と聞いていた安富君が、キャバレー・キャラバンに姿を現し、B子といかにも親密そうに話しているのを目撃する。

私はゴムの木の葉陰にかくれるようにして、二人の行動を監視していました。安富君のゆったりとした物腰と堂々たる体軀は、気の多いB子をすっかり惹きつけているように見受けられました。B子はぽってりとした自慢の半裸体を彼の上体にもたせかけ、彼の顔の下から両の黒眼を寄せるようにして凝然と見あげながら、何かに聴き入っていました。安富君は、多分木の芽どきから新緑に移るころの、あの高原の雑木林のむせるような美しさを彼女に説き聞かせてでもいるのでしょう。彼の横顔にもうっとりとした表情が浮かんでいるように思われました。そうしてB子の掌が彼の腿を撫でるのが、こちらから見えました。

——やがて、あの糞臭が、B子に時の来たのを告げるあの蒸《む》し蒸しとした異臭が、私のまわりにただよってきました。もはや私から金汁の供給を受けることの絶えた今でも、彼女の体内に蓄積されたかの営《ママ》養物は、以前に劣らぬ働きを保って発現してくるようでした。

私と彼等との間の席に腰を据えて女とイチャついていた大人しそうな男が、不審気にあたりを見廻したり、それとなく女の肩の辺に顔を近づけたりしはじめたことに私は気がつきました。彼が手元の前菜をつまみあげて鼻の先きに持って行ったり、とうとうビールのコップを何気なく電飾《でんしょく》にすかしてみたりするのが眼に入ると、私はちょっと吹き出しそうになりました。

そのとき不意に、チラッとB子の肩越しに、安富君が私の方を見ました。彼は、まるでとうから私の存在を知っていたかのように、今度は私に向かって頷いてみせました。そして私がそれに答えて、手に持ったコップをちょっとあげた瞬間、私は彼の膝のあたりが、何となく呆やけて見えることに気がついたのです。

私は眼を凝らして、じっと彼をみつめました。すると、どうしたことでしょうか、乱視眼で眺めた月の縁みたいに、少しずれて半透明に重なり合ったもう一人の安富君が、まるで封筒から中身が抜け出るような具合に、見る見る宙に脱出して行くではありませんか。そして彼は、細身のズボンをはいた長い脚を無器用に掻きながら、蛙泳ぎのような恰好でしばらくは重い煙草の靄の中をただよっていましたが、やがて急にするすると吸いつけられるように上昇したかと思うと、ピタリと丸天井の一隅に貼りついてしまったのです。

私は驚いて周囲を見廻しました。しかしこの奇体な現象に気付いた客は誰一人としてないように見えました。だれもかれもが、それぞれの楽しみに熱中して、女を突ついたり、酒を飲んだり、どなったりしているばかりでした。

私は改めて安富君のテーブルに視線を戻しました。B子は「彼」に何か話しかけながら、新しく抜いたビールの壜を傾けて彼のコップを満たそうとしておりました。彼女のその剝き出した腕と白い背中が、私の斜め下にありました。そして私がオヤと思った瞬間、もう彼女の首筋は私の脚もとに沈み、私の身体は、まるで水底を離れた気泡のように天井めがけて一直線に昇りはじめ、やがて私の背中は安富君とならんで冷たい壁に貼りついてしまったのです。

——二人は広い店内を斜め上から俯瞰《ふかん》しました。それまで私の耳を領していた人々の高い話し声や、コップの触れ合う音や、それらに掻きまわされていた音楽の騒音などが、突然ピタリと消え失せ、ただワーンというような均等の響きとなってあたりにただよっていました。そしておそろしく遠のいてしまった人々の人形のような姿を、まるで手術室の無影灯のような白い光が、遍《あまね》く一様に照らし出していました。

私は、自分の頭蓋が空っぽになっていることを自覚しました。全視野が健康に解きはなたれ、遥かの下界のフロアの隅を這いまわるゴキブリの姿まで、私はくっきりと網膜にとらえることができました。

「ああ」

と私は思いました。満足と喜びの情が潮のように私の胸を浸しはじめました。私は、自分の精神が今、空白であると同時に残る隈《くま》なく充足していることを感じました。自分がB子からも、糞尿からも、すべてのこれまでの煩わしい苦悩から、まったく解放されているのを信ずることができました。

「心が自由になると、何もかもよく見えるものだなあ」安富君が耳のそばで呟くように云いました。「つまり離れるのだな」

「ええ」

と私は頷きました。

（略）

――私は、一時の私が人糞で救われたように、今度はせめてこの空虚だけでも人工的に作り出すことによって、自分を救わなければならない、そう考えました。

作り出すべき場所は、もちろん私の脳内以外にはあり得ません。私の耳の奥には、安富君がキャラバンの丸天井で呟いた「つまり離れるのだな」という一言が、あたかも天啓のようにひらめいていました。

私は、ちょうど私たち二人が空間をへだてて下界を俯瞰していた時のように、私の脳下垂体と視神経交叉部との中間に空気を導入してその接触を「離断」しなければならぬ、と思いました。私に遺伝し私につきまとって来たあのヴィールスの増殖は、それによって制圧され、私は過去の私自身から物理的に脱却することができるのです。あの厭わしい重圧感や、地面を這いまわることしか知らぬ醜悪な蛾の幻影から解放され、遍満する光のなかにとり戻した完全な視野を通して、両眼を遠く天空の彼方に放つことを得るのです。――そのときがやっと訪れた、と私は思いました。

さて、これで私の長い報告をひとまず終わります。

私の発明した気頭療法がまだ不完全なものに過ぎないことは、御覧のとおりです。B子に似た女も、半欠けの視野も、私の前から永久に消滅し去ったわけではありません。

それどころか、私の脳下垂体附近は、金汁による反覆刺戟のため膨脹を繰り返した組織が、部分的に交叉部に癒着し、そのため両組織の完全離断はもう不可能になっているのです。現に、空気注入直後に撮影したレントゲン写真を見ますと、剝離した空間はちょうど中央の部分で縊《くび》れて、まるで瓢簞《ひょうたん》のような恰好を呈しています。つまり私の頭蓋のなかでは、滑稽にも、空気製の瓢簞が、鯰《なまず》ならぬヴィールスを一生懸命に圧さえつけているのです。

そのうえ、気頭療法を施して二十日もしますと、そろそろ空気が抜けはじめてこの縊れの部分を移動するものですから、身体を動かしたりすると、その度にカサカサという貧乏臭い音をたてて鳴るといった有様です。

――しかし、私はそれでもよいと思っています。いったん道をみつければ、後は努力次第です。だから私は努力してこの装置に改良を加え、結局は空気で私の全脳髄を充満させ、完全な空気男になってフワフワと昇天してみせる決心でおります。

○

昭和四十二年四月二十四日（月曜）晴暖

午前九時五分に起きて便所に行った。庭の牡丹の大輪が十個ばかり満開で、しかし二、三日の盛りを過ぎ、傾きかけて陽を浴びていた。電気剃刀で鬚《ひげ》をそって洗面し、食堂で飯一杯、味噌汁一椀、焼海苔六片、畳シラス一枚、梅干半個、浜納豆、小蕪漬もの、金時豆砂糖煮で朝食を食い、糖尿病の薬とVB_1を飲んで、白衣に替え、九時四十分に診療をはじめた。

十二時五分に午前の診療を終わり、居間でテレビニュースを見ながら、豚肉二切れ、トマト一個、キャベツ、バタ厚塗りトースト一片にオレンジマーマレイドを山盛りにつけて牛乳で食った。そして紅茶と林檎人参混合ジュースを飲んで、テレビを消して朝刊を読んで、眼科臨床医報を拾い読みしたのち四十分間昼寝をした。

午後二時に眼を覚まして診療室に出た。三時に小ボタ餅二個と八朔《はっさく》蜜柑一個を食って、六時十五分まで働いた。

使用人に月給を渡した。今月からKとNは二千円、女子は一律千円昇給させた。

六時三十分に食堂で夕食を食った。ホーレン草のスマシ汁、サヨリ塩焼き一匹、茶碗蒸し、筍《たけのこ》煮付け、鶏ササ身吉野揚げ四個を食い、昆布と高山わらび漬物で茶漬け二杯食った。糖尿病の薬とVB_1を飲んで、四畳半で会計をした。患者三百十一名、収入——であった。居間に入って夕刊を読んでテレビニュースを見た。

七時半NHKテレビ「上野」を見ているとY氏が来た。そして誘われて義理と好奇心で市長選挙事務所を訪れた。土間いっぱいに二十人ばかりの人、多くは老人が、楽しげに菓子をつまみ茶を飲んでいた。若い人が出たり入ったりしていた。

三方の壁、衝立《ついたて》に、ところきらわず、このあいだ当選した県会議員や元大臣や地元国会議員の激励の殴り書きが貼ってあった。みな看板用の模造紙に墨汁で下手に書かれていた。医師会や何々会の推薦状が、額に入れて吊るされていた。

SとKとMとSが居て挨拶した。Kが「先生のような人格者に支持してもらうと心強い」と云った。それを本気で云っている。つまり偽善者が自分の通り相場になっている。

二十分で出て、また誘われてY氏宅へ行って、同氏が高山から買ってきた江戸末の地方窯の雑器三点を見た。

二十分で辞して帰宅し、八時半、糖尿性白内障の入院患者の血糖値を調べるための定時採血をし、氷室に保存した。それから東京の娘に電話をかけたら皆元気であった。

本日の食物を女中に聞いて日記をここまで書いた。次手に身長と体重をはかると、一六四糎、五七・五瓩であった。

受信は森口氏、渡辺氏、菊。発信は森口氏。電話は市社会教育課（文化財の件）、点訳後援会（テープの件）、医師会中央病院（診療担当の件）であった。

人格者と云われたのが癪《しゃく》にさわってならない。

気質は、人間が本来持って生まれた脳の物理的または化学的構造として、物質的に実在する。あるいは、A型気質とかB型気質とか俗称するように、血液や脳脊髄液の成分のなかに生化学的な原因が潜んでいるかも知れぬが、とにかく物質的に実在する。

人格というのは、自分の場合は、気質に対する常に不愉快な人工的抑圧に過ぎない。つまり実体のない添加物《てんかぶつ》である。少し前まではそれが男らしいと思っていたが、このごろではつくづくイヤになった。そのうえ精神力が鈍麻して、無意識に抑圧に従って自然に何かやったり考えたりしている。自分に抑圧を剝ぎとるだけの余力がもう失われたようにも思うと一層イヤだ。

十時半ベッドに入って、静岡テレビ「七人の刑事」で「轍」という題のドラマを見た。一時間で終わってテレビを消したが、夕方の不愉快が残り、またテレビを見ているあいだ絶えず頭にあったことを考えて眠れないので、それを左に記すことにする。

むかし子供の時分、絵画や写真や映画で外国の風景を見るとき、そこに転がっている石ころ、そこの路傍に生えている草や木の実物は、本当に自分が日本で見ているものと同じであろうかと疑った。それは、映画が天然色になり迫真的になって、確かに同一物にちがいないと頭では思っても、しかし心の奥底には依然として疑いが消えなかった。自分でどうすることもできなかった。この眼で見なければ信用しないという、自分の狭くコセついた、抜き難い性質を嫌悪することもあった。

しかし、とにかくそのせいで、風景の多く出る映画を好んで見るようになった。

だいぶ前に、偶然はいった映画館でベトナム戦争の天然色記録映画を見た。そのひとつ前にニュースで同じベトナム戦の黒白映画をやった。

最初に、焼かれて余燼《よじん》のくすぶっている掘立小屋のところに立って泣いている三歳くらいの子供が出た。大きな坊主頭を蠅が這いまわっている。同時録音になっていて、子供が時々日本の子供と同じとぎれとぎれの泣き声を出す。しかし、両手で眼をこする日本流のやり方でなくて、片手の親指と人差指で鼻の付け根、目と目の間のところを押して泣く。指の間から涙が流れ落ちている。

次に、老人のように見えるが多分老人でない百姓のベトコン捕虜の尋問《じんもん》される場面が出た。白シャツを着て帽子をかぶったベトナム人がベトコンの足の指に裸の電線をまきつけると、ベトコンは両手を合掌して相手を拝む。男は構わず傍の原始的な発電器の把手《とって》を廻わす。するとその瞬間にベトコンは感電してピクンとしてから、痙攣《けいれん》を起こして後ろへ反りかえり、身体を震わせて苦痛の表情を示す。男が手を休めて電流をとめて何か云うとまた拝む。すると男は落ちついた動作で再び勢よく把手を廻わす。それを何度でも繰り返す。

天然色に移ると、はじめに広い河が出てきた。河幅いっぱいに、濁った水がたっぷりと緩く流れている。岸辺には蘆《あし》が生えていて、そのこちら側は低くてせまい泥の畦道《あぜみち》になっている。猫柳《ねこやなぎ》らしい木があり、雑草が繁っている。それが春の出水時の日本の田圃《たんぼ》そっくりで、思わず惹きこまれた。

不意に、画面の右手から、灰色の迷彩服を着たベトナム兵に捕えられたベトコン容疑者が現れた。三十歳くらいに見えるその野良着姿のベトコンは、うしろから襟《えり》を摑んでコヅかれながら歩いてくる。アメリカ式捕え方なのか、はだけた上衣のうしろ襟を背中の辺までぐいと引き下げられ、両腕が自然に後ろへ廻って、ちょうど簡単な形で後ろ手に縛られたような恰好になっている。

横にならんで歩いていたベトナム兵がいきなり頭を殴った。ベトコンがよろけると、もう一人のワイシャツを着て頭を分けた小綺麗な若い男が、兵士を突き除けた。そして裸の肩に手を置き、かばうように付き添って歩きながら、何か話しかけている。やさしい青年らしいと思った。

男が答えたのかどうか、不意にその青年が男を河に突き落とした。男が手をバタバタやって立ち直ると、水深が胸のへんまでだとわかった。すると青年がいきなり着物のまま飛びこんで寄って行ったので、連れ戻るのかと思っているとそうではなくて、男の頭の毛を摑んで濁った水のなかに押しこんだ。それからまた引きあげて、また水に押しこむ。何度もやる。痩せた身体つきに似ず腕ぷしは強いらしく、馴れた動作で、少しもよろけない。

画面が変ると、水田のなかに仰向けになって、そのベトコンが脇腹から血を流して死んでいる。

――この若い小綺麗な男、平気で弱いものに冷酷になれる人、味方に似たふるまいを見せていて裏切る人、そういう人は沢山ある。そして、平生の生活で自分がその一人だという自覚がある。

三時になった。風呂に五分間はいって、またベッドに戻った。

本文：初出「群像」（一九六七・八）／底本『田紳有楽・空気頭』（九〇・六、講談社文芸文庫）

（注1）かつて行われていた結核治療法の一つ。胸膜腔に人工的に空気を注入することで肺を圧迫し、結核の進行を抑える。

（注2）locus minoris はラテン語の医学用語で、抵抗減弱部。個体の弱点のことで、病原に対して最初の反応を見せる部位。

解説

1 「空気頭」の〈私語り〉

〈私小説〉であることの宣言から始まる「空気頭」。この小説に登場する「私」という存在は、一体何者でしょうか。「私」が医師であり、戦時中海軍の医療機関に勤務したこと、一九三八（昭和一三）年に結婚した妻が、長い間結核を患っていることなどは、作者・藤枝静男の経歴に合致します。しかし、就寝前に多量に飲酒するという「私」は、時々酩酊状態の頭に「色情的な空想」が湧くと断っていますし（P175）、「気頭療法」の解説がいかに医学用語を駆使していても（P179・180）、脳の一部を細菌に侵された重症患者の発言だとすれば、信憑性は十分ではありません。

また「空気頭」は、自己と他者、内と外とが容易に入れ替わる世界を提示しています。自己嫌悪は家族への憎悪に転嫁され、欲望の対象であったはずのB子は、「私」自身の醜い性欲の象徴として、悪臭を放ちます。キャバレーの天井からB子を見下ろす場面は、性欲を克服し、透徹した認識者へと生まれ変わる「私」の悟りの境地を示していますが（P185・186）、それが「私」の外部の出来事なのか、内部の出来事なのかは、曖昧です。爛れたB子を遥か足元に残して飛翔する二人の男は、細菌に蝕まれた脳下垂体からふわりと浮き上がる視神経や目玉に対応し、彼らが張り付く丸天井は、空気の詰まった頭蓋骨を思わせます。この場面は、「気頭療法」施術中の脳内の解剖図とも読めるものなのです。

〈私小説〉などと聞くと、読者は作家の伝記的事実にその鍵を求めようとしたり、また逆に、〈私小説〉の記述を作家の伝記的事実と考えてしまったりします。そのような読者にとって、「空気頭」はかなり挑発的な小説です。「自分の考えや生活を一分一厘も歪めることなく」写したと言いながら、「私」が語るのは相当奔放な幻想の世界なのです。〈私小説〉にノンフィクションを期待する従来の〈私小説〉的な読み方は、この小説では徹底的に裏切られてしまうでしょう。むしろ「空気頭」は、〈私小説〉を突きつめていくと、一体何が「私」なのか簡単には決められなくなるという〈私語り〉の奇妙なからくりに気付かせてくれます。

2 「私」とは何者か？

「私が私であること」を示す言葉に〈アイデンティティ〉（自己同一性）というものがあります。エリク・エリクソンはこの概念を、「生きた斉一性と連続性の主観的感覚」と規定しました。「主観的感覚」ですから、真偽は問題ではなく、「私」が信じる「私」のイメージと言ってもよいものです。ただし、全くの虚妄で〈アイデンティティ〉を構成することはできません。人は社会の中に生きる以上、「誰か他者との関係において、また、関係を通して、自己というアイデンティティは現実化される」（ロナルド・レイン）からです（補完的アイデンティティ）。

「空気頭」は全体が○の記号で四部に分割され、四つの異なる「私」が、それぞれの章で提示されます（⇨P21課題2）。各章まちまちの文体が示すように、これらの「私」はある種、表現上で〈演じられた〉ものです。実際の生活でも私たちは、関わる相手との関係性のなかで、意識的にせよ無意識的にせよ、「私」を役割のように演じ分けています。「私」とは、外に示された表現にこそ宿るのであり、相手に応じて多様なヴァリエーションを生み出すのだとも言えるでしょう（☞P22課題3）。

「空気頭」の「私」はかつて、「書くべき自分」がなければ〈私小説〉は書けないと考えていました。が、「書くべき自分」（内面）が表現（告白）に先立って存在するという思い込みが、本当は「書けない」理由だったのではないでしょうか（12章参照）。「空気頭」は、「私」というもの本来に備わる演技性に無自覚だった従来の〈私小説〉に対し、鋭い問題提起を行っているのです。

3 〈私小説〉論の系譜

〈私小説〉とは大まかに言えば、作者自身の生活体験を題材とする小説の総称です。告白小説・モデル小説の流行は、明治末期の自然主義の時代から見られますが、文芸用語としての〈私小説〉は、大正中期に登場し（宇野浩二「甘き世の話」『中央公論』一九二〇・九）、関東大震災前後から第二次大戦後まで、その定義や是非が盛んに論じられました。

初期の〈私小説〉論では、〈私小説〉とともに〈心境小説〉という語も多く見られ、ジャンルの定義が摸索されました。作者の主観にこだわる〈心境小説〉を批判し、西洋の〈本格小説〉に倣うべきことを説いた中村武羅夫《むらお》（「本格小説と心境小説と」二四）。卑近な〈私小説〉を求道的な〈心境小説〉にまで高めよと説いた久米正雄（「私」小説と「心境」小説二四）。両者の論は、日本の〈私小説〉に、実証主義精神の欠如を見る小林秀雄（「私小説論」三〇）へと継承されます。また、田山花袋の「蒲団」を〈私小説〉の起源とする説（中村光夫「風俗小説論」五〇）、〈私小説〉作家を〈破滅型〉と〈調和型〉に分ける説（伊藤整「小説の方法」四八）、さらに岩野泡鳴・近松秋江・葛西善蔵・太宰治ら〈破滅型〉作者の体験小説を〈私小説〉とし、志賀直哉・瀧井孝作・梶井基次郎ら〈調和型〉作者の体験小説を〈心境小説〉と分類する説（平野謙「私小説の二律背反」五一）などが続出し、幅広い影響力を持ちました。

このように、〈私小説〉は長い間、東西文化論や文学史とセットで論じられる傾向がありました。しかし、絶対的な用語の定義や作家の分類が不可能であること、後発の文芸用語でそれ以前の文化現象を説明する矛盾など多くの反省点が指摘され、現在では〈私小説〉論そのものの起源やイデオロギー性を問う研究が主流になっています。

藤枝静男（一九〇七〜九三）静岡県生まれ。本名、勝見次郎。眼科医として診療に従事するかたわら、志賀直哉・瀧井孝作に私淑。家族を蝕んだ結核への憎悪や、自己・血族に対する愛憎を、独特の〈私小説〉形式で徹底的に追究した。代表作に「路」（四七）「イペリット眼」（四九）「欣求浄土」（七〇）「田紳有楽」（七四〜七六）など。

SECTION 3

11

現象としての身体

古井由吉
「円陣を組む女たち」

春先の公園で見た少女たちの円陣の遊戯。その日から、男の平穏な日常は、群れなす女たちへの恐怖と嫌悪で満たされるようになった。女たちの見えない輪が、じりじりと自分を締め上げる予感。身体感覚の根源を探って、男は忘れていた記憶の扉を開け放つ。

三月の或る夕暮れに、公園の枯芝の上で十人ほどの若い娘たちが奇妙な円陣を組んで息をこらしているのを私は見た。

　物の影が淫らな生きもののように伸び出す春先の日和だった。ちょうど一時間ほど前に地下鉄にちょっとした事故があって、まだどの駅でも乗車制限がおこなわれており、私もいましがたまで地下道の牛歩についていたが、諦めて列から離れる気持にまだなれるか、依怙地《いこじ》な気持になってしまうかの境い目で、人熅れ《ひといき》にふと堪えられなくなって最寄りの国電の駅に向かって一人で歩き出した。ゆっくり歩いているうちに国電のほうの混乱もいずれおさまって何時《いつ》もなみの混雑にもどるだろうと、私はだんだんに暮れ方の散策を楽しむ暇人のような気持になり、たまたま人影のない小さな石段を登ってきて、いきなり枯草色のひろがりの辺《ほと》りに頭を突き出して立ち止まった。夕陽が遠くに立つビルの濃い影をかすめて斜めに寄せてきて目をくらまし、暖いうねりのように体をつつみこんだ。それから目が落着くと、一見平坦にみえた芝生が芝の影をひとすじひとすじ目の高さにゆらゆらと浮き立たせて夕陽の方向へかすかに傾き上がっていき、百メートルほどむこうで盛り上がる力を集めて、柔らかに翳る盆をひとつ空に向かって伏せた。そしてその上で、十人ほどの若い娘たちが手をしっかりとつなぎあわせて、お互いに地面に小さくうずくまりこもうとするように体を揺すりあっていた。

　まだ十五、六の少女たちだった。春先のセーターの色どり豊かな円陣が、何のつもりかそれぞれ醜悪な腰つきで地面に両足を踏んばり、追いつめられた草食獣の群のように、頭を輪の内側へひしひしと寄せあっていた。だがやがて、重い腰が何やらせつなさそうに浮き上がり出したかと思うと、固く閉じた輪は内側からだんだんに綻《ほころ》びはじめ、髪を振り乱した頭がひとつまたひとつ、風にあおられた草の穂のようにゆらりゆらりと起き上がってきた。と、まるで頭上から何かが彼女たちを目がけてまっしぐらに襲いかかって来たかのように、円陣が地に崩れ落ちかけた。「あああっ……」と切羽づまった声が少女の口々から洩れた。だが円陣はまさに崩れ落ちようとして低く支えられ、そのまましばらく息をこらしていたが、そのうちに細い腕があぶなげな中腰の姿勢からいっせいに頭の上にさし伸べられ、手と手をかたく握りあわしたまま互いに押しあい、引きあい、互いに伸び上がろうと競いあい、沈めようと妨げあい、右へ左へゆっくり傾いては揺れもどりながら、春の空に向かって迫《せ》り上がりはじめた。もう胸のふくらみの感じとれる若々しい上半身が肩にきゅうっと力を入れて、小さくうずくまりこみたそうに、いっそひと思いに引きずり上げられてしまいたそうに、すこしずつ開いていく。それにひきかえ下半身は引きずり上げられるのを恐れて、ただもう地面に沈みこもうとあせり、膝はいまにも前へ崩れそうに意気地なく折れまがり、腰はもうなかば浮き上がってしまいながら、かえってふてぶてしい感じでうしろへ突き出された。しかし両足はそれぞれ地面に貼りついたようにすこしも動かず、それが全身のあがきにひどく真剣な、それでいてやはり戯れらしい感じをあたえていた。

　やはり遊戯は遊戯、そうつぶやいて、私は奔放になりすぎた錯覚を払い落とした。私の子供の頃には、あれは男の子だけがやった遊びだった。輪を組んで力を入れて揉みあって、足を動かしてしまった者を輪からのけていく。力は強いのにこの遊びにはどうも弱い男の子が時々いたものだ。いったん力が輪に満ちて、それから引いていくと、そんな男の子はまるで倒れるぞ倒れるぞと自分に言いきかせているようにゆっくり輪の外へ倒れていく。たぶんあの少女たちは女になりかけた自分の体をもてあまして、春の日があまりふくよかに芝の広がりを照らしているのを見たとき、子供にもどりたい、いっそ男の子になりたいと、こんな遊びをはじめたのだろう。

　やがて、少女たちの体は空に向かって伸びきってしまい、つなぎあった手を頭の上でひとつに集めて、重みを輪の内側へあずけあった。そして広々と傾き流れる赤い光の中で、見なれぬ祈りのようなポーズを組んで動かなくなった。地面をぐいと踏みしめる足から、まるで春先の大地の力が全身へ突き上げたように、緊張が手の先にまで満ちわたり、そのために動きもならない体の線という線が、腋から胸へふくらむ線、胸から下腹へ流れおちる線、まだかたい太腿からいきなり醜く、もう女らしくふくれ上がる線が、露わに浮き出してしまった。誰ひとり声を立てなかった。そして少女たちは芝の上に異様な影を落して、エロチックなもののちょっとした暗示にも笑い転げる年頃の恥しさも忘れて、全体のバランスにひたすら身をゆだねていた。

遠い不可解な連想が起り、私はほの赤い空に向かって静かに立つ異様な円陣の全体に、一人の裸体の女を思い浮べかけた。女は暗い光の中で胸も隠さず、ただ白い腰をこころもちうしろへ引いて、暗がりの奥へ目を凝らしていた。見覚えのない姿だった。しかも奇妙なことに、それは少女どころか、もう若くはない、体の線ももう鈍く哀しげな女だった。しかもその暗がりは、その女と私だけをつつむ暗がりではなくて、彼女が目を凝らすその奥には、まだ大勢の女たちの裸体が白い獣のようにうごめいているようだった……。

その時、円陣の中の少女がひとり、硬い姿勢からいきなり頭をうしろへ投げて空を仰いだ。ひときわ赤みをました逆光の中で、伸びきった白い喉がなま温く顫えているのが見えた。目の前の芝生を見ると、濃くひとつに融けあって私のほうへ伸びてくる円陣の影からも、その頭は苦しそうにのけぞり、そのかすかな揺らぎがまるで円陣全体の喘ぎのように感じられた。獣じみた恐怖の臭いが、私の額の奥で動きかけた。およそ春先ののどかな夕景色にふさわしからぬ物狂わしい叫びが、あの白い喉から空へ昇るのではないか、と私は思った。頭上の空がまたひときわ赤みをまして低くざわめきながら降りてくるような、そんな錯覚が起りかけた。しかしつぎの瞬間、少女たちの円陣はふいに沈みかかり、いまにも地に落ちようとしてまた低く支えられ、そのままひとつ大きなうねりを打ったかと思うと、一人の少女がうしろへ勢いよくはじき飛ばされて、枯芝の上に尻もちをついた。そして声にならない嗚咽が顫えはじめた、と聞いたのはまだ私の錯覚のなごりで、一息おいて甲高《かんだか》い笑い声が空に昇り、それに和して若々しい娘たちの笑い声が芝生の上にひろがった。私は苦笑して石段を昇りきり、芝生に沿って歩き出した。私は少女たちの思いがけない姿を見せてもらった三十年配の男にふさわしく、甘ったるい微笑みを浮べて、いましがたの印象を反芻しようとした。しかし歩み去る私の背後で、くりかえし高まる笑い声が、ときおりまた嗚咽に紛らわしいものに変わりかけた。芝のへりをゆっくりと歩む私の足どりには、ぶざまな逃げ足がひそんでいた。

十年前にも、私は同じような眺めに目を見はったことがある。

あれは大学の最後の年のことだった。或る夏の午後、私は大学の就職相談所に出頭した後、そこで受けてきたささいな屈辱を思い返しながら、構内の野球場の外野の土手に長いこと坐っていた。私は夏草の間から内野のほうをじっと見つめていたが、何ひとつはっきりとは見ていなかった。朝早くからこもっていた熱気が午頃から空に昇って黒く凝《こご》り、雷雲となって低く垂れていた。そして地表では土手の草や木も、グラウンドでさっきから何やらせわしく動きまわる女たちの顔や肩も、いままで吸い込んだ夏の陽をすこしずつ吐き出しているように、雷雲の下の暗さの中でぼうっと蒼白く光っていた。それから、

「私たち、国の女たちは、老いも若きもここに集まって……」

という、歌い語りにも嗚咽にも似た女の声が私の耳に入ってきた。そして徐々に私は、いま目の前で、いままで見たことのない何かが演じ

られていることに気づきはじめた。あれが私にとって後にも先にもギリシア悲劇というものを目のあたりにしたただ一度の時だった。たぶん悲劇研究会の学生たちが秋の公演にでもそなえて稽古をしていたのだろう。ピッチャーズ・マウンドの黒い盛り土の上に、紫のローブをまとって肩を出した男が一人まっすぐに立ち、その前方に十人ほどの肉づきのよい女たちがもうすこし赤みのかかったローブを何だかネグリジェめいた風につけて半円型に並び、男が何かを言うたびに、ある時は跪いて身を低く地に沈め、ある時は跪いたまま上体をしなやかに起して蛇のようにくねらせ、ある時は全員が立ち上がって目まぐるしく位置をかえながら腕をさし上げ、体を反らし、髪を振り乱して踊りまわり、たいそう物狂わしいさまだった。おかしなことに、私はそんな女たちに囲まれて静かに盛り土の上に立つ男に、何となく同情を覚えて耳を澄ましはじめた。男は王であるらしかった。城は敵軍に取り囲まれ、いまや決戦が目前に迫りつつある様子だった。そして王は女たちの振舞いを厳しく咎めていた。

「戦《いくさ》を前にしてそのように取り乱して神々に叫びかけるのは、思慮のある大人たちのもっとも忌み嫌うところ……、こうも声高に嘆かれては男たちの心に理由《わけ》もない恐れを呼び起し、神々の心にあらずもがなの苛虐欲を呼び醒ますことにもなろう……。神々に祈るのは男の務め、女どもは家に閉じこもって静かに自分の運命を待つがよい……」

そんな台詞の断片がまだ慣れない私の耳に聞えてきた。だが叱責の言葉が王の口から鳴り響くそのたびに、女たちはいかにも耐えがたげな叫びを上げて目まぐるしく動きまわり、そして雷雲の濃い影の中へぼうっと滲みでた顔の白さが、肩の肉のふくよかな感じが、風にあおられた無数の蝶のように暗い宙を飛びかった。やがて、女たちは王の右手に集まっていっせいに跪き、王を仰いで体を寄せあった。そして深く響く男の声と、一種恍惚たる調子でかわるがわる空に昇る女たちの声との間に、問答がはじまった。

——聞えてくる敵の馬の荒い鼻息

——たとえ聞えても、大袈裟に聞くではない

——城は地の底から轟いて、私たちは脱《のが》れるすべもありません

——その事には王たる儂の気遣いで足りるではないか

——ああ恐ろしい、城門は敵の勢いに鳴りどよめいて

——黙れ、戦のことには口を出すな

——おお神々よ、この城を……

「やめて」と誇らかに澄んだ少女の声がグラウンドに響いた。

王も女たちもギクリと所作を止めてふり向いた。ダイアモンドの外側に立って演技を見まもっていたポロシャツ姿の学生たちが不満げにざわめき出した。私は声の主を探した。すると、声のとおり少女のような、体つきもいたいけな女子学生がひとりダイアモンドの中へ進み出て、まだ呆然と目を見はっている女たちに鋭い口調で何かを言いはじめた。男たちがざわざわと走り寄ってその女子学生を取り囲んだ。たちまち激しい議論がはじまった。火事と喧嘩は、私はやはり好きである。女一人に男が多勢とあれば、なおさらのことだ。いままでの屈

託をすっかり吹き払われたように私はすくっと立ち上がって、一段と熱心に耳を澄ました。しかし役者ならぬ演出連の学生たちの声は通りが悪かった。そこで、すこしばかり面倒ではあったが、私は土手に沿って内野席のほうへ歩き出した。途中やたらに伸びた夏草にだいぶ難渋させられて内野席についてみると、すでに勝負の大勢は決したらしく、あの女子学生がひとりで爽やかに喋っていた。われわれ男子学生をいつでもつらがらせるあの聡明で真剣な女子学生たちの一人だった。胸のふくらみもほとんど見あたらないのに、血色の悪い顔の中で赤く熟した唇が、いかにも怜悧そうな議論の最中に、ふと奔放な感じになることがあった。男たちは、ある者は忿懣やるかたなさそうにしきりに頭を振り、ある者はニタニタと甘ったるい笑みを浮べて、手のつけられない嵐の過ぎるのをただ待っている様子だった。そして女たちはというと、いつのまにか彼女たちは地べたに腰をおろし、ローブのどこに隠しもっていたのか小さな櫛を取り出して髪をなおしたり、二、三人頭を寄せあって何やらささやきあってはククッと笑ったり、女どうし豊かな腕を絡ませあってラヴ・シーンの真似事をして戯れたり、およそ向こうの議論には無関心のさまで女の市をくりひろげていたが、ときおり猫のように険しい目をちらりちらりと流して、男たちを爽やかに論破している痩せこけた同性のほうを眺めやった。やがて議論は完全に片がついたらしく、例の女子学生は具合悪そうに沈黙した男たちを後にして女たちに近づき、立ち上がろうともしない同性たちに向かって静かな口調で語りかけた。

「ごめんなさいね。でも、あなたたちのやり方は間違ってる、と思うのよ。あれでは、女たちがただもう取り乱してしまって、思慮のある男にたしなめられている、というだけのことになるのじゃないかしら。それでは困るのよ。よおく考えてみて。戦のさなかにあっては、女たちにとって、大声で嘆き叫ぶのがただ一つの行動なのよ。行動であるべきなのよ。王はただ自分の国の男たちが戦を前にして怖気《おじけ》づくのを怖れているだけだわ。彼にとっては男たちが怖れを忘れて敵に立ち向かうことだけが大事なの、要するに、敵に勝つことだけが問題なんです。それにひきかえ女たちの怖れは戦の勝敗の事をとうに越えてしまって、戦の中の人間の悲惨を天に向かって直接に訴えかけている。と言うことはつまり、生きて産む者の怖れとなりきって、存在の根っこから、戦というものを、戦の内在する専制支配というものを否定しようとしているのよ。国の勝利なぞ問題じゃない。この女の怖れを味方の男たちにも敵の男たちにも吹きこんで、彼らをパニックに、神聖な怖れの中に陥れるのが、女たちの狂おしい願いなのよ……」

それから低い声になって、彼女は女たちに細かい演技上の指示をあたえているらしかった。女たちは目も上げずに彼女の話を冷ややかに聞き流していた。そして彼女が「それでは王の台詞のところからもう一度はじめてください。さあ立ち上がって」と女教師のように指図すると、まるでこの同性のさかしらを自分らの肉体の聡明さで反駁しようとするかのように、ことさらにもっさりと腰を上げ、立ち上がって体をゆらゆらと揺すった。ところが、まず王のかなり長い台詞があって、それからまたあの問答に入った時、私は女たちの気迫に目を見はったものだった。なるほど、さきほどとはやり方が違っていた。女たちは台詞を口にするたびに一人ずつ、あるいは二人組になって、さまざまな角度から王のほうへ鋭く進み出て、憤る王の目を深いまなざしで見つめかえした。そして王はつぎつぎに違った角度から進み出て跪く女のほうへ目を移すたびに、そのたびに、弱々しく目を逸らすような感じになった。それが必ずしも演技ではないことは見ていて明らかだった。やがて、さきほど中断された台詞も乗り越えられた。
――おお神々よ、この城をお見捨てなさいますな
――呪われよ、これしきの事を黙って耐え忍べないのか
――うぶすなの神々よ、あたしたちを女奴隷の辱しめにあわせないで下さい
――お前たちこそ、この儂をも含めて国全体を奴隷の身におとすのだ
――おお全能の神ゼウスよ、雷を敵方にお向けください
――おおゼウスの神よ、道連れに下さった女とは何という族《やから》
私は台詞の意味するところがいましがたの女子学生の主張とだいぶ隔っているのに気づいて、彼女の熱狂ぶりに舌をまいた。だがそんなことにはお構いなしに、不愉快な同性の指示に腹を立てた女たちの台詞は、王の台詞を圧倒していった。そして《雷を敵方に……》という台詞とともに王を中心に扇型にひろがって小さく跪いた女たちは、《道連れに下さった……》という台詞が王の口から弱々しく発せられるや、「ああ」と自然に口をついて出た溜息とともに体を起した。暗い空気の中へ溜息が獣たちの体臭のようになまなましくひろがり、雷雲が一段と低く地を覆うように感じられた。そして白い微光を滲ます肌が入り乱れて、夏の埃を蹴立てながらもとの場所へよろめきもどり、王に対して懸命に身構えるように、低く沈めた体を寄せあった。それから、複雑に絡みあわせた白い腕と腕とがいきなり高くさし上げられ、すでに王の存在は眼中になく、円陣全体が空に向かってうっとりと悶えながら迫り上がりはじめた……。
　その時、グラウンドが外野の土手のほうから一面に白く煙り出し、たちまち激しい雨が彼女たちの姿をつつみこんだ。しばらくの間、何もかも掻き消してしまった雨霧の中から、女たちの歌い語りだけが満ち足りた嗚咽のように聞えてきた。それから視野がいくらか晴れると、盛り土の上から王が頭をかかえて駆け出した。それと同時に男たちが、それから女たちが、ほんもののパニックに陥って雨の中を走り出した。
「冗談じゃないぜ、王の髪の毛が空に向かってビリビリと逆立ってやがった」
「芝居とはいえ、あんまり真剣に雷神の名を呼び立てるからこんなことになるんだ」
「おおい、衣裳が台無しになるじゃあないか、君たち、すまないけど脱いで走ってくれないか」
「なに言ってるのよ、すけべえ……」
　声が入り乱れて雨音の中を遠ざかっていった。
「あの内野席に突っ立ってた野郎は何だい、雷にやられるなら王じゃなくて、あいつのほうだぜ」という声が最後に聞えた。王の立っていた盛り土が蒼白い光の震えの中にまるく浮び上がって消えた。私も駆

け出した。グラウンドを出ると、激しい雨足をとおして、あの小さな女子学生がひとり遅れてひょこひょこと跛《びっこ》をひくように走っているのが見えた。追い越してやろう、と私は足を速めた。ところが夏草の間を駆け抜けて見通しのよいところに出て見ると、女たちの姿も、男たちの姿もなかった。あの女子学生はまだ夏草の間にうずくまっているような、そんな気がした。

あの時、まず始めに私を物思いから目覚めさせたのは、《私たち、国の女たちは、老いも若きもここに集まって……》という台詞だった。その中の《老いも若きも》という言葉が一瞬私の中に妙に粘っこい不快感を呼び起しかけたのを、私はいまでも覚えている。もちろん、あの時そんな不快感はすぐに消え失せてしまい、私はそれから最後まであの女たちの中に、はちきれそうな肢体を赤紫のローブにつつんだ若い女よりほかの何ものをも見ていなかった。彼女たちの何人かに年配の女の所作をつけるところまで、まだ稽古は進んでいなかったのかもしれない。あるいは、年配の女の所作を若い女から見てとるだけの目が、私のほうになかったのかもしれない。ところがあの円陣を組んで戯れていた少女たちからは、私はまるで年配の女たちの異様な振舞いでも見たかのような、やりきれない不快感をもち帰ってきた。

三十を過ぎて妻子のある身になってからというもの、私は人なかで中年の女たちや、しばしばそれ以上の年配の女たちの、およそ色気というもののない振舞いを、しげしげと眺めている自分に気づくことが頻繁になった。電車の中でわずかな座席のすきまを見つけて大きな尻をにこやかに割り込ませる女、歩道の真ん中に立ち止まって小鳥の囀るような節まわしで子供の学校のことを語りあっている女、すいてもいない店の席を買物包みで三人分ほど占領していくらか放心の態でカレーを口に運んでいるデパート帰りの女、そんな女たちの姿を、私は別に眉をしかめるでもなく、意地の悪い喜びを感じるでもなく、かといって彼女たちの生活に関心を抱くでもなく、ただ何かしら根の深い不快感からかえって目を惹きつけられて眺めていた。以前には、私は当然のこと若い女を眺めるのが好きだった。いや、今でもどちらが好きかといえば、年配の女の生活よりも、若い女たちのかしこい装いを眺めるほうが好きである。ただ私は以前のように女たちをひとりひとり切り離して、偶然しだいでは自分と二人だけの関係をもちうる者として、眺めなくなってきた。それはいい。だが若い女を眺めているときにさえ、ときおり例の不快感がうごめきはじめることがある。ことによると、それは老若のことではないのかもしれない。そんな時、私の思いの中で、若い女の姿と年配の女の姿が唐突として重なってしまう……。

（略）

幸運にも抽き当てた分譲アパートに私が引き移ったのは、もう五月だった。

引越の前日、同僚の一人が会社の廊下で私の顔を見るや、「いよいよ終の棲家だってね」と声をかけてエレヴェーターの中へ消えた。そして私は、すれ違いざまに途轍もなく大きなものを口にかまされたように「終の棲家……」と喘いだ。冗談にもほどがある。私はこれでもまだ人生のなかばを過ぎたとさえ思っていない。交通事故のようなこともあることだから、あと何年生きられるかは知らないが、すくなくともその間に、戦争はまあ御免として、私のごとき者の生活を一変させるような小さい混乱のひとつぐらいはまだひそかに期待してないでもないのだ。このまま行かせるものではない。しかしこのまま行くとすれば、私がまた新しい家を構える時はまずめぐって来ない、とするのがなるほど妥当な考えである。そう思ったとたんに私の目の前に、コンクリートを冷くむき出した急な階段が浮び上がり、その狭い踊り場を曲りなやみながら、これも団地サイズか、丈のつまった棺が不気味に傾いて降ろされていく。私の住まいは五階だった。

新居に移った土曜日の夜のこと、私は、まだ居間に渾然と積み重ねられたダンボールの箱の間に坐りこんで、たまたま手にした古雑誌をめくっているうちに、連日の疲れからついうたたねをはじめた。しばらくすると、さっきから北側の部屋で休みなく立ち働いていた妻がやって来て、居間の境に立ち止まり、荷物の中に寝そべっている私の顔をじっと眺めている様子だった。それから溜息がひとつ聞え、電灯のスイッチが邪慳に切られ、荒い足音がまたむこうの部屋へもどって行った。まわりが暗くなると、隣の部屋から子供の寝息が闇のかすかな呼吸のように伝わってきた。薄目をあけると、居間の壁から天井にかけて、むこうの部屋で動きまわる妻の頭が影絵になって映り、ときおり哀しいほど大きく揺れ動いた。《引越しも夜になっちまうと、亭主はものの役に立たなくなるものだ》とつぶやいて、私はあらためて眠りこんだ。それからどれほど経ったろうか、たしかもうかなり遅い時刻になって、私はまどろみの中から、まどろみよりも鮮明な夢の中へ浮上していくような変な気持でだんだんに目を覚まし、目の前にひろがる夜の中空に、とりどりの色彩をくっきりと四角におさめた窓が、いくつも横に一列に並んで、まるで夜の沖を行く客船の窓明りのように浮んでいるのを見た。目を凝らすと、それぞの窓の光の中では若い女や年配の女が、ゆるやかなローブに身をつつんで一心に立ち働いている。時々、窓のうしろから白い姿が両腕に何かを抱えてすうっと奥へ吸いこまれるように消え、しばらくすると前よりも何やらもっと切迫した足どりでもどってくる。それがあちらの窓からこちらの窓へと目まぐるしく繰り返された。女たちの深い沈黙が、遠くで寝そべっている私のところまで、伝わってきた。何かを抱えてかわるがわる奥へ消えてはまた現われる女たちの動きを全体として眺めていると、どうやらどの部屋も暗い廊下のようなものを経て、その奥にあるひとつの広間に通じており、そこでいま何か重大事がはじまりつつあるように思われた。出入りが全体にいよいよ繁くなり、緊張が高まっていくようだった。だがその時、私はどの窓のうしろにもそれぞれたった一人の女しかいないことに、はじめて気がついた。奥では何がおこなわれているか知らないが、窓の光の中ではどんなに出入りが繁くなろうと女どうしが行きかうことはけっしてなく、いつまでも同じ一人がそれぞれの窓の中でひっそりと、痛々しいほど真剣に立ち働いている。私はわけもわからない哀しみにいきなり襲われかけた。そして頭を起し、石材のように私を囲んでいるダンボールの箱を見て我に返った。

むこうの部屋から、妻が相変らず休みなく働いている音が聞えた。
　何のことはない。私はむかいの棟の五階の窓明りを寝ぼけ眼で見ていたのだ。だいたいこの建物に奥というようなものがあろうはずもない。北の窓から入った蝶だって、たちまち南の窓から抜けてしまう。あえて奥があるとすれば、私がいま寝そべっているこの居間がすなわちそれであり、そしてもうひとつ北の棟から見れば、いまむこうの部屋で動いている妻の影が、窓ガラスにあんな風に蒼白く映っていることだろう。夜更けに或る階の窓だけが横一列にずらりと明るんでいるというのは、めずらしいことだが、結局のところ露骨な偶然の一致である。しかし露骨な偶然というものはまた夢幻じみた効果を出すものだ、と私は苦々しい気持で感じ入っていた。柄にない夢想でも、こうも簡単に破られては、誰しも不愉快なことに決まっている。あの女たちのところは私のところよりも一週間ほど早く移って来たようだった。夕方ベランダから見渡したら、むかいの棟にはもう落着いた日常の暮しがあった。それにこうしてよく見ると、窓の中の女たちは、いま埃まみれになって働いている私の妻と違って、もうさっぱりした身なりをしている。いましがた私の寝ぼけ眼が、ゆったりと体をつつんで床に流れるローブのように見たものは、あれはどうやらネグリジェの類らしい。そう言えば、窓がルビーやサファイアーや、ピンクやオレンジの色に染まっているのは、彼女たちが一所懸命に選んできた混紡の絨毯の反射光か、それとも色彩が部屋のすみずみまで満ちわたっているような感じからすれば、枕元に置かれたスタンドのカラーシェイドを通してひろがる光か、とにかく無邪気で大胆で、結局のところどこまでもしかつめらしい家庭の女たちのエロティシズムの顕われなのだ。それにしても、あの女たちは夫や子供の寝静まった夜更けに、寝間着までつけてしまってから、何もあもせわしなく働きまわっているのだろう。引越して一週間もして暮しのリズムがようやくもとにもどったようでも、いざ夜更けの床に就こうとすると、あれはここに置こうか、それはあそこにと、小さな事どもがどうにも気にかかって、思わず識らず寝間着のまま働き出してしまうのだろうか。それも、いましがたのあのひしひしとした感じが、もしもまったく私の夢想の所産ではなかったとしたら、彼女たちの不安は彼女たちに意識されぬまま、思いのほか深いのかもしれない……。（略）女たちが相変らず窓のうしろでしきりに出たり入ったりしているのを見まもっているうちに、まるで彼女たちが私の内側をくぐり抜けては窓の中へ現われ、また私の内側へ入っていくような、まるで私自身があれらの窓を結びつける暗い空虚な廊下でもあるような、奇妙な夢心地に誘われかけた。そんな風にして私は、コンクリートの壁によってひとりひとり切り離されたはずの女たちの動きを、錯覚とは知りながらひとまとまりの動きのように眺め、そしてつぶやいた。
《女たちをひとりひとり切り離すのが、平和なのかもしれない。平和の中では、女たちは切り離されて自分の暮しを真剣に、いかにも真剣にいとなんでいる。女たちが集まるのは、おそらくおぞましい混乱の到来する時なのだろう。集まった女たちの姿は何となく世の中の動揺の兆しを思わせる。そんなことはやはりないに越したことはない……》
　そして奥で妻が休みなく働きつづけるのを耳にしながら、また眠りこみかけた。だがそれから、私ははっとして目を覚ました。見ると、夜の闇に浮ぶ色とりどりの光の中で女たちの動きがぱったり止んで、どの女も自分の窓の中で跪くように体を低く沈めていた。《偶然だ、偶然の中のまた偶然だ》と私は呪文のように口ずさんだが、錯覚はすでにまた奔放になりはじめた。ちょうど光の列の中ほどに位置する窓の、両側からなかば引かれた血のように赤いカーテンの間に、もう若くはない一人の女が白い豊かな肩をくっきり見せて立ち、斜め左を向いてじっと天を仰いでいた。昼間、大きな買物袋を下げて、転げそうな男の子の手を邪慳に引っぱりながら、もう赤信号に変わりかけた横断歩道を強引に渡っていった女に、似てないでもなかった。他の女たちは息をひそめて、中央に立つ女の号令を待っているかのようだった。私のまわりで、闇がたったひとつのふくよかな喉のように顫えだした。子供が目を覚まして泣き出す前触れだった。私は立ち上がって子供の背中をさすりに行った。

（略）

春先の公園で円陣を組んでいた少女たちを見てからもう半年以上たって、十月もなかばのことだった。或る土曜の夕方、私は勤め帰りの同類たちの流れに棹さしてターミナルの地下道までやって来て、雑踏の真ん中にできた人だかりに足を止められた。大道商人なら壁を背に店を出しそうなもの、ヒッピーの道楽乞食ならもうこのあたりの雑踏の秩序におさまっていて珍しくもない。こんな人迷惑なところに見物人を集めているのは喧嘩にちがいない。華々しい喧嘩ならば急行を一台遅らせて行ってもよかろう、と私は人だかりに沿って迂回しながら、ニタニタと笑っている弥次馬連の肩ごしに中をのぞきこんだ。

中では、よそ行きの髪をきれいに結《ゆ》った主婦たちがヘルメットを阿弥《あみ》陀《だ》にかぶった学生たちと喧嘩をしていた、いや、たいそう興奮した様子で議論をかわしていた。耳を澄ますと、議論はとうに感情の切れはしの放り投げあいの段階に入っているらしく、どちらをどちらのものにしても大して差障りのなさそうなヒューマニスティックな紋切り型が脈絡もなく飛びかっていた。どうやら、先日電車を止めにいって逮捕された仲間たちのために街頭カンパをやっていた学生たちのところへ、女たちが通りかかって、主婦としての、母親としての義務感に駆られたのか、学生たちに先日の行動の釈明を求めたのが始まりであるらしかった。今では双方とも憮然たる表情で、もののわからぬ相手を憐れみながら誇らかに引き下がろうとする人間の役を、それぞれ相手かまわず演じあっていたが、それでもときおりそんな優越の身振りからいきなり憎悪がヒステリックに迸り出て、しかも憎悪の言葉とはならず、きわめて道徳的な決り文句となって、また相手の憎悪をじりじりと炙った。そして相手は《それはあなたの言うとおりですよ、しかし……》と反撃に転じ、やがてまたもとの出発点に舞いもどり、こうして《それはあなたの言うとおり》という出だしの文句が果てしもなく繰り返され、それだけ聞いていると、まるで意見の相違はどこにもなく、双方の議論が不本意な一致からどうしても飛び出しかねてキリキリ舞いしているかのようだった。ただよく耳を傾けると、学生たちのほうは自分らが主婦を相手にこの程度のありきたりの議論からどうしてもはずれられないことに、明らかに苦さを味わっている様子で、ひとしきりまくし立てるたびに自分の滑稽さに思わずニヤニヤせずにいられないので、その分だけ威勢がそがれていくようだった。それにひきかえ女たちは真剣な目を大きく見ひらき、大きく見ひらいてしまったために表情のなくなった顔をキョトンと議論の中に浮べて、学生が冗談を言うと二呼吸も三呼吸も遅れて《ハハハッ》と調子っぱずれの高笑いを響かせるが、いったん自分が喋りだすと、喋りこむにつれ、論理が乱れるにつれ声が上ずってゆき、気おくれが引いてゆき、興奮がキリキリと心地よげに高まっていくように見えた。私はそんな議論にはやくも疲れて人だかりに背を向けかけた。学生たちの間でも、《あなたたち》という言葉がときどき《おばさんたち》と変わってゲラゲラと笑いを伴い、まれに《奥さん》という呼びかけが無器用に発せられて、弥次馬の中にも失笑をまき起した。ところがそうこうするうちに、抑揚をこらした低い男の声が学生たちの間からするすると流れ出し、それにつれてそのまわりの声が何やら困惑したように静まりかえった。私はまた耳を澄ました。

「体制を打倒せよと僕らが言うとき、僕らが究極において目ざしているものは、政府の打倒でも、独占資本の打倒でも、米帝国主義の打倒でもない。政府なんかは体制の、いくらでも取替えのきく操り人形にすぎない。独占資本は体制の中核であっても基盤じゃない。米帝国主義は……、原因と結果を取り違えちゃいけない、米帝国主義との結びつきは、体制から出てくる必然的な結果にすぎないのだ。僕らの打倒せんとする体制は、つきつめると、あなたたちの言う善良な市民の、善良な生活の、その中にある。善良な市民が妻のため子のためと自己を欺瞞して、自己の人間性をほっぽりだして、小さな幸福を求めようとするのが、これが体制の基盤なんだ。皆が自分の人間的な欲求を忘れて、人間的な判断を捨てて、限られた生活権を目ざして殺到するものだから、その殺到から秩序が生まれるんじゃないか。この秩序がつまり体制なんだよ。この体制から独占資本が生まれて、政府が生まれて、米帝国主義と手を結んでベトナム人民を……」

　言葉がとぎれた瞬間、私のまわりで、男たちが一斉にニタニタと頬をゆがめた。「そのとおり！　おばさん粉砕！」と素頓狂《すっとんきょう》な弥次が飛んだ。「おれたちも粉砕！」とやけっぱちの声が補足した。顰《しか》め面《つら》の苦笑が小波《さざなみ》のように群衆の中を走った。内側をのぞきこんで見ると、学生たちも仲間の大胆な発言に呆気にとられて意味もなく笑っていた。

「そりゃ、お前の言わんとするところはわかるけどさ」と学生の一人がたしなめているのが聞えた、「やっぱり全体として原因と結果が逆なんじゃないかあ……」

　ところがその時、「あなた、何を言うの」と甲高い叫びが起り、弥次馬の肩ごしに見ると、総勢五人ほどの女たちがひとつ波にあおられたように学生たちのほうへ殺到し、学生たちを後退《あとずさ》りさせ、いましがたの暴言者らしい真面目そうな童顔をぐるりと取り囲んで、そのまま勢いあまって群衆の中へ突っこんだ。群衆全体が軽いパニックに捉えられてざわざわと揺れ動いて、女たちの殺到するほうにむかって五、六歩よろけ、女たちを輪の中心におさめてまた落着いた。「あなた、何を言うの」と低い顫え声が繰り返した。学生は女たちに取り囲まれて、頑な拒絶の顔を女たちの頭の上に突き出して立っていた。すると、女たちの中で重立った感じの一人が鬼面のような顔つきで学生に飛びつき、彼の両肩に手をかけ、感あまって首を締めつけるようにその手にぎゅうっと力を入れた。そして厚い胸板を前後に揺すりながら、嗚咽に近い声をしぼり出した、

「あなた、何を言うの。あなたがここまで大きくなったのも誰のお蔭なの。あなたのお父さんがつらい事をたくさん我慢して一所懸命に働いたからじゃないの。お母さんが一円のお金にも気をつかったからじゃないの。かりにあなたの言うとおりだとしても、それでいいの。皆があなたの言うような風に働いているからこそ、あなたたちが大学で勉強していられるし、こうやって学生運動もやってられるのじゃありませんか……」

私のまわりの中年の男たちがそろって眉を顰めた。「やめたらいいんだ。聞いちゃいられないよ。あんな声を出しやがって」と憎々しげにつぶやく声があった。女は言葉がとぎれてもまだ学生の体を揺すぶっていた。学生は揺すぶられるままに体をまかせて、女の頭の上を越してどこか遠くを見つめていた。それから彼は、「それなら、あなたは政府を支持すべきだ」と突っぱねた。すると女たちはたがいに大仰に顔を見かわして、ちょうど道で出会った主婦どうしが挨拶をかわす時のように、声に合わせて上体を妙なリズムでゆらゆらと揺すりながら、学生の心なさを口々に嘆きあった。私は女たちの絶えまない上体の動きの中に、円陣を天にさし上げてゆらゆらと迫り上がる少女たちの姿を思い浮べかけた。「そのとおり」と群衆の中からかなり興奮した声が上がったが、どちらを味方しているともわからなかった。やがて女は学生の肩から手を離し、その手を彼の二の腕に当てて両側から体をいとおしげにはさみつけるようにして、今度は本物のヒステリックな嗚咽を混えて掻き口説きはじめた。

「あなたは何もわからないのだわ。それで何もわからずに、生活する人を侮辱して、機動隊に体当りして、怪我をして……。可哀想だわ。あなたたちのせいでも、ここにいる人たちのせいでもないのだわ。何かが悪いのよ、何かが……」

学生は相変らず眉ひとつ動かさず、結局はむなしいこの嵐が過ぎ去るのを待ってる様子だった。女たちの言うことはもう尽きたようだった。すでにほかの学生たちは育ちのよい青年の如才なさを見せて、興奮した女たちをなだめてその場をつくろいはじめた。《何かが悪い……》というのが、行きつくところの一致点となったようである。しかし私は、学生たちが止めに入ったとき、彼らの青臭い分別を呪いたいような気持でいる自分に気づいた。そしてにわかにまた疲れを覚えて、人ごみの中で体をよじって学生たちに背を向けた。とその時、私は無数の鏡を顔の前に突きつけられたような恐怖に襲われた。いつのまにか私のうしろにも大勢集まった男たちが、今は静かに話し合いうなずきあう学生たちと女たちを、異様に大きな血ばしった眼で喰い入るように見つめていた。「いい気なもんだ、両方とも」と、かたく食いしばった歯の間から低くつぶやく声があり、まわりで中年の男たちが何人か前方をじっと見つめたまま重々しくうなずいた。私はあたふ

たと人垣を分けた。男たちは体をよけるでもなく押し返すでもなく私を通り抜けさせた。そしてようやく人垣の外に出た私はほっと溜息をついて、もう一度群衆を見た。そこには大道商人や喧嘩を取り巻く弥次馬の賑わいはすこしもなく、身じろぎもしない無数の背中が内側に向かって静まりかえっていた。

その時、ヘルメットを小脇にかかえた学生が五、六人、人垣をくぐって出てきて、私の側を速足で通り過ぎていった。「あの野郎、どこの学部だい。ああいう堅物がいきなり目覚めるとあぶなっかしくて見ちゃいられねえよ。また言いやがったものだね、はっきりと……」と言っているのが聞えた。群衆の中におかしな気配が出てきたのを察知して、達者な数人を内に残して退散することにしたらしい。だがそれから私は、もう一人、今度は若い娘が男たちの中をゆっくりジグザグに縫ってこちらに近づいてくるのを見た。仮眠の寝袋の中からいましがた這い出してきたばかりのように、だるそうな体を薄汚れた茶のセーターと黒いスラックスに素気なくつつんで、片腕に大きなビラの束を抱えていた。艶のない髪は埃にまみれ、疲れを翳りのように浮き上がらせた蒼白い額の下では、静かな敵意をたたえた目が左右に注意を配っていた。そうして彼女は静まりかえった男たちの間をひっそりと歩きまわり、腕の下からビラを一枚一枚ていねいに取り出しては黙って男たちの手のそばに近づけた。男たちは無意識にビラを手の中に握ってしまってから、ぼんやりと顔をふり向けて彼女を目で追った。しかし彼女は黙りこくった体で男たちの関心を拒んで人ごみを縫っていく。まるでこのままの世界の中では女であることを拒むとでもいうような、依怙地に目覚めたものが、濃い疲れとともに顔の中にあった。だが体のほうは、女らしい関心に見捨てられ、黒いスラックスの中で一人女くさく成長していく……。

やがて彼女は私のすぐ前で人垣を掻き分けて出てきた。そしてちょうどその時また輪の内側から切れ切れに聞えてきた年配の女たちの甲高い声に、白い喉をいっぱいに伸ばして、しばらく耳を澄ましていた。唇の隅で微笑んでいるように見えた。それから彼女はまたうつむき、髪のかげから私をちらりと見て、私の手もとにビラをさし出し、そして私の隣に立っていた四十年配の勤め人風の男にもさし出した。その時、彼女の手の甲がピシリと鳴って、ビラが床にはたき落された。彼女はゆっくり顔を上げて男を見た。虚を衝かれたともなく静かに見上げるその顔には、大人を見上げる小児の顔のように、防禦の意志がすこしもなかった。それを一瞬のうちに感じとって私ははっとした。まるで私自身の手のように、たちまちその顔に平手打ちが飛んだ。彼女は叩かれた顔をわずかに左へうつ向けて、床を見つめて息を整えていた。それから彼女は心もち紅潮した顔をまっすぐに向け、男を見上げ、「あなたは誰を憎んでいるのですか」と平静な声でたずねた。端正な眼鏡のうしろで男の顔がどす黒くゆらめき、手がまた動きかけた。私はその手をすばやく抑えた。彼女を再度の打擲《ちょうちゃく》から守るというより、むしろ男を自暴自棄の醜態から守ってやるためにだった。私の掌の中で、太い手首が全身の震えを伝えてきた。手を放せば、彼女にまた殴りかかるか、さもなければ、もっと無残なことに、彼女の膝にすがりつくような気がした。すると彼女は私の顔をきっと睨んで、「その手を放して下さい」と澄んだ声で命令した。そして私の手がゆるみそうにもないのを見ると、仕方なさそうに頭を振って、ビラの束を左腕に抱えなおしてまた人垣の中へ分け入っていた。私は体を硬《ママ》ばらせている男を引きずって人だかりを離れた。まわりの誰一人としてこの突発事故に気づいてない様子だった。

　肩をならべて改札口までやって来て、二人そろって定期券を懐から取り出したとき、男の手つきがあんまり落着きはらっていたので、私は女の頬を張っておいて誰にも知られずに脱れてきたこの男の幸運が急に憎らしくなり、また唯一人の目撃者としていくらか残酷な気持にもなって、言ってやった。

「あんなことをすると、女たちの群に八つ裂きにされますよ。あのおばさんたちと、あの女の子が、敵味方だと思ったら大間違いです。意見は違っても、叫び立てる声は同じなんですから。もしかすると、女たちがあなたを襲う時には、あなたの奥さんやお嬢さんが先頭に立つかもしれませんよ」

　すると男は私の顔を意外そうにのぞきこみ、それからむしろ晴れやかと言えるような微笑みを浮べて答えた。

「あなたにもそれがわかりますか。はは、これはいい人に助けてもらった。弁明する手間がはぶけます……」

　言葉に険はすこしもなかったが、一世一代の醜態から救っておいてもらって、そんな悠然たる言い草もないものだ。しかしこうやってあらためて相手を見ると、私などは軽くいなされるよりほかになさそうな、百戦錬磨の四十男の顔だった。なるほど最初の印象と違って、何か変わった商売のひとつも自分で切りまわしているような、そんな感じの男である。憐れな同類と思って余計なことをしたものだ、と私は後悔した。男は空とぼけた顔で突きを入れてきた。

「いったい何を叫び立てるのです」

「自己否定をです」

　そう答えてしまってから私は赤面した。これではさっきの学生たちの口移しである。だが男は取るに足らぬ相手の言い分をいんぎんに嚙みしめるように「自己否定……」とつぶやいた。

「自己否定ねえ……。自分を認識することのもっともすくない者たちが、自己否定を叫び立てるわけだ。私のさっきの醜態なんか、本当は自己否定の最たるものなんですがね。いや、助けていただいて」

　そう言って、冗談とも真剣ともつかない顔つきだった。そのまま私たちはまたしばらく黙って歩いた。そしてずらりと並ぶ駅の売店の前を通り抜けて、ホームに降りる低い階段のところまで来た。すると、どうせ二人とも同じ電車に乗って行くのだろうに、男はまるで別れ道にさしかかったように立ち止まって私の顔を見て笑いながら言った。

「私は甘んじて八つ裂きにされますよ。女子供たちの熱狂の前に立ちはだからずにいられないのは、これはもう積りに積って動きのとれなくなった生活のしからしめるところ、いまさら踊り出したって醜悪な軽はずみになるだけのことです。つまり、女子供たちの手から、小市民根性の罰を受けるわけだ。覚悟はいまさっきお見せしたはずです。まあ突発的なキライはありましたがねしかしね、私を八つ裂きにするほうも、これもやっぱり私に輪をかけた小市民根性の罰として、熱狂を下されているのだから同じことだ。自分で自分を否定するというのは、これはありません。何かがわれわれを否定するのですよ、ええ、ではまた……」

そう言って、彼は私を離れて落着きはらった中年男の足どりでホームを歩いていった。《落着きはらって腹の中には癌を、心臓には血栓を養っている中年の足どりだ》と、私は二十代の若僧にもどって、口の中で悪態をついた。私は彼の言葉にも、あの女たちの言葉にも、あの女子学生の態度にも、何か恐るべきものが私に迫っているのを感じたつもりはなかった。しかしあの男がいまや温厚な中年男の後姿になって遠ざかっていくのを見送っていると、何やら脱れがたい感じが私の上にひろがり、ちょうど階上のホームから出発した電車のごうごうと天井を揺るがす轟きと重なって、ゆっくりと覆いかぶさってきた。


菫色に焼けた空が、鈍いうなりに内側からふくらみながら、頭の上にのしかかってくる。あたりは静かになった。一面にこもる白煙の中から、濃い煙が地面を這ってきて、立ちすくむ人間たちの腰の高さを浸して流れていく。それからまた爆音が引くと、家の燃えさかる音が息を吹きかえしたように賑わい出し、女の叫びが二声、三声、空に昇り、遠く近くで火柱がたいそうのどかな感じで立った。私たちは、八歳の私と母と姉とは十字路に立って、危険がまだ身近に迫っていないので、かえって逃げる方向を定めかねていた。私たちのほかにも十人ばかりの人影が白い煙の中に佇んでいたが、どれも女子供たちだった。私は母と姉とに両側から手をぎゅうっと把まれていた。そしてときおりその手をふりほどこうと体をよじって、すこし離れたところでやはり母親に手をきつく握られている男の子と目を見かわした。

それから、私はいきなり両側からすさまじい力に体を掬《すく》い上げられて走り出した。近くで何かがメラメラと燃え上がった。その赤いゆらめきの中で、黒々とした大きな影が私をはさみこんで疾駆した。両側から恐ろしい喘ぎがよろける私を追い立てた。苦しさのあまり足をとめると、私の体はそのまま地面に引きずられた。そして見たこともないような蒼白い顔がふたつ振り向いて、私を引きずり寄せてまた走り出した。

立ち止まると、そこは公園だった。気味の悪い枝を伸ばした大木がまわりを囲み、真黒な樹冠の塊りのむこうで、ほのかに赤い煙が湧きかえっていた。ときどき煙の動きが何となく変わると、樹冠が目の前に迫り、滑らかな炎がその上に伸び上がって空の闇を叩いた。すると、地面に低く立ちこめる白煙の中から、見なれた池がまるく浮び上がって、赤いゆらめきを何事もないように映した。公園で出会うのも女子供たちばかりだった。私たちが池のほうに進むにつれて、何組もの女たちが大きな荷物を体の一部のように背負って煙の中からあたふたと現われ、私たちの姿を大きな目で見つめ、何か気味の悪いものを避けるように目を逸らしてまた別の方向へ消えていった。煙の奥は女たちの真剣な行きかいに満たされていた。母は私たちを立ち止まらせて、まわりの動きを長い間じっと見まもっていた。地面にうずくまって草を握りしめている老婆がおり、その傍らで私の母ほどの年配の女が子供のように泣いていた。低くかがみこんで、顔を見つめあいながら、一心に握飯を頬張っている母娘がいた。と、まわりの人の動きがぱったり止んだ。空のうなりが重く垂れ下がってきた。見上げると、静かに流れる黒煙の上に、赤く澄みかえった空がひろがっている。

　その時、母の胸が私の上に大きくのしかかってきて、私の体を地面に抑えつけた。空がガラス板のように細かく顫え出し、それから罅割《ひびわ》れてザザと崩れるように落ちてきた。母の手にじりじりと力が入り、私の顔を大きな膝の間へ押しつけていった。私は息苦しさのあまりその手を払いのけて顔を上げた。暖く顫える暗闇が、生臭い喘ぎが私をつつんでいた。そしてその時、遠くから地を這って射《さ》しこんできた光の中で、私は鬼面のように額に縦皺を寄せた見も知らぬ女たちの顔と顔が、私の頭のすぐ上に円く集まっているのを見た。空一面にひろがって落ちてきた雪崩が、今でははっきりと一塊りの存在となって、キューンと音を立てて私たち目がけて襲いかかってきた。私をつつんで、女たちの体がきゅうっと締った。その時、私の上で、血のような叫びが起った。

「直撃を受けたら、この子を中に入れて、皆一緒に死にましょう」

　そして「皆一緒に……、死にましょう」とつぎつぎに声が答えて嗚咽に変わってゆき、円陣全体が私を中にしてうっとりと揺れ動きはじめた。

本文：初出「海」（一九六九・八）／底本『円陣を組む女たち』（七四・三、中公文庫）

解説

1 〈述語的統合〉の物語

「円陣を組む女たち」は特殊な構造を持つ小説です。一般的な小説では、時間的な前後関係が因果関係として整理され、主人公の行動や考えが発展していくプロセスが示されます。本作にも、三月から五月・夏・十月なかばへと時間が推移するなかで、「円陣」に対する不快感の由来が解き明かされていく経緯が見て取れるでしょう。しかし、唐突に湧きあがる過去の記憶は、現在の一連の時間の流れを、そのつど断ち切っています。しかも、それらは論理や因果関係の中に回収されるわけではなく、ただ「円陣」という幾何学パターンの異様な存在感を印象づけるものです。本作は、時間軸上の発展過程よりも、空間的なイメージの反覆に主眼を置くテクストなのです。

　こうした本作の特徴を、前田愛は〈述語的統合〉という言葉で説明しました（『文学テクスト入門』）。時間軸に沿ってストーリー展開を用意する通常の物語は、一つの主語（主人公）に複数の述語（状態や行動）が対応する〈主語的統合〉で組み立てられています（例「彼」が「出会った」「恋した」「振られた」「泣いた」）。しかし本作の場合、「（円陣を）組む」という述語の共通性において、複数の異なる主語（別々のエピソード）が結び付けられていると言うのです。確かに、通常の物語なら主人公になるべき「私」は、雑多な記憶が行き交う「暗い空虚な廊下」（P200）として、エピソードの媒介者であるに過ぎません。「彼女はバラだ」という隠喩は、「美しい」（または「とげとげしい」）という隠された述語によって、二つの事象を結び付けています。一般に〈述語的統合〉は、こうした詩的な隠喩《メタファー》の説明に用いられます。異なるエピソードを、「円陣」という一つの図形によって結びつける本作の発想は、一般的な物語と根本的に異なるものと言えるでしょう。

2 〈身わけ〉の論理――身体論

　ここで「円陣」そのものの描写法に注目してみましょう。女たちの円陣は、個人の特徴や老若の区別を超越した肉体の集合です。例えば冒頭の光景では、頭は頭、腰は腰、足は足と、身体の各部が横断的に描写され、少女たちがうねる一つの力として表象されています。当人たちも意識しない、一頭の獣のような集合的身体の表情に反応して、「私」の中からも「獣じみた恐怖の臭い」が引き出されてきます。「個」の境界が「円陣」において曖昧化するさまを観察したとき、「私」の安定した統合にもゆるみが生じ、埋もれた記憶が噴出します。記憶どうしの融合や再定義から、新しい自己理解（統合）のあり方が模索され始めるのです。

　人間は世界（環境）を言葉《ロゴス》で切り分け、安定した意味づけのもとに理解しようと努める一方、身体感覚を介して世界と繋がり、その場に応じた振る舞い方を直感的に選んでいます。市川浩《ひろし》は前者を〈言《こと》わけ〉、後者を〈身《み》わけ〉と呼びました（『〈身〉の構造』）。並んで歩く二人の距離は、当人たちは無自覚でも、潜在的な警戒心や親密さの度合いによってふさわしい距離に保たれます。これなどは〈身わけ〉のわかりやすい一例でしょう（☞P23課題1）。

　第二次世界大戦後、ルネ・デカルト以来の近代合理主義の見直しが図られるなかで、身体を精神の支配下にあるモノとしてきた心身二元論も反省されます。〈身体の現象学〉を提唱したモーリス・メルロポンティは、主体（自己）であると同時に客体（モノ）でもあるという身体の両義性に注目して二元論を乗り越え、身体とは世界を組み込みながら多様に現象する〈可能態〉であると考えました。市川も先の〈述語的統合〉のモデルを援用しながら、外的な要素と自由に結びつき、無数の統合可能性を秘めて絶えず自己を組み替える身体のあり方を〈錯綜体〉と捉え、これを〈身《み》〉という和語の多義性に当てはめて説明しています（☞P23課題2）。

力と力との駆け引きの中で、複雑な表情を見せる少女たちの「円陣」は、〈錯綜体〉としての身体のありようをむき出しに示すものです。それは見る者を存在の根底から揺さぶり、忘れていた身体感覚を呼び覚まします。「私」の記憶とは、「円陣」によって誘い出された過去の身体感覚が、現在の意識の上に形をとって再現されたものなのです（☞P24課題3）。

3　コンクリートの壁を超えて―「団地」に描く想像力

女たちの円陣は「私」に「不快感」や怖れを繰り返し呼び覚まします。この感覚は、末尾に描かれる幼時の恐怖体験と密接な関係を持つものです。空襲下の女たちは、目配せする男の子たちをバラバラに引き離し、逃れ難い円陣の中に囲い込んで死へといざないます。団地の窓を見て、「女たちをひとりひとり切り離すのが、平和なのかもしれない」と思う「私」の倒錯した認識は、この幼時体験に根差したものです（☞P24課題4）。

ここで「団地」のイメージに注目しましょう。一九五五年発足の日本住宅公団が大量供給を始めた「団地」には、新婚夫婦や核家族の応募が殺到しました。防音性に優れたコンクリート壁は、家庭のプライヴァシーを守る点で魅力的でした。専業主婦の割合が高かった当時、妻はこの「密室」で一日の大部分を家事労働に費やしたのです。

ただし、交通の不便さや医療・教育施設の不足、物価高騰など解決すべき生活問題も多かった初期の団地では、留守がちな夫にかわって主婦が自治会や市民運動の主役になったことも指摘されています（原武史）。「団地」は必ずしも女性を家庭に封じ込めるだけの装置だったわけではなく、女性の連帯感や社会的関心を促した側面もありました。

個別に切り離された女たちの向こう側にも「円陣」の幻を見てしまう「私」の想像力は、夫の知らない「団地」の昼間、コンクリートの壁を超えて手を組む妻たちの別の顔を予感していたとも言えます。

古井由吉（一九三七〜）　東京府生まれ。東大独文科卒業。金沢大・立教大で教鞭を執り、六八年に「木曜日に」「先導獣の話」を発表。七〇年の退職後、「杳子」（七〇）で芥川賞を受賞。いわゆる「内向の世代」の代表作家と目された。作品に「栖」「槿」「中山坂」「白髪の唄」など。

SECTION 3

12

〈書かない〉ことのリアリティ

金井美恵子「兎」

兎の着ぐるみをまとった少女の話を聞いた「私」の体験談めいた小説。だがそれは、体験談とは言い切れない曖昧さを残す仕組みになっている。この曖昧さに向き合うとき、そもそも、〈書くこと〉とは何かという根源的な問いが読者に突き付けられる。

when suddenly a White Rabit
with pink eyes ran close by her.

L.ewis Carroll

書くということは、書かないということも含めて、書くということである以上、もう逃れようもなく、書くことは私の運命なのかもしれない。

と、日記に記した日、私は新しい家の近くを散歩するために、半ば義務的に外出の仕たくをした。散歩は健康上の必要から医者にすすめられていたので、本当は歩くことなんか好きではないけれど、しかたがなかった。雨が降って来そうな、いやな灰色の空が、すべての風景におおいかぶさっていて、こんな日に健康について考えるなどということは、とても出来そうもなかったけれど、まだ家具もそろっていない殺風景な部屋で、日記と原稿用紙に向かっているよりは、身体を動かす方がまだしもましに思われた。

本当にいやな気分だったのだ。眼をさましている時でも悪夢を見ているような感覚にひきずりこまれ、それは突然なんのきっかけもなくやって来るものだから、年中、私はびくびくしていなければならなかった。はっきりと形にならない幻覚のようないわば一種の匂いとでも言ったらいいのかもしれない、ある物が私につきまとっていた。突然、鼻先をかすめる見えない鳥のような、匂い。その匂いの中になにか、はっきりしない影が存在しているのがわかるのだけれど、そして、以前、その影をはっきり見たことがあるはずだという確信はあるのだけれど、もやもやと風に流れて消えて行く匂いのように、その影はあっというまになくなってしまう。ようやく読みとれる寸前だった砂文字を、一吹きの風が、ただの広い虚しい灰色の砂浜の中に消してしまうように、茫然とした荒れ果てた苛立たしさだけを残して。

それが何なのかまったくわからなかったけれど、その匂いは一種の吐き気でもあった。匂いによって吐き気が生じるのでもなく、吐き気によって匂いを嗅ぎつけるのでもなく、匂いは私の肉体の内部から発しているのだ。

そして、私は散歩の途中、雑木林に囲まれた空家の庭に迷いこみ、疲れて石に腰をおろして休んでいた時、眼の前を、大きな白い兎が走るのを見たのだった。大きい、と言っても、それは普通の大きさではなくて、ほとんど私と同じくらいの大きさだった。けれど、それは兎であり、それが証拠には、大きな長い耳を持っていたし、ともかく、どこから見ても兎にしか見えないのだ。私は石の上からとび上って兎を追いかけたのだが、追いかけて走っている時、まるで気を失うように、突然、穴の中に落ち込んでしまったのだ。気がついてみると、さきほどの大きな兎が私をのぞきこむようにして、すぐ近くにすわっていた。

「あなたは誰?」

「散歩していたんですけど、迷ってここへ来てしまったんです。あなたは、兎ですか? いえ、兎さんですか?」

「すっかり、そう見えるでしょう?」と、その兎は嬉しそうに咽喉をクックッと鳴らしながら言った。「でも、本当は人間なのです。多分、どっちでもいいような気も最近ではしますけれど」

「本当に、まるで、兎そのものですね」と私は感嘆して言った。白いフワフワした毛皮におおわれて、正面に向いあって良く見れば、眼だって透明な桃色をしているのだ。もちろん、良く見れば、桃色の眼が、頭に被っている兎型のフードと仮面に上手に取りつけられたガラスのレンズだということはすぐにわかったし、全身を覆っている白い毛皮が、赤ン坊の着るロンパースのような仕組みになっていることも見当がついた。けれど、なんでまたこの少女が、これほど念の入った兎の変装をしているのかわからなかった。少女は、私の疑問を素早く見てとり、「あたしがなんで、こんな姿をしているのか、訳を知りたいのでしょう? お話いたします。父が死んでからというもの、自分以外の者と話をするのは初めてなんです。それに、誰かにお話しなければなりませんし、そうでなければ、あたし、落ち着きませんの。どうぞ、家にお入りになってください」と、私を荒れはてた家に招き入れるのだった。少女の名前は小百合といい、とりわけ悪い名前とも思わないけれど、鬼百合とか姫百合という名前だったら、自分でも満足できただろう、と説明するのだった。「でも、もちろん、今では誰もあたしの名前を知りませんし、覚えている人もいないのでしょうけれど。だから、あなたはあたしを姫百合と覚えていてくださった方が、いいと思います」

家の中は、端的に言って、まさしく兎の巣と言えた。床にはすっかり兎の毛皮がしきつめてあり、壁には剝ぎたての兎の生皮がX字型に釘でとめつけてあり、獣じみた異臭がしているのだ。私は毛皮の上にすわって、かぎなれない異臭に胸をむかむかさせていたのだが、少女は私の様子にはまるで無頓着で、しきりと耳を動かしたり、後脚で耳の後を掻いたりしているのだ。むろん、耳の後の部分に痒みがあったからではなく、長い間の習慣となった兎的動作の痙攣のようなものだったのに違いなかった。

「あたしがこんなふうになったことについては、それなりの理由があるのだろうと、自分でもずい分、考えたのです。でも、結局のところ、よくわかりませんでした。こういうことになる最初の出来事は、多分、あの朝にはじまったんだと思いますけれど」

そうやって、彼女は、ゆっくりと、記憶をたぐるように話しはじめた。

「朝、目を覚して、家中を歩きまわったけれど誰もいませんでした。台所も食堂も居間も、家族の寝室も納戸も風呂場も手洗いも、全部調べたし、念のために洋服ダンスも開いてみたけれど、誰もいなかったのです。台所ではミルクがガスにかかったまま沸騰して、白いクリームが泡立て卵《メレンゲ》のようにミルクパンからあふれ出し、洗面所には、兄の髭そり用のカップ入りのシャボンがまだ泡立ったままで、食堂にはまだ冷蔵庫から出したての冷たいオレンジ・ジュースが小さな水滴で表面をくもらせたコップに注がれていたし、新聞も、読みかけていてちょっと席を立ってそのまま置いたようにテーブルの上に置いてあり、にもかかわらず、家中に誰もいないのです。あたしはミルクパンのかかったガスを消し、テーブルの上のオレンジ・ジュースを飲み、新聞を読みながら（と言うより、新聞紙の上に単に眼を落していたというだけで、大きな活字で報じている大事件のニュースを読んでいたわけではありません。ニュースは、多分、外国の戦争か、外国の首相が暗殺されたか、外国の革命か、いずれにせよ、あたしには関係のないことですもの）、あの人たちは、もう戻ってはこないだろうと考えました。戻ってこなくても、少しも困りはしないし、何故いなくなってしまったのかを考えようとも思わなかったのです。実際、家族たちはその後も戻ってはこなかったし、たとえ戻ってきたとしても、あたしは家族たちに向って、あんたなんか知らないと答えたのに違いありません。家族たちの突然の行方不明に対してあたしがとった態度は少し変っていたかもしれません。あたしは少しも驚かなかったからです。いつもの朝は、オレンジ・ジュースを一杯飲んで、食卓についている家族たちが天気の話やジュースの濃度について批評しあったり、新聞の記事について父親が解説しているのを聞きながら、トーストとベーコン・エッグスと紅茶の朝食を食べ、たまに父親があたしに学校のことを質問する時の他、口をきかず、『今、学校では何を勉強している？』というのが決って父親の口にする言葉で、『いろいろ。物理だの化学だの数学だの』とあたしは答えるのです。会話はそれでおわって、父親は卵の黄身をパン切れで皿からふき取るようにして舌鼓を打ちながら、何にせよ勉強しておけば後になって役立つものだ、とか、人間はいくつになっても勉強する気持をなくしてはいけない、とか、学問に王道はない、といった意味のない言葉をぶつぶつつぶやき、大きなカップで紅茶をすすりました。ちぢれた口髭の先に卵の黄身と紅茶の滴が付着しているのに本人は気づかず、二皿目のベーコン・エッグスとトーストをむしゃむしゃ食べながら、大きな声で（父親はいつも大きな声で喋ったものです。自分ではつぶやいているつもりの時でも、人にはまるで大声で怒鳴っているように聞えました）、いつも同じことを言いました。父親はつぎのように大きな声で言うのが常でした。

『食事をして、腹がくちくなれば、誰だって気持良く眠くなる——もっとも、健康な人間の場合に限るがね——それが疑うべくもない自然の健康な生理というやつだ。それなのに、働かなくてはならないなんて！　朝飯を食べたら、一、二時間うとうと眠りたいものだ。三度三度の食事の後に、睡眠がほしいものだ』

誰も何も答えなかったし、誰もが父親の言うことを軽い軽蔑をこめて受け取っていたのです。飽食と睡眠を好む赤ら顔の豚、と家族は父親のことを考えていたのです。でも、あたしは別でした。この飽食と睡眠の甘美な快楽に息を切らせ、太った腹を波打たせている父親が一番好きだったのです。夕食の時などは、時々あたしは父親につきあって、他の家族は決して口にしようとしない料理を、お腹がいっぱいでもう眼を開けているのが精一杯というところまで食べたりしました。お互いに無遠慮にげっぷをもらしたりして、お腹がいっぱいで食べられなくなると、ローマの貴族のように咽喉に指をつっ込むという野蛮な方法ではなく、特別の薬草で作った下剤を飲んで、すっきりさせて、また食べはじめたものです。父親は食用の兎を飼っていて、月に二度、一日と十五日に、兎を一匹殺して料理を作るのです。一日と十五日には朝の食事の始まる前に、早起きして小屋から丸々太った兎を一匹選り出して殺しました。おとなしい、何も知らない兎は父親の毛むくじゃらの太った指で耳を握られ、脚をすくめてじっとしていました。ふわふわした柔らかな白い毛に包まれた動物は、臆病そうにじっと身をすくめ、父親の大きな手で簡単に首を絞められてしまうのです。ぐったりと脚を伸ばし、首の関節をへし折られた死体が小屋の前の地面に置かれるのを、あたしは二階の寝室から何度も眺めたことがあります。それから、父親は庭の物置小屋で、兎の首にナイフを入れて血管を切り、逆さまに吊し、すっかり血抜きが出来るまでの間、ゆっくりといつもより多めの朝食をとるのです。そして、朝食がすむと今度は、兎の腹を裂き内臓を取り出し、血がこびりついてすっかり茶色になっている木桶に入れ、手際よく皮を剝ぐ作業にとりかかります。父親の血に濡れた太い指が動くと、純白の毛皮の下から、血と脂肪に包まれた薔薇色の肉が徐々にあらわれてくるのです。すっかり皮を剝ぎおわってしまうと、死体は小屋の壁の釘に吊され、血を洗い落した毛皮は、ひろげて小屋の壁にX字型に釘ではりつけられるのでした。夕方になると、事務所から帰って来た父親は、物置小屋で兎の料理にとりかかり、肝臓と腎臓と生ソーセージのペーストを兎の腹に詰め物して、玉ねぎやシャンピニオンやトマトといろいろな香辛料を入れて煮込むのです。シチューにすることもあったけれど、父親もあたしも、香辛料のきいた詰め物料理の方がずっと好きでした。他の家族は、兎を可愛い小動物《ペット》としてはある程度まで認めていたけれど、毛皮《ファー》としても食用の肉としても軽蔑的で、まして、その小動物《ペット》を殺し、そればかりか料理して食べるということに対して我慢がならないと考えているのでした。首を絞めて、小さな無防備な生きものを殺すということも憎んでいたし、それを捌《さば》いて皮を剝ぐという行為は卑しい恥ずかしいことであり、まして、それを口にするなどということは、見ているだけで胸のむかつく汚らわしいことだと、いつも言っておりました。母親は、しかたなしにその行為を黙認する他なかったけれど（浮気なんぞをされて家庭をメチャメチャにされるよりは、まだましだと思っていたのかもしれません）、台所で料理を作ることには絶対に反対でした。『台所中、家中に兎の臭いが染みつくのを、我慢しろって言うんですか？　動物の血の臭いを家の中に持ち込むなんて、ちゃんとした家でやることじゃありません』

　だから、父親とあたしは一日と十五日の晩餐を物置小屋の小さなテーブルで行なうのでした。青い蔓薔薇の模様のある大きな小判型の皿に、飴色に脂光りのする脚付きの兎が盛られ、そのまわりに、溶けかかったトマトや、玉ねぎ、シャンピニオンがこんもりと飾りつけられ、小屋中に湯気と香辛料と兎の血のまじった、うっとりするような匂いが充満して、中世の騎士たちの晩餐のようなはなやかさでした。他には、鳩（これも父親が飼っていました）のお腹に肝臓のペーストと野葡萄を詰め物して葡萄の葉で巻き、キルシュを振りかけた焼き料理、サワー・クリームをかけた内臓のペーストのゼリー寄せ、レモン汁をかけて食べる生の平貝やアオヤギやミル貝、冷たく冷やした数種類の果物のコンポート、赤と白の葡萄酒があったし、生クリームとアーモンドをかけたアイスクリームもありました。食後のデザートの仕上げには、このうえない健啖ぶりをあたしたちは示して、ジャマイカ産のラム入りのココアをたっぷり飲むのでした。長い時間をかけての料理と食事の間、あたしたちはとりたてて話をするわけでもなく、ただ、ひたすら食べることに専念するのです。時々は、話もしました。父親があたしに聞きたがるのは、たいてい人間関係のことで、『どうだい？　お前には、その、ボーイフレンドなんかいるのかね？　学校で、ボーイフレンドが出来たかね？』などと、大きな声でおずおずと質問するのです。『学校でといっても』とあたしは笑いながら答えました。『おとうさんは忘れっぽいのねえ。学校には女の子しかいないのよ。出来るはずないでしょう』『ああ、そうだった。つい、うっかりしていたよ。でも、本当にボーイフレンドはいないのかね？』『いないわ。興味がないもの。若い男の子なんて大嫌いだし、もし、そばに寄ってきたら嚙みついて肉を喰いちぎってやるわ』『でも、いずれは出来るだろう。そしてわたしを捨てて何処かへ行ってしまうよ。きっと』

　こんな調子の会話が繰りかえされ、最後のラム入りココアを飲むころは、二人ともすっかり満腹して眠くなり、父親は葉巻きを吸い、あたしは口の中で舌に滲みて行くココアとラムの味をゆっくり味わいながら、満足しきって、眠ることを考えていました。物置小屋から庭を横切って家に帰り、二階の寝室に入るまでに触れる、少しばかりの冷たい外の空気は気持が良く、眠りを益々心地良いものにしてくれるのです。兎小屋では兎がひっそりと寝静まり、鳩小屋からは鳩の喉を鳴らすようなくぐもった低い鳴き声が聞え、花の甘い香りが空気をしっとりとふくらませていました。

『おやすみ』と父は寝室の前で眠た気な声で言い、『さあ、ゆっくりと死ぬか』と、いつもの冗談を言うのです。

　そして、今日がその十五日だったのをあたしは思い出し——正確に言えば、新聞の日付けが眼に入ったのですが——父は物置小屋でいつもの作業をやっているのだろうと考えましたが、他の家族と兄と姉がどうしたのかはわかりません。彼等が嫌悪していた血みどろの作業を見物するために、わざわざ物置小屋まで行ったとは、どうしても思えなかったし、他の何処へ行ったとも考えられなかったのです。だから、きっと、あの人たちは神隠しか何かにあって、二度と姿をあらわさないだろう、それは、とてもいいことだ、と思いました。あたしたちは、きっとこのことを待ってたのに違いない、ずっとずっと以前から、と繰り返し考えました。

　オレンジ・ジュースを飲んでしまってから、あたしは、朝食の仕たくをする者がいないことを思い出し、父と自分のために朝食を作らなくてはいけないと考えました。ハム・エッグスとミルク紅茶とトーストと、それに特別の朝にふさわしく、お赤飯に類するようなものを作りたかったのです。お赤飯のアナロジイは、おそらく色彩にその根拠がおかれるべきであるとあたしは思いました。赤い食べものが必要なのです。冷蔵庫に、ラディッシュと苺が入っていたので、あたしはそれを食卓に飾り、父はすぐに、このラディッシュと苺の意味に気がつくだろうと思って嬉しくなりました。

　父は兎を捌く時用の血の汚点だらけの大きなエプロンをかけたまま勝手口から入ってきて、上機嫌に笑いながら『朝飯にしよう。今日は朝から御馳走にして、学校も休んじゃえばいい』と言いました。『突然、家族が行方不明になってしまった女学生というのは、心配のあまり、学校へ行かないものだよ』あたしは益々嬉しくなって、『じゃあ、やっぱり、あの人たちは本当にいなくなったのね?』と言いました。父親が入って来た時から、台所には動物のあたたかい血の臭いが漂いはじめ、あたしはその臭いを深く吸い込みながら、これからはいつも家中にこの臭いがするようになるだろうと思ったのです』

「それから、あたしたち、とても幸福でした。毎日毎日、変ったお料理を作っては、お腹いっぱい食べて眠ったのです。父が食事のたびに言っていたこと、食事の後に睡眠をとることの自然さと甘美さを、誰にも邪魔されずに思う存分、味わうことが出来ました。あたしも学校にはずっと行かなくなってしまったし、父も事務所は人にまかせっきりで、食事をしては眠ってばかりいたものだから、益々太って、時々心臓の発作でたおれたりしました。それでも、決してお医者を呼んだりしなかったし、あたしが医者に電話をかけようとしたりすると、とてもひどく怒るので、黙って父の言うとおりにする他ありませんでした。それはもう太って、食堂の椅子なんか、みしみし音をたててこわれてしまいそうなくらいでした。ちょっと動くだけでも大変な息切れがして、機関車が動き出す時みたいに、そりゃあもうひどく喘いだのです。それで、いつの間にか、兎を殺して料理する役目はあたしのものになってしまったのです。あたしは、すぐに上手になってその役目を楽しみながら遂行しました。最初はとてもいやだったのですが、すぐにあたしは、殺すことも楽しみの一つだってことを理解できるようになったのです。まだあたたかい兎のお腹に手を入れて、内蔵をつかみ出す時は幸福でした。肉の薔薇の中に手をつっ込んでいるみたいで、あたしはうっとりして我を忘れるほどでした。指先に、まだピクピク動いている小さな心臓の鼓動が伝わったりする時、あたしの心臓も激しく鼓動しました。もちろん、兎を抱いて首を絞める時にも、内臓に手をつっ込むのとは違った快楽がありました。首を絞める時の快楽をもっと強烈に高めるために、あたしはいろいろな方法を試してみたものです。兎は耳をつかんでいるととてもおとなしいし、あの柔らかでまっ白なくりくり太った生き物を自分の手で殺すのは、とても残酷なことのように思われたのですが、だんだんそれが甘美な陶酔に充ちた快楽に変って行くのが、はっきりわかりました。手の力を少しずつ強めて行くと、兎は苦しがって脚を蹴るものだから、それがあたしのお腹にあたり、とても興奮しました。それから指の中で兎の首が完全に折れたのがわかり、それと同時に激しい痙攣が兎の身体をかけぬけるのが、あたしのお腹に伝わるのです。はじめのうちは膝に兎をのせて絞め殺していたのですが、胸に横抱きにして、脇腹に腕を思いきり押しつけるようにして殺すやり方もためしてみました。これもわりあい感じがよかったのですけれど、ちょっと油断すると腕の下からするりと兎が逃げてしまうので、あまり良い方法ではありませんでした。結局、あたしが一番満足を味わえた方法は、兎の身体を股の間にはさんでおいて、首を絞める方法でした。これはかなり気に入って、しばらく続けていたのですが、そのうち、裸の脚が直接兎の毛皮に触れていたら、もっと気持がいいだろうと思いつき、いつもは殺す時ブルージンズをはいていたのをスカートにして、スカートをまくりあげて股の間に兎をはさんでみたのです。そして、兎殺しの血の秘儀が全裸で行なわれるようになるまでに、長い時間は必要ではありませんでした。父がほとんど寝台で寝たきりになってからは、あたしは兎の料理を作らない日にも、ただ楽しみのためだけに兎を殺しました。残忍さを持った快楽というものは貪欲なものです。そして、この貪欲さは次々と犠牲の兎の血を飲みこみ決して満足しないのです。あたしが次に思いついたのは、血ぬきをするために吊り下げた兎の血を浴びることでした。全身に血を浴びるためには一匹の血では足りず、三匹か四匹の血が必要でした。両手で満遍なく全身に血をなすりつけ、ことに血で濡れた陰毛をきれいにそろえるのが好きでしたし、首をねじまげて肩や胸や脚の血を舌でペロペロ嘗めるのも好きでした。そして、ついには、兎の毛皮をぬいあわせて身体がすっぽり入るぬいぐるみを着て、頭には長い耳のついたフードと仮面を被って暮すようになったのです。フードはとてもよく出来ていて、耳の内側は桃色のサテンを使い中に針金と糸で細工がしてあるのです。丈夫な編糸が耳の部分から首、胸をとおって右と左の指先にリングで引っかけるようになっていて、同じ細工が尾の部分にもあり、尾からつながっている糸もやはり指先に引っかける仕組みになっていました。手には兎毛皮のミトンをはめていましたから、指に糸のついたリングが引っかけてあるのは外からは見えないのです。ミトンの中で指を動かすと、耳がピンと直立したり、頭の後にぴったり折れまがったり自由に動くのです。尾も同じように自由に動かすことが出来ました。

もちろん、この兎のぬいぐるみがすっかり完成するまでには、ずいぶん時間がかかりました。鞣《なめ》していない生皮は表面にツルツルした赤や茶や紫の膠状のものがこびりついていて、とても固いのです。でも、毛皮を鞣してしまったら、本当の兎の気分になれないと思います。あたしは、まず兎の血を浴びて、濡れた素裸のままで、毛皮の中にすっぽりと入り、兎跳びで歩きまわったものです。もう、その頃には、そこまであたしが兎狂いになってしまった時には、父親は、青黒く浮腫《むく》んだ顔と手をシーツの間から出して、じっとしていることが多くなっていました。気分の良い時は起きて、あたしと一緒に遊んだりもしてはいましたけれど。あたしは毎日、父の世話をみていたのですが、もう、医者に診せようという気持はなくなっていましたし、とにかく、家に他人が入って来ることは父もあたしも大反対だったのです。いつ発作をおこすかわからなかったので、出来るだけ父のそばにいなくてはなりませんでした。その頃はもう家中が兎だらけで、兎の糞と食用の草であらゆる部屋は荒れ放題だったものですから、あたしは、自分の楽しみごとのために、わざわざ庭の物置小屋まで行く必要はありませんでした。発作と言っても、あたしに出来ることといったら水を飲ませてやることくらいで、あとは発作がおさまるのを、じっと待っている以外にないのです。そして、発作が本当におさまるのは、死ぬことなのだということを、父親もあたしもわかっていました」

「そして、やがて父の発作がおさまる時がきました。父は発作のたびにとても苦しそうで、見ているだけで、あたしの方が死にそうでした。あたしは、こつこつ作っていた兎の毛皮のぬいぐるみが出来あがったので、それを着て父に見せるつもりだったのです。父を楽しませてやりたかったし、きっと喜ぶと思いました。『あたしを詰め物料理にして食べてください』と書いたプラカードを持って、首には復活祭の兎のように大きな薔薇色のリボンを結びました。その日は父の誕生日で、あたしは、自分を誕生日のプレゼントにあげるという思いつきにすっかり興奮していました。あたしが兎の毛皮を着て部屋に入って行くと（兎らしい跳び方や動作は、充分練習もしておいたのです）、父は驚いて叫び声をあげました。あたしの計画では、驚きはすぐに笑い声にかわって、あたしたちは兎を絞め殺す儀式を、あたしという一匹の兎を使って行なうつもりだったのです。もちろん、あたしは本来的に無抵抗でおとなしくしていなければなりませんが、父が首に手をかけ絞める真似をすると、少しあばれ、最後には全身を激しく痙攣させ、やがてピンと硬直して、ぐったりと死んだ真似をするのです。それから、いよいよ皮剝ぎの儀式です。毛皮を脱いだ時、さも皮を剝がれた兎らしく見えるように、血をたっぷり全身に浴びておきました。あたしの内臓が父の手でさぐられる時のことを考えてドキドキしていたのです。ところが、父には、あたしがわからなかったのです。『化物め！』と父は叫びました。『化物め、消え失せろ！』あたしは驚いて立ちすくみ、『おとうさん』と声をかけました。父は益々恐怖をつのらせ、咽喉をぜいぜいいわせながら、化物め、化物め、と叫びつづけ、寝台のまわりに置いてあるコップや水差しを手あたりしだいあたしめがけて投げつけました。琺瑯《ほうろう》の大きな水差しが顔に命中して、毛皮で出来た仮面の眼にはめ込んだ桃色のガラスを割ってしまったのです。顔全体に受けた衝撃と、割れたガラスが左の眼につきささった時の、顔から後頭部へ貫くような激痛で、あたしは気を失ってたおれてしまいました。眼の中に、燃える火竜が飛び込んだように、真紅の闇がひろがり、白熱した炎が頭部で燃えあがり、そして、まっ黒な闇の中に落下して行きました。どのくらいの間気を失っていたのか、気がついてみると、あたしは父の寝室の床にたおれたままで、生皮の仮面とフードに覆われた顔と頭がべっとり血で濡れ、激しい痛みが顔中を火照らせていました。ゆっくり起きあがりましたが、ひどくふらふらして吐き気がしました。ようやくの思いで、壁の鏡台の前まで歩き、傷口を調べようとしたのです。桃色のガラスは、ちょうど、まぶたの上から斜め下に深く眼球を貫いていて、左眼は完全に駄目になっているようでした。フードと仮面を顔からはずし、つきささっているガラスの破片を思いきり引きぬきました。ひどく血が流れ、血と一緒に眼球も流れ出しているのではないかと思ったほどです。まるで血ぬきされている兎のようでした。鏡台の引き出しからタオルを取り出し、それを左眼にあて、頭の後で固くゆわえておきましたけれど、またすぐに気が遠くなり、鏡台の前にたおれてしまいました。二度目に意識を取り戻した時、寝台の中で父が死んでいるのに気がついたのです。父の死顔は、一ことで言えば恐怖にひきつって、みにくく歪んでいました。それは怖しい顔で、死顔だったから怖しいと感じたのではなく、父が発作の前に味わった恐怖の量をとどめていたことによって、怖しい顔だったのです。あたしの姿（と申しましても、それは兎の姿だったわけですが）を見て、化物め、と叫んだことからも推測がつくのですが、父はきっと自分の殺した兎たちの亡霊があらわれたと思い、恐怖のために最後の発作を早めたのでしょう。ですから、あたしは自分の父親を殺したのも同然なのです」

「それからというもの、あたしは兎の亡霊が自分にとりついたのをはっきりと自覚し、片目の大兎としてふるまいました。ようするに、もう人間の世界に戻れないということを、改めて、はっきりと確認したのです。考えてみれば、あたしが普通の人間として暮していたのは、何年か前の十四日までのことでした。その時までは、ごくあたりまえの女学生で、同級生たちに父親の変った嗜好——自分で兎を殺して料理するという——をひた隠しておきましたし、自分が兎の料理を食べることに対して、いく分かの後ろめたさがなかったとは言えません。あたしが自分の世話している兎を平気で食べているのがわかったら、同級生の少女たちは、きっとあたしに『鬼百合』というあだ名をつけたでしょう。あの人たちは盲同然で、ええ、それは今のあたしは片目がつぶれているけれど、殺す、という言葉を聞いただけで、あの馬鹿な兎馬《ろば》のような少女たちは鈍重なのっぺりした顔の色を変えてしまうんです。どう思われようと、気にするようなあたしではありませんが、陰口をきかれるのは若い娘として、あまりいい気がしなかったのです。もちろん、今のあたしには関係のないことですし、どうでもいいことなんですけれど――。そう、今ではあたしは、すっかり兎ですわ。そして、最近、右の眼の視力が弱くなっていることに気がついてます。いずれ、右眼の視力がなくなるのも近いでしょう。視力が弱くなると、見えないものが見えて来るようになるものなんです。見えるものを見えなくして、見えないものを見えるようにする力が、自然に生まれてくるのです。あたしには、いつもあの父の死顔が見えるんです。青黒い浮腫んだ顔が眼を見開き、鼻の穴をふくらませて、叫ぶのが見えます。ことに兎を絞め殺す時、突然あの顔があらわれ、あたしはすっかり手の力が脱けてしまい、絞め殺すことが出来なくなってしまうのです。怖しい顔だったし、怖しい経験でした。鏡の中で、あたしの眼に桃色の鋭いガラス（兎の眼がつきささったんですわ）がつきささっているのを見た時も、怖しいことは怖しかったのですが、それは美しかったのです。今まで見たこともないくらい、その時のあたしは、ぞっとするほど綺麗でした。髪の毛は血で頭にべったりはりついて、左の眼に深くつきささった桃色のガラスの破片の鋭い切り口が電灯のあかりでキラキラ光っていました。なんて美しいメーキャップだったでしょう。それを思うと、以前より兎を殺すことに快感がなくなったほどでした。もう、お気づきになってると思いますが、ここの兎たちに眼がないのは、みんなあたしが、刳《く》りぬいてしまったからなんです。赤い透きとおる薔薇ガラスみたいな兎の眼を刳ぬく時、あたしはあの時の、ぞっとするほど綺麗だった自分の姿をはっきり見ることが出来るからです」

　私が二度目に彼女にあったのは、ずっと後になってからだ。あの奇妙な経験を、夢だったのだと思うようになっていた頃（なぜならば、あの雑木林に囲まれた荒れはてた家は、その後いくらさがしても見つからなかったし、誰も、兎のいっぱいいる家のことは知らなかった）、ある日散歩に出かけて、まるで突然に私は道を思い出したのだ。動物の帰巣本能のように、眼に見えない匂いか信号に導かれて、私は歩いて行った。そして、あの、荒れはてた家を見つけ、彼女と話した部屋に入ると、白い毛皮をしきつめた中央に彼女がたおれていて、もっと近づいてみると、彼女の右の眼には桃色の鋭いガラスがつきささっており、頭部の下の白い毛皮の上に血がたっぷり溜って血の表面に薄い膜が出来ていた。薄い膜は、まるで雨あがりの道路の水溜りにこぼれたガソリンの皮膜のように、ギラギラした虹の色をしていた。そして、私が彼女の素顔を見たのはこれが初めてだったのだが、彼女の顔が美しかったかどうか私にはわからない。左の眼はひきつれて落ちくぼんだ黒い穴としか言いようがなかったし、右の桃色のガラスのささった眼からは大量の血と一緒に、筋にぶらさがった眼球が流れ出して、青白い形の良い透きとおるような耳の下に、まるで桃色真珠のイヤリングのように転っているのだった。唇は、私の俗っぽい予想（兎唇ではないかという）に反して、美しいアーチ形の曲線と薄くにじんだ血の色を持っていた。そして、私は彼女の身体をすっぽり覆っている白い兎の毛皮を剝ぎ、自分の着ているものを脱ぎすてて、その中にすっぽり入り込んだ。それから、彼女のかたわらに置いてあったフードと仮面を被り、獣臭い匂いの中で息をつめて長いこと、じっとうずくまっていた。彼女と私の周囲に盲目の兎の群れが集り、兎も彼女も私も、じっとしたまま動こうとしなかった。

本文：初出「すばる」（一九七二・六）／底本『愛の生活・森のメリュジーヌ』（九七・八、講談社文芸文庫）

解説

1 「私」はどこにいるのか

日ごろから、日記と原稿用紙に向かい〈書く〉ことに向き合っている作家らしい「私」。〈書く〉ことは「書かないということも含めて、書くということ」だ、という「私」の宣言から小説は始まります。この宣言は、いったい何なのでしょうか。物語は、「私」がある日散歩に出かけ、『不思議の国のアリス』のアリスさながら、兎の変装をした少女を追いかけ穴に落ち、その少女から生々しい告白を聞くというものです。この体験のリアリティについて考えようとすると、ある困難に陥る、というところから整理してみましょう。

「私」が兎少女・小百合の話を聞いた場所（小百合の家）について注意してみます。それは「穴」の中にあるようですが、そこに人は住めません。では、「私」が小百合に話を聞いたという体験は夢だったのでしょうか。しかし、物語の末尾には、出来事を「夢」のように思い始めた「私」が再び散歩に出かけ、小百合の遺体を発見し、兎の変装のために身につけていたものをまとう挿話があります。このために読者は、出来事を「夢」として括って把握することを抑制されてしまいます。それゆえ、この物語の末尾の時空の延長にある、「私」が語る場を現実とも夢とも確定できない、すなわち、語る「私」はどこにいるのかという問いに読者はさらされるのです（⇨P25課題1）。

2 メタフィクション

このように、テクストは読者の意識を「私」が書く場所へと向ける構造となっています。この仕組みを〈メタフィクション〉と呼びます。〈メタフィクション〉はさらに、〈書く〉ことへの自己言及を明示し、書く行為そのものへと読者の目を向けるものでもあります。冒頭の宣言も、この〈メタフィクション〉を志向するテクストの指標と言えるでしょう。〈書く〉ことをめぐる自己言及を構成することは、また、例えば〈私が私である〉というアイデンティティの確かさやリアリティの自壊そのもののリアリティを示すトランスリアリズムの文学とも言われます。

さて、これを踏まえて読解を進めます。「私」という人物の存在論的不安に焦点を据えて整理してみましょう。「私」は「本当にいやな気分」で、覚醒していても「悪夢を見ている」感覚に捕らわれています。さらに、「幻覚のような」「はっきりしない影」を始終知覚しています。「はっきりしない」「匂い」に取り憑かれ、不安定な「私」が外界において知覚している「匂い」や「影」は、しかし、「私」の「肉体の内部から発している」「吐き気」に連動しているものだと説明されます。そして、「兎の巣」のような小百合の家に「私」が招かれ、「かぎなれない異臭に胸をむかむかさせ」た「私」が、小百合から話を聞くという体験が示されるのです。ここで、一つ問いを立ててみます。「私」はなぜ、自分の肉体的失調や精神的な不穏の原因が、自らの〈内面〉にあると想定して再現する方法で〈書く〉ことをしなかったのか（☞P26課題3）。テクストが、小百合の話を「私」が聞く仕組みになっていることと、「書くということは、書かないということも含めて、書くということ」だ、という冒頭の言葉を関わらせて考えてみます。

3 兎少女・小百合の〈告白〉

「私」が聞いたという、小百合の物語について整理します。このとき、「兎」の読者は、小百合の物語の生々しさに惹かれ、その内容に応じて、小百合に訪れた陰惨な結末の意味を焦点として整理するかもしれません。父の模倣を超える行動を通して快楽を発見する小百合が、さらに、父からの不意の暴力によってつくり出されたグロテスクな容貌を美とし、その美を求めてさらに、残った右眼を刳りぬくという過剰な行動に出ることの意味とは何か、というように……。この整理、あるいは思考の方法は、少女の残酷さ、あるいは受苦的な少女をめぐる物語のカタルシスを求めることにつながっていくものです。確かに、このように小百合の欲望に即して整理する意味もあります。ただし、〈メタフィクション〉としてのテクストの構造を勘案して、注意すべきことを逃してはなりません。それは、「あたしがこんなふうになったことについては、それなりの理由があるのだろうと、自分でもずいぶん、考えたのです。でも、結局のところ、よくわかりませんでした」（P212）、と小百合が語り出すにも関わらず、小百合が「片目の大兎」として振る舞う理由を「私」に伝え、さらには、左眼に「深くつきささった桃色のガラスの破片」によって損なわれた自らの顔の美しさを見ようとして、周囲にいる兎の目を刳りぬいたと説明できていることです。

ここで小百合の語りを、9章でも紹介したM・フーコーの言う〈告白〉として考えます。〈告白〉は近代社会で、行為や思考の具体的な認知を告白する主体に促すと同時に、その主体を個人として他人に認証させる語りの形式です。小百合はまさに、「私」を聞き手とする語りを通して自分の欲望やふるまいの「理由」を認知すると言えます。が、ここで考えたいのは、その働きです。すでに〈性〉について語ることが権力を強化させるとフーコーが述べたと説明しました（9章）。もう少し言えば、〈権力〉は、語る者を把握するためにこそ、〈性〉のような私的事柄をめぐる語りを、語る者の〈生〉の真実を明らかにする〈言説〉として編成し、それと同時に人間を統治する根幹に〈言説〉を据えるということです。ゆえに〈告白〉は、この〈権力〉が張りめぐらされた近代社会――〈性〉、すなわち自らにも不可知であるような事柄を語られるべき対象とし、具体化して語らせる関係の総体――に対し、人間の服従（主体化）を強く促す語りの形式にもなるのです。このことを踏まえて、〈告白〉の末に導かれる小百合の死はいかなる出来事かを考え（☞P25課題2）、この〈告白〉と対比させつつ、冒頭の宣言に統御される「私」の〈書く〉ことについて、厳密に考えていきましょう（☞P26課題3）。「書かない」ことも含めて〈書く〉ことに身を委ねる「私」とは、いったい何者でしょう？

金井美恵子（一九四七年～）　群馬県高崎市生まれ。六七年「愛の生活」が太宰治賞の「候補作」として「展望」に掲載される。同年、現代詩手帖賞受賞。七〇年「夢の時間」で芥川賞候補となる。代表作として、目白四部作（『文章教室』『タマや』『小春日和（インディアン・サマー）』『道化師の恋』）と呼ばれる作品群がある。

SECTION 3

13

ファルスの挫折

中上健次「十九歳の地図」

新聞配達の寮に住み込む十九歳の予備校生。「ふっとばしてやるからな、血だらけにしてやるからな、なにもかもめちゃくちゃにしてやるからな」東京駅にかけた爆破予告の電話。行き場のない怒りが、〈犬の精神〉となって街を疾走する。

部屋の中は窓も入口の扉もしめきられているのに奇妙に寒くて、このままにしているとぼくの体のなにからなにまで凍えてしまう気がした。ぼくはうつぶせになって机の上に置いてある物理のノートに書いた地図に×印をつけた。いま×印をつけた家には庭に貧血ぎみの赤いサルビアの花が植えられており、一度集金にいったとき、その家の女がでてくるのがおそかったので、ぼくは花を真上から踏みつけすりつぶした。道をまっすぐいった先に、バラック建てがそのまま老い朽ちたようなつぎはぎした板が白くみえる家で、老婆が頭にかさぶたをつくったやせた子供をつれてでこぼこの土間にでてきた時も、ぼくは胸がむかつき、古井戸のそばになれなれしく近よった褐色のふとった犬の腹を思いきり蹴ってやった。しかしぼくはバラックの家には×をつけなかった。それが唯一のぼくの施しだと思えばよい。貧乏や、貧乏人などみるのもいやだ。次の×印は、スナック《ナイジェリア》だった。体が寒さのためにふるえてきた。十月の終りだというのにめちゃくちゃだと思った。季節も部屋もそしてこのぼくも、あぶなっかしいところにいてバランスをとりそこねているサーカスの綱渡り芸人のようにふらふらし、綱がぷっつりと断ち切れて、いまにも眩暈を感じながらとりかえしのつかないところにおちてしまいそうな状態だった。部屋の壁によせてまるめてある垢と寝汗とそして精液でしっけたふとんに体をのせてマンガ本をよんでいた男が、力のない鼻にぬける笑い声をたてた。ぼくは男に知られてはまずいと思って丁寧に三度も清書した地図の頁をとじ、予備校でノートをとった部分をひらいた。

「さあ、彼女のところにでも、ごきげんうかがいの電話でもかけてやっか」

「寒すぎるなあ、この部屋」ぼくは肩に力をこめてすぼめてみせた。男は立ちあがり、のろのろした仕種で外にはみだしているどぶねずみ色のシャツのすそを、折目の消えたしわだらけのズボンの中につっこんだ。「あのさあ」男はそうすればまんざらでもないといったふうに胸をそらして顔をあげ、ハンガーにぶらさがった茶色のジャンパアに手をかけた。「前のラーメン屋から来たら払っといてくれないか」

「ヒフティ、ヒフティだからな」

「そう固いこちこちなこと言わんと。待っててくれと言ってくれてもいいけど」男の眼はやわらかく笑っている。「金がはいるかもしれないんだよ、思わん金」男はそう言ってジャンパアを着た。「いや、そんなこと言うとあの人に悪いな、あの人は聖者みたいな人なんだ、あの人は不幸のどん底、人間の出あうすべての不幸を経験して、悲惨という悲惨を味わい、いまでもまだ不幸なんだ」男の口調は俳優のそれのようだった。「それでいつも電話するんだよ、ああ救けてください、このままだとぼくは自分で自分を殺してしまいます、ああ、ぼくを引きあげてください、このままだとぼくは死のほうへずるずるおちていきます、彼女はぼくのほんとうのマリアさまだ、キリスト教のマリアがうぶ毛が金色にひかる金むくなら、ぼくのマリアさまは、元の皮膚がわからないほどじくじく膿がでるできものやかさぶただらけのマリアさまだ。この世界にあの人がいて、まだ苦しんでいる、そのことだけでぼくは死のほうへ、ににんがし、にさんがろく、のほうへすべりおちるのをくいとめているんだ」

「もういいよ、何回そのことを言ってるんだよ、前から思わぬ金がはいってくるって言ってて、全然入らないくせに」

「いや、はいってくる、きっと。そのときまとめて返すから」

「かさぶただらけのマリアさまをだましてだろ。おまえなんかに人がだませるもんか」

「たぬきだってできるんだって言いたいけど、ほんとうはぼくもだませるなんて思ってないんだ。人をだませたらこんなところにころがりこんでいないけどな」男は弱々しく鼻に抜ける笑い方をする。部屋の畳の上に散らかったヒトデの形のみかんの皮や週刊誌、それにいつのまにか増えてくるおぞましい新聞紙をふみつけ、ぼくの机の上の予備校のテキストや文庫本をみ、ふんといったふうに目をそらし、「たのむよお」と男は言った。ぼくはこの男のことにかかわりあいたくないと思い、返事をしなかった。

男が部屋を出ていったあと、ぼくはしばらく呆けてしまったように地図をつくることもしなかった。どぶねずみ色のシャツをいつもきている紺野という名前の三十すぎの男とぼくは同室で、毎朝毎晩顔をあわせていた。それだけでうんざりだった。一人で部屋を借りてすむことができればどんなによいだろうか。ぼくは十九歳だった。予備校生だった。他の予備校生のように仕事をしてかせぐ必要もなく、一日中自分だけの部屋にいて自分だけの自由な時間があればどんなによいだろうか。絶望だ、ぜつぼうだ、希望など、この生活の中にはひとかけらもない、ぼくは紺野の笑いをまねしてグスっと鼻に抜ける声をたてた。ぼくは壁にまるめたふとんに背をもたせかけて坐り、手を思いっきり上にあげて欠伸《あくび》をした。腹がくちくなり眼がとろんとなるほどぼくを充分に満足させるものはなにひとつない。快楽の時間だってそうだ。いつもだれかにみられ嘲笑《わら》われているように感じるし、不意に扉がひらかれて人がはいりこんできそうな感じになる。このぼくに自分だけのにおいのしみこんだ草の葉や茎や藁屑の巣のようなものはない。ない、ない、なんにもない。金もないし、立派な精神もない、あるのはたったひとつぬめぬめした精液を放出するこの性器だけだ。ぼくは新聞配達の人間だけが集まってすんでいる寮の横の、柿の木のあるアパートにいるしょっちゅう亭主と喧嘩ばかりしている三十すぎのカンのきつそうな女の、すこし肥りぎみの顔を思いうかべた。子供は栄養失調のようにやせほそり、犬のように人にくっついて歩いてい、女の声は夕方になるときまってきこえた。「ふざけんじゃないよ」それが女の口ぐせだった。「甲斐性があるんだったら、やりやがれえ、殺すんだったらころせえ、てめえみたいなぐうたらになめられてたまるか、いつやったんだよ、いつからやったんだよ、あたしはだまされるのがきらいなんだ、てめえ碌なかせぎもないくせに、女房の口さえくわすことができないくせに、よくそんなことやれたもんだ、立派だよ、あんたはりっぱ、そのうちこの二丁目の角に銅像がたつよ」不意に涙声になり、犬の遠吠のようなすすり泣きの声がたかくひびく。硝子の壊れる音がし、獣が威嚇するときたてる唸り声のような男の意味のはっきりしない太く低い声がきこえる。女の泣き声は奇妙にエロチックだった。もしぼくが子供のときこのような争いがあり、母親がすすり泣きをはじめたとしたら、きっと不安でたまらずなにもかもめちゃくちゃに破壊してやりたいという衝動にとらわれ、うずいただろうが、十九歳の大人の体をもつぼくは、それを煽情的なものと思って、きまって自瀆し、放出した精液で下着をべたべたにした。ぼくの快楽の時。ぼくは、電話をかけて女を脅迫し、顔にストッキングで覆面をして女を犯した。ぼくは一度引き抜き、生活につかれて黒ずみ、荒れはてた女の性器を指でひろげて一部始終くわしく点検し、また女を乱暴におかす。悲鳴をあげようと救けてくれと言おうと、情容赦などいらない。けだもの。人非人。そうだ、ぼくは人非人だ、何人この手で女を犯しただろうか、なん人この手で子供の柔らかい鳩のような骨の首をしめ殺したろうか。

　外から光は入ってこなかった。しめきった窓のくもり硝子が水っぽくあかるく、それを通してぼくと紺野にわりふられた共同部屋の、新聞紙と芸能週刊誌と食い散らしたもののかすで埋まった室内が映しだされていた。けだるいまま精液のぬめりの残っている性器をしまいこみ、ジッパアをひきあげて立ちあがり、ぼくは地図帖のサルビアの花のある家に×印をもうひとつつけた。この地区一帯はぼくの支配下にある。これでもうこの家は実際の刑罰をうけることになった。爆破されようが、一家全員惨殺されようが、その責任は執行人のぼくにあるのではなくこの家の住人にあるのだ。

セーターをもう一枚着こみ、きゅっきゅっと歩くたびに音をたてる廊下のつきあたりの、弁がこわれてしまったために水が流れっぱなしの便所横の階段をおりて、外に出た。ぼくは前のラーメン屋の角にある公衆電話のボックスに入り、十円玉をいれてダイアルをまわした。三回呼出し音がつづき、女の声がでた。ぼくは黙っていた。「もしもし、もしもし、白井ですが」女は言った。「もしもし」女はまちがい電話だと思ったらしく、そのまま切ってしまった。ぼくは深く息をひとつ吸い、あらたに十円玉をいれて、またダイアルをまわした。「はい、白井ですが……」と女は電話を待ちかまえていたようにあきらかによそゆきにつくった声をだした。「もしもし、どちらさまでしょうか?」ぼくは女の声に誘いこまれるように、低くぼそぼそとした声で、「もしもし」と言い、後なにを言っていいのかわからなくなった。「あのう、どちらさまでしょうか?」女は訊き、ぼくが答えないでいると「へんねえ……」と一人言をつぶやいて、切ってしまった。ぼくはその女のけげんそうな声を耳の中にとどめたまま、不意に体の中のほうから猛った感情がわきあがってくるのを知り、もう一度十円玉を入れてダイアルをまわした。女が受話器をとったとき、ぼくは女の声の応答をまたず、「きさまのとこは三重×だからな、覚悟しろ」と押殺した声で言った。「なにをされても文句などいえないのだからな、犬のようにたたき殺されて皮を剝がされても、泣き言はいうな」ぼくは女の声を無視してそれだけ言うと受話器を放りすてるようにおいた。声にならなかった言葉の群がぼくの喉首のあたりによく繁った枝のように重なりあって、つまり、ぼくはその言葉の群を吐きだすこともできず、ただヒステリックな高笑いをした。体の中にインスタントのソーダ水のようなぱちぱちとはぜる笑いのあぶくを抱きながら、その家の近くへ電話の効果をみとどけるために歩いて行ってみようとぼくは思った。午後の光が塩素のようなにおいをたてて車が走り抜ける大通り裏の建物や空気をよごしていた。歩道に台をおき松やいびつに歪んだ楓の盆栽を並べて光をあてている畳屋の店先で、ぼくは歩くのをやめ、ばかばかしくなってひきかえした。ひとりで興奮して喜んだって、ほんとうはなんにも変りゃあしない。畳屋は畳をつくっているし、肉屋は皮を剝いだ太股からすこしでもよけいに肉をそぎとろうと包丁をもってためつすがめつやっている。なにも変りゃあしない。ぼくは不快だった。この唯一者のぼくがどうあがいたって、なにをやったって、新聞配達の少年という社会的身分であり、それによってこのぼくが決定されていることが、たまらなかった。他人は、善意の施しを隙あらば与えてやろうと手ぐすねひいている大人は、君は予備校生ではないか、と言うだろう。そうだ、ぼくは予備校生でもある。隙あらば(この言葉がぼくの気に入り)なにものかになってやろう、と思っている者だ。しかしぼくがなにになれると言うのか。なれるのは、そんじょそこいらに掃いて捨てるほどいる学生さんだ。四年間遊び呆けるか、ゼンガクレンに入って殺すの殺されるのとまともに働いてきている人間だったらきくにたえない痴話喧嘩のような言葉を吐きあい、けろっとして一流会社に入るかだ。一流じゃなくたって、そいつらは、雨にもぬれず冬は暖房夏は冷房、髪を七三にわけてネクタイをしめ、給料もらって食っていく。まっぴらごめんだ。弱々しく愛想笑いをつくり、小声で愚痴を言いながら世の中をわたっていく連中の仲間入りなんて、虫酸がはしる。可能性があると大人は言いつのるだろう。笑わせちゃあいけない、階級ひとつとびこえて、雨にもぬれず風にもさらされず東のほうに貧しい人がいればああかわいそうだなと同情してやる身分になれるということだろう。それともその可能性というのは、なに不自由なしに二度三度あれもいやこれもいやと言ってだだをこねて飯をくってきた若者が、馬鹿づらしてつくった気球にのって空にとぶとか、太平洋を一人ヨットで横断するたぐいの、世の中の功成り名とげた腹のつきでた連中の衰弱しきった水ぶとりの感傷によって望まれるたぐいのものだ。可能性なんかありゃしない。ぼくは肩に力をこめ、寒さに抗いながら、ねずみ色の踵のつぶれてしまったバックスキンの靴をぬいでぎしぎし鳴る階段をのぼり、部屋に戻った。夕刊の配達に出かけるには二時間の猶予があった。部屋の中にこもったしっけたふとんのにおいが不快だった。あの男とぼくが整理整頓とは縁遠いごみくずの上で新聞紙をふとんがわりにしてねたって平気な性格からなのだろうが、共同部屋はあきれるほどに乱雑に新聞紙が散らかり、マンガ週刊誌が放りっぱなしにされ、灰皿がひっくり返っていた。それと対照的にうすく動物の模様のしみがついた壁はがらんと寒々として、となりのやはり「新聞少年」の入った部屋としきられていた。壁に〈シシリアン〉のポスターが貼ってあった。

ぼくの配達の受け持ち区域は繁華街のはずれの住宅地だった。そこは奇妙なところでばかでかい家があると思うと、いきなりいまにも強い風が吹くと柱がたおれてマッチ箱がつぶれるように壊れそうなつぎはぎだらけの家があった。スナックやバーがあるかと思えば朝はやくからモーターをまわしてパタンパタンと機械の音がひびく印刷工場があった。そこはこうじょうではなくこうばの感じだった。ぼくは自転車を使わずに、走って配っていた。ぼくは荒い息を吐きながら走っているぼく自身が好きで、左脇にかかえたインキのにおいとあったかみのある新聞の束から手ばやく一部抜きとり、玄関があいているときはそのまま紙ヒコーキをとばすぐあいにほうりこみ、郵便受けがあるときはそれを軽く四つに折ってつっこんだ。玄関がとざされているときは、戸のわずかな隙間に、新聞の背のほうからさしこみ、その家の住人が鍵をあけ戸をあけた途端ひっかかっていた新聞紙がいま送りとどけられたと音をたてておちるように工夫した。アパートの中に配達するのが一番苦手だった。アパートでもそれぞれの部屋が玄関つきの場合はまだよかった。玄関がひとつで廊下になっている場合、靴をぬいで眠りこんでいる人間たちをおこさないよう足音ひそめて歩き新聞を入れなくてはいけないので、普通の家に配るより三倍ほどわずらわしく時間がかかった。そしてきまって換気の悪いじめじめしてくらい廊下にこもっている食いものともごみのものともつかないにおいがいやだった。廊下においてある子供用の三輪車にけつまずき、臑をうちつけたこともあった。ぼくはみどり荘の便所で小便した。そこでぼくはいつも日課のようにやるのだった。すると男がやってきて、ぼくのとなりに並んで立ち、「ごくろうさんだなあ」と言った。「もうおきたんですか、はやいですね」ぼくが挨拶に困ってお世辞のつもりで言うと、男は陶器に音させてはげしく放尿しながら、「いやあ、いまな、きりあげてきたんだよ。今日という今日はいろんな人間がいるもんだって感心したよ。熱海まで行ってとんぼ返りに戻ってくれって言うんだから。やっとねかせてもらうんだ」と言い、眼をとじ、パジャマの襟が顎にあたるのがくすぐったいらしく顔をふった。「極楽だなあ、まあ水揚げも悪くなかったし、ああ、ごくらく」ぼくはみどり荘の玄関横の便所を出、靴をつっかけ、朝がはじまり空が深く輝くような青に変りはじめた外に出てまたかけだした。ぼくはたった一人で自分の吐く息の音をききながら走りつづけていた。朝、この街を、非情で邪悪なものがかけまわる。この街にすむ善人はそんなことも知らず、骨も肉もとろけるほど甘い眠りをむさぼっている。犬が坂をのぼってキャバレーのウェイトレス募集のビラをべたべたはった電柱の脇で、ポリバケツをひっくり返し、食いものをあさっていた。茶色の犬はぼくが近づくと歯を剝きだしにしてうなり逃げだそうともしなかった。ぼくは走るのをやめ、四つんばいになり、ぐわあと喉の奥でしぼりあげた威嚇の声をあげた。犬は尻尾を後脚の間に入れ、背後から近づこうとしたぼくに顔をねじって唸りつづけ、ちょっとでも自分に触れば嚙みちぎってやるというかまえだった。ぼくは立ちあがった。ぼくは犬ではなく、人間の姿に戻り、それでもまだ犬のように四つんばいになって犬の精神と対峙していたい気がしていた。犬の精神、それはまともに相手にしてもよい充分な資格をもっている気がした。この街を、犬の精神がかけめぐる。

「ぼく」は新聞配達をしながら、人々の観察をする。高山梨一郎のぜいたくな家には二回×印をつけていた。予備校生の「ぼく」は、時折部屋で勉強してみるものの、内心では大学などとっくにあきらめていた。同室の紺野はいつも本当か嘘かわからない話をし、となりのアパートからは激しい夫婦喧嘩の声が聞こえてくる。

……ぼくはいまどうにもならない絶望的な場所にいる気がした。ほんとうになにをみたというのだろう。いったいなんのためにこんなところにいてごみくずのつまった部屋にうじ虫のようにいるのだろう。ぼくは黙ったまま立ちあがり、椅子に腰かけて机の上の本立から日本史の教科書をとりだし、中世のページをひらいてみた。つまらない。誰が権力をにぎり、なにがつくられようとこのおれの知ったことか。日本史、なんのためにこんなものを理解したり記憶したりしなければいけないのか、さっぱりわからない。この教科書の記述とはほどとおいところでおれの先祖は生きてきただろうし、いま現在、おれはそれらの記述のおよばないところで生きている。日本史を読むこのおれは逆説だ、いやこのおれそのものが逆説だ、いやちがう、このおれはまっとうだ、まっとうでなくさかだちしているのは過去がつづいていまにいたっているのだと思っているこの教科書をつくった人間だ。ぼくはそう考え、眼や口や鼻から白っぽい脳髄が、体の中につまっている柔らかいぶよぶよした悪感といっしょに水となって外ににじみだす気がした。ぼくは日本史の教科書を投げすてるように本立にしまい、かわりに地図帖をとりだしてひろげた。十津川仁右衛門という名前が眼についた。その家は無印だった。となりの川口という家の二倍ほどの大きさで家をしめす長方形が描かれてあった。その家の人間にぼくは恨みはなかった。しかしぼくはボールペンで三重×をつけた。ぼくが立ちあがると紺野はフィルターの部分までこげた煙草をすいこみ、鼻の穴からけむりを吐きながら、「こんどなあ、いっしょに行かないかあ」と言った。「おれのよごれたマリアさま」

「善はいそげ」ぼくは思いついた言葉を言い、紺野の言葉に返事もしないでジャンパアをきこんだ。

三回ほど無言のままぼくは十津川仁右衛門への電話を切った。四回目、女の声から若い男のものに変ったのをぼくは知り、吐きだそうとした言葉をのみこみ、もう一回待って気持をととのえようと思い、「もしもし、あのうもしもし」と言いつづける電話の受話器をおいた。暗いむこう側がちょうど霧がかかったようにみえた。電話ボックスの硝子に映ったぼくが頭をかき、顔の両眼が、まるで外からボックスの中に逃げこんだ獲物をおう犬のようにこのぼくをみつめていた。だいっきらいだ、なにもかも。反吐《へど》がでる。のうのうとこんなところで生きてるやつらをおれはゆるしはしない。ボックスの硝子にむかって口唇だけで声を出さずに言ってみ、ぼくはにやっと愛嬌たっぷりにえみをつくり、そしてもう一度ジャンパアのポケットから十円玉をつかみだし、穴の中に入れ、ツーという音をたしかめてダイアルをまわした。二回呼出し音がなり、若い男の声がひびいた。その男のあかるい声につられてぼくは自分の言うべきセリフを忘れてどぎまぎし、「あのう」とふがいない声を出してしまった。もういけない。「むかいのマージャン屋ですけどね、タンメン三つ」ぼくがとっさにおもいついて言うと若い男は「ああ？」とけげんな声を出し、まちがい電話だと思ったのか、「うちはそんな商売やってませんよ、電話かけるならもっとちゃんと調べてかけてくれよ、なあ」とどなり乱暴に切った。ぼくは受話器をおき、ほとんど条件反射のように十円玉をまた入れてダイアルをまわした。四回ほどでまた若い男が出た。「お宅の前のマージャン屋だけど、タンメン三つ大至急」ぼくは早口で言った。「はやくしてくれないか、腹がへってどうしようもないんだよ」若い男はどういうつもりなのか「はい、タンメン三丁ねっ」と答えた。それからそばに人がいるらしく「タンメンだってさあ」と言った。それから声を低めて「あのねえ」と言った。「お宅はどこのジャン荘かしらないけどね、肉屋にいって魚の刺身くれっていうようなもんだよ。魚屋にいってね、クラリーノの靴くださいっていってごらん、ぶんなぐられるよ。バカッ」男はどなって電話を切った。ぼくは受話器をおき、ジャンパアのポケットをさぐったが十円玉はなかった。電話ボックスを出、ぼくは口唇も顔も、指先もひりひり痛むような感情のまま、つめたい霧のつぶのまじった夜の道を大通りのほうにむかって歩いた。大通りに出る手前の煙草の自動販売機でズボンのポケットに入っていた百円玉でハイライトを買い、そのおつりの二十円を手ににぎった。新聞販売店の寮のある通りの家はほとんど玄関をしめきっていた。スナックの前の電話ボックスに入り、尻ポケットにつっこんでいたアドレス帖を出して高山梨一郎を調べ、ダイアルをまわした。すぐ男の声が出た。「はい、高山数学塾ですが」ぼくは息をひとつすいこみ、「高山梨一郎さんは御在宅ですか?」とこもった低い声でたずねた。「はい、わたくしですが……」男の声は言った。

「あなたはたしか……いや、田舎はどちらの出身でしょうか?」うまいぐあいにセリフが出た。男は「はあ……」と言い、「岐阜ですが」と言った。

「ああ、やっぱりそうですか、ぼくも岐阜です。いま護国青年行動隊に入っています」

「うよく、のかた、ですか」

「はい、左翼、右翼と言えば右翼です」

「それでどういうご用件でしょうか?」

「いえ、ただあなたがぼくと同郷の方だとたしかめておきたかっただけです。どうも夜分失礼しました」

受話器のむこうで男の声があのう、と口ごもり、話をつづけたそうなようすだった。ぼくは無視して電話を切った。あいつは今夜眠ることもできずにあれこれ考え悩むにちがいない。ぼくは上機嫌になった。ぼくは声を出して笑った。そうなんだよ、あんまり有頂天になって生きてもらっては困るのだよ、世間にはおまえたちが忘れてしまったものがいっぱいあって、いつでもおまえたちの寝首をかこうとしているのだからな。大通りを駅のほうにむかって歩きながらぼくはまるで恋人の名前をいうように、おれは右翼だ、といってみた。けっしてわるい感じではない。角を右にまがり、工事現場の前をとおった。いいか、よくきいておけよ、おれの言いたいのはこうだ。おまえたちはきたない、おまえたちはおれのように素足で草の茎が槍のようにつきさす野原をかけることのできる体ではなく、肥満していて、ぶくぶくの河馬のようで、いやらしくしみったれている。おれは純粋だ、むくだ、金ぴかだ、おれの胸の肉を切りさいて血をながしてみろ、おれの性器から噴出する精液をなめてみろ。ぼくは高山梨一郎にむかってどなるようにしゃべっているぼくを想像し、不意に歌のような文句がでてきた。おれは犬だ、隙あらばおまえたちの弱い脇腹をくいやぶってやろうと思っているけものだ。それは予備校のテキストにのっていただれかの詩の一節だったかもしれなかったが、ぼくはそれがいまのぼくの感情にぴったりのような気がしてうれしくなった。

配達を終えた「ぼく」と齋藤がモーニングサービスのトーストを食べていると、紺野もやって来る。紺野は、「かさぶただらけのマリアさま」に会うたびに「死にたい」と嘘をついてしまうと話す。

午後、ぼくは地図つくりに熱中した。電話ボックスから電話帳をもちこみ、配達台帖にある名前をかたっぱしから引いて電話番号をアドレス帖にひかえた。同姓同名の人間が他にもいるのが五軒ほどあり、それらは住所をたしかめてひかえた。電話のないのが半数以上だった。その中でアパートに入っている人間のものはアパートの電話をひかえた。十二時から二時まで二時間かけたがぼくのもくろんでいる地図帖の三分の一もできなかった。ぼくは地図帖に、その家の職業も、家族構成も、それに出身地までも書きこみたかった。たとえば高橋靖男の家の電話番号はわかっているが、その男が年はいくつでなにをして飯をくっているのかわからなかった。みどり荘にすんでいる野本きくよ、上村勝一郎は他になんにもわからなかったが、年齢はだいたい想像できた。野本きくよは三十五、六、中学生ほどの男の子と二人ですんでい、上村勝一郎は二十七、八のサラリーマン風の男だった。路地のつきあたりの鶴声荘で、ぼくの配っている新聞を読んでいる人間が一人いた。黒いごわごわした生地の服を着た六十すぎの女で、トランプ占いをやってそれで飯をくっていた。いつも金は一日にはらうといって、他のどんな日にいってもくれなかった。ノックするとドアがあき、中から猫が尻尾をたてて出てき、きまってぼくはその猫の脇腹を蹴とばしてやりたい衝動を感じた。しかしその浜地とみのことだけわかってみてもしようがないのだった。ぼくはそんなあわれにつつましく一人で生きている人間にはまったく興味がない。ぼくは高山梨一郎とか十津川仁右衛門とか平田純一とか、おっこちないでうまいぐあいにこの社会の機構にのっかって生きている人間のことを知りたいのだった。光がとなりのアパートの窓硝子に反射していた。ぼくは物理のノートをとじた。そうだ、ものの法則だ。力を加えると石は逆方向に動こうとする。ぼくは物理のあやふやにおぼえた法則を思いだし、このぼく自身がその参考書に絵入りでのっていた石のようにいまここにいて考えていると思った。ぼくに希望などない、絶対にない。予備校にいって勉強して大学にはいってそれでどうするというのだ。ぼくは不意に姉をおもいだした、そしてその姉が、手首を切り血まみれになった青白い皮膚で転っているぼく自身をみつけて泣いている姿を想像し、涙がつぶれた甲虫《かぶとむし》の体液のように眼の奥にしみだしてくるのを感じ、自分自身を笑った。たしかに姉は泣いてくれるだろう。しかし昔のことをぼくがほとんど思いだせないように、すぐ忘れてしまうだろう。ぼくは椅子から立ちあがり、俳優のように背をまるめ、上目づかいに窓の外をみて、「おれは右翼だ」と言ってみた。しかしどこか嘘のような気がした。「おれはおまえを生かしちゃおかない、おまえなんぞ死んでしまえ、おまえはきたならしい」ぼくは声に出して言ってみた。

　ジャンパアをはおり、ぼくは物理のノートを本立の中にしまいこみ、ポケットに小銭があるかどうか確認して部屋を出た。廊下のつきあたりの水洗便所はまだなおしてないらしく水が滝のような音をたてて流れていた。それがいまいましかった。

　午後の光を顔に直接感じながら、ぼくは汗でしっけた十円玉を入れ、ダイアルをまわした。ツーンツーンときこえる呼出し音が二回鳴り、十円玉が音をたてて受け箱におち、「はい、はあい」という男の面倒くさげな声がきこえた。「もしもうし、東京駅ですが」ぼくがその弾みのついた声を耳にし、「あのう、今日のね、玄海号の」と発音の明瞭でない声を出して言いはじめると、電話の男は、「なんでしょうか？　今日の玄海号の乗車券ですか？」ときかえした。「ちがうよ、あのね、事件のおきるまえにな、お知らせしてやろうと思ってな」そう喉の奥でいったん殺した声を出すと、弾んだ男の声は、「はあ」とちょうどゴムマリの空気が抜けてしぼむような感じで「ちょっと待ってくださいな」と言った。「待てないんだ、おれは忙しいんだからな、ここからちょうどおまえの顔がみえるからな、いそいで教えてやろう、めちゃくちゃになるんだよ、あの玄海号が十二時きっかりにふっとぶんだよ」「爆破すると言うのですか?」「いや、そんなこと知らない」「爆弾をしかけたと言うのですか?」「さあ、どうかな?」「いま車庫に入ってますよ、冗談でしょう?」「ばかやろう! 冗談かどうかみていろ、ふっとばしてやるからな、血だらけにしてやるからな、なにもかもめちゃくちゃにしてやるからな」ぼくは受話器を放りなげるようにしておいた。玄海号は今日の午後八時に東京駅を発車する。午前四時頃にO駅につき、五時頃にK市につき、六時すぎにSにつく。ぼくは顔に直接あたっている光のほうにむかってあかんべえをひとつやり、声に出して笑った。ばかやろう、とんま、うすらばか、はくち。

ぼくは外に出た。そして光に全身をとらえられたまま立っていた。買物籠をさげた女が二人ぼくの脇をはなしこみながらとおりすぎた。ぼくの体の中のなにかが破けて血液のようにどろどろしたものが外に流れだす気がし、午後の光をうけたせいかほてった額に手をあて汗をぬぐうようにこすった。ばかやろう、とんま、うすらばか、はくち。その言葉のリズムが、不快だった。

集金にまわっている途中、「ぼく」は東京駅に電話をかけ、「めちゃくちゃにしてやる、ふっとばしてやるからな」と叫ぶ。

雨風の強い朝、紺野は「今日、いいことがあるかもしれない」と言う。「ぼく」は配達に出かけた。

鶴声荘は入口に便所がある三畳だけの部屋が一階と二階をあわせて二十七ほどならんだおおきなアパートだった。ここにすんでいる人間は老人ばかりのようだった。先日、浜地とみが、いつも金を払ってくれる日時である一日の午後三時にいくとドアをたたいてもどなってもいないので、となの部屋の住人にきこうと思ってドアをたたくと、中から白髪頭のおとなしそうな老婆がでてきた。「はまじさん、はまじさん」と老婆は見当ちがいに大きなきいきい声でどなった。その声におどろいたのか、三つとなりの部屋から坊主頭のチャンチャンコをラクダの下着の上にきこんだ七十すぎにみえる男が顔を出し、「いないのかあ」と怒ったように言った。「はまじさん、はまじさんどうしたの、新聞屋さんがきてますよ」老婆はきいきい声で中に浜地とみがいるようにどなりつづけた。「声だせないの?」男がももひきのままサンダルをつっかけてひょいひょいと体をみがるにゆすりながらきて、「とみさんよお、とみさんよお、いないのかあ」とドアに口をくっつけるようにして言った。「はまじさん、どうしたの、はまじさん、はまじさん」むかいの部屋のドアがあき、年とりすぎて鈍くなった野良猫のような顔をした老婆が顔を出した。「もういいよ、またくるから」ぼくが騒ぎがこれ以上おおきくなるのをおそれて言っても、となりの部屋の老婆はぎしぎし硝子をこするような声で浜地とみの名前をよびつづけた。ぼくはこのアパートが苦手だった。アパートの入口に、雨樋が古くなって弾力を失った血管のように破けて雨水がいきおいよくふりおち、水たまりができていた。風がおさまらないらしく椿の木が音を

たてて

ゆれていた。ぼくは浜地とみの部屋の中に新聞をいれ、それが下に音をたてておちるのをたしかめて、それから全速力で走って次の松島悟太郎の家の前まで行った。犬が吠えていた。雨戸がぴったりとしまっていた。玄関の戸と戸の隙間に新聞をさしこみながら、不意にぼくは、この家の中では人間があたたかいふとんの中で眠っているのだというあたりまえのことに気づき、そのあたりまえが自分にはずっと縁のないものだったのを知った。午前五時半をもうすぎたろう。夜はまだあけない。空は薄暗くところどころまっ黒に塗りつぶされたまああるる。雨がぼくの顔面をたたいた。それが心地よくぼくはひとつ鼻でおおきく息をすった。そして神の啓示のようにとつぜん、二十歳までなにごとかやる、そうして死ぬ、と思った。それはぼくにとって重大な発見だった。なんとかその年齢まで生きてやろう、しかしその後は知らない。松島悟太郎、この家は無印だが、発見した場所を記念して、一家全員死刑、どのような方法で執行するかは、あとで決定することにする。右翼に涙はいらない、この街をかけめぐる犬の精神に、感傷はいらない。

ゆるい勾配の坂をのぼりきったところに四つ角があり、その角は印刷工場《こうば》で、もうおきてパタンパタンと音させて機械をうごかしていた。朝がそのあたり一帯だけにかたまって、つけっぱなしにされたラジオが讃美歌をながしていた。名前を知らない街路樹の枯れた葉っぱが鳥の死骸のように落ちてぬれ、道路にへばりついていた。そのとなりのつぎはぎだらけのバラック建ての家が、ぼくの配っている新聞をとっていた。その次、二軒むこうの角を入ったところがみどり荘。ぼくはいつもとはちがって、先に便所に入って、ごわごわして冷たい合羽のジャンパアとズボンのジッパアを二度おろすのもまだるっこく感じながら、かじかんで固くなった性器をとりだして小便した。腹のほうから波をうって寒さがおしよせてき、ぼくはみぶるいした。黄色い電球の光に照らされたぼくの顔がいま水の中から上ってきたようにびしょびしょにぬれて鏡に映っていた。廊下に足跡をつけながら西村浩次の部屋の前にいき、新聞を入れた。この男はどうも受験生らしくいつも部屋に電灯がついていた。タクシーの運転手の部屋は別の新聞配達の配るスポーツ新聞をとっていた。

みどり荘の外に出ると雨はやみ、空が朝の幕あけを示す群青に変っていくのがわかった。あと五分の二ほどまわらなければならないということが億劫に感じられた。アスファルトの濡れた道路がつめたかった。ぼくは雨合羽の帽子をはずして右側の雨水のたまっているポケットにつっこみ、いまはじまった朝の凍えた空気と自分の体のぬくもりが完全につりあう黄金比のところにもっていこうと、鼻で息をととのえながら走った。鼻腔が空気をすうたびにつめたく、ぼくは自分が健康な犬のように思えた。高山梨一郎の家の郵便受けのささくれはまだなおっていなかった。

あらたに三重の×印の家を三つ、二重×を四つぼくはつくった。刑の執行をおえた家には斜線をひいて区別した。物理の法則にのっとってぼくの地図は書きくわえられ、書きなおされ消された。ぼくは広大なとてつもなく獰猛でしかもやさしい精神そのものとして物理のノートにむかいあった。ぼくは完全な精神、ぼくはつくりあげて破壊する者、ぼくは神だった。世界はぼくの手の中にあった。ぼく自身ですらぼくの手の中にあった。ぼくはときどき英文解釈をこころみたり単純な代数の計算をやっているぼく自身が滑稽に思えるときがあり、うじ虫野郎と自分のことを悪罵するのだった。そんなことをやってなんになるというのだ、ににんがしは斎藤や紺野にまかせておけばよい、この世界の敗残者であろうと勝利者であろうとそいつらはひとつ穴のむじなだ、どちらも大甘の甘、善人づらにこけがはえるてあいだ。予備校へ通ってどうしようというのだ。ぼくは斎藤が腹だたしかった。朝の光がとなりのアパートの硝子窓にあたってはねかえり、ちょうど机にむかって坐ったぼくの顔にあたっていた。紺野は、淫売のマリアさまのところにいそいそと出かけた。その姿はぼくには理解できかねた。もしかすると淫売のマリアさまそのものが実際に存在なんかしなくって、紺野がおもしろおかしくはなしをするためにでっちあげた架空の人物かもしれない、とぼくは思った。ああ救《たす》けてください、ああこのぼくがすべりおちるのをくいとめる術を教えてください、人の前でぼくだったら口が裂けても言えないセリフを、あの男はいかにもほんとうらしく感情こめて言えるのだ。朝の雨に濡れて風邪をひきかけているのか体の芯の部分が寒く、鼻の奥が重ったるかった。部屋はあいかわらずきたなかった。そのきたならしい印象を与える元凶は、壁にまるめられた紺野のふとんだった。ぼくのふとんは四つにたたんで部屋の隅につみあげられてあるのに、紺野はだらしなくぐるぐるドーナツのようにまいて壁にくっつけ、それをソファのかわりにして坐ったりねころんだりする。時々ぼくのふとんにも腰かけようとするのだった。ぼくは紺野のまねをして鼻に抜ける力のない笑いをグスッとひとつやってみ、「どういうぐあいにいきていったらいいのかわからないもんなあ」と言ってみた。「女をだまあすのはわるいとかよいこととかじゃないな、もってうまれついた性みたいなもんでな」わけしり顔で紺野は言うのだった。それからすぐ女をどのようにしてひっかけてだますかというはなしになる。しかし紺野はけっして女との性交のはなしをしなかった。それがすくいといえばすくいだった。

ぼくは正午ちかくの光を感じながら、昼飯をたべるために定食屋にむかって歩いた。空が眩しくひかっていた。雨あがりの風のつめたさと純粋で透明な光が心地よかった。街路樹の蟹の甲羅をおもわせる枯れかかった葉や茶色の幹が硝子繊維をくっつけたように雨水をすってひかり、その光景はぼくが一年ちかくずっとすんでみあきている街のものとは思えないほどだった。こんな光景の街のアパートの一室に、死ぬの生きるのといって夫婦喧嘩をなんどもなんどもやっている人間たちがいることが不思議だった。おびえた子供が泣くこともできずにただおとなしくうずくまって喧嘩が終るのを待っている、そのようなことがあるのが不思議だった。なぜそれが不思議に思えるのだろうか？ この雨あがりの光景か、それともその夫婦や子供の、どちらかが嘘だろうか？ いや、どちらも嘘だし、どちらもほんとうだ。親や兄弟の醜くむごいいさかいなどまったく知らず、ふかふかのふとんあたりまえ、こころやさしい母の笑い声あたりまえ、姉のしあわせな歌声あたりまえに育つ子供はいっぱいいる。母親のたけりくるった顔や、姉の喉が裂けひきちぎれるような痛い声を眼にし耳にする子供のほうがむしろまれなのだ。犬がよたよた尻尾をふりながらぼくに近よってきた。ぼくは腰をかがめ口笛をふいてよんだ。ああ救けてください、ああ、このぼくがすべりおちるのをくいとめてください、ぼくは紺野の言葉をおもいだし、犬がいくら呼んでも一メートルほど手前で尻尾をふったまま近よらないので口笛をふくのをあきらめた。そして、それはまったく発作的だった。ぼくは、煙草屋の前の赤電話の受話器をつかみ、ダイアルをまわし、相手の名前もたしかめもしないで、「ばかやろう！」とどなった。「てめえ、まともにおてんとさまおがめると思ってるのか、皮剝いで足に針金つけててめえの販売店の軒からぶらさげてやっからな」相手の声をきかないうちにぼくは受話器をおいた。店先に坐っていた眼鏡の老婆がぼくの顔をけげんな表情でみていた。

もしもし、とぼくは喉の奥でつぶした声を出した。もしもし、あのう、とぼくは言葉をさがした。定食屋で食った野菜炒めと味噌汁とライスが喉元あたりにひっかかっている気がし、キリンビールの名前の入ったコップの水をのみほしてこなかったことをくやんだ。電話ボックスの硝子に額をくっつけ、ずりおちて道路にはりついたポスターの横文字を読もうとした。「切符がほしいんだけど」男の声は愛想よい人間を想像させた。「え、なんの切符ですかって、ばっかだなあ、駅に電話かけて映画の切符のことをきくばかがあるかよ、汽車の切符にきまってるよ」JOINTとポスターの横文字は読めた。ぼくは声を出さずに笑った。「駅にだって映画の切符ぐらいありますよ、七階のカウンターに行けば。どの列車のでしょうときいたんですよ」

「映画じゃない、汽車の切符なんだ、南のほうへ行くあれ、なんてったっけ」

「どちらへいくんですか、鹿児島？」

「ちがうちがう、夜さあ、出るやつ、あれなんとかっていったんだな、こっち夜の八時ごろ出て、朝むこうにつくやつだよ」

「玄海かな、東京駅を二十時半に出ます」

「それだったかな、まあいいや、それの今日の切符ありますか？」

「今日のですか？　今日のねえ、切符」ちょっと待ってくださいと男は言い、それから席をはずして調べにいったようだった。あまり長びくようだったら電話を切ってやろうと思った。すぐ男は戻った。「ああ、いま全部売りきれてますね、ひょっとしたらひとつぐらいあくかもしれませんけど。緑の窓口って知ってますか、そこにいってみたらわかるかもしれませんが。他の列車は？　どちらまででしたか」

「いいんだ、今日のあの汽車じゃなくっちゃ意味ないんだ、あのさあ、こうなりゃしようがないからおしえてやるよ、ぼくの兄貴がさ、ダイナマイトで爆弾つくってあれに乗るから、ふっとんでめちゃくちゃにならないうちにとめようと思ってたのさ。狂ってんだよ、どうしようもないんだよ。兄貴のやつ朝の四時にセットしてるんだ、おれはやめろって言った。おれが言ったってネジのとれたゼンマイ仕掛の兄貴のアタマにはききゃあしない。もういま実際にみんなふっとんで血だらけになって倒れているのをみてるようなもんだ、ぶっとんでしまう」

そう言ってぼくは電話を切った。笑いがあぶくをはじきながら喉元をはいのぼってくる。

その夜、紺野は夕刊をくばりおえてきたぼくをみつけると、すぐ部屋の戸をしめろと言い、そして自分の読んだ本をつみあげた上に放りなげたどぶねずみ色のコートの中から得意げに金の束をとりだし、子供が鳥の卵をみつけたとでもいうように瞼がとけて一本の線になるほどはずかしげな笑いをつくった。「金さ、金。あの人がおれを救けてくれたんだ。あの人がおれをためしてみてくれたんだ、裏切らないぞ、絶対に。絶対に、あの人をだましたりしないぞ」

「いくらある」

「数えてみりゃいいよ」紺野は眼と口元にやわらかいえみをつくってみせる。薄い口唇が先のほうでささくれて白い歯がみえ、それが奇妙に紺野の顔をやさしく、そしてずるがしこくみせている。「おれがここから出ていける金、九万八千円、あの人らしいなあ、おれはあの人が心底すきだ、河馬みたいに肥っててね、なにもかもぐちゃぐちゃになってしまっているような人だけどね、まだ君にはわからんだろうな。おれはここを出ていくよ、おれはもう一度ほんとうにやりなおすよ」

ぼくは自分の陣地である椅子に坐り、ふけているのか若いのかわからない三十幾つかの男の、舌に油をぬった饒舌をただきいていた。この男は三十幾つまで生きながらえてまだなにひとつわかっていない、と思った。「淫売のマリアさまをたぶらかして金とってきたんだろ、要するに」

「たぶらかしたんじゃないって」

「そんなに大さわぎすることないさ、たかだか九万八千円じゃないか」

「君はね、人のこころというやつがわからないんだよ、人のこころをたかだかなんていうのはごうまんだよ、じゃあ百万ならいいのか、二百万円ぐらいならたかだかじゃないのか？　九万八千円はたかだかじゃないよ、こころだよ、君がそんなこといえるのは、精神の不具のせいだよ」

「だけどたぶらかしたんだろ、五十女から金をだましとってきたんだろ」

「そうじゃない、そうじゃあないんだ、この金はあの人がこのおれをためしているんだよ、涙いっぱい眼にためて、あなたねえ、死んじゃだめよお、ぜつたいに死んじゃあだめよう、つらいめするのはわたしやわたしの親兄弟だけでいいの、死ぬほどつらいのはあなただけじゃなくって他にいっぱいいるの、ほんとうにいっぱいいるの、わたしだってこうして息をしてるのがせいいっぱいだけど、死なないでいるの、死ねないのお、と言うんだ。あの人は一番下の下、底の底で生きててくれるんだ。あの人の金、あの人はこの金がなかったら二カ月ぐらいたべることができないんだよ」

「どうせ身の上相談か、一回百円ぐらいの淫売でかせいだんだろ」

「だからだよ、だからたかだかじゃなくってこころだというんだ」

「あのさあ、紺野さん」ぼくは紺野にむかって子供っぽい声を出した。「ぼくさあ、全然女のことしらないんだ、だからその金でね、ぼくをトルコかなんかに連れてって女のこと教えてくれないかなあ？」ぼくが悪戯のつもりで言うと、紺野は歯をみせ、眼をほそめて笑い、「そうこなくっちゃあ」と言った。「この金の使いみちはそれが一番かもしれない」紺野は金をたてに二つ折りにしてもち、ふとんに腰かけた。

「すぐわるのりするからな、こころはどうするんだよ」

「こころはこころだよ、ぼくのかさぶただらけのでぶでぶふとったマリアさまは、おれや他の人間が裏切ったりだましたりすればするほど、輝やかしくうつくしいこころとしてひかるんだ。おれはさ、この九万八千円を痛いいたいと思いながらきれいさっぱりつかいはたし、そうしてまたあの人のところにでかける、そしてあの人のまえに出て、眼がつぶれそうに思いながら、また、ああ救けてくれっていうんだってことはわかっている。ああ、おじひだからたすけあげてください、どうかたすけてください、このままではずるずる死のほうにころげおちてしまう、死んでしまう、そうするとあの人は、いいのよおっていうよ、そんなに思いつめなくってもいいのよお、だれにでもあること、どうしようもないこと、そんなに苦しまなくったっていいの、おれはまたそう言われるのがつらいんだ」

「わるい男だよ、紺野さんは。そんな五十女たぶらかすんじゃなくってやるならもっと若いのをやればいいのに」

「たぶらかしたんじゃないっていってるだろう、この金はあくどくとってきたようなもんじゃない。ダイアモンドのような、ほんとうに人間の真心結晶させた金なんだ。君にはわからないなあ、痛いいたいって思いながらつかいはたそうと思う気持」

「さっき紺野さん、その金でここを出てって立ちなおるって言ったろ」

　紺野は金を縁が手垢で黒くなったコートのポケットの中につっこみながら、彼特有の力のない曖昧にくずれるえみをつくった。その時、窓のむこう側、柿の木のあるとなりのアパートから子供の泣き声がきこえ、女のはっきりききとることが困難な叫び声のような言葉がきこえた。テレビの音が斎藤の部屋からきこえてきた。男のぼそぼそした声が短かくきこえ、硝子窓が荒っぽくひらかれ、「世間にきいてもらー」と女の声がし、また荒っぽくとじられた。男の獣じみた威嚇の声がし、子供の泣き声がやみ、それから静かになった。ぼくは椅子に坐ったまま、裸電球が急にあかるさをまし、光のけばをまきちらしているのをみつめた。「あの人はほんとうにうつくしいんだ、一番下の下、底の底にいてうつくしいんだ、あの人の家にいったらそれこそなんにもないんだよ、電話だってただ外からかかってくるのをきくだけ、あの人にむかって何人あたすけてくれって言ったかわからない、そんな人が、みるにみかねて、米とかビスケットとか、ショートケーキをおいていく。米がないときはあの人はショートケーキくってるんだ。ああたすけてください、ショートケーキばかり食って栄養失調になりぶくぶくふとったマリアさま、あの人の九万八千円ってどういう金かわかるだろう」

「もういいよ、もうききたくないよ。どうせそれもでたらめなんだろ」

　紺野がどぶねずみ色のシャツの胸ポケットから煙草をとりだし、火をつけるために新聞紙の散らかった中からマッチ棒をさがしている時、静かになっていたとなりのアパートから再び「いっそのことこの子とあたしを殺してくれえ」と叫ぶ女の声がきこえた。またはじまったと思った。「この子とわたしが死んでしまえば世の中おわるんだ、ちくしょう、甲斐性もありはしないのに。戻ってなどこなくたってえ、だれもあんたのことなんか待ってやしない、なぐりやがれ、さあなぐりやがれえ」それから息をつぐために女は黙った。亭主が殴りつけたか、一言二言、低くうめくように言ったかした。「あんたのようにお上品になど生れてるもんか、声の大きいのも口が悪いのも、あたしの身上さ、なに言ってやがんだ、男のくせにぐだぐだだして、ああやってくれ、かっぱ野郎、女と寝ることと女を殴ることしか能がないくせに」肉が肉をうつ音がきこえた。「いくらでも言ってやる、このまえのとき、兄さんに手をついてあやまったじゃないか」女は泣きはじめた。「かっぱ野郎、手をついてあやまったじゃないか、あれは嘘かよ。兄さんはね、あたしはもういやだ、まだ若いし、と首を横にふっていたのを、あんなに言ってるじゃないかととりなした。となりで手ついて頼んで、久美子を、勝彦をしあわせにしますってどの舌で言ったの、ちくしょう、人を殴りやがって、わたしはね、自分の親にだって、三人もいる兄さんたちにだって頭ひとつこづかれたことないんだ、お大尽のくらしじゃなかったけど、蝶よ花よと大事にされてきたんだ、ちくしょう」女は犬の遠吠のように尾をひいて泣き、それから不意に泣きやむと、「ちくしょう、てめえだけ一人前みたいに思いやがってえ、殺してえやる」と叫んだ。金物が上からおちる音がし、木でできたものが柱か机にうちつけられこわれる音がひびき、そして男の、「やめろ、やめろ」と妙にしらけた声がきこえた。となりのアパートの一部屋でなにがおこなわれているのかぼくはだいたい想像できた。ぼくは息をつめ耳をすましていた。紺野は煙草を指にかくすようにつかんで深くすいこみ、けむりをひっそりと吐きだした。ぼくは不意に、ぼくが同郷の岐阜出身の右翼だと電話をかけた高山梨一郎の家でも、こんな夫婦喧嘩がおこなわれるのだろうかと思った。「殺してやる、おまえを殺してから死んでやる、勝彦といっしょにおまえを殺してやる」女の声は荒い息でとぎれとぎれだった。窓に体があたったらしく硝子が破れ、それが下におち、またくだけた。どこからか、いいかげんにしろよう、という男の声がきこえた。

紺野は煙草を指ではさんだまま身をこごめ、ずるずると鼻水の音をたてながら泣いていた。ぼくはなにもかもみたくないと思った。太陽を正視していると目がくらみ、すべてがうすぐらくきたならしくみえるように、いや太陽そのものが風呂敷包みのまん中にぽっかりあいた穴のようにみえ、不快になり、すべてでたらめであり、嘘であり、自分が生きていることそのことが、生きるにあたいしない二束三文のねうちのガラクタだと思いこんでしまう、そんな感じになりはじめた。ぼくは十九歳の予備校生だった。いや、新聞配達少年だった。ぼくには希望がなかった。紺野はまだぐずぐず鼻汁をすすりながら泣いていた。ぼくはジャンパアをはおり、朝刊を配るとき使うために買っておいた青と白のまだらのマフラーを首にまくと、紺野を部屋の中に残して外に出た。廊下のつきあたりの水洗便所の水はあいかわらず流れっぱなしだった。歩くたびにぎしぎし鳴る廊下を通り、階段をおり、ゲタ箱の中からぼくの踵の踏みつぶれたバックスキンの靴をさがした。水の音が靴をさがしているぼくの背後からきこえつづけた。

尻ポケットからアドレス帖を出し、紺野に教わって書きとめておいた番号を調べ、空で暗記してから十円玉をいれ、ダイアルをまわした。

もしもし、と女の鼻の奥から脳天につきぬけるような声がした。ぼくはその声があまりにももろくて下手をすると途中でぷっつりと切れてしまいそうなのにとまどい、想像していたすさみきったがらがら声とはまるっきりちがうのを知った。もしもし、女は不安げに言った。「もしもし、どなたでしょうか?」ぼくは黙っていた。

「あのう、ぼく紺野の弟ですが」

「紺野さん? こんのさん? わかりませんが」女は言った。

「あんたでしょう、紺野さんにたぶらかされたの。あんたでしょう、あいつに金わたしたの。あいつは悪どいやつなんだぜ、あいつはあれを遊びまわる資金にしようとしてるんだよ」

「もしもし、なんのことかわかりませんが、どちらさまでしょうか?」

「だからぼくはそいつの弟だって言ってるだろ、あいつは悪いやつなんだ、計画的にあんたをだましているんだ」

「もしもし、わたくし、おおばやしですが」

「いいんだ、あいつをかばわなくたって、あいつ、あんたの前で、ああ救けてくれ、死んでしまいそうだからひきとめてくれって言ってるけど、みんな嘘なんだ、あんたのかげで舌を出してるんだぜ」

「どういうおはなしかさっぱりわかりませんが」

「九万八千円だましとられたんだぜ、あいつはきたないやつなんだ」ぼくはいらいらした。女の語尾のふるえる細い高い声がカンにさわった。「あんただろう、かさぶただらけの淫売のマリアさまって言うの、あいつは毎日毎日あんたの噂してるよ、おれはさあ、だから、あんたがどんなに嘘ついたってわかってるんだ、あんたはばかだよ、あんなやつに同情することなんかないんだ、死んでしまうって言ってるやつに死んだためしなどあるか、あんなやつは死にたいというのなら死なせてやれば一番いいんだ」そして不意にぼくは電話の受話器を耳にあて壁にもたれているふとった女の姿を想像した。「おまえだってそうだぜ、うじ虫のように生きてそれをうりものにしてるのならさっさと首でもくくって死んでしまったらどうだよ、だいたいごうまんだよ、自分一人この世の不幸しょってるなんて顔をして、人に、死ぬんじゃない生きてろなんて言うの。おまえんとこなんかにでかけていって救けてくれなんて言うやつのこころの中はな、ちょうど、手足が牛の形をした牛女を見世物小屋にみにいくような気分なんだ。冗談じゃない、だれがまともな気持であたすけてくれなんて言うか、更生資金に九万八千円めぐんでやったと思ってるんだろう。ところがあいつはそれをトルコに行って使いはたすんだと言ってるよ、おまえなんか、そんなに生きてるのが苦しいのなら、さっさと死ねばいいんだ。きたならしいよ、みぐるしいよ」

「もしもし、わたしおおばやしですが」女はいった。

「だから、おれは、おまえみたいなやつがこの世にいることが気持わるくって耐えられない、腹だたしくってしようがない、嘘をつきやがって」ぼくが言葉を吐きちらすように言うと、不意に受話器のむこう側で風がふきはじめたような音がひびき、糸のような、つまり触るとぼろぼろこぼれてしまいそうなこまかい硝子細工でできたような声がし、「死ねないのよお」と言った。「死ねないのよお、ずうっとずうっとまえから死ねないのよお、ああ、ゆるしてほしかったのお、なんども死んだあけど、だけど生きてるのお」女はうめくように言いつづけた。「ああゆるしてよお、ゆるしてほしいのお」ぼくはその声をきき、なにかが計算ちがいで失敗したと思った。「ゆるしてくれえないのよお、死ねないのよお」女がなおも細いうめくような泣き声で言い、ぼくはその言葉にではなくて声に腹を立て、「嘘をつけ」と吠えつくようにどなった。「嘘をつけ」たしかに確実にぼくは嘘だと思った。そう思わないととりかえしのつかないことをしてしまったようでがまんならなくなってしまうと思った。「ああ、ゆるしてよお」ぼくは乱暴に電話を切った。そしてすぐにもう一度ダイアルをまわし、金が下におちる音がし、「はい高山ですが」という女の声をたしかめた。ぼくは呼吸をとめ、そして一気に、「おれは右翼だ、おまえたちのやってることはみんな調べあげたからな、ここでな、どういうふうにごまかしても、みんなわかってるんだ、肉屋の牛の脚みたいにてめえらひんむいてやる」と言い、相手の反応をまたないですぐ電話を切った。次は白井清明、ぼくはジャンパアのポケットに入れてある十円玉をつかみ、それを穴におとし、ゆっくりとダイアルをまわした。指先がつめたかった。通りはくらく、時折タクシーやオートバイが通りすぎた。「もしもし、ぼく、おたくの前にひっこしてきたものですが」とぼくはやさしくおとなしい声を出した。「お宅ね、よく吠える犬飼ってるでしょう、あの犬いまいますか？　いいんです、ぼく保健所などに勤めてませんから、いまいますか？　そこからみえる？　そうでしょう、吠えてる声もきこえないでしょ、あとでその犬、見舞ってやってください、あんまりうるさくぼくに吠えつくから、頭殴りつけたら死んじゃったんです、玄関のブロックの門のところに針金でくくりつけてぶらさげてありますから」ぼくはそれだけ言うと丁寧に受話器をおいた。ぼくはジャンパアの左ポケットに入れていた煙草をとりだし、火をつけ、吸った。ぼくの顔がゆらめく炎にうかびあがり、炎が消えるといつもの青ざめたいやらしい顔に戻って電話ボックスの硝子に映った。その硝子に額をくっつけて、ぼくは外をみた。そうだ、あしたは日曜日だ。なんとなく外はあったかくって、うれしそうだった。しかしながらここはちがう、このぼくはちがう。

ぼくはまたジャンパアのポケットから十円玉をとりだし、それを穴の中にいれてダイアルをまわした。氷のつぶがとけてにじみだすように涙が眼の奥から出てき、ぼくはいそいでジャンパアのそででぬぐった。ぼくは受話器をおき、あらたに十円玉をいれなおしてゆっくりとダイアルをまわした。

「もしもし、なんでしょうか？」男は言った。もしもし、と低くこもった鼻声でぼくは言った。ぼくは子供っぽい自分の声がいやで、喉をおしつぶすように力をこめ、「もしもうし、東京駅ですかあ」と陽気すぎる声を出した。「はい、はあい、東京駅ですが、なんでしょうか？」電話の声は若く弾んだ感じだった。「きのうもこのまえも、おれ、ずうっと電話してるんだ、おまえたち嘘だと思ってるんだろう、いたずらだと思ってるんだろう？　だけどちがうんだ、ほんとうだよ、ほんとうにおれはやるつもりだぜ、おれの弟のやつが電話して、おれのこと、頭のネジが一本抜けおちたやつって言ったんだって？」

「もしもし、担当者にかわりました、なんでしょうか」年老いた男の声がした。それはこの前電話した時の男の声だった。「なんでしょうかもないよ、いいか弟の言ってることは嘘じゃないんだ、嘘なのは頭のネジが一本抜けおちてるってことだけだよ、世の中におれほどまともなやつがいるか。いいか、今日こそやってやっからな」

「爆破するって言うのですか?」

「爆破なんて甘っちょろいよ、ふっとばしてやるって言ってるんだ、ふっとばしてやるんだよ」

「いいですか、もうすこし冷静になってください、どうしてふっとばさなきゃいけないのですか?」

「どうしてもだよ」

「なんとか思いとどまっていただく方法はないのですか、なぜあなたがそんなこと考えているのか、わたしたちは全然わからないんですよ、いったい目的はなんなのか? たとえばねえ、目的が金だというのでしたら、わたしたちだって、それはそれなりに理解できますが」

「金なんかいらないよ、そんなものくさるほどもってるよ」

「なにかね、なにか他に方法はないのですか」

「なんにもないね」

「もしもし、わたしたちもっとくわしくうかがいたいのですがね。よくわからないんですよ」別の男が電話口にでた。ぼくは「うるさい!」とどなった。「てめえとはなししてるんじゃない」すぐいつもの声にかわり「すみませんでした」と言った。「いまのは責任者です。みんな心配してるんです、なんとか思いとどまっていただけないもんでしょうか。満員なんですよ、これからずっと」

「おれの知ったことじゃないね」

「どうして玄海号なんですか」

「なんでもいいんだよ、だけど玄海になったんだ、しようがないじゃないか、任意の一点だよ、いいか、おれがノートにでたらめに点々をつくるだろ、一線と他の線が交錯する部分、それを一つでも二つでも白いノートにつくったことといっしょだよ、その点をけしごむでけすんだ、それがわからなきゃけしごむのかすでもなめてろ」

「わからないですねえ、なぜ玄海ですか」

「うすらばか、とんま、なぜもへちまもあるかよ。点がな、猫だったら猫を殺す、点がみかんだったらみかんをつぶす」

「でも猫をなげつけたり、みかんをふみつぶしたりする人はいても、なにかが腹だたしいからといって列車を爆破する人なんてめったにいませんよ」

「それはみんな甘いからだよ、でれでれ生きて曖昧にすごしてるからだよ」

「そんなことないですよ、人間なんてそんなに数学みたいに簡単じゃないでしょ」

「いいよ、おまえとそんなこと議論してる暇ないんだ。いいか、今日の十二時きっかりに爆破するからな、ふっとばしてやるからな、玄海だぞ」ぼくが受話器を切ろうとしても受話器から男の「なぜ任意なのかわか……」としゃべる声がきこえていた。ぼくは受話器をおいた。

体が寒気のためにかすかにふるえていた。外は風がでてきたらしく、車道のむこう側のアイディア商品を売る店の看板がゆれていた。ぼくは体の中がからっぽになってしまった感じだった。そしてそのからっぽの体の中で、ゆるしてえくれないのよお、という女の声が風にふるえる茶色く痛んだ葉の音のように鳴っているのを知り、もう一度女に電話をかけて、その声が紺野の言うかさぶただらけのよごれたマリアさまかどうかたしかめ、そうだったら、ああ救けてください、と紺野のように言ってからかってやろう、と思ったが、ぼくはやめた。そんなことをしてなんになる。ぼくは扉を押して外に出た。喉元に反吐のような柔らかくぶよぶよしたものがこみあげてき、それをのみこむためにつめたい外の空気をひとつすった。これが人生ってやつだ、とぼくは思った。氷のつぶのような涙がころがるように出てき、ぼくはそれを指でぬぐった。ぼくはそんな自分の仕種が紺野のまねをしているように思えて、むりにグスッと鼻で笑った。不意に、ぼくの体の中心部にあった固く結晶したなにかがとけてしまったように、眼の奥からさらさらしたあたたかい涙がながれだした。ぼくはとめどなく流れだすぬくもった涙に恍惚となりながら、立っていた。なんどもなんども死んだあけど生きてるのよお、声ががらんとした体の中でひびきあっているのを感じた。眼からあふれている涙が、体の中いっぱいにたまればよいと思いながら、電話ボックスのそばの歩道で、ぼくは白痴の新聞配達になってただつっ立って、声を出さずに泣いているのだった。

本文：初出「文藝」（一九七三・八）／底本『十九歳の地図』（八一・六、河出文庫）

解説

1　王国の「地図」

十九才の予備校生である「ぼく」が、世界に立ち向かうために手に取った武器、それは地図の上の記号と、そして電話を通した脅迫の言葉です。「ぼく」は、周囲に怨恨や呪詛をまき散らしながら、町を疾走します。地図に×印を書き込んだり、いたずら電話をかけることで、「なにものかになってやろう」とあがきます。ただし、女性に乱暴したとか子供を殺したなどというのは、すべて空想であり、「なんにもない」この「ぼく」が支配できるのは、ただ地図に描かれた世界だけであり、それは彼の王国そのものなのです。記号と言葉の王国でした。しかし、「ぼく」の挫折は小説の冒頭からすでに約束されています。「あるのはたったひとつぬめぬめした精液を放出するこの性器だけ」と「ぼく」は言いますが、ついにそれがファルス的な権威（7章参照）をまとうことはなかったのです。

いたずら電話を切った「ぼく」は、「『おれは右翼だ』と言ってみ」ます。「けっしてわるい感じではな」いのですが、しかし、それはあくまでも消極的なもので、どこか空々しさが漂っています。「ぼく」の自己同一性は、右翼のステータスで確立するものではありませんでした。この点では、7章「セヴンティーン」との比較検討が有効です（☞P27課題1）。中上作品には、大江健三郎の影響が見られると言われています。

2　想像界・象徴界・現実界

記号と言葉しかない「ぼく」の王国は、結局ファルスを獲得できなかったうえ、「かさぶただらけのマリアさま」の狂気に触れ、決定的に失調します。〈言葉〉と〈狂気〉について、ジャック・ラカンの理論を参照しましょう。生後六〜十八か月くらいの乳児は、動物と違い運動能力も十分発達しておらず、言語ももたず、自己像も確立していませんが、視覚が先に発達するため、鏡に映る姿（鏡像）が自分自身であることを知って喜びます（鏡像段階）。しかし、それは、しょせん左右反転の鏡の像、すなわち虚像でしかありません。人間は、その始原からニセモノを経由してしか自分自身をつかめないので、いずれは鏡像としての自我をめぐって、他者と血みどろの奪い合いを繰り広げる宿命にあるのです。とはいえ、赤ん坊は、母親と自己との区別がつかない（これも鏡像）、万能感に包まれた幸福な世界にいます。母子一体のイメージの世界です。ラカンは、そのようなイメージの世界を「想像界 l'imaginaire」と呼びました。フロイトの考えでは、母子一体の幻想に〈父〉が介入して、エディプス・コンプレックス（7章参照）は抑圧されるのでしたが、ラカンの思想は、この過程を〈言葉〉の問題としてとらえ直します。

人間は皆、いつのまにか〈言葉〉を話せるようになります。同様に、かつてはすぐに駆け付けた母親が、呼ぼうが泣こうがやって来ない事態が起きます。「ママ」と呼ぶ存在は、自分の自由にならないのです。

つまり、〈言葉〉を操るというのは、自由にならない母親の代わりに、「ママ」という〈言葉〉を駆使するよう命令されるということです。しかし、それは決して母親の実体ではなく、空虚な代理物としてのシニフィアンでしかありません。だから〈言葉〉の学習とは、自身の内に空虚、欠如を刻印されるということです。そのようなシニフィアンの世界を、ラカンは「象徴界 le symbolique」と呼びました。

　そもそも〈言葉〉が空虚な代理物にすぎないのであれば、大人が自分のことをどれだけ語っていても、自分自身について十全に語る〈言葉〉を、人間は獲得しえません。シニフィアンの世界の住人になるとは、欠如を埋める〈言葉〉を求めていくということでもあります。自分の欠如を埋めてくれていた母親が自分にふりむいてくれないなら、それを父親に求めるしかない。ラカンのいうファルスは、そのような最初の、第一の何かのことです。しかし、それは父親の中にも、世界中のどこを探しても決して見つからない何かでしょう。ラカンの理論では、〈母〉も〈父〉も実際の両親である必要はありません。満たしてくれる何かや〈言葉〉による呼びかけであれば、十分なのです。言語の獲得は、ファルスを求める人間の、避けられない受難の始原です。「十九歳の地図」からは、そのような人間の悲劇が読み取れないでしょうか。

　「ぼく」が「かさぶただらけのマリアさま」という女性に電話をかけたとき、電話を通して触れたものこそ過去の現実に生きる女性の〈狂気〉でした。それが「ぼく」を日常に引き戻したのです。象徴界からこぼれ落ちた不可能なものの世界、タナトスや〈狂気〉の世界、ラカンはそれを「現実界 le reél」と呼びました。想像界・象徴界・現実界は、ボロメオの輪のように結び合わされていて、それが壊れたときが精神の危機だというのです。

3　政治の季節が過ぎて

　「一番はじめの出来事」（一九六九・八）で文壇デビューを果たした中上健次は、「火祭りの日に」や「灰色のコカコーラ」などを発表しましたが、高い評価を得られず、羽田空港で肉体労働に従事したり、結婚や長女の誕生など私生活上の変化を経、自身の経験から距離を置いた本作「十九歳の地図」で文壇に認められることとなりました。この間、70年安保闘争や連合赤軍事件があり、本文中の「ゼンガクレン」（全日本学生自治会総連合）も激しい運動を展開しましたが、内部での陰惨な暴力事件のために大衆の支持を失いました。「十九歳の地図」の「ぼく」も冷ややかに眺めているように、そこには当時の社会的な見方が反映されています。もうひとつの重要な出来事である、六八年の警察庁広域重要指定１０８号事件について、中上はエッセイ「犯罪者永山則夫からの報告」を発表しています。

　永山にとってもともと内部〈言葉〉というものはなかった。……俺は自然からはじきだされ、そして自然の力でピストルの引き金をひかされたようなものだ。自然とは、あんたなんだ。

十九歳の殺人者「俺」が呼びかける「あんた」とは、母親のことです。それが「自然」と置き換えられています。母なる自然、というわけです。これこそが、同じ十九歳の「ぼく」を描く「十九歳の地図」の想像界であるとも言えるでしょう。

中上健次（一九四六～九二）和歌山県新宮市生まれ。七六年「岬」で第七四回芥川賞受賞。七七年「枯木灘」で第三一回毎日出版文化賞。

SECTION 3

14

拒否と反転

開高健「渚にて」

釣り。旅。冒険。どんどん肥大していく「私」の「剛健」な心。しかし、外界に触れるということに、既に「欠壊」の予兆ははらまれていた。冒険と、臆病に閉ざされていく心。世界を旅した作家が提示した反転の構造を読む。

数年前、ふとしたことで右足の骨を折り、ギプスをはめられて、身うごきができなくなった。そのため何カ月か、自宅のソファで寝て暮したのだったが、ある夜、本を読んでいると、ふいに何人かの客があった。いずれも壮年の屈強な体つきの男たちで、顔見知りのもあり、はじめて会うのもあった。彼らはうごけないでいる私をかこんで前後や左右にすわりこみ、ほんのちょっとのあいだ私の折れた骨についての話を聞いてから、めいめい口ぐちに釣りの話をはじめ、そのほかの何の話にも興味を示さなかった。それも擬餌鉤の釣りの話だけで、ミミズやイクラや川虫には何の興味も示さない。どう投げるか。どう引くか。どうしゃくるか。何色がいいか。三本鉤がいいか。一本鉤がいいか。ときどき意見を求められると、私は寝たまま法螺《ほら》と真実をとりまぜて話をし、混合率を四分六分にしてみたり、七分三分にしてみたり、その継ぎ目がめだたないよう慎重に注意しながらすすめた。アラスカのキング・サーモン釣りの話をしているときは真実が八分で法螺が二分だったが、つぎにグリーンランドでルアーを眼をつぶって投げたらサケぐらいもあるポーラー・チャー（北極イワナ）に全弾命中するといっても誇張ではなかったという話では率が逆になった。真実ゼロに法螺が十となったのである。私はアイスランドにはいったけれど、グリーンランドは知らない。いったことがないのである。ただし、グリーンランドの釣りのことをよく知っているスウェーデン人の釣師にそういう話を耳に吹きこまれてくらくらとなったことがあり、それがどうしたものか話をしているうちにふいに暗部で発芽して、たちまち空までとどく豆の木になってしまったのである。

私が手短く話をしめくくると

「すげえな」

「いってみたいな」

一人か二人、声をだした。

男たちのなかにまじって初老と思われる年頃の一人がいた。中背だけれど、やせていて筋肉質であり、眼じりの皺は深いが、眼光が鋭く、その鋭さにはどこか底暗いところがある。私が話をしながら、それとなくうかがってみると、人物はおおむね黙っていて、ときどき鋭くて短い声をたててわらった。私の話がすむのを待ってから人物は膝をのりだしてきて、名刺をさしだした。住所は大阪の下町だが、肩書は外科医で、博士である。

人物はじっと私を眺め

「あなたの本の愛読者です」

といった。

タバコに火をつけながら

「私は気ちがいですよ」

といった。

その声にみんなは黙りこみ、私も黙りこんだ。博士は淡泊に、ずけずけと、無飾の口調で話をはじめた。それによると、博士は友人の精神科医の精神病院から四日前に退院してきたばかりのところだ、とのことであった。自律神経がどうした、とか、三半規管がどうとかしたという意味の二、三の学術用語が閃いたけれど、私にはよく聞きとれなかった。とにかく博士は狂ったのであり、自宅療養の努力をしてみたが、自分で自分の手足が制禦《せいぎょ》できなくなってしまい、雲古も御叱呼も始末のしようがないので、赤ン坊の歩行器のような便器を作り、それにまたがって一日中看護婦に附添われながら部屋のなかをぐるぐるとまわっていたという。そのうちいくらかよくなったけれど、だといって狂疾が去ったわけではなく、東京へでてきて、友人の精神科医のところにつ い四日前まで入院していた。便器にまたがって部屋のなかを巡回していた時期に、マジック、絵具、筆、ペン、鉛筆、何でもいい、手にふれる物をとりあげて、襖といわず、壁といわず、つぎつぎと頭に浮んでくるままに画や、線や、言葉をなぐり書きした。それから、本といえば、あなたの釣りの本だけを読んだ。読んで、読んで、読みまくり、全文ことごとく暗誦した。嘘ではない。女房がよく知っている。看護婦も知っている。かねてから私は釣狂で、海といわず山といわず、春も秋も問わず、年中のべつにほっつき歩いていた。それが病気になって、たまたまあなたの本に出会い、はからずも没頭することとなったのだ。全文たちどころにいまこの場で暗誦できるし、してもみせたいが、いちばん気に入っているのはあなたが、〃悦楽を追及していくときっとどこかで剛健がでてくる、悦楽にはどこかに剛健があるし、なければならない〃と書いているところだ。けれど、これはみごとな句だが、それを知ったからといって満足はできなかった。私はくる日もくる日も、必死になって、あなたの姓名の反語を考えることに没頭したのだ。さいわい私は満州育ちで、英語と、ドイツ語と、ロシヤ語のほかに、及ばずながら中国語もできる。そこで、北京官話の語感で、あなたの『開高健』という名前の反語は何かと考えたのだ。その結果、『閉低患』ということになった。どうしてもそうでなければいけない。これに落着く。正確にこれは一字ずつ照応しあっていて、しかも完全に反語である。開高健じゃない。閉低患なのだ。カイ・カオ・チェンじゃない。ピー・ティー・ファン――この、ファンが、ちょっと発音がむつかしいですが――これだ。これなんだ。そう思いつめた。今日たまたま釣りの会に顔をだしたらあなたの話がでたので、私はぜひ一度お目にかかりたいと思い、みんなをそそのかして、ここへきた。そういうわけです。ずいぶんお世話になりました。

博士は名刺のうらに

『閉低患』

と書いてさしだした。

「あなた、中国語ができますかな?」

「ほんの、ちょっぴり」

「どのくらいですかな?」

「料理店のメニュを読むくらいです」

「わるくない。わるくないですな」

「………」

「ピー・ティー・ファン」

「………」

「発音してごらんなさい」

私は寝たまま、低い声で、二度か三度、その発音をつぶやいてみた。みんなが黙りこんでいるなかで博士はじっと耳をかたむけ、何やら暗く光る眼を凝らして聞いたあとで、不満げに顔をあげ、ちょっと妙なところがある、南方訛りかな、とつぶやいた。

冬いっぱい私は寝て暮し、春も半ばになってから、やっとびっこをひきひき戸外を歩けるようになった。博士とはすっかり親しくなったので、その後寝たままで私は何度か手紙をだして釣法や穴場について問い合わせ、ことに穴場についてはちょっとでかける機会もないような場所なのに細密にたずねる手紙を書いた。それにたいして博士はどこにも狂疾の兆候は感知されないけれども徹底的に細緻、精妙な文面の返事をよこし、穴場については地図、仕掛については略図をつけてきた。それを読んだり、眺めたりしているだけでもずいぶん私はソファの鋳型《いがた》にはめこまれたままの倦怠をしのぐことができた。そこで誘われるままに大阪へいってみると、博士は大阪や神戸の釣狂を集めて黒門市場の魚料理屋へ私を招き、ボラの臍《へそ》を食べさせてくれた。その夜、したたかに酒を飲んで、私は混合率の朦朧とした、自分でもくらくらするか、うっとりとなるような話を吹いたあとで、博士の自宅へつれていかれた。これは空想したり、覚悟していたよりは、はるかにみすぼらしい構造物であった。『診療所』という看板はでているけれど、医院らしい匂いも、気どりも、何もない。クレゾールの匂いもしないし、待合室らしい待合室もなく、金属やガラスの冷血だが有能そうな閃きはどこにも見られないのである。まっ暗な、よたよたの階段をあがって二階へいってみると、その薄暗い、小さな部屋の古畳は赤ちゃけてにちゃにちゃとし、襖といわず、壁といわず、赤、黒、青のマジックでお化けのQちゃんや、メデューザそっくりのアメーバや、魚の絵などが描きなぐってあり、博士の意想奔出の混沌ぶりはまざまざと、まさぐれた。博士はその破れ畳にあぐらをかいて粗茶をすすり、宝石ほどの値がするハーディーやレオナードの六角竹のフライ竿をとりだしてきていちいち私の手に持たせてくれた。そして、余生はひたすら釣りあるのみです。急患もおことわり。重患もおことわり。往診もおことわり。そうやって時間を稼いで山へアマゴを釣りにいくです、というのであった。そういって眼を光らせ、鋭く短く声をあげてわらった。

おなじ話を何度も何度も書く小説家がときどきいて、いかにも見苦しいし、能なしだと思えたりするが、そういうことをする動機の一つに惚れた弱さというものがひそんでいると、放射能のようになかなか逃げられない。はたから見れば、あいもかわらずと鼻白みたいのに、本人は毎度〝新手一生〟と思って蒸しかえしている。そうするよりほかに呪縛のときようがないとどこかで感じているのでもあるが、結果としてはかえって呪縛を強めることになっている場合が多いようである。つまり書き損ねである。冷たくなれないために失敗するのである。これから書こうとする人物たちも博士とおなじように私としてはすでにデッサンがすんでいるのだが、破片を集めてもう一回だけ組みたててみたい。この人たちは博士が意想奔出しているときに読んだ私の本に紹介されていて、赤鉛筆や青鉛筆でひどいお化粧をほどこされている。私はこの短篇に博士を釣りだしてしまったのだから、どうしても糸のさきについているものもたぐりよせなければならない。じつはそれこそがはじめからの目的だったのだけれど……

博士に会う一年前に私は釧路へイトウを釣りにいって、二人の人物に会った。一人は画家で、もう一人は何ともいいようのない人物である。画家は釧路に暮していて、奥さんが茶や花を教え、自分は画を描いている。それが湿原の画だけである。富士山も、裸婦も、リンゴも描かず、ひたすら湿原だけを描いているのである。釧路のようなところにたてこもったきり、一生かかって、ただ湿原だけしか描かないとなると、画家としてはどういうことになるか。おそらく、おびただしくて、激しく、自身でも処理と名状に苦しむものがあるにちがいないと察したいのだが、私は湿原の川へつれていってもらって釣りの手ほどきをうけることにだけ没頭した。仕事の話はしないというのが戸外にいるときの釣師の不文律だからである。断固として心を語ろうとしない。それでいてのびやかなこの気風が私は好きである。私は川の読みかたを手をとるようにして教えられたけれど、それ以外のことは何も聞かされなかった。優しさはしみじみと全身につたわってくるが、それが憂いからくるのか、寂寥からくるのかは、たずねなくてもいいことだった。語りようもなければたずねようもないものがあるので水や木を眺める。湿原の川には小舟に船外モーターをつけて浸透していくのだが、船頭役をする男が一人、どうしても必要である。そこで画家の家に永年の相棒だといって紹介されることになる一人の男があらわれた。初老の年配だが、背が高く、筋骨たくましいけれど贅肉がなく、端正な鼻をしていて、いい顔だちである。どこもかしこも屈強でひきしまり、これまでに腐敗した部分もないが、これから腐敗する部分もなさそうに見える。画家のまえでは窮屈そうに膝を折って正坐し、ひどく寡黙で謙虚であり、画家のことを〝先生〟と呼び、従順そのものだったが、じつは底なしの大酒飲みだという。

「……人間が手でできる仕事ならこの人は何でもできるんです。酒も飲むが、家も建てますし、牛も操れます。やれないことってありません。病気は酒で治しますし、怪我は塩で治してしまいます。家のなかにいるときはぐんなりして元気がありませんが、戸外《そと》へだすと一変します。北海道もこの人を入れるには小さすぎるようですな」

画家はそういってわらった。

この人物は生涯のこれまでにただの一度も税金を払ったことがないのだそうである。これといった定職についたことが一度もなく、かろうじて戦争中に軍隊にいたのがそれかといえばいえるという程度のものである。冬になると造材の出面《でめん》で山へ入り、夏になると貨車に乗りこんで牛といっしょに寝起きしつつ日本全国へ流れていく。牛を護送するのが仕事だけれど、牛を目的地に送りとどけてからもしばらく帰ってこないことがある。サケが川にのぼってくる季節になるとひょいひょいと姿が消え、湿原にもぐりこんで密漁をしているのではないかという噂があるけれど、誰も見たものがないので見当がつかない。この季節には札幌あたりからヤクザが繰りこんできて湿原でサケを密漁し、筋子だけぬいてスーツケースへ入れ、身は腹を裂いたまま川に捨てて逃げていくというようなことをする。そういう密猟者があるとき川へ浸透してみたらこの人物がふいに採卵場の監視員としてあらわれてピシピシと取締りをはじめたので、一同は狼狽《ろうばい》したとのことであり、この人物の心は風とおなじくらいにとらえにくいという評が流布《るふ》されたそうである。

人物は釧路の町はずれの海岸に住んでいる。画家につれていってもらって私は観察に努めたが、家はその生きかたにふさわしい非凡さであった。渚にうちあげられるトロ箱、流木、船材、そういうものをかたっぱしから拾ってきて、自分の手で組みたてて、家にしたのである。いささか歪《ゆが》んではいるけれど、屋根も壁も窓もちゃんとしていて、台所もあり、手製のルンペン・ストーブもおいてある。どこでどうしてきたのだろうか、いささか年式の古いポータブル・テレビも一台おいてある。かわいい、おとなしい娘さんと、まるまる太ってよくはたらきそうな奥さんとがいて、咲きみだれるハマナスの群落のなかに自分たちの足だけで小道をつけた。鉄道の引込線が雑草に蔽われて錆びついていたり、塵芥捨場があったりして、このあたりは荒寥とした番外地の渚だが、ハマナスの群生はみごとで、暗い日には血を閃かしたように花叢《はなむら》が見える。人物はここで寝起きし、どこへともなくでかけていき、どこからともなく帰ってきて、いわば本を書かないヘンリー・ソローとでもいうべき暮しをしているらしい。あらしの翌朝早く起きて海岸を歩くとホッキ貝が渚にうちあげられているので、それをバケツに何杯も何杯もひろって、売る。ときたまだがどこかで射たれた規格水準より小さいクジラが渚に漂着することもあるという。

「あるときクジラをひろったというので大騒ぎになり、仲間で集ってサァ、ドンチャンやらかそうというんで、私のところへ飲み代《しろ》を借りにきたです。そのときは恐ろしい元気だったんですが、二、三日したらまるでションボリして風船がつぶれたみたいなんで、どうしたと聞いたら、宴会はよかったがクジラはすっかり腐ってて、どうしようもない。飲み代と二日酔いになった分だけ大損だと、こうですナ」

画家は愉しそうにわらい、人物はにがにがしげにわらって頭を掻いた。ルンペンのよこにすわりこみ、粗茶をすすりながら窓を見ると、六月というのにガスがたちこめて冬さながらの海が白く穂だっている。

人物は恥じているらしいが、どうやら字をよく知らないのではあるまいか。どのくらい読めるのかはわからないが、自分で自分の字を作って、それを使っている。絵とも、記号とも、字ともつかない、何とも妙なものだが、ときどきそれでこっそりメモをつけているのを見ることがある。画家が低い声でそういうことをささやくのを聞いた。けれど、夜明けに起きて画家と二人して釧路の町をぬけ、暗い湿原の入口へいってみると、人物がいきいきとはたらくのが見られた。舟をだし、モーターをとりつけ、荷物を積みこんで、ガスのたちこめる薄明の原野をさかのぼっていく。そういう動作をしているとき、人物の澄んだ眼はいきいきと輝き、よごれたセーターのなかで長くて筋張った腕や肩は正確に、着実にうごき、前方に穴場らしいものが見えてくるとモーターをとめて櫂《かい》で漕ぎ、舟を油がすべるようにそっと反対側の岸へ持っていく。そうなると舟はまるでネコのようにしなやかな身軽さで葦に接近していき、音もなくしのびこむのだった。浅瀬、急深、澱み、曲り角、沈木、二人は川をくまなく知りぬいていて、五万ヘクタールもあって、地平線のかなたまでただぼうぼうと葦がひろがるだけの、その広大な湿原をまるで自宅の裏庭のように感じていた。前方に炸《はじ》けるような羽音がして、カモがとびたち、アオサギが空に舞い、野生のミンクが丸い、小さな頭をもたげて川をよこぎっていくのが見られ、二度ほど、タンチョウヅルがゆっくりと葦のなかを歩いていくのを見て、私は息を呑んだ。陽が昇り、空をゆっくりとよこぎっていき、西へ落ちる。その全行程をとぎれることなく一日じゅう眺めつづけ、感じつづけた。

黄昏とガスが水のうえに漂いはじめるころになって舟は下《くだ》りはじめた。人物は何かというと、『一度はソ満国境で死んだ体だ』と伝法を口にする癖があり、釣った魚を解体して刺身にしながらも何やらそんなことをいった。また、子供のようにしぶとくつぎからつぎへとたずねにかかる癖もあって、たじたじとならされた。舟を流しながら胴の間にすわりこんで葦の密林に見とれている私に人物はまず女のことをたずねた。フランスの女はどうか、ドイツの女はどうか、チベットの女はどうか、エスキモーの女はどうかと、しぶとく食いさがってくる。私が何か混合率の朦朧とした答えをすると、よく聞きとろうとしてエンジンをとめる。舟はよこになって流されていく。私の話が終るとエンジンがかかり、舟は頭をふり、たてになって走りはじめる。そのうちホッテントットの女はどうかと人物がたずねる。エンジンがとまる。あそこがアリクイの舌みたいで風呂敷みたいにもなっているそうだと私が答える。舟がよこになって流れはじめる。そうやって舟はよこになったり、たてになったりして川を下っていったが、女の話がすむと、つぎは食べものの話になり、私の答えは短くなるばかりだが、人物はいつまでもくたびれなかった。

「フランスはどうですか?」

「カタツムリがうまい」

「フランス料理っていいますな」

「そう。そういうこと」

「ブラジルはどうですか?」

「肉がいいって聞くけどね」

「朝鮮はどんなもんですかな?」

「わるくない。ソバがうまい」

「朝鮮にソバがありますかな?」

「ある、ある」

「京都はどうですかな?」

「うまいけど閉じた味だね」

「モントリオールはどうですか?」

「トナカイのステーキじゃないの」

「チベットはどうですか?」

「うまいんだろうね」

「ローマはどうですかな?」

「かぞえきれないな」

「香港はいいんじゃないですかな?」

「これもかぞえきれないな」

「飛騨の高山はどうです?」

「江戸料理で京都料理ですよ」

「いってみたいもんですな」

「ぜひおいでなさい」

「カイロはどうでしょうな?」

「ハト」

「ロンドンはどうです?」

「ローストビーフ」

「ニューヨークはどんなもんでしょう?」

「いったことないんだ」

「サンフランシスコがいいっていいますな?」

「知らない」

「ワシントンだとどうでしょう?」

「わからない」

「ベイルートなんかどんなもんでしょうかな?」

「……」

「紀州の御坊は飯がうまいですな」

「……」

「あれは日本一ですな」

「……」

「御坊じゃエッと食べたです」

「………」

「紀州の御坊が日本一ですな」

「………」

私がウィスキーを飲むふりをしてまぎらしていると人物は舟をよこにしたり、たてにしたりしながらいつまでも紀州の御坊の飯を絶讃しつづけた。朝のうちに見たのとおなじのだろうか、カモが低い茂みから荒い羽音をたててとびたち、ミンクがいそいで川を泳いでいった。ふたたびツルが頭をもたげて藻の匂いのする尨大《ぼうだい》な黄昏のなかを歩くのを見た。クヮーンン、ルルルーンと、声が空にこだまするのを聞いた。

それから四年経って、今年の二月、羅臼《らうす》へ流氷を見にでかけた。羅臼へいくのはそれが二度めである。去年いったのがはじめてで、そのときは近くの川でオショロコマを釣るのが目的だった。オショロコマはイワナの一種で、やはりひれのふちが白いが、知床《しれとこ》一帯から然別《しかりべつ》湖ぐらいにかけて棲息し、味がまずいので土地の釣師たちに軽蔑されたので生きのこることができた。ヤマメは——北海道では〝ヤマベ〟と呼ぶが——味がいいので釣り荒されて絶滅してしまったが、オショロコマはたくさんいる。おそらくこれはアラスカあたりで〝ドリー・ヴァーデン〟と呼ばれているのとおなじ魚ではないかと思うが、イワナ族のうちでは珍しく華麗な色彩をしていて、腹が鮮紅色に染まっている。その腹が水のなかで閃くのを見ると眼を瞠《みは》りたくなる。イワナやヤマメは内地だと山奥までいかなければ釣れないけれど、このあたりまでくると海の見える平地や河口で釣れるので、何度釣っても膚から異様さが剝げようとしない。かねてから念願していたこのオショロコマに出会うことができたので、北海道産淡水魚類では、あと一種、海へおりてから川へ帰ってきたイワナであるアメマスをのこすだけで、あとはみなお目にかかったということになる。これは経験であるから、話に混合率は含まれていない。

かねてから念願していたのはオショロコマのほかに流氷である。北海道には何度もきたが、まだ流氷は見たことがなかったのである。知床半島はある種の貝の管足に似た形をしてのびているが、それの網走側の氷は海に張りつめたきりでうごこうとしないからおもしろくない。けれど、反対側の羅臼の渚では根室へかけて氷が〝とんで歩く〟のがまざまざと見られるというのである。流氷は峻烈、狷介《けんかい》、華麗だけれど、たいそう気まぐれなところもあり、夜っぴて港に入りこんで騒いでいたのに朝になると一片のこらずどこかへいってしまったり、そうかと思うと何日も何日もつめかけて漁船を封じこめてしまったり、まったくあてにならないのだそうである。だからはるばる羅臼まで流氷を見にきても、その場で見ることのできた人もあれば、一足ちがいで逃げられた人もあり、さまざまだという。では一週間も滞在する予定を組んでいけばそのうちいつかはきっと見られるだろうかとたずねると、それなら大丈夫だという。そこで私は飛行機で札幌までいき、札幌から釧路まで七時間近く、ほとんど一日がかりでディーゼル車にゆられ、釧路で一泊し、翌朝早く、画家といっしょに自動車で羅臼へ向った。

低気圧が北上している。あらしが接近しつつある。すでに函館や小樽では漁船に待避命令がでた。釧路をでるときにそう聞かされたので、広大な別海《べっかい》原野をあらしに追いつかれないよう、そのさきをさきをと走りぬけ、海岸に沿って羅臼へ向った。海岸にでたのは午後になってからで、沖の水平線が白い一線となっているのを目撃し、あれが流氷だ、これからこちらへ攻めてくるところだと教えられたが、午後遅くに羅臼に到着したときは、もう海は氷でいちめんに埋められていた。土地の人が流氷の足の速さを〝とんで歩く〟と表現するのもけっして誇張ではない。羅臼は小さな漁港で、その突堤にたつと国後《くなしり》島の影が沖に見られ、あまり近いので〝対岸〟といいたくなる。それほど狭い水道だからたちまち氷で埋められてしまったのだろうが、流氷群は水道を潮流に乗ってつぎからつぎへと根室の国へおしかけ、渚から沖までをぎっしり埋め、雪に蔽われた陸と海にけじめがつかなくなり、陽射しのぐあいによっては海と空もけじめがつかなくなってしまった。たった数時間のうちに糸のような白い線がぼうぼうとひろがる面となってしまったのである。黄昏のなかでカモメが絶叫し、岸壁に積みあげられて雪をかぶるままになっているスケトウのトロ箱にまるまると太ったカラスが群がって凍った魚をむさぼっている。暗い、激しい、冷たい海を氷原がぎっしりと埋め、氷塊の尖兵たちは潮に乗って媚びあったり、争いあったりしつつ流れていく。突堤のあちらこちらにはちょっとした小屋ぐらいもある大氷塊が海から這いあがり、港内へころがり落ちようとしてそのままの姿勢で凍りついている。そこで力尽きたというよりはつぎの攻撃か跳躍かのために小休止しているにすぎないのではあるまいかと見られる。瞬間の一瞥を浴びてその場で塩の像となった人があったが、これらは全身に冬の精力をみなぎらせた獣の群れである。

　画家が寒そうに

「鳴ってるですな」

　といった。

　突堤のしたを、冷たい、暗い水が流れていく。ゆったりとうねりが背をもたげると、すぐ靴のさきへとどきそうになるまで迫り、とどきかねてあきらめて、しりぞいていく。その歯ぎしりかと思える。凍りつきそうになってもうふつうの水ではなくなり、といって氷になったのでもない、変貌の半ばにある水がシャワシャワ、シャワシャワと低くつぶやいているのだ。耳を澄ますと海いちめんにそのささやき声がみなぎっているかのようである。アリューシャン列島の沖あたりからそんなふうにつぶやきつづけてきたのだろうか。

　このあたりの渚にはヨコノミと呼ばれる虫が棲んでいるそうである。虫のようでもあり、エビのようでもある小さな虫だという。あらしで海が荒れそうになるとヨコノミはすばやく感知して逃げにかかり、大群をなして旅館や漁師の家へ入ってくる。べつに咬んだり刺したりのいたずらはしない、おとなしい虫なのだが、おさえようとするとピンと跳ねて逃げる。ただし、顔は正面を向いたままで体はよこへ跳ねるという曲芸をやってみせるので、だからこの名がある。このヨコノミの大群に部屋へ入られると、ザワザワ、ザワザワと音がし、それが気になって寝つけないという人がいるほどである。けれど、あらしがおわると、いつとはなくヨコノミたちは家をぬけだして渚へもどっていくのだそうである。私はあらしをすりぬけ、到着したその場で流氷を見るという幸運にめぐまれ、その夜はあらしになったけれど、どうしてかヨコノミには出会えなかった。渚の近くの小さな旅館で干ダラをむしりむしり酒を飲んで待ったのだが、ヨコノミはあらわれてくれなかった。酒を飲みつつ画家から話を聞き、話がトドの悪賢さからアキアジ（サケ）の定置網にうつったころにあらしの主力部隊が追いつき、狂奔、叫喚、呻唸、乱打、夜っぴてつづいた。山が背で海が腹だというこの峻痩の領域を無垢の風が発生したばかりの精力を蕩尽して、くりかえしくりかえし分散して攻撃し、集合して攻撃し、徹夜で歯ぎしりしつづけた。私は寝床のなかで襲う風になったり、剝がれる家になったりしながらその音を聞き、耳だけとなるまで無化された。

翌朝、風で洗滌された空は澄みわたり、ゴマフアザラシの剝製をおいた旅館の薄暗い玄関から道へでて、キシキシと音をたてる新雪を踏んで港へいってみると、海は見わたすかぎり氷原となっていた。突堤からおりてそのまま歩いて国後島へわたれそうになっている。しかし、空には音はないけれど、暴風はまだ氷原のしたにひそんでいるらしく、東から西までの純白の面積が、規則正しく、ゆったりと、厖大な背をうねらせる。そのたびに周辺では騒乱と闘争が起る。氷塊と氷塊がぶつかりあい、ひしめきあい、敗北したのがじわじわとおしよせる氷原の圧力におされて水から這いあがるのである。巨大な、足のない、白い獣が身ぶるいしつつ突堤へ這いあがり、そのままそこにうずくまってしまったり、水しぶきをたてて港へころげこんだりするのである。そして、氷原はけっして平滑ではなく、近くによって見れば見るだけ凸凹している。平原があり、山脈があり、離島があり、列島があり、青く輝く湖がある。独立山塊があり、荒野があり、湾がある。隆起。角。傷。堆積。展開。峰。谷。麓。皺。口。筋。無数のそれらの一点一点と面で日光が乱反射し、銀が閃き、青が炸け、音と熱のない大饗宴である。正視していられない。じわじわと涙がでてくる。正面に体を向けると私の胸と腹が閃光にみたされ、左か右かに向くと体の半分が閃光にみたされる。精力にみたされ、気まぐれで、無邪気だが、容赦するところがなく、乱舞しながら無関心である。非情なのに優しく、おちゃっぴいなのに巨人でもある。豊饒《ほうじょう》をきわめた不毛で、一刷きの濁りもない混沌なのである。眼を伏せて佇《たたず》んでいるうちに膚の内と外にある圧力が純溜され、せりあいつつ上昇してきて0《ゼロ》に近づいていくのがまざまざと感じられた。すべてが易しく感じられ、危険がこみあげてきた。静謐のうちに即興がはたらきそうであった。十六歳のときに憧れて、その後、決行する気力と偶然がないままに腐蝕して放棄してしまったものがいま見える。私は靴と靴のあいだにせりあがってきてはしりぞいていく蒼い水をじっと眺めた。それは深くて、冷たく、塩辛くて、優しそうであった。暗さがほのぼのと親しげに見えた。カモメが空のどこかで絶叫するのが聞えるが、あたりは澄みきっていて明晰をきわめ、人は影も声も感じられなかった。何をしようが、誰にも止められずに、遂行できそうである。

私は旅館にもどると、画家の部屋へいき

「よく眠れましたか？」

とたずねた。

画家はまばゆげに微笑し

「いや、晴れたですな」

といった。

釧路へもどったのはその日の夕方近くである。私は酒屋へいって、一升瓶を一本買い、画家といっしょに町はずれへいった。四年ぶりに見るのだが引込線の線路が枯れた雑草に蔽われて錆びているのはそのままだし、甘酸っぱい悪臭をゆらゆらとたてている塵芥捨場は眼をそむけたくなるほど大きくなりはしたものの、まずそのままだといえた。人物は奥さんを助手にしてちょっと離れたところに新しい家を建てようとし、そのやりかたはあいかわらずで、渚にうちあげられたトロ箱や、流木や、船材などがおびただしく雑草のなかに積みあげられ、家は骨格をとぼしい肉でかくすところにまでなっていた。釧路港に新しい突堤ができることになってその工事がはじまったらふいに潮の方向が変ってしまい、この二十五年間についぞ見たこともないたけだけしさで波がうちよせて、渚を削りはじめた。このままだと流木ハウスが根を削られて海へ持っていかれそうである。そこで、ちょっとはなれたところに、こうして家を建てはじめたのだということであった。

人物と画家と私はもとの家へいって一時間ほど雑談をした。ルンペンで茶を沸かし、人物は私のさしだした一升瓶の封をすぐさま切ってコップにどぶどぶと注《つ》ぎ、私はそれを見ながら壁にもたれて、窓から海を眺めたり、タバコに火をつけたりした。しばらく見ないうちに人物は一変していた。眼じりの皺が深くなり、頬の肉がげっそりと落ち、背が曲り、コップを持つ手がぶるぶるするのである。眼に焦点もなければ、澄みもなく、膿《うみ》に似た涙がつぎからつぎへとにじんでくるし、それを荒い手の甲で拭おうともせずにこちらへふりむける。酒をたったコップに一杯飲んだだけで舌がもつれ、くちびるのはしに白い唾の泡がわきあがってくる。画家が励まそうとしてつぎつぎに過去の壮業をあげてたずねにかかる。いつかどこやらへ牛を送っていくときに昼寝しているうちに貨車から一頭逃げだしたのでそれを追いかけていったということだがあの牛はどうなったのか。あらしのあとだとここの海岸でホッキ貝がトラックに一台分も拾えてたいしたことだそうだけれど、ホッキ貝はおそそっくりの形をしているのにあらしには弱いのだろうか。いつだったかクジラがうちあげられた。えらいドンチャン騒ぎをやったが、その後ああいうことはないのだろうか。人物はたずねられるままに答えはするけれど、わずかの酒で舌がれろれろになり、ときどきうるんだ眼で私と窓をじっと眺め、話は独白というよりは意想奔出になってしまう。おびただしいけれど、とりとめがない。いったいこの四年間に何が車輪をめりこませて通過していったのだろう。この人物がこうまでたたきのめされてしまうとは……

クジラを見つけたときはまだ生きていた。銛《もり》をぶちこまれているのに、えらい勢いであった。息子の進一と二人で見つけたので、かかっていったところが、クジラは尾をふってはたきたおした。それでもどうやらこうやら止めを刺して、宴会をやり、そのあとで解体して釧路の水産会社に売ったのだが、それからがいけなかった。二、三日して、家へ帰ってきたら、息子の進一が見えない。かかに聞いたら水泳にいったんだというんだ。ところが、その夜も帰ってこないし、翌日も帰ってこないし、翌々日も帰ってこない。それきりだ。それきり帰ってこないのだ。もういけねえとわかったので出刃でかかをどぶッとやろうと思った。出刃でどぶッと、やろうと思ったのだ。おれは暗いところへ入れられたってかまわねえ。そんなこと、かまうこっちゃない。何でもいい、とにかくかかを出刃でどぶッとやっちまおうと思った。けれど、とど、やれなかった。

　おおむね聞きとれたところでは、そういう意味のことを人物は口にした。出刃でかかをどぶッと、というところでは、かつて湿原で《一度はソ満国境で死んだ体だ》と伝法を力んでみせた意力の影が閃いて、手真似で刺す動作《しぐさ》をしてみせたが、その手だけは正確で、頑強で、くじかれていなかった。うるんだ眼に底深いいろが閃きもした。ほんとにそのときはその覚悟になったのだろうと思われたし、この手ならためらわずに直進しそうだと感じられる。けれど、私がそう感じこんで、濁りはじめ、凝縮をはじめ、どこへともなく墜ちはじめたときには、もう人物は、顔も、手も、喪《うしな》っていた。膿のような涙が衰えた眼にあふれ、くちびるがコップのふちでふるえたが、感動からそうなったのでないことはまざまざと見てとれた。思わず私は眼をそむけた。

　人物は

「先生、クジラを殺しちゃいけないよ」

　といった。

　しばらくしてから

「進一はいってしまったです」

　といった。

　画家に眼でうながされて私はたちあがり、暗くて低くて狭い小屋から、かがんで出た。人物と、妻と、娘が足が踏んでつくった小道をたどって、すぐそこにある渚へおりた。ハマナスは冬枯れしていて、ただの雑草としか見えなかった。渚におりてみると、まだ流氷群はきていなくて、暗い濁った水が白いしぶきをたて、人物の流木ハウスの土台にはひどい欠壊の歯跡が食いこんでいた。銀と青の炸けるようないちめんの閃光にみたされた朝の光耀《こうよう》と、たわむれの決意の昂揚が消えた。ここへくるのではなかった。

　私は閉じた。
低くなり、ふたたび患いはじめた。

本文：初出「新潮」（一九七三）／底本『ロマネ・コンティ・一九三五』（二〇〇九・一二、文春文庫）

解説

1　釣りと「法螺」

このテクストに登場するのは、釣りに興じる男ばかりです。冒頭の場面、骨折して動けない「私」のもとに見舞客が訪れますが、めいめい口々に釣りの話をしています。「私」たちが夢中になっているのは、人工餌をつける擬似鉤の釣りです。人間の知恵と技巧で自然界に棲む魚に接触を挑んでいく、その瞬間の想像力に幻惑され、「私」の話に「発芽」した「法螺」はみるみる成長していきます（☞P29課題1）。

また、「私」の釣りは、外の世界に出ていく冒険としての様相も呈しています。「私」の「法螺」とは、どこまで行き、何を見、何に挑んだのか、拡大する自己を語る欲望であるとも言えるでしょう。

話はどんどん大きく、「剛健」になっていく――まさに「開高健」の名のとおりに。しかし、その「悦楽」を語ることが、このテクストの目的ではないようです。

2　命名としての「反語」　シニフィアン／シニフィエ

見舞客の中に医学博士がいました。博士は「狂疾」に陥ったとき「私」の著書と出会い、「あなたの姓名の反語を考えることに没頭した」と言います。この不可解な行為の意味を考察するために、言語学者・ソシュールの理論を参照してみましょう。

ソシュールは、プラトンや聖書以来の伝統的言語観である言語命名論の否定から出発しました。すなわち、言語以前に言語が指すべき事物や概念が存在するのではなく、言語があってはじめて概念が生まれる、としたのです（☞P29課題2-1）。

つまり、言語記号は表現（シニフィアン）と内容（シニフィエ）を同時に備えた二重の存在であるということになります。「キ」という音声と私たちが木だと認識しているものという、本来何ら関係性のない両者が結びつけられることで（この指摘をソシュールは「恣意性」という語で行いました）、はじめて言語記号たりうるということです。

博士は「私」の姓名の「反語」を、英語でもドイツ語でもロシア語でもなく、中国語に拠って考えました。五十音やアルファベットのような表音文字（音声表示記号）は列を持つことで一つのシニフィアンとなりますが、漢字の多くは表意文字であり、一つの文字（シニフィアン）に一つの意味（シニフィエ）が裏打ちされていると考えることができます。博士の言う「反語」とは、漢字の一字一字の意味を反転させてみるということでした。そこで出来上がった「閉低患」という語を、「私」は博士の指示どおり、「ピー・ティー・ファン」と二、三度つぶやいてみます（☞P29課題2-2）。博士が「私」に「反語」を与えたことは、このテクストにおいてどのような意味を持っていくのでしょうか。

3　「人物」と自然

博士が読んだ「私」の著書に紹介されている「人物」を、いま再び「釣りだし」、「もう一回だけ組み立ててみ」ること、それが「私」の「はじめからの目的」でした。博士に会う一年前、「私」は釧路に住む「人物」のもとを初めて訪れますが、そのときの「人物」はまさに「悦楽」と「剛健」を体現するような人物として描かれています。博士が読んだという著書の中でも、そのような像を結んでいたと考えられるでしょう。しかし、四年後の再訪を経て、かつての「紹介」は「書き損ね」として語りなおされるべきものとなりました。外の世界に出かけて行き、風景や人物を発見し描写するという行為は、そこに出会っていく自分自身の内面を発見し語っていく行為でもあります。「私」はかつて「人物」をどのように見ていたのでしょうか（☞P29課題3-1）。

また、同様に重要であると考えられるのは、「人物」を再訪する前に見に行った羅臼の氷原の描写です。漢語と反語のたたみかけによって圧縮される「光燿」のイメージの中で、「開高健」＝「剛健」たる「私」の内部に、そうではない危うい「決意」が潜んでいたことが、「私」自身によって感得されています（☞P30課題3-2）。「私」の自然に向かう欲望とは、そのような陽画（ポジ）と陰画（ネガ）の両極（ここでは生と死と置き換えてもいいかもしれません）を含みこむところにある「昂揚」を求める気分であったとも言えるでしょう。

4　拒否と反転

氷原を見て「昂揚」した気分をたずさえ、「私」は「人物」のもとを訪れます。そこで目にしたのは「人物」の変わり果てた姿でした。しかし、この変貌の予兆は、四年前に訪れたときから用意されていました（☞P30課題4-1）。

「悦楽」と「剛健」に既に「欠壊」は潜在していた。それを目の当たりにし、「私」は「閉低患」の状態に沈んでいきます。博士に与えられた「反語」によって「私」が「私」を規定し語り切ったわけですが、これを単に「短編」のオチとして捉えるだけでは十分ではないでしょう。「私」にとって、世界に出ていくこと、人と出会うことは、自己を拡大し、「光燿」と「昂揚」に満たされることでありつつ、しかし反面においては、その地点から拒否されることでもあることを、「私」自身が「人物」を組み立てなおすことをとおして提示しているのです。

作家・開高健に目を移すと、中国訪問日本文学代表団への参加、アイヒマン裁判傍聴、ベトナム戦争従軍、アマゾン、アラスカへの釣りの旅……と、外の世界に出ていくことと書くことは隣接・連動するものとしてありました。このことについては様々な角度から評価が下されていますが、出会うこと・見ること・書くことをめぐる政治性や倫理を考える上でも、このテクストに提示された反転と拒否の構造は、一つの視座となるのではないでしょうか（☞P30課題4-2）。

開高健（一九三〇〜八九）　大阪市天王寺区生まれ。大学卒業後、洋酒会社宣伝部でコピーをつくる。かたわら創作を始め、「パニック」で注目を浴び、「裸の王様」で芥川賞受賞。行動する作家として知られた。

主要参考文献一覧

はじめに

- ロラン・バルト「作者の死」(1968,『物語の構造分析』、花輪光訳、一九七九年一一月、みすず書房)
- 姜尚中編『ポストコロニアリズム』(二〇〇一年一一月、作品社)
- エドワード・W・サイード『オリエンタリズム』(1978, 一九九三年六月、平凡社ライブラリー)
- 上野俊哉・毛利嘉孝『カルチュラル・スタディーズ入門』(二〇〇〇年九月、ちくま新書)
- ポール・ウィリス『ハマータウンの野郎ども』(1977, 熊沢誠・山田潤訳、一九九六年九月、ちくま学芸文庫)
- 『現代思想　臨時増刊号　総特集　スチュアート・ホール』(増補新版、二〇一四年四月、青土社)

SECTION 1

1 夢と文学―「夢の中での日常」

- ジクムント・フロイト『夢判断』(1900, 高橋義孝訳、一九六九年一一月、新潮文庫)
- 新宮一成『夢分析』(二〇〇〇年一月、岩波新書)
- 横尾忠則『宇宙瞑想』(一九八〇年三月、平河出版社)
- 鈴木直子「解説」(『島尾敏雄日記　『死の棘』までの日々』、二〇一〇年八月、新潮社)
- 佐藤泉「夢のリアリズム―島尾敏雄と脱植民地化の文体―」(「文学」、二〇〇五年一一・一二月)
- 島尾敏雄「出孤島記」(「文藝」、一九四九年一一月、『その夏の今は・夢の中での日常』所収、一九八八年八月、講談社文芸文庫)
- 島尾敏雄「孤島夢」(「光耀」、一九四六年一〇月、『その夏の今は・夢の中での日常』所収)
- 島尾ミホ・志村有弘編『島尾敏雄事典』(二〇〇〇年七月、勉誠出版)

2 言葉を指示する言葉―「卒塔婆小町」

- グレアム・アレン『間テクスト性―文学・文化研究の新展開』(2000, 森田孟訳、二〇〇二年一〇月、研究社)
- ジュリア・クリステヴァ『セメイオチケ1　記号の解体学』(1969, 原田邦夫訳、一九八三年一〇月、せりか書房)
- ジュリア・クリステヴァ『テクストとしての小説』(1970, 谷口勇訳、一九八五

年一〇月、国文社）
・フェルディナン・ド・ソシュール『一般言語学講義』（1916, 小林英夫訳、改版一九七二年一二月、岩波書店）
・ロラン・バルト『物語の構造分析』（1968, 花輪光訳、一九七九年一一月、みすず書房）
・宇波彰『引用の想像力』（一九七九年三月、冬樹社）
・野上豊一郎編『謡曲選集（読む能の本）』（一九三五年五月、岩波文庫）
・小山弘志・佐藤健一郎校注・訳『新編日本古典文学全集59謡曲集二』（一九八八年二月、小学館）
・蜷川幸雄「道化と王―「卒塔婆小町／弱法師」演出メモより」（「ユリイカ」、特集＝三島由紀夫、一九八五年五月）
・中村雄二郎「能と現代演劇・私観―テキスト・身体・トポス―」（「文学」、一九八五年八月）
・坪内逍遙「美文としての謡曲文」（「能楽」、一九〇五年一〇月、『逍遙選集　第三巻』所収、一九七七年六月、第一書房）
・杤尾武校注『玉造小町子壮衰書―小野小町物語』（一九九四年七月、岩波文庫）
・錦仁『小町伝説の誕生』（二〇〇四年七月、角川選書）
・福井栄一『小野小町は舞う―古典文学・芸能に遊ぶ妖蝶』（二〇〇五年八月、東方出版）

3
被占領者たちの憂鬱―「アメリカン・スクール」

・江藤淳『成熟と喪失―〝母〟の崩壊―』（一九七八年八月、講談社文庫→一九九三年一〇月、講談社文芸文庫）
・磯田光一『戦後史の空間』（一九八三年三月、新潮社→二〇〇〇年八月、新潮文庫）
・加藤典洋『アメリカの影』（一九八五年四月、河出書房新社→一九九五年六月、講談社学術文庫→二〇〇九年九月、講談社文芸文庫）
・酒井直樹『日本思想という問題　翻訳と主体』（一九九七年三月、岩波書店）
・ジョン・ダワー『増補版　敗北を抱きしめて（上）（下）』（1999, 三浦陽一・高杉忠明・田代泰子訳、二〇〇四年一月、岩波書店）
・小熊英二『〈民主〉と〈愛国〉　戦後日本のナショナリズムと公共性』（二〇〇二年一〇月、新曜社）
・天野知幸「解説（小島信夫　アメリカン・スクール）」（飯田祐子・日高佳紀・日比嘉高編『文学で考える〈日本〉とは何か』、二〇〇七年四月、双文社出版）
・佐藤泉「第9章　占領―小島信夫「アメリカン・スクール」」（石川巧・川口隆行編『戦争を〈読む〉』、二〇一三年三月、ひつじ書房）

4
母であることの罪―「黝い紫陽花」

・小此木啓吾『阿闍世コンプレックス』（二〇〇一年一〇月、創元社）
・若桑みどり『戦争がつくる女性像』（二〇〇〇年一月、ちくま学芸文庫）
・千田有紀『日本型近代社会―どこから来てどこへ行くのか』（二〇一一年三月、勁草書房）
・水田宗子『ヒロインからヒーローへ』（一九八二年一二月、田畑書店）
・江種満子・漆田和代編『女が読む日本近代文学　フェミニズム批評の試み』（一九九二年三月、新曜社）
・小林富久子『女性作家評伝シリーズ11　円地文子　ジェンダーで読む作家の生と作品』（二〇〇五年一月、新典社）
・須浪敏子『円地文子論』（一九九八年九月、おうふう）
・野口裕子『円地文子の軌跡』（二〇〇三年七月、和泉書院）

SECTION 2

5
ギターの音響く異郷にて―「楢山節考」

・エドワード・サイード『オリエンタリズム』（1978, 板垣雄三・杉田英明監修・

今沢紀子訳、一九九三年六月、平凡社ライブラリー）
•上野千鶴子「オリエンタリズムとジェンダー」（『ニュー・フェミニズム・レビュー⑥　母性ファシズム　母なる自然の誘惑』、一九九五年四月）
•柳田国男「親捨山」（『少女の友』一九四五年二、三月→『柳田國男全集23』一九九〇年九月、ちくま文庫）
•伊藤整・武田泰淳・三島由紀夫「新人賞選後評」（『中央公論』、一九五六年一一月）
•正宗白鳥「また一年―懐疑と信仰」（『中央公論』、一九五六年一二月）
•山本健吉「現代文学覚え書き（完）―楢山節考について―」（『新潮』、一九五六年一二月）
•深沢七郎「白鳥の死」（『新潮』、一九六三年一月）
•『国文学解釈と鑑賞　特集　深沢七郎と野坂昭如』（一九七二年六月、至文堂）
•『ユリイカ　特集＝深沢七郎の衝撃―現代日本文学のトリックスター―』（一九八八年一〇月、青土社）
•『資料と研究　深沢七郎特集』（二〇〇〇年、山梨県立文学館）

6 〈他者〉を語ることの困難―「ゆき女きき書」

•ガヤトリ・C・スピヴァク『サバルタンは語ることができるか』（1988, 上村忠男訳、一九九八年一二月、みすず書房→一九九九年七月、みすず書房）
•ガヤトリ・C・スピヴァク「10　副次的なものの文学的表象―第三世界の女性のテクスト」（『文化としての他者』、1987, 鈴木聡・大野雅子・鵜飼信光・片岡信訳、一九九〇年一二月、紀伊國屋書店→復刊版、二〇〇〇年六月、紀伊國屋書店）
•道場親信「地域闘争―三里塚・水俣」（岩崎稔ほか編著『戦後日本スタディーズ②……60・70年代』二〇〇九年五月、紀伊國屋書店）
•小林直毅編『「水俣」の言説と表象』（二〇〇七年六月、藤原書店）
•石牟礼道子『苦海浄土　わが水俣病』（一九六九年一月、筑摩書房→一九七二年一二月、講談社文庫→『新装版　苦海浄土　わが水俣病』二〇〇四年七月、講談社文庫）
•石牟礼道子『葭の渚　石牟礼道子自伝』（二〇一四年一月、藤原書店）

7 政治の季節と性の表現―「セヴンティーン」

•ジャン＝ポール・サルトル『存在と無　第二巻』（1943, 松浪信三郎訳、二〇〇七年一二月、ちくま学芸文庫）
•澤田直『新・サルトル講義』（二〇〇二年五月、平凡社新書）
•海老坂武『サルトル』（二〇〇五年五月、岩波新書）
•梅木達郎『シリーズ・哲学のエッセンス　サルトル』（二〇〇六年一月、ＮＨＫ出版）
•マックス・ミルネール『フロイトの文学解釈』（1980, 市村卓彦訳、一九八九年六月、ユニテ）
•京谷秀夫『一九六一年冬　「風流夢譚」事件』（一九九六年八月、平凡社ライブラリー）
•大江健三郎「性的人間」（『新潮』、一九六三年五月、『性的人間』所収、一九六八年四月、新潮文庫）
•『国文学解釈と教材の研究　臨時増刊 いま大江健三郎の小説を読む』（一九九七年二月、学燈社）

8 反核・平和を語る言葉―「色のない画」

•原水爆禁止日本協議会編『原水爆禁止世界大会宣言・決議・勧告集（第一回一九五五年〜第一四回一九六八年）』（一九六九年八月、原水爆禁止日本協議会）
•西村豊行『ナガサキの被爆者　部落・朝鮮・中国』（一九七〇年八月、新報新書）
•藤原帰一『戦争を記憶する　広島・ホロコーストと現在』（二〇〇一年二月、講談社現代新書）

・道場親信『占領と平和〈戦後〉という経験』(二〇〇五年四月、青土社)
・川口隆行『原爆文学という問題領域《プロブレマティーク》 増補版』(二〇一一年五月、創言社)
・福間良明『焦土の記憶 沖縄・広島・長崎に映る戦後』(二〇一一年七月、新曜社)
・田中宏『在日外国人 第三版―法の壁、心の溝』(二〇一三年五月、岩波新書)
・佐多稲子研究会編『佐多稲子文学アルバム 凛として立つ』(二〇一三年八月、菁柿堂)
・『昭和二万日の全記録 第10~12巻(昭和28~38年)』(一九九〇年二月~五月、講談社)

9 性と向き合うこと―「エロ事師たち」

・ミッシェル・フーコー『性の歴史Ⅰ 知への意志』(1976, 渡辺守章訳、一九八六年九月、新潮社)
・桜井哲夫『現代思想の冒険者たち select フーコー 知と権力』(二〇〇三年六月、講談社)
・田崎英明『思考のフロンティア ジェンダー/セクシュアリティ』(二〇〇〇年九月、岩波書店)
・井上理津子『さいごの色街 飛田』(二〇一一年一〇月、筑摩書房)
・野坂昭如「初稿エロ事師たち」(「小説中央公論」、一九六三年一一月、『野坂昭如コレクション1』所収、二〇〇〇年九月、図書刊行会)
・三島由紀夫「極限とリアリティー」(「新潮」、一九六四年一月)
・野坂昭如『新宿海溝』(一九七九年五月、文藝春秋社)
・「国文学解釈と鑑賞 特集 深沢七郎と野坂昭如」(一九七二年六月、至文堂)
・「国文学解釈と教材の研究 臨時増刊 野坂昭如と井上ひさし」(一九七四年一二月、学燈社)
・「ユリイカ 特集=野坂昭如―いまこそNOSAKAだ!」(二〇〇五年一二月、青土社)

10 「私」という虚構―「空気頭」

・エリク・ホーンブルガー・エリクソン『主体性《アイデンティティ》―青年と危機』(1968, 岩瀬庸理訳、一九六九年一一月、北望社)
・ロナルド・デーヴィッド・レイン『自己と他者』(1969, 志貴春彦・笠原嘉訳、一九七五年九月、みすず書房)
・臼井吉見『近代文学論争 上巻』(一九五六年一〇月、筑摩書房→一九七五年一〇月、筑摩叢書)
・平野謙『芸術と実生活』(一九五八年一一月、講談社→二〇〇一年一一月、岩波現代文庫)
・小林秀雄『私小説論』(一九三五年一一月、作品社→一九六二年四月、新潮文庫)
・中村光夫『風俗小説論』(一九五〇年六月、河出書房→二〇一一年一一月、講談社文芸文庫)
・伊藤整『小説の方法』(一九四八年一二月、河出書房→二〇〇六年六月、岩波文庫)
・イルメラ・日地谷=キルシュネライト『私小説―自己暴露の儀式―』(一九九二年四月、平凡社)
・安藤宏『自意識の昭和文学―現象としての「私」』(一九九四年三月、至文堂)
・鈴木登美『語られた自己―日本近代の私小説言説―』(二〇〇〇年一月、岩波書店)
・日比嘉高『〈自己表象〉の文学史―自分を書く小説の登場』(二〇〇二年五月、翰林書房→私小説研究文献目録増補版、二〇〇八年一一月、翰林書房)
・伊藤氏貴『告白の文学―森鷗外から三島由紀夫まで―』(二〇〇二年八月、鳥影社)
・山口直孝『「私」を語る小説の誕生―近松秋江・志賀直哉の出発期』(二〇一一年三月、翰林書房)
・梅澤亜由美『私小説の技法―「私」語りの百年史』(二〇一二年一二月、勉誠出版)

11
現象としての身体―「円陣を組む女たち」

・市川浩『〈身〉の構造―身体論を超えて』(一九八四年一一月、青土社→一九九三・四、講談社学術文庫)
・市川浩『精神としての身体』(一九七五年三月、勁草書房→一九九二年四月、講談社学術文庫)
・市川浩『身体論集成』(中村雄二郎編、二〇〇一年一〇月、岩波現代文庫)
・モーリス・メルロポンティ『知覚の現象学1・2』(1945, 竹内芳郎・小木貞孝訳、一九六七年一一月・一九七四年一一月、みすず書房)
・モーリス・メルロポンティ『メルロ=ポンティ・コレクション』(中山元訳、一九九九年三月、ちくま学芸文庫)
・前田愛『文学テクスト入門』(一九八八年三月、筑摩書房→増補版、一九九三年九月、ちくま学芸文庫)
・原武史・重松清『団地の時代』(二〇一〇年五月、新潮選書)
・原武史『団地の空間政治学』(二〇一二年九月、NHK出版)
・西川祐子『住まいと家族をめぐる物語』(二〇〇四年一〇月、集英社新書)

12
〈書かない〉ことのリアリティ―「兎」

・パトリシア・ウォー『メタフィクション―自意識のフィクションの理論と実際』(1984, 結城英雄訳、一九八六年七月、泰流社)
・巽孝之『メタフィクションの謀略』(一九九三年一一月、筑摩書房→『メタフィクションの思想』二〇〇一年三月、ちくま学芸文庫)
・ミッシェル・フーコー『性の歴史Ⅰ　知への意志』(1976, 渡辺守章訳、一九八六年九月、新潮社)
・檜垣立哉『生と権力の哲学』(二〇〇六年五月、ちくま新書)
・金井美恵子『書くことのはじまりにむかって』(一九七八年八月、中央公論社)
・中村三春「虚構の永久機関―金井美恵子「兎」と〈幻想〉の論理―」(『日本文学』、一九九二年二月)
・芳川泰久『書くことの戦場』(二〇〇四年四月、早美出版社)

13
ファルスの挫折―「十九歳の地図」

・ジャック・ラカン『精神分析の四基本概念』(1973, 小出浩之他訳、二〇〇〇年一二月、岩波書店)
・新宮一成『ラカンの精神分析』(一九九五年一一月、講談社現代新書)
・新宮一成・立木康介編『知の教科書　フロイト=ラカン』(二〇〇五年五月、講談社選書メチエ)
・的場昭弘『マルクスだったらこう考える』(二〇〇四年一二月、光文社新書)
・良知力・廣松渉編『ヘーゲル左派論叢第一巻　ドイツ・イデオロギー内部論争』(一九八六年一〇月、お茶の水書房)
・大沢正道『個人主義　シュティルナーの思想と生涯』(一九八八年一一月、青土社)
・住吉雅美『哄笑するエゴイスト　マックス・シュティルナーの近代合理主義批判』(一九九七年六月、風行社)
・廣松渉『今こそマルクスを読み返す』(一九九〇年六月、講談社現代新書)
・廣松渉『ヘーゲルそしてマルクス』(一九九一年一〇月、青土社)
・柄谷行人・中上健次「対談　路地の消失と流亡」(『国文学解釈と教材の研究』、一九九一年一二月)
・柄谷行人『坂口安吾と中上健次』(一九九六年一月、太田出版)
・『中上健次全集14』(一九九六年七月、集英社)

14
拒否と反転―「渚にて」

・フェルディナン・ド・ソシュール『一般言語学講義』(1916, 小林英夫訳、改版一九七二年一二月、岩波書店)
・丸山圭三郎『ソシュールを読む』(一九八三年六月、岩波書店)

・吉田春生『開高健・旅と表現者』（一九九二年一月、彩流社）
・大岡玲・加賀乙彦・川村湊・黒井千次・高樹のぶ子・増田みず子『開高健その人と文学』（一九九九年一二月、ＴＢＳブリタニカ）
・小川国夫・菅野昭正・八木義徳「読書鼎談」（「文藝」、一九七八年九月）
・吉本隆明「戦後思想の荒廃」（「展望」、一九六五年一〇月）
・小田実「『物』と『人間』」（「群像」、一九九〇年二月）

主要用語索引

・『大学生のための文学トレーニング　現代編』の用語一覧です。【思想用語・批評用語】【人名】【時代のキーワード】の三部に分けてあります。
・現代文学を分析する際、知っておきたい事項が揃っています。それぞれの用語について、うまく自分で説明できますか。索引としてだけでなく、習熟度の自己点検やレポート作成にぜひ役立ててください。
・用語は原則として、各章の解説部分から抽出しました。丸囲いの数字⓪は「はじめに」、①、②…は1章、2章…の章番号に対応します。なかには本文やシートから抽出した用語もあります。その場合、番号のあとにその旨を併記しました。
・用語の配列は、清音・濁音・漢字・カナを区別せず、50音順。【人名】は、この本で紹介した批評理論に関係の深い思想家・評論家に限り、作家名は除外してあります。
・用語の中には複数の章に登場するものがあります。該当章の記事を読み比べ、用語についての理解を深めてください。

【思想用語・批評用語】

【人名】

【時代のキーワード】

編著者紹介

浅野　麗（あさの　うらら）
亜細亜大学経営学部准教授
担当：6章、12章

小野祥子（おの　しょうこ）
城北中・高等学校非常勤講師
担当：4章、14章

河野龍也（こうの　たつや）
東京大学文学部准教授
担当：2章、10章、11章

佐藤淳一（さとう　じゅんいち）
和洋女子大学日本文学文化学類准教授
担当：5章、9章

山根龍一（やまね　りょういち）
日本大学商学部准教授
担当：3章、8章

山本　良（やまもと　りょう）
埼玉大学教育学部教授
担当：はじめに、1章、7章、13章

編集協力：（株）翔文社
本文組版：（株）エディット

大学生のための文学トレーニング 現代編

2014年6月30日第1刷発行
2024年3月10日第2刷発行

編著者：浅野　麗、小野祥子、河野龍也、佐藤淳一、山根龍一、山本　良
発行者：株式会社 三省堂　代表者 瀧本多加志
印刷者：三省堂印刷株式会社
発行所：株式会社 三省堂
〒102-8371 東京都千代田区麹町五丁目7番地2
電話（03）3230-9411
https://www.sanseido.co.jp/

落丁本・乱丁本はお取り替えいたします。

ISBN978-4-385-36554-1
〈文学トレーニング　現代編・272+32pp.〉

本書の内容に関するお問い合わせは、弊社ホームページの「お問い合わせ」フォーム（https://www.sanseido.co.jp/support/）にて承ります。